HOLIDAY

Titre original : The Holiday

Publication originale : Zaffre / Bonnier Books, UK, 2019
Pour la traduction française :

34-36, rue La Pérouse
75116 Paris

Collection Hugo Thriller dirigée par Bertrand Pirel
Ouvrage dirigé par Sophie Le Flour
Graphisme de couverture : © Rémi Pépin
Visuel de couverture : © Petyr Campos / Arcangel Images

Conception graphique Hugo Thriller et mise en page : Emmanuel Pinchon
ISBN : 9782755648355
Dépôt légal : juin 2020
Imprimé en France

T.M. LOGAN

HOLIDAY

Traduit de l'anglais (Royaume-Uni)
par Bertrand Guillot.

Hugo Thriller

À mes frères, Ralph et Ollie

« Il est plus facile de pardonner à un ennemi qu'à un ami. »

William Blake

Une mouche vole autour de sa tête, puis se pose.
Sous ses pattes, la peau qui refroidit.
Un doigt tendu, une paume ouverte.
Un bras plié vers l'arrière, l'os brisé contre la roche.
De minute en minute, les mouches sont plus nombreuses.
C'est la mort qui les attire. Et cette flaque sombre autour du crâne fracassé.
Un peu plus bas, goutte après goutte, le sang s'écoule dans le torrent.
Plus haut, la falaise se dégage, haute et imperturbable sous le ciel bleu azur.

SAMEDI

1

Le ciel bleu de la Méditerranée, et des vignes à perte de vue : l'aéroport est déjà loin derrière, nous avons dépassé Béziers et nous filons plein nord à travers le Languedoc.

Sean est au volant, les yeux cachés derrière ses lunettes de soleil aviateur. Les enfants sont assis à l'arrière, une valise calée entre eux. Lucy somnole ; Daniel joue sur son téléphone. La climatisation de notre voiture de location nous protège à peine de la moiteur du milieu de l'après-midi.

À cet instant, alors que je regarde défiler le paysage, je ne sais pas encore ce que nous réservent ces vacances. Si je pouvais le savoir, je demanderais à Sean de s'arrêter là et de nous ramener direct à l'aéroport. Ou alors je saisirais le volant pour l'obliger à faire demi-tour. Mais comment pourrais-je imaginer ce qui nous attend ?

J'aurais dû écouter mon instinct qui me disait que *quelque chose* clochait. D'ordinaire, Sean voit toujours la vie du bon côté. C'est lui qui fait rire les enfants, lui qui me prépare un gin tonic quand j'ai besoin de réconfort. Moi, je suis l'organisatrice : celle qui fixe les règles et qui contrôle que tout se passe bien. Je suis l'ombre, et Sean est ma lumière – toujours drôle, patient et optimiste. Mais ces dernières semaines, je l'ai trouvé sur la défensive. Il est devenu plus secret, plus grave. Plus distrait aussi, toujours à regarder son téléphone. J'ai d'abord pensé que cela avait un lien avec son travail, que son nouveau patron lui mettait une pression d'enfer. Un moment, il a même été question qu'il reste travailler à la maison pendant que j'irais en France avec les enfants. À moins que ce ne soit la crise de la quarantaine ? Son anniversaire approche, et la perspective semble le préoccuper chaque jour un peu plus. L'autre jour, je lui ai carrément posé la question : *es-tu déprimé ?* Je me disais que s'il me confiait ce qui le tracassait, nous pourrions l'affronter ensemble. Mais il a balayé ma question en m'assurant que tout allait bien.

J'en suis encore à ruminer diverses hypothèses quand sa main se pose sur ma cuisse.

Je sursaute.

— La prochaine sortie est dans longtemps ?

Je consulte mon smartphone.

— Encore dix minutes.

Sa main quitte ma cuisse et la chaleur de ses doigts persiste quelques instants sur ma peau. À quand remonte notre dernier vrai contact intime ? Combien de temps sans caresses ? Je ne sais même plus. Des semaines ? Des mois ?

Le simple fait que tu te poses la question montre qu'il y a un problème, dirait Rowan. Évidemment. C'est elle qui a eu l'idée de ces vacances. Deux ans qu'elle prépare ça : elle, Jennifer, Izzy et moi – toutes les quatre réunies dans le sud de la France, pour fêter nos quarante ans avec maris et enfants.

— Parfait, dit Sean. Tout va bien ?

— Ça va. J'ai juste envie d'y être et de défaire nos bagages.

Il regarde dans son rétroviseur.

— Tu as eu un message de Jennifer et Alistair, depuis qu'on les a perdus ?

— Non, mais je suis sûre qu'ils ne sont pas très loin derrière.

— Je leur avais bien dit qu'ils n'avaient qu'à nous suivre.

Ce n'est vraiment pas son genre de s'inquiéter pour Jennifer et son mari. Sean s'entend bien avec eux mais ils n'ont pas grand-chose en commun – à part moi.

— Tu connais Alistair, dis-je. Il serait capable de se perdre dans son propre jardin.

Je retourne à la contemplation des vignes aux grappes presque mûres. Au loin, les deux tours d'un vieux château se découpent sur l'horizon.

Une quinzaine de kilomètres plus loin, Google Maps nous fait quitter la route principale, et nous voilà sur une petite départementale qui monte à travers une enfilade de hameaux. Puimisson, Saint-Génies-de-Fontedit, Cabrerolles : de petits villages aux rues étroites entre les maisons de pierre où de vieux messieurs assis à l'ombre nous regardent passer, imperturbables. Nous bifurquons pour emprunter un chemin plus étroit et plus pentu encore, sur le flanc d'une colline où les vignes ont laissé place à des pins aux reflets plus sombres, et nous débouchons enfin sur les hauteurs du village d'Autignac. Il ne nous reste plus qu'à longer un haut mur blanchi à la chaux, jusqu'à un portail métallique orné de pointes, et mon smartphone m'indique que nous avons atteint notre destination.

Les portes s'ouvrent sans un bruit et nous nous engageons lentement sur le chemin qui mène à la villa, le gravier crissant sous les roues, entre deux rangées de cyprès impeccablement taillés qui forment comme une haie d'honneur. Derrière les arbres, un tourniquet arrose paresseusement de superbes pelouses dans la langueur de l'après-midi.

La Land Rover de Rowan est déjà là, devant le grand escalier de pierre qui mène à la porte d'entrée. Sean se gare à côté d'elle.

Lucy dort toujours, la tête posée contre son sweat-shirt roulé en boule. Ses longs cheveux blonds lui tombent sur le visage. Depuis qu'elle est entrée dans l'adolescence, il lui suffit de fermer les yeux pour sombrer dans le sommeil. Quand elle était bébé, déjà, j'adorais la regarder dormir. Et elle sera toujours *mon bébé* – même si, à seize ans, elle me dépasse désormais en taille.

— Lucy, chérie, dis-je doucement. On est arrivés.

Aucune réaction.

À côté d'elle, Daniel est tout entier à son jeu, son casque sur les oreilles. Voilà bien l'exact opposé de sa grande sœur : une petite boule d'énergie qui n'a jamais été porté sur le sommeil, pas plus à sa naissance que maintenant, neuf ans plus tard.

— On y est ?

— Oui. Réveille ta sœur, s'il te plaît. *Doucement.*

Il me lance un sourire espiègle avant de secouer le bras de Lucy.

— On est arrivés, Belle-au-bois-dormant. La maison des vacances.

Comme elle ne réagit toujours pas, Sean défait sa ceinture de sécurité.

— Laissons-lui cinq minutes, le temps de sortir les bagages. Allez, c'est parti !

J'ouvre ma porte, étire mes membres engourdis par le voyage. Sitôt à l'extérieur, je sens la fraîcheur de la clim s'évanouir, et la chaleur de la fin de ce mois de juillet m'enveloppe comme une couverture. Le sol semble cuire au soleil, et des effluves de pins et d'olives viennent chatouiller mes narines. Pas de voiture, pas une âme qui vive : seul le vent qui frissonne au sommet des cyprès vient troubler le silence – et le moteur de la voiture qui refroidit tranquillement avant de s'éteindre.

Rowan n'avait pas menti : la maison est immense, avec ses trois étages de pierre blanche sous les tuiles en terre cuite. Devant le perron, des oliviers offrent de l'ombre au parking en demi-lune, et le grand escalier conduit à une double porte d'entrée en chêne sculpté.

— Waouh, s'exclame Sean à mes côtés, et pour un instant je le retrouve, enthousiaste comme il l'est d'habitude. *Mon* Sean.

Je passe mon bras autour de sa taille. J'ai besoin de sentir sa présence à côté de moi avant d'entrer dans la villa. Sentir la chaleur de son corps, sa peau, ses muscles sous sa chemise. Sean et moi, tous les deux face au reste du monde.

Mais après quelques secondes, il s'écarte soudain.

Rowan vient d'apparaître en haut de l'escalier.

2

— Bienvenue à la Villa Corbières ! lance Rowan dans un grand sourire. N'est-elle pas *magnifique* ?

Elle descend à notre rencontre et ses sandales de luxe résonnent sur la pierre. Petite robe d'été couleur crème, lunettes de soleil Cartier remontées dans les cheveux : depuis qu'elle a créé son entreprise, elle est toujours habillée de façon impeccable. Comme elle a changé, depuis nos années étudiantes ! Dire que je l'ai connue toute empruntée, avec son appareil dentaire et les posters de Take That sur les murs de sa chambre. Nous avons toutes tracé notre chemin, mais de nous quatre, Rowan est assurément celle qui est allée le plus loin.

Elle me prend dans ses bras et je ferme les yeux pour mieux profiter de la finesse de son parfum.

— C'est encore plus grand que sur les photos ! dis-je en me forçant à sourire.

Du coin de l'œil, j'observe Sean : il a déjà repassé la tête dans la voiture pour consulter son portable.

— Attends un peu de voir l'intérieur, dit Rowan. Viens, je vais te faire visiter.

Dans la villa, tout n'est que marbre blanc et murs de pierre. Les chambres sont lumineuses et délicatement meublées. De discrètes œuvres d'art abstrait ornent les murs. Et l'air conditionné offre une fraîcheur parfaite.

— La villa appartient à un client, me glisse Rowan avec un sourire de conspiratrice. On s'entend vraiment très bien, lui et moi, en ce moment.

— C'est fabuleux, dis-je. Je n'exagère pas, tout semble sorti tout droit d'un magazine de déco. Tu as eu des nouvelles des autres, au fait ?

— Jennifer est encore en route avec toute sa troupe – ils se sont trompés de direction en prenant l'A9, si j'ai bien compris. Et Izzy arrive de Bangkok demain matin. J'irai la chercher à l'aéroport.

Nous nous sommes rencontrées toutes les quatre le jour de notre entrée à la fac, à Bristol. L'amitié est venue comme une évidence, et nous n'avons pas tardé à quitter la résidence universitaire pour louer ensemble une maison en ville. Les trois années les plus importantes de ma vie, sans aucun doute. L'envie me prend soudain de me retrouver vingt ans plus tôt – une envie si violente qu'il me semble sentir les arômes improbables des plats végétariens que cuisinait Izzy dans la maison, l'odeur persistante de la crème décontractante dont Jennifer s'enduisait après le tennis, ou encore cet entêtant cocktail de parfum, de vernis à ongles et de rosé qui régnait dans la chambre de Rowan quand nous nous préparions pour sortir le vendredi soir. Nous étions si proches, à l'époque : même milieu social, mêmes études, même rêves et mêmes espoirs, toutes les quatre à attendre que la vie nous prenne par la main. Puis nous avons quitté l'université et il a bien fallu enfiler nos costumes d'adultes, comme des serpents qui changent de peau.

Pendant plus de dix ans, nous avons passé chaque été un long week-end ensemble, toujours dans un lieu différent : Dublin ou Prague, Édimbourg ou Barcelone. La tradition a perduré malgré les bébés qui naissaient, le travail qui nous accaparait, et tout le reste. Puis, une année, alors que Rowan était enceinte d'Odette, nous n'avons pas réussi à nous organiser… Et sans que je comprenne vraiment pourquoi, l'habitude s'est perdue. Cinq années entières sans voyage entre copines.

Ces vacances doivent nous permettre de renouer avec la tradition et de marquer le coup pour nos quarante ans. *Le changement de décennie.* Nous avons bien senti que si nous ne le faisions pas maintenant, nous ne le ferions plus jamais. Avec quelques aménagements, bien sûr : pour la première fois, enfants et conjoints nous accompagnent, et le week-end s'est transformé en une semaine. Pour passer vraiment du temps ensemble.

Et c'est ainsi que nous voilà, en plein Languedoc, vingt ans après notre première rencontre.

Une petite fille s'approche de Rowan, les deux mains tendues vers elle. Ses cheveux roux frisés sont noués en couettes, ses joues rebondies constellées de taches de rousseur.

— Maman, tu peux me prendre dans tes bras ?

Rowan soulève la fillette et la cale en équilibre sur sa hanche.

— Tu es un peu trop grande pour que je te porte, Odette.

— Non, je suis pas trop grande !

— Bonjour Odette, dis-je. Je crois que ta maman a raison : tu as bien grandi ! Quel âge as-tu, maintenant ?

Ses grands yeux noisette me dévisagent tandis que ses doigts agrippent la bretelle de la robe de Rowan. Je note que la mère et la fille portent presque les mêmes habits.

— Cinq ans.

— Daniel est dans les parages. Je suis sûre qu'il aimerait bien jouer avec toi.

— J'aime pas les garçons, affirme la fillette avec assurance.

Comme s'il nous avait entendues, Daniel arrive en courant dans la pièce ; il s'arrête devant nous en dérapant, essoufflé.

— Tu as vu la télé ? dit-il avec une voix encore ébahie. Elle est *géante*.

Rowan le regarde avec un grand sourire.

— Il y a aussi une salle de gym, une salle de jeux, un sauna et une piscine.

— Maman, je pourrai prendre le caméscope, plus tard, pour faire une vidéo de la maison ?

— Oui, mais demande à ton père d'abord.

— Cool. Je vais voir la piscine !

— Sois prudent ! dis-je, mais il a déjà filé.

Rowan fait coulisser la porte-fenêtre et je découvre une vaste terrasse qui domine une petite colline plantée de vignes. Sur le sol de pierre ont été installées une grande table et douze chaises protégées par des parasols. Au loin, champs et forêts s'étendent à perte de vue sur des reliefs tout en douceur.

— L'endroit est habité depuis deux mille ans, explique Rowan. À l'origine, c'était une villa romaine. Puis il y a eu un château médiéval, qui est tombé en ruine, et maintenant cette maison. C'est orienté à l'ouest, tu verras, les couchers de soleil sont fabuleux.

La vue est réellement sublime. Vignes, oliveraies, champs de blé et vergers : la campagne française offre un vrai camaïeu de verts, parsemé ici et là de toits de tuiles. Ce doit être bon, tout de même, d'avoir de l'argent ! En temps normal, nous n'aurions jamais pu nous payer un tel luxe.

— Merci mille fois d'avoir arrangé ça, Rowan. Je n'ose même pas imaginer combien coûterait la location pour une semaine…

Elle presse doucement mon bras.

— Probablement vingt mille en haute saison. Mais je ne crois pas qu'ils la louent à des particuliers. La villa ne sert qu'à des événements professionnels, des RP, des hospitalités – tu vois le genre.

Je ne vois pas vraiment, non: ma vie professionnelle ne connaît ni relations publiques ni *hospitalités.* J'acquiesce néanmoins. Et tandis que Rowan et moi restons côte à côte devant ce décor de rêve, je mesure combien nos univers se sont éloignés, et mon ventre se noue à nouveau.

Ce n'est pas que je n'aime pas mon travail – au contraire. Voilà treize ans que je suis enquêtrice au sein de la police scientifique de Londres, spécialisée dans les scènes de crime. Le même boulot, la même maison depuis plus de dix ans: c'est peut-être parce que ma vie change si peu que je suis plus sensible au changement chez les autres. Tout est question de perspective.

Ou alors, c'est à cause de Sean.

— Entre le vignoble, les jardins et le mur, l'intimité est absolue, poursuit Rowan. Toutes les vignes font partie de la propriété, jusqu'au bois tout là-bas, tu vois?

Ignorant les protestations de sa fille, elle repose Odette sur le sol carrelé pour me montrer du doigt une épaisse rangée d'arbres, à près de deux cents mètres de nous.

— Il faudra qu'on aille y jeter un œil un peu plus tard. Il paraît qu'après les arbres, il y a une gorge incroyable, avec un sentier taillé directement dans les rochers. L'eau la plus pure dans laquelle tu puisses te baigner – elle vient direct de la montagne!

— Ça risque d'être un peu froid pour moi…

Sitôt les mots sortis de ma bouche, je regrette de me montrer aussi ingrate. *Qu'est-ce qui cloche chez moi?* Je devrais me sentir heureuse, ici, dans cette villa de rêve, entourée des gens que j'aime.

Rowan, elle, ne se pose pas ces questions. De nouveau, elle prend mon bras pour attirer mon attention sur notre gauche :

— … Et là, en contrebas, il y a la piscine.

Je note la perfection de sa manucure, et dans le prolongement de sa main, une grande piscine à débordement, avec chaises longues et parasols. L'eau d'un bleu parfait s'étend jusqu'au pied de la terrasse.

— Waouh, dis-je pour la dixième fois. On se croirait dans un film.

— Et là-bas, continue Rowan en pointant le clocher d'une église, c'est Autignac. À dix minutes à pied. Il y a une boulangerie, une supérette et un petit restau sur la place. Le mercredi, c'est jour de *marché* – que des produits locaux, fruits et légumes, boissons, artisanat. Tu vas adorer.

Sans transition, elle désigne un grand homme brun, veste de lin blanc sur pantalon chino, qui parle au téléphone en faisant les cent pas au bord de la piscine.

— Regarde, Odette, papa arrive.

— Papa ! crie la fillette, les mains empoignant la balustrade de pierre de la terrasse.

L'homme ne réagit pas. Il allume une cigarette.

— Papa ! crie Odette, plus fort. Papa ! Papa !

L'écho emporte les cris d'Odette en bas de la colline tandis que l'homme semble toujours ne rien entendre. Une dernière fois, elle tente : « PAPA ! » d'une voix si stridente qu'elle me fait reculer d'un pas.

Son père finit par lever les yeux vers elle. Il la gratifie d'un demi-sourire et d'un salut distrait de la main qui tient sa cigarette, et reprend sa conversation.

D'instinct, je tends doucement la main vers Odette pour tenter de calmer la colère que je sens monter, mais elle écarte mon bras d'un geste brusque et reprend sa place dans les jambes de sa mère. Je repose mes coudes sur le parapet. La pierre est douce et chaude sous ma peau.

— Russ est du genre à travailler même pendant les vacances ? je demande à Rowan.

— 24 heures sur 24, 7 jours sur 7, soupire-t-elle. Son boss est un admirateur de Gordon Gekko. Sa citation préférée, c'est : « L'argent ne dort jamais ».

Le métier de Russ reste très mystérieux pour moi. Je sais qu'il s'agit de finance, de *hedgefunds* et de *trading*, et que de très grosses sommes sont en jeu. Mais que fait-il *vraiment* ? Je n'en ai aucune idée.

Une notification fait résonner le téléphone de Rowan ; elle consulte son écran.

— Maman ! Porte-moi encore !

Odette s'agrippe toujours à la robe de sa mère ; sa main laisse de petites traces de sueur sur le précieux tissu.

Rowan tape prestement une réponse avec ses pouces.

— Pourquoi ne vas-tu pas… voir ce que fait papa ? Hein ?

— Non ! dit Odette en claquant une de ses sandalettes roses sur le sol, son joli visage tordu par la colère. Je veux que tu me portes !

— Les bras de maman commencent à fatiguer, dit Rowan en continuant de textoter.

— Maman !

— Une minute, ma chérie.

Rowan se retourne et regagne l'intérieur de la maison. Odette hésite un instant, puis elle se précipite dans le salon à la suite de sa mère. Ses longues couettes se balancent derrière elle comme si elles aussi étaient en colère.

Je réprime un sourire devant cette démonstration de caractère. Toute petite déjà, Odette se distinguait par ses caprices. Il semblerait que l'âge n'arrange rien à son tempérament : j'ai l'impression que ses accès de fureur sont toujours plus véhéments.

Ma propre fille fait son apparition sur la terrasse, téléphone à la main, tout en bâillements et en étirements.

— Tu es réveillée, ma Lucy ! Viens voir un peu comme la vue est belle par ici.

Elle me rejoint et admire le paysage pendant une bonne seconde.

— Cool. T'as les codes du Wi-Fi ?

3

Sol de marbre, meubles en bois ancien, lit à baldaquin protégé par une moustiquaire : la vie de château continue. Sean hisse nos valises sur le lit et nous commençons à déballer nos affaires.

Daniel ne tarde pas à nous rejoindre, tout maigre dans son maillot de bain avec sa peau de petit Anglais qui ne bronzera jamais.

— Je suis prêt ! annonce-t-il.

Il enfile ses lunettes et brandit ses deux pouces en l'air.

— Papa, tu viens à la piscine ?

Sean secoue la tête en souriant.

— Pas tout de suite.

— Je veux être le premier !

— *J'ai presque fini*, dit Sean en rangeant une pile de t-shirts dans un tiroir de la commode.

Daniel le regarde sans comprendre. Sean lui traduit.

— Attends, ils parlent français, ici ? demande Daniel.

— T'es un malin, toi, ironise sa grande sœur.

Lucy se tient dans l'encadrement de la porte, les bras croisés.

— Peut-être que c'est pour ça que ça s'appelle *France* ?

Le sourire de Daniel s'efface soudain.

— Mais je ne sais pas parler français, moi. Tu sais, toi, papa ?

— Bien sûr. Nous autres Irlandais avons beaucoup en commun avec les Français.

— Comme quoi ?

— Déjà, on ne peut pas saquer les Anglais.

Je lui lance une serviette à la figure, Sean l'attrape au vol.

— Je plaisante…

Je souris malgré moi.

— Papa fait des blagues, Daniel. Les Anglais s'entendent très bien avec les Français. C'est pour cela que tu apprends la langue à l'école.

— Mais je n'ai rien retenu, à part *bonjour* et *pommes frites.*

Sean a trouvé son maillot de bain dans la valise.

— Tu peux déjà aller loin avec ça, tu sais ? Tiens : tu sais pourquoi les Français ne mangent qu'un seul œuf au petit déjeuner ?

— Hmm… Non.

— Parce qu'*un œuf* est un œuf.

Daniel éclate de rire une seconde, puis dit :

— Je n'ai pas compris.

— En français, *egg* se dit œuf. *Un œuf* is enough. Un œuf ça suffit !

Lucy lève les yeux au ciel.

— Sérieux, papa ? C'est la pire blague du monde.

Sean bat en retraite dans la salle de bains pour se changer. Quelques secondes plus tard, il repart de plus belle à travers la porte.

— Hey, Daniel ! Tu as entendu parler de cette usine de fromage qui a explosé ?

— Non.

— Il ne restait rien. Que du brie.

— Ahah ! Mais, euh… Je ne comprends pas non plus.

— Du *brie*. Débris. Tu l'as ? Rien que des débris.

— C'est pas possible, soupire Lucy avant de regagner sa propre chambre.

Daniel, lui, se gratte le nez.

— C'est quoi, du brie ?

— Qu'est-ce qu'ils t'apprennent donc à l'école ? Le brie, c'est un fromage français très célèbre !

— Ah. Tu peux la refaire ?

Sean sort de la salle de bains en maillot et répète sa blague en jetant sur le lit jean, chemise, clés et portefeuille. Il s'est inscrit dans une salle de sport depuis quelques mois, et ça se voit. Son torse et ses épaules se sont musclés, sa taille est plus fine. Non qu'il ait été en surpoids – mais là, le résultat est spectaculaire. Et cela m'effraie un peu, je dois dire. Je ne peux m'empêcher de ressentir une pointe de jalousie, comme si tous ces efforts étaient destinés à impressionner quelqu'un d'autre.

Une autre femme que moi.

Daniel s'élance dans le couloir en riant encore et nous laisse seuls dans la chambre, Sean et moi. En une fraction de seconde, son sourire s'efface pour laisser place à un rictus d'une gravité que je ne lui connais pas.

Je me fige sur place, une paire de chaussures dans chaque main, ne sachant comment réagir. Tout cela a été si soudain.

Mais quand Sean s'aperçoit que je l'ai vu, il s'empresse de sourire à nouveau.

— Bon, eh bien je file avec Aquaboy, alors.

— Bien sûr. Tout va bien, mon amour ?

— Tout va très bien. Super.

— Je finis de ranger tout ça, je prends une douche rapide et je vous rejoins.

— Excellente idée.

Je le regarde sortir de la chambre. Son accent irlandais résonne dans l'escalier quand il rejoint Daniel.

— Tu sais pourquoi on ne peut pas entendre quand un ptérodactyle va aux toilettes ?

Je n'aurai pas la réponse, ils sont déjà trop loin.

Je retourne à mon rangement, mais un mélange de peur et de malaise me vrille soudain le ventre, et je dois m'asseoir sur le lit. Je connais Sean mieux que personne. Je sais quand il est malheureux, quand il plaisante pour masquer une gêne, je sais quand il ment. Mais cette expression, là, alors qu'il m'assure que tout va bien… Je ne me rappelle pas l'avoir déjà vu comme ça – à part peut-être à l'enterrement de son père.

La sonnerie étouffée d'une notification Messenger rompt le silence. Je me relève pour sortir mon téléphone de ma poche et le débloque avec mon empreinte digitale.

Pas de nouveau message.

Je range mon téléphone dans ma poche et aussitôt retentit une nouvelle notification, toujours assourdie.

Instinctivement, je me tourne vers les affaires que Sean a laissées sur le lit et tâte les poches de son jean. Pas de téléphone. Le silence est revenu, à peine troublé par le faible écho qui me parvient depuis la piscine : des rires, des éclaboussures, la voix surexcitée de Daniel.

Quand pour la troisième fois survient une notification Messenger, je comprends d'où elle vient.

La table de nuit de Sean.

J'avance une main et la retire aussitôt. Je n'en suis tout de même pas réduite à espionner mon mari… À moins que ? Je reste assise un long moment sans bouger. Puis je n'y tiens plus, je tends le bras à nouveau, et très doucement je commence à tirer la poignée…

Il n'y a rien dans le tiroir, hormis le téléphone de Sean. Ce téléphone qu'il ne lâche plus depuis quelque temps, comme s'il était relié à lui par un cordon ombilical invisible. À tel point que, ces derniers jours, je n'ai pas pu m'empêcher de le regarder du coin de l'œil chaque fois qu'il le consultait, en essayant de deviner ce qui pouvait bien l'accaparer ainsi. En essayant aussi de mémoriser le schéma de déverrouillage qu'il composait sur l'écran. En essayant surtout de comprendre si c'est moi qui deviens folle, ou s'il se passe vraiment quelque chose de grave.

Comme si elle était autonome, ma main se saisit du téléphone. Mon pouce appuie sur le bouton d'alimentation, et l'écran s'allume sur une photo des enfants.

Juste une fois, pour me rassurer.

Je déverrouille son téléphone sans même m'en rendre compte. Mon cœur bat de plus en plus fort.

Je sais bien qu'il ne faudrait pas. *Je sais.*

Mais je regarde.

Et tout s'effondre.

4

Cela ressemble à une chute libre.

Comme si une trappe venait de s'ouvrir sous vos pieds – une trappe infiniment profonde qui vous aspire tout entière. Pendant une minute, c'est presque agréable, il suffit de se laisser aller. Puis c'est le plongeon, la dégringolade, l'effondrement. Tout devient noir, vous ne voyez plus le sol, rien ne peut arrêter la chute. Tout autour de vous s'écroule aussi : ce que vous avez construit pendant des années, ce qui vous rassure, ce que vous aimez.

Tout a commencé par un petit picto bleu qui annonçait trois messages non lus sur Messenger.

J'ai cliqué. En haut de l'écran, une conversation ouverte avec un contact du nom de Fille-de-Corail.

Écris-moi plus tard quand tu pourras. x

Je te l'ai dit, faudra être prudents cette semaine.

N'oublie pas d'effacer les messages dès que tu les auras lus.

J'ai déroulé les messages en commençant par ceux d'hier. Le premier message était de Sean. En le lisant, j'ai senti que mon cœur s'arrêtait de battre.

— *Je n'arrête pas de penser à ce que tu as dit.*

— *J'en pensais chaque mot.*

— *Il faut qu'on parle, vite.*

— *Est-ce que K soupçonne quelque chose ?*

— Elle ne se doute de rien. Mais on ne peut pas continuer comme ça.
— OK, on verra quand on sera en France. On trouvera une solution.
— Je dois lui dire.
— On en a déjà parlé. Il vaut mieux que ça reste secret.
— Je sais, mais je m'en veux de mentir à K…

Lire m'est insupportable mais je ne peux pas m'arrêter, impossible de détacher mes yeux de l'écran. Et chaque nouveau mot est comme une bombe de plus qui fait exploser mon mariage.

Je remonte un peu pour relire ce passage
— Est-ce que K se doute de quelque chose ?
— Elle ne se doute de rien. Mais on ne peut pas continuer comme ça.

Une goutte s'écrase sur l'écran, et je me rends compte que je pleure.

J'ai l'impression de ne plus rien savoir de ma propre histoire. Comme si ma vie entière s'était transformée en fiction. Toutes ces années passées ensemble… Était-ce vrai ? Jouions-nous un rôle ? D'une main tremblante, je clique sur Fille-de-Corail pour voir son profil. Il n'y a pas de photo, juste un profil anonyme, avec un mail bidon. *Femme. Vit à Londres.* Pas d'autres informations.

Je me dépêche de marquer les derniers messages comme non lus avant de reposer le téléphone et de refermer le tiroir. Et je me retrouve seule sur un lit que je ne connais pas, dans une maison inconnue, un pays étranger, le regard perdu fixant le mur devant moi.

J'ai chaud, j'ai froid, je suis en colère et je pleure. J'ai été trompée et j'en suis malade.

La chute libre continue, et les questions m'assaillent.

Est-ce vraiment sérieux ? Pourquoi Sean a-t-il fait ça ? Comment ai-je pu me méprendre à ce point sur lui ?

… Et bien sûr la grande question : Qui est-elle ?

Mais pour celle-là, j'ai déjà un indice.

On verra quand on sera en France.

La France. Dès que j'ai vu le mot, j'ai compris ce que ça signifiait. Rowan, Jennifer ou Izzy : mon mari me trompe avec l'une de mes meilleures amies. Mes trois plus vieilles copines avec qui nous nous apprêtons à passer une semaine entière.

5

Ce n'est pourtant pas le genre d'homme à entretenir une liaison, me dis-je.

Pas mon Sean. Pas le mari aimant et drôle qui raconte des blagues idiotes, pas le père qui portait les enfants sur son dos quand ils étaient petits et chantait des berceuses pour les endormir.

Et pourtant, ces dernières semaines, tous les signes étaient là : Sean de plus en plus mystérieux et préoccupé, souvent sur la défensive, presque toujours sur son téléphone. Sean qui s'inscrit à la salle de sport et se soucie de son apparence.

Comment ai-je pu ne rien voir de ce qui se passait sous mes yeux ?

Et qui est-elle ? Laquelle de mes amies m'a trahie ?

Mon cœur martèle ma poitrine comme si un danger mortel me menaçait. *Fuir ou combattre*, dit-on. J'emporte mon téléphone avec moi dans la salle de bains, je verrouille la porte et m'assieds sur le battant des toilettes. J'ouvre la galerie de photos et passe en revue l'album de la dernière fois que nous étions toutes les quatre ensemble, chez Rowan et Russ, à Chiswick…

La voilà. Une photo innocente, prise sur le vif par Daniel. Rowan parle en gardant un œil sur son iPhone. Jennifer s'affaire pour enduire ses deux ados de crème solaire. Izzy, adossée au mur, contemple la scène avec un sourire ironique.

Et moi, dans un coin de la photo, qui regarde distraitement l'appareil.

Dire qu'on croyait connaître tous nos secrets – toutes ces histoires qui vous lient pour la vie, ces souvenirs qui forment comme une langue commune. Ensemble, nous avons partagé ce que jamais nous n'aurions avoué à nos petits amis, ou nos maris. Des choses que nous n'aurions jamais confiées à quiconque. Izzy, Jennifer, Rowan : je croyais les connaître comme personne. Il y en a une, apparemment, que je connais bien mal.

Ce qui est certain, en revanche, c'est que j'ai déjà pu leur faire du mal, à toutes les trois. En vingt ans d'amitié, j'ai dit ou fait des choses qui ont pu vexer ou blesser chacune d'entre elles. Des choses qui, parfois, ont changé leur vie. Et maintenant, ces souvenirs douloureux reviennent comme un boomerang.

Peut-être que je mérite ce qui m'arrive, après tout.

J'ai impression d'avoir de nouveau quinze ans, paralysée par le doute et l'anxiété, comme si ces vingt-cinq dernières années n'avaient été qu'un rêve. En pilotage automatique, je me lève, me débarrasse de mes vêtements et entre dans la douche.

Je fais couler l'eau et laisse ruisseler mes larmes, mes sanglots étouffés par le jet chaud et puissant.

***

Bien sûr, je sais ce que je devrais faire. Je devrais descendre à la piscine et demander à Sean de me dire ce que signifient ces messages, et de qui ils proviennent.

Qui est-elle ?

Mais je n'en fais rien.

Car tandis que l'eau coule le long de mon dos et que la raison tente de reprendre ses droits, je réalise que je manque encore d'éléments pour agir. Un simple soupçon peut-il être mis dans la balance avec vingt ans de mariage? Non. Ce que j'ai appris n'est pas encore assez tangible. Certes, notre mariage n'est pas parfait – cela existe-t-il seulement, un mariage parfait? Jusqu'à présent j'étais plutôt heureuse, et il me semble que lui aussi. Peut-être que si j'en apprends plus, je pourrai arranger les choses au lieu de tout détruire dès ce soir en lui balançant ma découverte à la figure.

Il y a une autre raison aussi, avouons-le. C'est que j'ai peur. Peur qu'il ne nous quitte, moi et les enfants, pour une nouvelle aventure. Je n'ai aucune envie que cela arrive. Et encore moins envie de le provoquer en me précipitant.

De toute façon, que pourrais-je bien faire? Je ne vois même pas comment je pourrais entamer une telle discussion.

Dis donc, Sean, figure-toi que j'ai mémorisé le code de ton téléphone et que j'ai attendu que tu t'éloignes un peu pour consulter tes messages. Alors, qui est l'autre femme, hein? Qu'est-ce qui se passe?

Comment as-tu pu me faire ça, à moi? À ta famille?

Je répète la scène dans ma tête, les mots se forment presque sur mes lèvres, j'essaie d'imaginer ma voix si je les prononçais. Mais cela semble si fou. Alors non, je ne dirai rien. Je reste sous la douche et laisse l'eau se mêler à mes larmes.

Je me souviens de cette recherche sur Google, voilà quelques semaines. Comme une hypocondriaque moderne qui va voir sur le Web si sa migraine ne serait pas due à une tumeur au cerveau, je me suis renseignée sur l'infidélité. J'ai vu que l'adultère touchait un couple marié sur trois. Ce qui veut dire que, statistiquement, l'une de nous quatre serait une femme infidèle ou trompée.

Que l'une de nous quatre *est déjà* une femme trompée.

Évidemment, il y aurait une autre option : je pourrais prétendre ne jamais avoir vu ces messages. Faire comme si je n'avais jamais ouvert le téléphone de Sean, et me laisser porter par les événements comme si rien n'avait changé. Pourquoi vouloir brusquer les choses ? Peut-être vaudrait-il mieux imaginer que Sean est toujours un mari fidèle, et que je suis encore une épouse qui n'espionne pas les messages de son homme. Mais faire semblant de n'avoir pas vu ces messages que je ne pourrai jamais oublier, n'est-ce pas de la folie ? Je n'ai jamais été très douée pour faire semblant, et j'ai toujours détesté cette zone floue qui sépare la vérité de tout le reste. J'aime le noir et le blanc, le gris ne me va pas bien. J'ai toujours eu besoin de savoir, d'être sûre avant de décider quoi faire ensuite.

Ce serait une torture que de jouer la comédie de la famille heureuse une semaine entière tandis que mon mariage ressemble à un crash d'avion au ralenti. Je *dois* savoir. Et je sais comment procéder. Si j'observe bien Sean, je devrais réussir à comprendre avec laquelle des trois il me trompe. C'est mon métier, après tout. Chaque jour, je traque des indices. Toute l'année, je collecte des informations, je les enregistre, je les examine, j'assemble les pièces des puzzles les plus complexes. Tout ce que j'ai à faire, c'est de rassembler les preuves de l'infidélité de mon mari, et de remonter jusqu'à la source.

Je vais débusquer celle qui m'a trahie, celle qui tente de briser notre famille.

Si je découvre ce qui se passe exactement, peut-être pourrai-je agir avant qu'il ne soit trop tard. J'ai une semaine devant moi pour trouver la vérité, pour comprendre où va mon couple et voir s'il peut être sauvé. Une semaine à vivre avec entre nous ce fil de messages comme une faille invisible, juste sous la surface, une faille qui menace à tout moment de s'élargir en nous séparant – moi d'un côté, Sean de l'autre. Je le sens en moi, ce besoin presque maladif de savoir – de *tout* savoir, jusqu'aux détails les plus sordides. De tout voir avec mes propres yeux. En attendant, il va falloir me comporter comme si tout allait bien, et paraître *normale* – aussi normale que possible, en tout cas.

Je referme le robinet et me sens soudain plus seule que jamais, comme si j'étais au bord d'un précipice, prête à me lancer sur une corde raide au-dessus du néant. Une corde tendue entre la vie d'avant, celle que je croyais connaître, et la vie *d'après* – mais après quoi ? Je n'ai pas le choix : je dois me lancer, il en va de ma santé mentale. Je vais m'habiller, me forcer à sourire, affronter les regards. Et je vais découvrir la vérité.

Je viens de prendre ma résolution quand on frappe à la porte. Une fois, deux fois.

— Maman ? fait la voix essoufflée de Daniel. Tu es là ?

— Je finis de me préparer.

— Rowan me dit de te dire qu'elle a eu un message. Jennifer arrive.

6

J'enfile en vitesse une petite robe à fleurs et des sandales tandis qu'au rez-de-chaussée Rowan accueille Jennifer avec son exubérance habituelle.

Je m'installe devant la coiffeuse, maquille mes yeux gonflés par les larmes et rassemble mes pensées.

Aie l'air normale.

Quand je me retourne, Jennifer est déjà là, à l'entrée de la chambre, en jean déchiré et petit haut rose, ses lunettes de soleil dans ses longs cheveux blonds et son téléphone à la main. Elle ne porte aucun maquillage – elle n'en a pas besoin – et pas de bijoux hormis ce discret crucifix d'argent autour de son cou. Même pieds nus, elle mesure une bonne demi-tête de plus que moi, à peine plus petite que Sean et son mètre quatre-vingts. Une amazone avec la beauté brute des grandes sportives.

— Toc, toc, fait-elle en tendant les bras vers moi.

Je me lève, nous nous embrassons et commençons à parler de la météo, du voyage et de son incorrigible mari qui n'arrive jamais à suivre les indications de Google Maps.

— Alors, dit-elle, qu'est-ce que tu en penses ? Cette villa est dingue, non ? Tu as déjà eu droit à la visite guidée ?

— Rowan m'a montré, oui. La vue depuis la terrasse est incroyable.

— Fabuleuse. On dirait la maison d'une star d'Hollywood.

Jennifer a grandi en Californie, et son accent américain la reprend chaque fois qu'elle s'enflamme pour quelque chose, comme pour rappeler qu'elle a beau avoir vécu plus de la moitié de sa vie au Royaume-Uni, la fille de L.A. n'a jamais vraiment disparu. Elle a débarqué en Angleterre à quatorze ans quand son père, cadre d'une multinationale, a été muté à Londres. Elle n'est jamais repartie, et son accent est resté à jamais figé au-dessus de l'Atlantique – *british* pour les Américains, américain pour les Anglais.

Je l'observe un instant et la trouve légèrement agitée.

— Les garçons vont bien ? je lui demande. Ils sont bien installés ?

— Je crois qu'ils sont déjà partis en exploration.

Elle se retourne dans le couloir puis se penche vers moi :

— Je crois qu'ils ne m'ont pas encore pardonnée.

— Pardonnée de quoi ?

— Nous nous sommes disputés hier en faisant les bagages. Ils voulaient emporter la Xbox, Ethan l'avait déjà mise dans sa valise. Je leur ai dit qu'il n'était pas question qu'ils passent toute la semaine dans une pièce aux volets fermés à jouer à *Call of Duty*, à *Fortnite* ou je ne sais quoi alors que nous avions la Méditerranée à nos pieds, et que la console resterait à la maison.

— J'imagine que ça ne s'est pas très bien passé.

Elle fait un geste de la main.

— Pas vraiment, non. Espérons que tout ira mieux quand ils auront vu tout ce qu'ils peuvent faire ici…

Elle tente de minimiser l'incident, mais je vois bien qu'elle reste marquée par cette dispute. Elle a toujours mis un point d'honneur à ne pas élever la voix, ne jamais crier sur ses enfants, éviter tout sarcasme et surtout, surtout, ne jamais lever la main sur eux. Pas même le jour où Jake, à sept ans, a failli mettre le feu à leur maison en jouant avec des allumettes. Dans la cuisine, elle a accroché un poème qui exhorte les parents à tenir à distance les émotions négatives pour éduquer leurs enfants dans l'amour, l'encouragement et la bienveillance.

Ses deux garçons sont sa raison de vivre. Onze mois seulement les séparent, et dès le départ, Jake et Ethan ont accaparé toute son énergie. Elle a quitté son travail et s'est jetée à corps perdu dans sa mission de mère au foyer, avec un enthousiasme qui parfois confine à l'obsession, fière et protectrice comme une louve. Elle aurait pu reprendre sa carrière de physiothérapeute quand Ethan a rejoint son grand frère en primaire, mais elle a préféré prendre un job à mi-temps dans leur école.

Sean nous rejoint bientôt, une serviette sur la taille et les cheveux encore mouillés. C'est la première fois que je le vois depuis que j'ai trouvé les messages sur son téléphone, et je me sens aussitôt rougir dans un mélange de colère et de chagrin. Tout est encore si récent, si brutal. Il faut à tout prix que je domine mes émotions, et que je me compose une expression qui ne révélera rien du secret explosif dont je suis désormais détentrice.

Regarder Sean m'est insupportable. Mais je ne peux pas non plus regarder ailleurs.

Il salue Jennifer d'une bise sur la joue – un geste qui me semble bien froid dans ces circonstances, mais qu'en sais-je ? – et reprend le rangement interrompu tout à l'heure.

— Il y a une salle de jeux en bas, tu as vu ? dis-je à Jennifer avec l'impression que ma voix sonne faux. Ils ont un billard, un baby-foot et plein d'autres trucs. Je suis sûre que les enfants vont trouver de quoi s'amuser.

Jennifer acquiesce. Elle semble n'avoir rien remarqué de spécial.

— J'espère surtout qu'ils joueront dehors. L'air est plus pur ici qu'à Londres. Et ils passent tellement de temps devant cette foutue console…

Alistair vient nous saluer, habillé en pur touriste : débardeur trop petit sur un simple slip de bain, cuisses nues et épaules poilues. J'ai toujours trouvé que lui et Jennifer étaient mal assortis – physiquement, en tout cas. Ils font partie de ces couples qui semblent ne pas vieillir au même rythme : elle a gardé cette grâce élancée qui lui a valu tant de succès auprès des garçons quand nous étions à la fac ; Alistair, lui, semble plus replet et débraillé que jamais, avec sa barbe mal taillée et ses lunettes en écailles.

— Ah ! dit-il. Je suis sûr que vous étiez en train de parler du drame de la Xbox.

— Arrête, soupire Jennifer. C'était une tempête dans un verre d'eau.

— Je lui ai dit qu'elle aurait dû les laisser prendre la console, m'explique Alistair. Il faut bien leur laisser le choix à un moment, qu'ils fassent leurs propres erreurs. Autant que ce soit maintenant, non ? Ils ont l'âge de tester leurs limites, et celles des autres. Ce ne sont plus des petits garçons.

— Ce sont toujours *mes* petits garçons, réplique Jennifer, les mains sur les hanches. Et ce serait sympa que tu me soutiennes de temps en temps, au lieu de me laisser toujours le rôle de la méchante qui fait la police.

— Oh, mais tu es aussi parfaite dans le rôle de la gentille, *ma chérie*, dit Alistair en m'adressant un clin d'œil complice.

— N'empêche que j'aimerais bien que tu considères Jake et Ethan comme nos *enfants*, et pas comme deux patients de plus.

Une paire de Crocs claque soudain dans les escaliers et Daniel déboule, hors d'haleine et cheveux trempés.

— Papa, je peux prendre ton caméscope ? Je vais faire un tour de la maison façon Joe Sugg !

Sean fouille dans un tiroir et tend la caméra à son fils.

— Sois prudent avec, s'il te plaît.

— Prudent est mon deuxième prénom !

Et Daniel sort de la pièce en courant.

— Rappelez-moi qui est Joe Sugg ? demande Jennifer.

— C'est un Youtubeur, avec huit millions d'abonnés. Spécialiste des bêtises en tous genres.

— Génial.

Alistair botte en touche :

— Cette villa est absolument parfaite, non ? Qui vient piquer une tête ?

— Peut-être plus tard, dis-je. Si l'eau n'est pas trop froide.

— Vingt-neuf degrés, si j'ai bien compris. Un vrai bain chaud. Tu viens, Jennifer ?

— Tout à l'heure. Tu as vu Jake ?

— Pas depuis que les garçons sont allés dans leur chambre.

— Tu pourrais vérifier du côté de la piscine, s'il te plaît ?

— Je suis sûr qu'ils vont bien, chérie.

— S'il te plaît ?

— D'ac-o-d'ac, cède Alistair qui se retire à pas feutrés en faisant glisser ses tongs sur le carrelage.

— Je pourrais bien retourner me baigner quand j'aurai fini de ranger, dit Sean en achevant de vider sa valise. Cette piscine est formidable.

J'observe Jennifer : soit elle ne l'a pas entendu, soit elle fait bien semblant. Quelque chose ne colle pas dans ce tableau, comme une mauvaise odeur dans une pièce où personne n'oserait ouvrir la fenêtre.

Elle fait comme si Sean n'était pas là. Pourquoi donc agit-elle comme ça?

— Tu viens, Kate?

— Pas tout de suite. Dans un moment, peut-être.

— À plus tard, alors. Je ferais bien d'aller voir où sont mes fils.

Un instant plus tard, je l'entends descendre l'escalier. Je jette un coup d'œil à Sean qui suspend ses chemises dans l'armoire.

Est-ce que tu comptes retourner à la piscine juste parce qu'elle y va? Pour passer un peu de temps seul avec elle? Pourquoi t'a-t-elle ignoré comme ça? Pourquoi n'a-t-elle même pas croisé ton regard?

La réponse est peut-être évidente.

Elle ne veut pas croiser ton regard parce qu'elle a peur de se trahir.

Je ne peux pas oublier que Jennifer et Sean sont sortis ensemble pendant quelques mois, à la fac. C'est après leur rupture que nous nous sommes mis ensemble, lui et moi. Nous nous sommes toujours dit qu'il n'y avait pas de problème, que nos deux histoires ne s'étaient jamais chevauchées. Mais peut-être n'était-ce qu'une fable que nous avions inventée parce que c'était plus simple pour tout le monde.

Un souvenir me revient, maintenant: celui de la fois où Sean m'a le plus profondément blessée. Des mots que j'avais enfouis si loin dans ma mémoire que je les croyais oubliés. Nous étions ensemble depuis quelques mois seulement, et nous jouions à Action ou Vérité. Sean était si saoul qu'il tenait à peine debout. *Mon meilleur coup, au lit? Jennifer, forcément, ahah. Mon premier amour, tout ça.*

Je me rappelle notre engueulade homérique, juste après. Je me revois lui expliquer en pleurant qu'on n'était pas obligés de dire la vérité dans ce jeu idiot, surtout si elle se révélait aussi cruelle. Et encore moins quand cela concernait une belle et grande Américaine qui se trouvait être non seulement son ex, mais aussi une de *mes* meilleures amies. Je me souviens de Sean, complètement saoul, qui me faisait des yeux de chat en répétant en boucle qu'il était désolé, implorant mon pardon en chancelant, promettant que c'était une blague, rien qu'une blague, et qu'il ne le pensait pas. Je l'ai quitté ce soir-là, et ce n'est que quinze jours plus tard que j'ai finalement cédé à ses supplications. Nous nous sommes remis ensemble et plus jamais nous n'en avons reparlé. C'était il y a si longtemps que je croyais bien que jamais cette affaire ne referait surface. Je n'en ai jamais parlé à Jennifer, ni aux autres.

Alors, Jennifer ? Toi et Sean ? Vous avez finalement remis ça, après toutes ces années ? Son meilleur coup au lit, après tout, hein. La flamme du premier amour qui se rallume, ou quelque chose comme ça ? Comme ces femmes qui retrouvent de vieux amants sur Facebook et qui finissent par quitter leur mari ? Est-ce que tu as passé toutes ces années à attendre de te venger de celle qui t'avait piqué ton petit copain ?

Mais non, je suis folle.

À moins que ?

7

Je dois garder la tête claire. Il me faut un peu de temps pour moi, et un endroit où je puisse être seule, pour m'évader et réfléchir au calme. Mais je crains que la solitude ne soit le seul luxe dont je ne pourrai profiter cette semaine.

Je finis de me préparer, débranche mon téléphone de son chargeur et trouve un petit paquet de mouchoirs qui pourra tenir dans la poche de ma robe. Mon cœur bat fort tandis que je descends l'escalier en espérant ne croiser personne. Mais alors que je traverse le salon, Rowan émerge de la cuisine. Elle s'est encore changée, elle porte une longue robe sans manches qui scintille et ondoie comme de la soie. Elle tient dans ses mains deux longues flûtes de champagne et m'en tend une.

— Il faut savoir commencer sur de bonnes bases, dit-elle en faisant tinter son verre contre le mien. À la tienne, Kate.

— À la tienne, dis-je en me composant un sourire de circonstance.

— Tout va bien, chérie ?

— Ça va. Juste un peu fatiguée du voyage.

— Rien de tel qu'un verre de fines bulles pour te remettre d'aplomb.

Je bois une gorgée de champagne et sens l'amertume sur ma langue.

— Tu as raison, dis-je avant de brandir mon téléphone. Je vais juste dans le jardin téléphoner à ma mère. Lui dire qu'on est bien arrivés.

C'est un mensonge : j'ai déjà envoyé un texto à ma mère. Mais il me fallait bien une excuse pour être seule.

— J'ai réservé le restau, dit Rowan. Il faudra rameuter les troupes d'ici une heure.

— Compris.

J'ouvre la porte coulissante qui donne sur la terrasse et me laisse surprendre par la température du dehors. Mon pouls monte encore d'un cran.

Un escalier de pierre me conduit à la piscine, pour l'instant déserte. Je tourne sur la droite et me retrouve sur une étendue de gazon d'un vert impeccable qui s'étend jusqu'au bout de la propriété. À intervalles réguliers, des palmiers offrent leur ombre à des bancs qui font face au vignoble. Mon nez se remplit des odeurs enivrantes de lilas jaillissant des plates-bandes, d'eucalyptus et de pins dans la chaleur du soir naissant. La pelouse est bordée d'une haie soigneusement taillée, coupée en son milieu par un portail en fer forgé qui donne accès aux vignes.

Je jette un œil à la maison derrière moi et remarque une silhouette sur l'un des balcons du premier étage. Je reconnaîtrais cette tignasse brune entre mille : c'est Daniel, le caméscope tendu droit devant lui. Ses lèvres bougent à mesure qu'il commente sa vidéo – un futur Youtubeur en formation. Mon petit homme, mon miracle, lui qui est venu alors qu'après trois fausses couches je commençais à me résigner à ne jamais avoir un deuxième enfant.

La sueur commence déjà à m'irriter sous les bras. L'air est si chaud que j'ai l'impression de suffoquer chaque fois que j'inspire. Je prends une nouvelle gorgée de champagne et me dirige vers le portail. Parvenue dans les vignes, je tourne immédiatement à droite pour m'éloigner de la maison, à la recherche d'un endroit à l'abri de tous les regards. Les ceps sont parfaitement alignés, espacés de deux à trois mètres. J'emprunte une allée pendant une minute, et je me retourne à nouveau. Cette fois, je n'aperçois plus Daniel, ni personne d'autre.

Je continue à marcher. Plus j'avance et plus les pensées affleurent, comme une vague qui approche du rivage. Plus je m'éloigne de la villa, plus je me sens mal, et je sens mon cœur qui tempête dans ma poitrine. *Fuir ou combattre*. De nouveau me vient l'idée que je devrais peut-être simplement mettre Sean face au fait accompli. Remonter là-haut, lui dire que je sais, que j'ai découvert son secret et que s'il ne me dit pas la vérité tout de suite, je m'en vais refaire ma valise pour le laisser seul ici et filer prendre le premier avion pour l'Angleterre avec les enfants. Voilà qui serait courageux. Mais est-ce l'option la plus intelligente ? Ou la plus stupide ? Les deux à la fois, peut-être – ou peut-être rien de tout cela. Parce qu'à ce stade, il n'y a plus de bonne option : rien que des possibilités, plus ou moins mauvaises. Pas de noir, pas de blanc. Du gris, rien que du gris.

Je m'arrête au milieu des vignes et tends les mains devant moi. Elles tremblent, de plus en plus fort, et je ne peux rien faire pour les arrêter. Cela ne m'est encore jamais arrivé, mais je connais les symptômes et je sais très exactement ce que c'est : une attaque de panique.

Alors je m'effondre sur le sol, et les larmes reviennent.

8

Les criquets chantent dans l'air du soir et nous descendons lentement à flanc de colline en direction du restaurant. Devant nous, Lucy discute avec Rowan, Jennifer et Alistair, tandis que Russ porte Odette sur son dos. Les trois garçons sont un peu plus loin devant, Daniel gambadant comme un chiot autour des deux ados pour tenter d'attirer leur attention.

J'ai retouché mon maquillage et me suis descendu une deuxième coupe de champagne pour me calmer les nerfs. Sean et moi fermons la marche de notre petit groupe, côte à côte mais pas tout à fait ensemble.

— Vas-tu me dire ce qui ne va pas, demande-t-il finalement, ou faut-il que je devine ?

Il met ses mains dans ses poches et écarte ses coudes pour m'inviter à passer mon bras. Je m'exécute à contrecœur.

— Rien de spécial.

— Je pensais que tu serais heureuse d'être ici.

— Mais je le suis, dis-je sans le regarder. La journée a été longue, c'est tout.

— Tu te sens bien ? C'est ce sandwich douteux dans l'avion qui n'est toujours pas passé ?

— Je vais bien.

Il semble se résoudre un instant, puis revient à la charge.

— Sérieusement, Kate, qu'est-ce qui se passe ?

À part le fait que tu es en train de faire exploser notre mariage, tu veux dire ?

— Rien, je t'assure.

— On ne t'a presque pas vue de tout l'après-midi.

— Je suis un peu fatiguée, c'est tout.

— Ce doit être la chaleur. On se serait crus dans un four, aujourd'hui.

Le ton se veut léger mais je vois bien qu'il choisit ses mots avec soin.

— Ce doit être ça, oui.

Un instant, je caresse l'idée de tout déballer, là maintenant, comme ça. Pour en finir, comme un pansement qu'on enlèverait d'un coup sec.

Qui est-ce, Sean ? Rowan, Jennifer, ou Izzy ?

Mais je sais que le moment n'est pas venu. Je n'ai pas de preuves – pas encore. J'imagine que les messages sur son téléphone ont déjà disparu.

N'y va pas sans preuves, ou il se contentera de nier.

Nous marchons quelques pas en silence, puis Sean tente une autre approche.

— C'est quand même un endroit rêvé pour des vacances en famille.

— Parfait, oui.

— Tu imagines ce que ce serait, si on pouvait s'offrir un endroit comme ça une fois par an ? Chaque été ? Ce serait tellement bien…

— Sean, je crois bien qu'on n'a pas les moyens, même pour un seul été…

— C'est ce que je voulais dire. Est-ce que tu n'as pas l'impression que…

Il ne termine pas sa phrase et gesticule avec les mains.

— Oh et puis je ne sais pas, lâche-t-il.

— L'impression que quoi ?

— Que peut-être nous devrions avoir les moyens, après toutes ces années. Un peu de luxe. Pouvoir faire des trucs vraiment sympa pour les enfants, nous permettre une petite folie de temps en temps, pour les vacances… Tu ne te dis jamais ça ?

— Peut-être, un peu.

— Tout à l'heure dans la piscine, j'ai regardé la villa, la terrasse, la vigne, et j'ai pensé : putain, je vais avoir quarante ans et jamais je n'aurais pu entrer dans cette villa si Rowan n'avait pas arrangé tout ça.

Son accent irlandais ressort toujours quand il a bu quelques verres.

— Je veux dire : est-ce que ça nous restera toujours inaccessible ? Il y a des millions d'endroits sur Terre où je rêverais d'aller, mais c'est comme si j'avais à peine commencé à vivre qu'on me siffle déjà la mi-temps. Alors je me demande : qu'est-ce que j'ai bien pu faire de toutes ces années ?

— Tu as bu combien de bières ?

— Pas assez, soupire-t-il.

Nous ne disons plus rien pendant quelques instants, puis je glisse doucement :

— Je pense que c'est déjà pas si mal d'avoir pu venir ici une fois.

— Je sais bien, dit-il. Mais ça me fait prendre la mesure de tout ce que nous n'avons pas. Et du coup, j'ai un peu l'impression d'être un raté.

— Tu n'es pas un raté.

— Je ne suis pas non plus un modèle de réussite, dit-il avec une ironie amère. Ingénieur réseau dans une petite société informatique, ça ne fait pas vraiment rêver les foules.

— Tu protèges des gens et ce qui compte pour eux.

— Je protège des *données*. Ce n'est pas tout à fait pareil.

— OK, mais comment dit-on, déjà ? La vie est un voyage, pas une destination.

— Mince alors, dit-il en riant. Tu dois être un peu bourrée aussi pour me balancer des paroles d'Aerosmith comme ça.

— Je pensais plutôt à Ralph Waldo Emerson, le philosophe. Mais tu m'as comprise.

— J'ai l'impression que ces dix dernières années…

Il lève les bras en signe d'impuissance.

— Bon sang, je ne saurais même pas dire ce que j'ai fait de ces dix ans. Mais on ne me les rendra pas, et un jour, sans qu'on ait vu le temps passer, Lucy quittera la maison pour aller à la fac. Même si…

— Tu crois qu'elle va bien ?

— Qui ça ?

— Lucy.

Il hésite un instant, et je sens son bras se raidir contre le mien.

— Bien sûr, dit-il. Qu'est-ce qui te fait dire ça ?

Je ralentis le pas pour laisser un peu de distance entre nous et les autres.

— C'est juste que… Elle n'a pas l'air tout à fait elle-même, ces derniers temps. Plus calme que d'habitude ; plus nerveuse, aussi.

— Je ne crois pas qu'on puisse être à la fois plus calme et plus nerveuse, trésor.

— Tu sais ce que je veux dire. Elle a l'air encore plus distante, accro à son téléphone.

— Mais elle a toujours été accro à son téléphone. C'est leur truc, à la Génération Z – ou quel que soit le nom qu'on leur donne.

— Elle stresse peut-être pour son brevet, alors.

Il marque un temps.

— C'est possible, oui.

— … Même si on lui prédit des notes de folie dans toutes les matières ?

— Elle a toujours été à fleur de peau, tu sais bien. Et puis, tu sais comment sont les ados…

Il secoue soudain la tête et revient à son sujet :

— Bon sang, j'ai l'impression qu'il n'y a pas cinq minutes que j'ai changé sa première couche, et voilà que je vais avoir quarante ans, que je perds mes putains de cheveux, et je me dis : *mais qu'est-ce qui s'est passé* ?

— On s'en fout de tes cheveux, Sean.

— Tous les jours je me regarde dans le miroir, et je vois cette maudite calvitie qui avance. Tu sais quoi ? L'autre jour, j'ai vu le reflet d'un vieux type dans une vitrine, et je me suis dit : *Waouh, ce type a bien morflé*. Et ce type, c'était moi, bordel.

— Qu'est-ce que tu essaies de me dire, là ?

— Je… Je ne sais pas. J'ai un peu trop bu, c'est tout. Rowan s'est quand même sacrément débrouillée pour nous, non ?

Je retire mon bras de sous le sien.

— C'est vrai, dis-je doucement. Elle a été parfaite.

Une sensation désagréable vient de m'envahir. *Ne serait-il pas en train d'essayer d'amortir le coup, en parlant ainsi de Rowan ? Il profite d'être à moitié saoul pour se justifier par avance de m'avoir trahie. Ça lui ressemblerait bien : être aussi honnête que possible, essayer de m'anesthésier un peu en prévision de la douleur à venir. Est-ce que Sean l'a finalement choisie, elle ? Et elle, alors ? Aurait-elle pu manigancer ces vacances de luxe juste pour l'impressionner ?*

Je me frotte les yeux. Voilà où j'en suis depuis que j'ai lu ces messages sur son portable : toutes mes angoisses remontent à la surface, toutes les broutilles qui d'ordinaire se règlent d'elles-mêmes prennent soudain des proportions monstrueuses. Une ombre gigantesque plane maintenant sur chaque pensée, chaque remarque, chaque minute qui passe. Et je les connais bien, ces angoisses : elles ne m'ont jamais quittée. Ce sont elles qui chuchotent à mon oreille et me forcent à éplucher tout ce que Sean a pu faire au cours de ces années, à disséquer la moindre de ses attitudes.

Juste après, une autre pensée me vient. *Et si tout était ma faute ?* Peut-être est-ce moi, après tout, qui l'ai poussé dans les bras d'une autre. Peut-être n'ai-je pas été assez attentive, assez aimante, peut-être n'y avait-il pas assez de sexe. J'aurais dû faire plus, j'aurais dû faire mieux. Peut-être ne suis-je pas assez mince, pas assez séduisante, pas assez maligne, pas assez riche pour continuer à l'intéresser sur la durée…

Et quoi d'autre, encore ?

Peut-être que je…

Mais stop. Ça suffit. S'apitoyer sur mon sort ne me mènera à rien.

La vérité, c'est que la petite bulle de confort qu'était mon couple vient d'éclater, et que notre mariage est en morceaux. J'étais sereine et me voilà dans une autre dimension, sans la moindre idée de là où je mets les pieds. Pour la centième fois, je me mords les doigts de n'avoir rien dit tout à l'heure, de m'être dégonflée au lieu d'agir quand je tenais les messages entre mes mains. Maintenant, mieux que jamais, je comprends le vieil adage : le savoir est une chose dangereuse, même à petite dose.

Peut-être est-ce l'effet de l'alcool, mais le simple fait de marcher à ses côtés, de parler avec lui comme nous l'avons toujours fait, de sentir sa peau contre la mienne – tout cela fait aussi resurgir les bons moments que nous avons passés ensemble. Tout ce pour quoi nous nous sommes battus.

Je sais que la situation se présente mal, mais Sean reste *mon* mari. Peut-être cela vaut-il encore la peine que je me batte pour lui.

9

La place du village d'Autignac est illuminée de guirlandes qui quadrillent l'espace au-dessus de nos têtes, comme un antidote chaleureux au crépuscule qui s'annonce. L'église romane au clocher fraîchement restauré s'élève dans le ciel qui s'assombrit ; de l'autre côté de la place, la boulangerie et la boucherie-charcuterie ont tiré leur rideau. Un chat tigré se tient sur le rebord d'une fenêtre au premier étage et nous toise de ses yeux brillants.

Le restaurant est plutôt gai et bondé. Une dizaine de tables de bois sont dressées sur la place pour les touristes qui séjournent dans les alentours. Il est près de vingt heures mais l'air est encore chaud, alourdi par le fumet des magrets de canard et les arômes des sauces épaisses et du vin de pays. Sur notre table, les bouteilles à moitié vides s'alignent entre les verres et les bougies.

Je sirote mon vin et tente de ne pas penser à Sean, sans succès. Je sais déjà que je vais passer la soirée à épier chaque conversation, chaque regard, chaque silence ; à saisir chaque moment pour l'analyser méticuleusement, sous tous les angles, pour tâcher d'en arracher la vérité comme on extrait la perle d'une huître.

Maintenant, par exemple. Sean s'est lancé dans une discussion avec Rowan à propos de son agence. Je le sens à l'écoute, curieux et souriant. Il la regarde dans les yeux.

Il a toujours eu cet art de plaire – le bon mot quand il faut, toujours à chercher le meilleur côté des gens, prompt à adopter leur point de vue. Est-ce ainsi qu'a pu commencer cette histoire avec Fille-de-Corail ? Une de mes amies aurait pu venir le voir un jour pour trouver une oreille attentive, et plus encore, jusqu'à lui faire des avances qu'il n'aurait pas eu le cœur de repousser.

Je tiens peut-être là un début de théorie.

Sean a déjà un verre d'avance sur moi, en plus des bières qu'il a bues à la villa avant de partir. Russ se pique de remplir les verres de tout le monde chaque fois qu'il se ressert – c'est-à-dire souvent. Ses joues sont déjà rougies par la boisson. Je n'arrive pas à savoir s'il n'apprécie pas notre compagnie ou s'il apprécie trop l'alcool. Un peu des deux, probablement. Pour l'instant, sa chaise est vide ; il s'est abrité sous le porche de l'église pour fumer.

Odette frétille inlassablement autour de la table dans sa robe jaune vif. Elle court après les chats qui sortent régulièrement de l'ombre pour venir chiper des morceaux de nourriture tombés à terre. Elle a déjà failli percuter un serveur et s'agite maintenant à quelques mètres de là avec un air de défi.

— Odette, s'il te plaît, lance Rowan pour la troisième ou quatrième fois, viens t'asseoir, ton plat va arriver.

La fillette secoue la tête et ses cheveux balaient son visage. Elle s'échappe à nouveau et file en gloussant.

En bout de table, Daniel est plongé dans un *Harry Potter*. Lucy est avachie sur sa chaise, absorbée par son téléphone. Les deux garçons de Jennifer ont eux aussi les yeux rivés sur leur portable. Ils ne se sont jamais beaucoup ressemblé, mais on dirait que l'adolescence les éloigne encore un peu plus. Jake, l'aîné, est bien le fils de sa mère : grand et élancé comme elle, il a ses cheveux blonds et ses yeux bleus, ses longs cils et cet arc de Cupidon si charmant au milieu des lèvres. Nul doute qu'il sera un tombeur quand il en aura fini avec l'âge ingrat. Ethan, de son côté, a hérité de tous les gènes paternels: les cheveux bruns, la peau mate, et ses yeux d'un marron si profond qu'ils en sont presque noirs. À quinze ans, il a déjà la charpente solide et les jambes couvertes de poils.

Les gens disent souvent qu'ils n'ont pas l'air d'être frères. *Ils le sont, croyez-moi*, répond toujours Jennifer avec un sourire délicieux.

Russ revient à table au moment où arrivent nos assiettes de poulets à la crème, entrecôtes au camembert et autres faux-filets accompagnés de pommes de terre sautées, de salades de pâtes et d'une montagne de frites – ainsi que deux nouvelles bouteilles de vin blanc.

Odette a fini par s'asseoir et pointe son assiette du doigt avec un air de dégoût.

— J'aime pas ça.

Rowan se penche vers elle et commence à couper sa viande.

— Bien sûr que si, tu aimes ça, chérie. C'est du poulet, comme à la maison.

— Ça sent bizarre, dit Odette qui désigne la salade de sa mère. Je veux tes pâtes.

— Tu as ton assiette, chérie. Tu aimes toujours le poulet.

— Je veux *la tienne*! aboie soudain Odette en coupant toutes nos conversations. Je veux pas de poulet.

— Tu n'aimeras pas ma salade, Odette, il y a de l'ail dedans.

— Mon poulet, y pue.

Sur ce, Odette repousse sa chaise en arrière et se lève de table.

— Rassieds-toi, s'il te plaît, demande Rowan avec calme.

— Non !

Je note que tout le monde, comme moi, suit avec attention cet incident domestique tout en prétendant faire autre chose.

Odette remue la tête et s'éloigne.

— Odette, dit Rowan d'une voix toujours égale, si tu ne touches pas à ton poulet, tu n'auras pas de gâteau en dessert.

— Je veux pas de gâteau.

— Et si tu prenais juste quelques frites à la place du…

Russ ne la laisse pas finir. Il tourne brusquement sa chaise, toujours rouge mais cette fois de colère.

— ODETTE, TU VIENS ET TU T'ASSIEDS, tonne-t-il, et sa grosse voix résonne contre les vieux murs de pierre. TOUT DE SUITE !

Une chape de plomb vient de s'abattre sur la petite place du village. Les autres clients se sont figés – une dizaine de conversations stoppées au milieu d'une phrase, fourchettes suspendues en l'air et verres de vin à moitié servis. Tout le monde, serveurs y compris, a désormais les yeux rivés sur le face-à-face inégal entre une petite fille et un géant.

Russ est assis à côté de moi ; sa colère irradie autour de lui comme de l'électricité statique. Je ne sais plus où regarder. J'évite le regard de Rowan. Je finis par croiser celui de Jennifer : elle est aussi atterrée que moi.

Odette revient à table en traînant des pieds, elle se hisse sur sa chaise et finit par s'asseoir en croisant les bras.

Rowan presse un peu de ketchup sur le bord de l'assiette de sa fille.

— Merci beaucoup, Russ, dit-elle sans chercher à cacher son ironie. Mais je ne suis pas certaine que c'était nécessaire.

Russ ignore la remarque et avance la chaise de sa fille tout contre la table.

— Maintenant tu manges, dit-il d'une voix coupante.

Le murmure des conversations reprend peu à peu autour de nous.

Odette pique un petit morceau de poulet avec sa fourchette, le trempe avec précaution dans le ketchup et le mâche lentement. Une larme coule au coin de sa joue.

10

Un silence gêné règne encore sur notre table, seulement troublé par le tintement des couverts dans les assiettes, les reniflements d'Odette et l'agitation des serveurs. Russ a empoigné son couteau et découpe furieusement son steak tandis que nous recommençons tous à manger dans une atmosphère plus lourde que la crème de champignons. Personne n'ose prendre la responsabilité de relancer la conversation.

Finalement, Alistair et Jennifer se lancent en même temps :

— Dites donc, les garçons…

— Vous avez vu…

Jennifer sourit, hésitante, et d'un geste prie son mari de continuer.

— Donc, les garçons, vous avez vu que cet endroit s'appelle place du 14-Juillet ?

— Nan, fait Jake sans lever les yeux de son assiette.

— Le 14 juillet est un jour important, en France. Vous savez pourquoi ?

— Nan.

— Vous pouvez essayer de deviner.

Jake s'empiffre de frites en évitant soigneusement de croiser le regard de son père.

— Bof…

Alistair s'avoue vaincu.

— C'est la Révolution française. La prise de la Bastille !

— La prise de la *baston* ? ironise Jake.

À côté de lui, Ethan manque de s'étouffer en ricanant.

— Jake ! intervient Jennifer. Tu sais ce que je t'ai dit à propos des gros mots.

— C'est papa qui a commencé.

— La prise de la *Bastille*, répète Alistair. Le 14 juillet 1789, les révolutionnaires parisiens ont forcé les portes de la plus grande forteresse de Paris. C'était une grande victoire…

Jake force un bâillement et retourne à son assiette.

— … une grande victoire pour le peuple, termine Alistair.

Jennifer prend le relais et la conversation finit par bifurquer vers un couple que je connais vaguement via l'association de parents d'élèves – Laura et David Machin-Chose, qui se sont retrouvés pris dans une sale histoire dont j'ai déjà entendu parler à la sortie du collège.

— … Apparemment, dit Jennifer, il conduisait à cinquante-six à l'heure dans une zone limitée à cinquante quand il a été flashé par un radar. Pas vraiment un fou du volant, quoi. Mais il ne lui restait plus qu'un point sur son permis, et il avait déjà fait un stage de récupération, donc cette fois on allait le lui retirer. Sauf qu'il est directeur des ventes d'une grande entreprise alimentaire, et qu'il a besoin de sa voiture tous les jours pour son boulot.

— Laisse-moi deviner, dit Rowan : il a demandé à sa femme de dire que c'était elle qui conduisait, et pas lui ?

— C'est ce qu'on m'a raconté. Le problème, c'est qu'elle était à Brighton ce jour-là, et qu'elle avait posté quelque chose sur Facebook. La police a fini par en être informée, et ils se sont retrouvés dans une belle vous-savez-quoi.

— C'est horrible, dit Rowan. Et c'est elle qui prend pour lui, à la fin ?

— Ils ont pris cher tous les deux. Lui a fini par perdre son permis, et elle est poursuivie pour faux témoignage. Et ils se déchirent en s'accusant mutuellement.

— Horrible.

— Oui, hein ? Il paraît qu'ils se sont séparés et qu'il a quitté le domicile conjugal.

— Je pense que c'était la goutte d'eau qui a fait déborder le vase, dit Alistair. Il devait y avoir d'autres problèmes dans leur couple. Des trucs qu'on ne sait pas.

Jennifer se penche en avant pour conclure :

— La rumeur dit qu'ils en sont à parler avocats, divorce, garde partagée et tout ça.

Avocats. Divorce. Garde des enfants. Chaque mot sonne comme une gifle. Qu'en sait Jennifer, au juste ? De quel droit se permet-elle de colporter des rumeurs sur des gens qu'elle connaît à peine ? De mettre son nez dans le mariage des autres ? Je prends sur moi pour ne rien dire.

Rowan, elle, continue de s'apitoyer sur le sort de la famille Machin-Chose.

— Tout ça pour un tout petit excès de vitesse. C'est injuste. Pauvres enfants.

— Je suis d'accord ! Elle voulait seulement l'aider alors qu'il était dans de sales draps. J'aurais fait la même chose.

— Moi aussi, opine Rowan.

Puis, se tournant vers Sean et Alistair, elle demande :

— Et vous, les hommes ?

— Peut-être bien, lance Alistair sur un ton théâtral.

— Sans doute, dit Sean en remplissant son verre de vin.

— Et toi, Kate ? me demande Jennifer. Tu en penses quoi ?

— De quoi ?

— De cette histoire de David et Laura !

Je hausse les épaules.

— J'ai entendu les rumeurs, oui. Je n'avais pas compris qu'ils étaient séparés.

— Mais qu'est-ce que tu aurais fait, toi ? Tu ne trouves pas ça juste, qu'elle prenne les points à la place de David ?

— *Juste ?* Bien sûr que non.

— Même si elle voulait seulement le protéger et l'aider à garder son boulot ? Après tout, elle essayait d'arranger les choses au mieux pour tout le monde.

— Ça ne rend pas ça *juste*, désolée. Elle a menti, et elle a enfreint la loi.

— OK, mais pour la bonne cause.

— C'est légal ou ce n'est pas légal, Jen. C'est simple. Il n'y a pas d'autre option.

Je sens que je suis en train de dangereusement m'échauffer. Ma colère contre Sean bout à l'intérieur et il ne faudrait pas que tout déborde. *Pas ici, pas maintenant.* Je dois garder mon calme. *Lâcher prise*, comme dit Sean quand il me sent trop tendue. Être plus souple, sourire un peu, acquiescer gentiment et passer à autre chose. C'est devenu un sujet de plaisanterie entre nous. *J'aimerais bien voir à quoi ressemble le monde quand tu montes sur tes grands chevaux* : en général, il emballe sa phrase d'une douce ironie. Au regard des circonstances, elle prend un sens bien plus sinistre.

Et ce soir, il ne viendra pas à mon secours. « La vérité, toute la vérité, rien que la vérité », marmonne-t-il dans son verre à mon intention. Mais tout le monde l'entend, et c'est reparti pour un nouveau silence embarrassé.

Alors Jennifer attrape sa fourchette et la fait tinter avec force contre son verre.

— Et si on portait un toast ? propose-t-elle en remplissant d'autorité les verres qui sont à sa portée. Après tout, c'est notre première soirée ici.

Un murmure d'approbation lui répond, les verres se tendent. Je rejoins le mouvement en m'obligeant à sourire.

— À Rowan, dit Jennifer. Pour avoir déniché cet endroit fantastique, et pour nous avoir tous réunis ici.

Nous trinquons et vidons nos verres, et Jennifer enchaîne :

— Dis, Rowan, j'ai cru comprendre qu'il pourrait bientôt y avoir de grandes nouvelles pour ta boîte ?

— Je croise les doigts.

— Ah, super. Alors ça va se faire, vraiment ?

Rowan hoche la tête avec une fierté presque timide.

— Disons que tous les signaux sont au vert en ce moment.

Rowan a créé une entreprise spécialisée dans les *relations publiques responsables* qui prône la transparence absolue et des standards éthiques très élevés – pour elle comme pour ses clients. Ce positionnement très particulier l'a rapidement fait remarquer sur le marché, et en dix ans elle s'est construit un portefeuille de clients impressionnant – principalement des entreprises technologiques, soucieuses de montrer patte blanche après les déboires de Facebook et autres dans la protection des données de leurs utilisateurs. Son succès a fini par arriver aux oreilles d'une grande entreprise américaine spécialisée dans le business éthique, qui a proposé de lui racheter ses parts. Si le deal se conclut, Rowan pourrait devenir très riche.

— J'ai bon espoir que ça se fasse d'ici à la fin de l'été, ajoute-t-elle.

Russ nous rejoint après une nouvelle pause cigarette. Une odeur de tabac me prend les narines quand il replie sa longue carcasse sur son siège en rotin.

— … À condition de les convaincre que tu es cent pour cent irréprochable, n'est-ce pas, chérie ? dit-il. Une blanche colombe.

On ne l'avait plus entendu depuis son accès de fureur contre Odette. Sa voix est puissante, teintée d'une jovialité un rien exagérée. J'observe Rowan qui se tourne vers son mari, et je note un infime plissement dans ses yeux. Comme s'ils avaient déjà eu cette conversation.

— Ils m'ont demandé mille informations, explique-t-elle. Ils ne veulent rien laisser au hasard.

Russ porte son verre à ses lèvres et en boit la moitié d'un seul trait.

— Plus blanche que blanche.

— Tu pourrais être millionnaire, alors ? demande Jennifer. C'est génial. Tu imagines ? Rentière à quarante ans. C'est pas beau, ça ?

Rowan sourit de nouveau.

— Il reste encore plein de choses à mettre à plat, des allers-retours avec les avocats, tout ça. Mais si ça se fait, ils voudraient que j'entre dans leur conseil d'administration. Ils disent qu'ils adorent mon « instinct de tueuse ».

J'ai bien vu son sourire s'élargir quand elle agitait les doigts en l'air pour marquer les guillemets.

***

Le retour s'effectue en silence. Une lune claire guide nos pas le long du petit chemin qui monte vers la villa. Rowan snobe ostensiblement son mari ; elle ouvre la marche en tenant par la main une Odette sautillante. Jennifer s'accroche au bras d'Alistair et garde un œil méfiant sur Russ qui titube devant eux. Lucy est maussade et évite mon regard. Les mains dans les poches, elle reste sans rien dire avec les deux ados de Jen.

Sean a pris Daniel sur son dos et notre fils s'est à moitié endormi, sa petite joue posée contre l'épaule robuste de son père. Sean a tenté plusieurs fois d'attirer mon regard vers ce joli tableau familial. Je préfère ignorer ses sourires et regarder droit devant moi.

11

Je ne trouve pas le sommeil.

Voilà déjà une heure que Sean dort profondément. Il a toujours eu cette désespérante aptitude à s'endormir dès que sa tête se pose sur un oreiller, et le bourdonnement de l'air conditionné ne l'a pas dérangé le moins du monde.

Mais bien sûr, ce n'est pas la clim qui m'empêche de dormir.

Chaque fois que je ferme les yeux, je me sens mal. Alors je fixe l'obscurité, je goûte la fraîcheur du drap de coton contre ma peau, et dans ma tête tourne en boucle le carrousel infini des hypothèses. À chaque tour, mes faiblesses apparaissent plus criantes. Faiblesses de femme, d'épouse, de mère. Comment ai-je pu ne pas m'en rendre compte jusqu'ici ? Tout cela semble si clair à présent, quand je me compare à mes amies.

Rowan, plus intelligente que moi, depuis toujours.

Jennifer, plus jolie, aujourd'hui comme hier.

Izzy, plus drôle que moi – elle a toujours su faire rire Sean.

Comment puis-je rivaliser avec ça ? À quoi suis-je bonne, en définitive ? À quoi ai-je pu servir ? Et où puis-je bien me situer par rapport à elles ? Au milieu, j'imagine. Quelque part dans le décor.

Les questions s'enchaînent, les réponses ne viennent pas… et c'est reparti pour l'inspection de ma liste de suspectes.

Rowan : sur le point de devenir riche, elle pourrait offrir à Sean le niveau de vie qu'il désespère d'atteindre un jour.

Jennifer : son premier amour ; celle dont il raconte (humour mal placé ou franchise d'ivrogne ?) qu'elle reste son *meilleur coup*.

Izzy : sa plus vieille amie, la bourlingueuse récemment réapparue dans nos vies avec l'intention de se poser. Qu'est-elle pour lui, au juste ? Libre, sans enfants, sans attaches : elle pourrait lui offrir une nouvelle jeunesse, une chance de tout reprendre de zéro.

Rowan, Jen, Izzy. Nous étions tellement proches, tellement liées. J'ai souvent regretté que la vie nous éloigne. L'une d'elles s'était pourtant rapprochée de ma famille, bien plus près que je ne l'aurais voulu. Mais laquelle ? Laquelle des trois joue ainsi avec moi ?

Plus j'y pense et plus le sommeil me fuit. Vers une heure du matin, je n'y tiens plus et je me lève. J'enfile mon peignoir et me faufile hors de la chambre, les pieds nus sur le carrelage de marbre. Je commence par la chambre de Daniel. J'ouvre la porte aussi doucement que possible, je reste immobile le temps que mes yeux s'habituent à l'obscurité. La climatisation est éteinte – Daniel craignait que le bruit ne l'empêche de dormir. Il passe rarement une bonne première nuit hors de la maison, loin de son petit lit avec ses oreillers et ses objets familiers – mais ce soir il dort profondément, recroquevillé dans les draps. Je m'avance et me penche sur lui, je devine sa poitrine se soulever puis s'abaisser dans l'ombre de la chambre. Je tends l'oreille jusqu'à entendre son souffle et me laisser bercer par lui. Inspiration… Expiration. Inspiration…

L'habitude m'est venue quand Lucy était encore au berceau. Toutes ces nuits à veiller près d'elle, à guetter sa respiration pour être sûre que tout allait bien. Seize ans plus tard, je fais encore de même avec son petit frère. Je sais bien que ce n'est pas très rationnel : il allait très bien en se couchant, et il ira très bien demain matin. Mais il est des habitudes dont une mère ne se défait pas facilement.

Je referme lentement la porte derrière moi et traverse le couloir vers la chambre de sa sœur.

Lucy ne dort pas, le visage est illuminé par la lumière de son téléphone. Je passe la tête à travers l'entrebâillement de la porte.

— Lucy, je murmure, il est une heure du matin. Tu devrais éteindre ce machin et dormir.

— Pas tout de suite.

J'avance d'un pas dans la chambre et découvre les larmes sur ses joues.

— Qu'est-ce qui ne va pas, ma puce ?

Elle se tourne vers le mur, son téléphone toujours devant elle.

Je m'assieds au bord du lit et pose une main sur son épaule. Sa peau est brûlante malgré le souffle frais de la clim – note mentale : m'assurer qu'elle mettra bien de la crème solaire demain.

— Qu'est-ce qui s'est passé, Luce ?

— Rien, maman, ça va.

— Ça n'a pas vraiment l'air d'aller. Quelque chose te tracasse ? Un truc que les garçons ont dit tout à l'heure ?

— Non.

— Tu sais que tu peux tout me dire, hein ?

Elle hoche la tête et renifle en essuyant ses larmes d'un revers de la main.

— Je sais, maman.

— Tout, vraiment tout. Quoi que ce soit.

Elle se tourne à demi vers moi sans oser me regarder dans les yeux.

— Même si c'est quelque chose de mal ?

— Surtout si c'est quelque chose de mal.

— Quelque chose d'horrible ?

Je tire un mouchoir de la boîte posée sur la table de nuit et le lui tends. Il y a tant de choses que je ne sais pas sur elle – un peu plus chaque jour, semble-t-il.

— Je peux t'aider, Lucy. Quoi qui puisse t'arriver.

Elle passe le mouchoir autour de ses yeux. Je laisse le silence s'étirer entre nous.

— Parfois, je me déteste, dit-elle tout bas.

Une douleur se forme immédiatement dans ma poitrine, comme si des doigts crochus me serraient le cœur.

— Pourquoi donc ?

— Parce que… Je ne vaux rien, je suis affreuse.

— Bien sûr que non, Luce. Qu'est-ce qui s'est passé ?

— On s'en fout. On ne peut plus rien faire, maintenant, de toute façon.

— Ne rien faire pour quoi ? je demande doucement. C'est à propos d'un garçon ?

Elle ne répond pas.

— C'est une de tes amies qui a été méchante ?

La capacité des adolescentes à être impitoyables entre elles m'a toujours fascinée. Ces filles censées être amies et qui prennent un malin plaisir à se rabaisser les unes les autres. Étais-je comme ça, moi aussi, à cet âge ? Et comment être sûre que tout ça ne continue pas à l'âge adulte – cet art de piquer et de blesser les personnes les plus proches de nous, aussi acéré qu'à l'adolescence, simplement dissimulé sous un vernis de courtoisie ?

Lucy secoue légèrement la tête tandis que de nouvelles larmes perlent au coin de ses yeux.

— C'est Poppy Monroe, encore ?

Poppy-la-chipie, comme nous l'appelons avec Sean, toujours dans les mauvais coups, perpétuellement au centre des interminables chicaneries qui rythment la vie de leur groupe de copines.

— Qu'est-ce qu'elle a dit, cette fois ?

Lucy ne dit toujours rien mais elle se redresse soudain, se jette dans mes bras et s'accroche à moi comme quand elle était petite. Elle adorait les câlins, surtout quand elle était contrariée. Mais elle est devenue si distante, si blasée que chaque démonstration d'affection me prend par surprise. Jamais bien sûr elle n'accepterait un tel contact avec moi en public, encore moins devant ses amis. Je ne saurais dire quand ça a commencé exactement. Quand ma fille a semblé avoir honte de moi, quand toute l'intimité qui avait si longtemps été la nôtre s'est évaporée, tandis qu'elle grandissait en taille et devenait plus jolie chaque jour. Parfois, quand elle me regarde, il me semble voir une pointe de mépris.

Mais pas là, pas maintenant. Ce câlin est bien réel. C'est ma vraie Lucy.

Je caresse ses cheveux et la berce en chuchotant quelques mots de réconfort. Elle pleure à chaudes larmes sur mon épaule et mon cœur chavire.

Comment ai-je pu à ce point m'apitoyer sur mon sort et ne pas voir que ma fille était malheureuse ? J'aurais dû le comprendre plus tôt. Je voudrais tant qu'elle me raconte tout, là sur ce lit, mais elle continue de sangloter en silence. Elle me parlera quand elle sera prête, je le sais. Si je la presse de questions, elle risque de se refermer comme une huître.

Elle finit par lâcher, comme dans un murmure :

— C'est rien, c'est juste Alex.

Alex ?

Il y a une fille de leur groupe qui se prénomme Alex. Un jour Lucy et elle sont les meilleures amies du monde, le lendemain Alex l'ignore complètement – et cela peut durer une semaine entière. Se seraient-elles à nouveau brouillées ? Lucy ne m'en a rien dit – mais il est loin, le temps où elle me disait tout.

— Qu'est-ce qui se passe avec Alex ? Elle a recommencé à te snober ?

— Non, non, dit Lucy, sa joue contre mon épaule. C'est pas ça.

— Ne te laisse pas abattre, ma puce. Sois au-dessus de ça.

— Hmm…

Avant que je puisse ajouter quoi que ce soit, elle se recouche, éteint son téléphone et le glisse sous son oreiller.

— Bonne nuit, m'man.

Je l'embrasse sur le front avant de quitter la chambre.

Au rez-de-chaussée, l'immense salon paraît sinistre, son noir silence seulement percé par le ronronnement de la climatisation tandis que la pleine lune au-dehors dessine sur le carrelage des reflets inquiétants. La pièce est baignée d'une lumière irréelle et le grand piano noir semble briller dans la pénombre. Je vais me servir un verre d'eau dans la cuisine et je suis sur le point de remonter quand je me fige soudain. Un autre bruit me parvient : des criquets, au loin dans le jardin. Quelqu'un a laissé la porte-fenêtre légèrement entrouverte.

Je me glisse dehors, attirée par le parfum des oliviers, des pins et de la terre qui se rafraîchit. Le chant des criquets forme une parfaite bande sonore pour ce paysage nocturne – le ciel d'un noir d'encre, éclairé çà et là par des étoiles qui forment comme une couverture d'un bout à l'autre de l'horizon. Je crois bien n'en avoir jamais vu autant.

Un infime mouvement attire soudain mon regard sur la gauche. Une lueur orangée dans les ténèbres.

Il y a quelqu'un sur la terrasse.

12

Je sursaute quand je sens quelque chose voler près de mon oreille.

— Les chauves-souris sont de sortie, ce soir, dit une voix grave dans l'obscurité.

Je me tourne et reconnais le bout incandescent d'une cigarette, comme une luciole dans la nuit.

— Elles viennent chasser les insectes, reprend la voix.

— Russ ? je demande en tirant instinctivement sur le bas de ma robe de chambre.

— Oui. Tu n'arrives pas à dormir ?

— J'avais envie de boire un verre d'eau.

Mes yeux s'habituent peu à peu à l'obscurité, et je distingue maintenant Russ, affalé dans un fauteuil en osier au bord de la terrasse, ses longues jambes étendues devant lui. Sur une petite table trône une bouteille, et à côté d'elle un verre à cognac à demi rempli.

— Tu veux un verre ?

— Je vais rester à l'eau, merci.

Il empoigne la bouteille.

— Le cognac t'aidera à dormir. Un vingt ans d'âge – le meilleur somnifère qu'on puisse imaginer.

— Tout va bien, vraiment.

— Ça marche à tous les coups, crois-moi, dit-il en versant un peu plus de liquide ambré dans son verre.

Une nouvelle chauve-souris volette au-dessus de ma tête. Sa forme minuscule se découpe dans le noir. Les bras croisés contre ma poitrine, je me retourne vers la villa. Pas la moindre lueur aux fenêtres : il n'y a que Russ et moi qui ne dormons pas. Je ne saurais même pas me rappeler la dernière fois que nous avons discuté tous les deux – en dehors de ces moments toujours un peu gênants autour d'un barbecue ou au réveillon. En réalité, je le vois moins souvent qu'Inès, la jeune fille au pair qui s'occupe d'Odette.

J'ai envie de remonter me coucher, mais une partie de moi est curieuse d'en savoir plus.

— Il y a longtemps que tu es là ?

Il sort une nouvelle cigarette de son paquet et l'allume avec la précédente, puis d'un geste machinal il place le mégot entre son pouce et son index et d'une chiquenaude parfaite le balance au loin. La lueur orangée vole en arc de cercle et s'en va s'écraser un peu plus bas. Un petit sifflement nous parvient quand la cendre rencontre l'eau de la piscine.

— Pas assez longtemps pour ma chère épouse.

Je ne sais que répondre. Ils ont dû se disputer, j'imagine, mais je n'ai rien entendu.

— Je n'arrive pas à croire qu'il fasse encore si chaud, dis-je finalement avant de m'en retourner vers la maison. Tu refermeras la porte-fenêtre en rentrant ?

Je suis presque à l'intérieur quand sa voix me rappelle à lui.

— J'imagine que tu m'as trouvé trop dur avec Odette, tout à l'heure ?

Je me retourne à nouveau.

— Je sais combien ça peut être difficile avec les enfants.

— Cette foutue nounou lui passe tout. Aucune discipline, rien. Et Odette est tellement têtue, on dirait sa mère.

Elle n'écoute rien de ce qu'on lui dit et il faut toujours qu'elle obtienne ce qu'elle veut…

— C'est une phase, tu sais. Tous les enfants passent par là.

Il émet un grognement et lampe son cognac.

— Tu dois penser que je suis un de ces types qui ne supportent pas que leur femme gagne plus d'argent qu'eux.

— Non, dis-je en mentant un peu.

— C'est sûr que ce n'est pas comme toi et ton merveilleux conjoint…

— Que veux-tu dire ?

— Sean et toi, vous formez le couple parfait, non ?

— Première nouvelle.

Il pointe un doigt sur moi :

— Rowan me dit toujours : « Tu devrais prendre exemple sur Sean ». C'est sa réplique préférée ! Alors moi je réponds : « Quoi, je devrais être plus Irlandais ? »

Il éclate d'un rire triste et rocailleux.

— Vraiment ?

Il se verse encore un doigt de cognac et brandit la bouteille vers moi.

— Oh oui, vraiment. Tu as épousé le mari idéal, apparemment. Tu es sûre que tu ne veux pas prendre un verre ?

Le cognac est la dernière chose à laquelle je pense, mais j'ai bien envie qu'il continue de parler.

Tu devrais prendre exemple sur Sean.

— Allez. Un tout petit peu.

Je bois mon eau d'un trait et lui tends mon verre vide. Il me le rend copieusement rempli – dans un bar, ce serait un triple cognac. Je me hisse sur le rebord de son fauteuil et nous contemplons la nuit ensemble. On devine les collines au loin sous la lumière bleutée de la lune. Un chien aboie dans le village en contrebas, puis le silence revient.

Le cognac me brûle la gorge et me rappelle mes boums d'adolescente, quand nous allions faire une razzia dans la réserve d'alcool des parents pour goûter en grimaçant du rhum, de l'ouzo, un cherry oublié depuis longtemps et toutes sortes de liqueurs étranges.

— Que penses-tu que ça veuille dire, alors, *prendre exemple sur Sean* ?

— Si je savais. Être un meilleur père pour Odette, être un meilleur mari. Juste… meilleur.

Je suis tentée un instant de lui parler des messages que j'ai vus tout à l'heure. Histoire de ne plus porter cette croix toute seule, et d'avoir un autre point de vue. Un point de vue *neutre*. Après tout, Russ est tellement saoul qu'il ne se rappellera probablement de rien demain matin. Mais je ne peux pas prendre ce risque. Je dois garder le secret pour moi – pour l'instant en tout cas.

— Sean est loin d'être parfait, tu sais. Je suis bien placée pour le savoir.

— Ah ! Content de l'apprendre. Mais c'est un peu trop tard, je le crains.

— Qu'est-ce qui te fait dire ça ?

Il laisse sa tête tomber en arrière sur le fauteuil, et son regard trouble se perd dans les étoiles. Sa respiration se fait plus profonde.

— Disons que j'ai eu quelques soupçons, ces derniers temps, dit-il.

— Des soupçons de quoi ?

Il laisse planer un silence, puis d'une voix plus douce et plus claire, débarrassée enfin de toute arrogance virile, il se confie :

— Je crois bien que Rowan a un amant.

13

Un vertige m'a prise, comme si je m'étais relevée trop vite.

— Tu crois que Rowan te trompe ?

— Eh oui.

— Je suis sûre qu'elle ne ferait jamais ça, Russ.

— Ah oui ?

En es-tu sûre ? Vraiment ?

— Oui.

Il pointe son index vers moi avec un petit sourire en coin.

— Tu as hésité avant de dire oui. Ne mens pas, je t'ai vue.

— Je dors à moitié...

— Tu as hésité, Kate. Admets-le.

Je sens revenir en moi la tentation de partager ce que je sais avec lui. Une tentation plus puissante encore que tout à l'heure, comme si une force irrésistible me poussait à m'éloigner de mon mari.

Dis-lui ce que tu as appris sur Sean.

Dis-lui pour les messages.

Dis-lui tout.

Je respire profondément et lance vite une question avant de commettre l'irréparable.

— Qui, alors ? Elle aurait une liaison avec qui, d'après toi ?

S'il te plaît : ne réponds pas Sean. Pas Sean. Pas lui.

Russ hausse les épaules.

— J'imagine que c'est quelqu'un qu'elle connaît depuis un moment. Pas quelqu'un de nouveau.

— Pourquoi dis-tu ça ?

— Une intuition.

Il porte son verre à ses lèvres d'un geste mal assuré et une goutte de cognac lui coule sur le menton.

— Tu es son amie, tu la connais depuis que vous avez, quoi, dix-huit ans ? Elle ne t'a jamais parlé de ça ?

— Non.

— Même pas une allusion ?

— Rien.

Il pousse un petit grognement de défaite.

— De toute façon, tu ne me dirais rien même si elle t'en avait parlé, pas vrai ?

— Elle ne m'a rien dit du tout. Pour être franche, si elle devait se confier à quelqu'un, ce serait plutôt à Jennifer. Elles ont toujours fait la paire, depuis qu'on se connaît.

Je suis partagée entre l'envie de défendre mon amie et celle d'abonder dans le sens de Russ pour qu'il s'épanche. Entre le confort de l'ignorance et la soif de tout savoir.

— Qu'est-ce qui te fait penser que Rowan a un amant, au juste ? je demande posément.

— Elle me cache quelque chose, dit-il. Je le sais, c'est tout.

— Elle ne doit pas être si discrète que ça si tu es aussi sûr de toi.

— Elle pense que je n'ai rien capté. Tu crois que j'aurais dû lui en parler, comme ça, de but en blanc ?

La question est délicate. Si Russ commet la moindre gaffe cette semaine, s'il évoque ses soupçons quant à une liaison, alors elle sera sur ses gardes et je ne pourrai plus enquêter de mon côté.

— Je crois que tu devrais… être prudent, Russ.

Un autre grognement, une autre lampée de cognac sur le menton.

— Pourquoi devrais-je être prudent, *moi*, alors qu'elle ne l'a pas été ?

— Parce qu'une fois que tu auras mis le sujet sur le tapis, il sera toujours là, entre vous. C'est comme un mauvais génie qu'on ne peut pas remettre dans sa bouteille.

Tu ne peux pas savoir les dégâts qu'une telle accusation peut entraîner, Russ. Moi, oui. Je ne le sais que trop bien. Et Rowan aussi.

Je trempe les lèvres dans mon verre en me demandant si je ne devrais pas lui révéler la vérité. Peut-être la connaît-il déjà, d'ailleurs. Cette histoire que j'ai choisi d'enfermer dans un placard il y a des années de cela.

T'es-tu jamais demandé pourquoi Rowan était célibataire quand tu l'as rencontrée, Russ ? Pourquoi elle avait quitté son premier mari ? Pourquoi une si belle relation avait fini par plonger dans les larmes, la rage et l'amertume ?

À cause d'une calomnie.

À cause de moi.

Russ pousse un long soupir.

— Je savais que tu dirais quelque chose comme ça.

— Pourquoi ?

— Parce que tu es toujours raisonnable, Kate. Ton esprit scientifique ne te quitte jamais, pas vrai ?

— Je ne dirais pas ça, non.

— Bah, tu as sûrement raison, de toute façon. Je suis censé jouer le « bon époux », n'est-ce pas ? dit-il en marquant les guillemets de la main qui ne tient pas son verre. Il ne faudrait pas qu'un petit grain de sable vienne troubler sa négo avec les dingos…

Je fronce les sourcils dans le noir. J'ai l'impression que j'ai manqué quelque chose.

— En quoi cela viendrait-il affecter le deal ?

Russ s'allume une nouvelle cigarette.

— Que t'a-t-elle dit au juste sur ses acheteurs potentiels ? Pas le département dans lequel elle serait intégrée, je veux dire, mais les vrais décideurs, les actionnaires principaux ?

Je fouille dans ma mémoire mais Rowan ne m'a jamais vraiment parlé de cette histoire, sinon pour dire que le rachat pourrait donner un formidable coup de boost à sa carrière. Voilà une autre illustration de la distance qui s'est installée entre nous ces dernières années : elle ne m'a parlé de son travail que de façon générale, au lieu de me confier ce qui comptait vraiment – ses doutes, ses joies, ses aspirations profondes et les dessous de son ambition, les partenaires potentiels et les liaisons dangereuses.

Les liaisons dangereuses… Le terme semblait maintenant cruellement approprié.

— C'est une multinationale basée aux États-Unis, c'est ça ?

— Exact. Garrison Incorporated. Une affaire de famille depuis trois générations. Installés dans l'Oklahoma depuis les années cinquante. Soixante-dix ans de croissance continue. Aujourd'hui, ils pèsent huit milliards de dollars en bourse. Et les Garrison n'ont pas que l'argent en commun…

— Quoi donc ?

— Ils ont Dieu.

J'ai cru qu'il allait poursuivre son explication mais il se contente de tirer fort sur sa cigarette et de contempler la fumée qu'il souffle par le nez.

— Dieu ? je l'encourage.

— Le Très-Haut, en personne.

Il secoue la cendre et marque chacun de ses mots en agitant le bout incandescent de sa cigarette.

— Ce sont des super-évangélistes. Des chrétiens fondamentalistes. Toutes leurs affaires se font avec une main sur la Bible : ils sont hyper-conservateurs, avec des attentes très particulières quant à leurs cadres dirigeants.

— En termes de vie personnelle aussi, tu veux dire ?

— En *tout*. Ils sont entrés en phase de vérification et ils mettent leur nez partout, je peux te le dire. Les contrôleurs fiscaux sont des amateurs à côté de ces gens-là. Ils examinent le moindre détail au microscope – et pas seulement le business et les perspectives de l'entreprise ! Ils sont allés fouiller dix ans en arrière. Ils ont étudié le dossier de tous les anciens employés à la recherche de moutons noirs et de cadavres dans les placards, tout ce qui pourrait un jour menacer de ternir leur nom. Autant dire que s'ils trouvent que la patronne a un *partenaire* un peu trop privilégié, il y a un bouton rouge qui va s'allumer quelque part en Oklahoma.

— Tu crois qu'ils se retireraient du deal ?

— S'ils se rendent compte qu'elle couche ailleurs ? Ils couperont les ponts direct, c'est sûr. Le moindre petit parfum de scandale et ce sera au revoir le rachat, au revoir les bonus, au revoir les huit millions de dollars.

Je bois une nouvelle gorgée de cognac.

— Et Rowan sait tout ça ?

— Évidemment. Mais elle se croit plus maligne qu'eux.

— Alors elle prend un risque énorme.

— Tu connais ma femme : tout feu tout flamme et risque-tout.

— Enfin… Ce n'est un risque que si elle a *réellement* un amant.

Russ me jette un regard agacé, comme si je ne l'avais pas bien écouté.

— Je te dis qu'il y a quelque chose. J'en suis sûr, putain !

Je finis par battre en retraite jusqu'à la chambre. Je grimpe sur le lit à baldaquin et pose ma tête sur l'oreiller. Un filet d'air frais provient du climatiseur. Juste à côté, Sean dort toujours aussi profondément.

Je ramène la couverture jusqu'à mon menton et fixe le plafond.

Dix mois plus tôt

« La seconde, c'est l'année où ça devient important. »

Sa mère n'a pas arrêté de répéter ça tout l'été. Elle n'y a pas prêté attention. L'école n'a jamais été un problème pour elle. Elle est dans les meilleures de sa classe depuis le CP, elle a l'esprit de compétition. Elle n'a pas non plus écouté les lycéens qui disaient que le brevet ne sert à rien, qu'on se fiche des notes et qu'il n'y a que le bac qui compte. C'est sans doute valable pour la plupart des gens, mais ce n'est pas vrai si vous visez plus haut. Si vous voulez être chirurgien, par exemple. Les écoles de médecine ne se fichent pas de vos notes de brevet : elles regardent tout pour décider qui sera admis et qui restera dehors. Elles veulent être sûres que vous n'avez pas eu votre bac sur un coup de chance, que vous êtes une vraie bonne élève et que ça ne date pas d'hier.

De toute façon, elle sait très bien ce que sa mère entend par « important ». Elle veut dire : « Ce n'est pas le moment de te laisser distraire. »

Et pour sa mère, « distraction » égale « garçons ».

Les garçons vont te détourner du droit chemin.

Les garçons vont concentrer ton esprit sur tout ce qu'il ne faut pas.

Les garçons ne réussissent pas aussi bien que les filles à l'école, et on sait bien pourquoi.

Bla, bla, bla.

Elle comprend tout ça. Réellement. Elle sait qu'elle devra travailler dur pour avoir de bonnes notes, et elle est prête à y passer le temps qu'il faut.

Mais, mais, mais… Il y a un nouveau, à l'école.

Et il n'a rien à voir avec les autres garçons.

DIMANCHE

14

Une odeur de café frais vient chatouiller mes narines au réveil. Sean dépose la tasse fumante sur ma table de chevet avec précaution, je me redresse sur les coudes et marmonne un merci sans le regarder. Combien de temps ai-je réussi à dormir ? Quelques heures ? Je me sens épuisée, vidée de fatigue. Je me traîne jusqu'à la salle de bains en emportant le café avec moi.

Le temps que je me prépare et que je descende, Rowan est déjà rentrée de l'aéroport avec Izzy. Elles bavardent dans la cuisine ; je les salue d'une accolade et m'enquiers du voyage depuis Bangkok.

— Ça me fait tellement plaisir de te revoir ! dit Izzy. De revoir *tout le monde*, enfin.

— Moi aussi, dis-je, en me servant un deuxième café.

Il y a des mois maintenant que je ne l'ai vue, mais elle n'a pas changé. L'âge n'a jamais eu de prise sur elle. Elle est habillée d'un chemisier à manches courtes et d'un de ces pantalons corsaires qu'on porte en Asie – déjà à l'aise dans la chaleur.

Elle a ramené ses cheveux bruns en queue-de-cheval, faisant ressortir son cou gracieux et son collier de cuir paré d'une émeraude. Ses poignets, comme toujours, sont couverts d'une collection entière de bracelets ornés de pierres choisies pour leur énergie positive.

De nous quatre, c'est la seule à ne pas avoir d'enfants et on dirait qu'elle a dix ans de moins : une peau impeccable, sans rides ni vergetures, sans la marque insidieuse des nuits d'insomnie. C'est aussi la plus petite d'entre nous : un mètre soixante de délicatesse, mince et légère, les traits fins, des yeux de chat derrière des lunettes à monture rouge et un sourire permanent sur le visage. Elle n'en paraît que plus jeune encore.

— Comment ça va, Kate ?

— Super. Génial.

Izzy me lance un regard entendu.

— Je sens que tu as bien profité de cette première nuit de château…

— Pas vraiment, non.

— Tu as l'air rincée, meuf.

Je souris malgré moi. Izzy a toujours été la reine pour appeler un chat un chat.

— Merci, dis-je, tu sais comment me remonter le moral.

— Je dis ça, je dis rien, hein. Je me soucie de toi, c'est tout.

— … Et tu as raison, en vérité, je suis rincée. Pas très bien dormi.

Je finis par trouver un parfait mensonge, avec un fond de vérité dedans :

— Je suis un peu inquiète pour Lucy.

Jennifer vient de nous rejoindre et hoche la tête en signe de compassion. Elle me demande ce qui se passe.

Dans les grandes lignes, je raconte à mes amies comment ma fille s'est renfermée ces derniers temps, ses sautes d'humeur dans l'attente des résultats du brevet… Et moi qui jusqu'à cette nuit n'avais pas vu les signes de détresse.

— C'est compréhensible, dit-elle. Tu as mis la barre très haut, quand même, ce n'est pas facile.

— Pas plus compliqué que pour n'importe qui.

— Mais ça va être éreintant pour toi, de réussir à concilier ça avec… avec tout le reste.

— Que veux-tu dire ?

— Tu sais bien, dit-elle. Ta carrière…

Mes poils commencent déjà à se hérisser.

— Qu'est-ce qu'elle a, ma carrière ?

— Ça ne doit pas être facile d'être maman avec un boulot à plein temps.

— Non, dis-je d'une voix aussi calme que possible. Ce n'est pas ça. Rien à voir.

— Je veux dire : c'est génial de tout combiner, mais ça ne doit pas être simple de tout faire rentrer dans une seule journée. Je ne sais pas comment vous faites, Rowan et toi.

Est-ce à cause du manque de sommeil ? Il y a quelque chose dans son ton qui m'irrite. Rowan a dû le sentir et s'empresse de changer de sujet.

— Dis donc, Jen, j'ai promis à Odette que tu viendrais la voir nager ce matin, dans la piscine. Ça te dit d'y aller maintenant ?

— Bien sûr, dit Jennifer, et toutes les deux sortent de la cuisine.

Izzy et moi nous regardons, et il suffit d'un signe de tête pour savoir que nous pensons toutes les deux la même chose : *Jennifer ne changera décidément jamais.* Nous sortons sur le balcon et nous installons au bout de la table, sous un grand parasol.

— C'est génial, quand même, sourit Izzy. Comme dans le temps.

— Ça te fait quoi, d'être de retour en Europe ?

— C'est comme si je n'étais jamais partie. Rien n'a changé. Mais toi, alors, Kate : comment vas-tu, *vraiment* ? Maintenant qu'on est toutes les deux, tu peux me dire.

— Moi ? Ça va, dis-je en lui rendant son sourire. Rien n'a changé.

Elle boit une petite gorgée de café et m'examine un instant sans rien dire. Depuis toujours, elle est la plus perspicace de la bande, celle qui voit sous la surface des choses. Et elle ne lâche jamais : avec elle tout doit être verbalisé – même si cela implique une discussion difficile.

— C'est juste que tu as l'air un peu… Je ne sais pas. Pas complètement toi-même.

— Hier a été une longue journée, c'est tout. C'est fatigant, le voyage, non ?

— Ça, meuf, ça veut dire que tu ne voyages pas assez. Tu devrais prendre l'avion plus souvent.

Voilà plus de dix ans qu'Izzy vit à l'étranger en enseignant l'anglais dans différents pays, d'abord en Afrique, puis en Asie – Thaïlande, Viêt Nam, Cambodge et autres. Après un séjour prolongé au Tibet, elle s'est convertie au bouddhisme. Cela semble l'avoir rendue plus calme, plus posée – plus heureuse aussi, détachée de ces questions matérielles pour lesquelles la plupart des gens passent un temps fou à s'inquiéter.

C'est une voyageuse, une citoyenne du monde, et elle a vu plus de pays que Rowan, Jen et moi réunies. C'est Izzy, et pas Isobel. Je me rappelle si bien la première fois que nous nous sommes rencontrées dans l'immense couloir de la fac, le jour de la rentrée universitaire – quatre filles aux yeux écarquillés, pleines d'espoir et secrètement terrifiées par ce qui nous attendait. En souriant, elle nous avait expliqué pourquoi nous ne devions jamais l'appeler par son prénom de baptême. « Isobel, c'est sur mon passeport, et nulle part ailleurs, disait-elle avec son irrésistible accent irlandais. C'est le nom de ma grand-tante, la pire personne que vous puissiez jamais rencontrer. Donc, moi, c'est Izzy, enchantée. »

Izzy.

— Alors comme ça, dis-je pour faire diversion, tu es rentrée pour de bon ?

Izzy tourne ses deux paumes vers le ciel.

— Eh oui. Je crois qu'il est temps de retrouver quelques racines…

— Il y aurait aussi *quelqu'un*, peut-être ?

Elle sourit.

— Chut. Nous n'en sommes qu'au tout début.

— Tu es bien mystérieuse…

Elle fait un signe de la main et tous ses bracelets s'entrechoquent en tintant.

— C'est trop tôt encore. En parler risquerait de porter malchance…

Izzy vient du même quartier de Limerick que Sean, et c'est par elle que je l'ai connu – que *nous* l'avons toutes connu. Le jour même où elle nous l'a présenté, j'ai été attirée par cet Irlandais au sourire aussi large que les épaules, qui pouvait parler avec n'importe qui et dansait n'importe comment, et dont le cœur battait si puissamment que j'ai cru qu'il allait s'échapper de sa poitrine quand nous nous sommes embrassés pour la première fois. Il me regardait comme jamais un garçon ne m'avait regardée. Il me regardait *vraiment*. Je suis restée stupéfaite le jour où il m'a demandé si je voulais sortir avec lui. Je pensais que je n'aurais jamais la moindre chance avec lui. Il aurait pu choisir n'importe quelle fille.

Mon Sean.

Izzy et lui sont brièvement sortis ensemble au lycée, mais Sean n'en a jamais beaucoup parlé, si bien que je n'ai jamais vraiment su comment ça s'est terminé. Ce que je sais, parce qu'il me l'a avoué un soir où il avait mélangé Guinness et vin rouge, c'est qu'à seize ans, lui et elle ont conclu un pacte. S'ils étaient toujours célibataires à quarante ans, et si Sean ne devenait pas le millionnaire qu'il rêvait déjà d'être, ils se marieraient. Une pochade adolescente assez classique, le genre de serment qu'on fait pour rire. Mais peut-être cela avait-il plus de valeur pour un des deux – plus qu'aucun n'aurait voulu l'admettre.

De toutes mes amies, Izzy est celle avec laquelle Sean s'entend le mieux. Ils n'ont jamais perdu le contact : même quand elle était à l'étranger, ils continuaient à s'envoyer par texto des blagues sur le sport, des films ou des souvenirs de leur enfance – autant de sujets qui me laissent à l'écart. Elle s'est même fiancée au meilleur ami de Sean, Mark, mais le mariage n'a jamais eu lieu. Et je n'ai nulle envie de penser à ça maintenant.

Je termine mon café.

— Quand pourrons-nous le rencontrer, alors, ce *quelqu'un* ?

— Pas avant un bout de temps, dit-elle dans un clin d'œil. C'est un peu compliqué.

— Mystère, mystère !

Elle passe le doigt dans son collier et roule entre ses doigts la pierre verte et opaque surmontée d'un croissant de lune.

— Disons que cette histoire exige d'agir avec précaution.

— Serait-il du genre timide et réservé ?

— Oh non. Ce modèle n'est pas très courant par chez moi.

— Attends… Tu veux dire qu'il est de Limerick ?

— Eh oui. Marrant, non ? La vie réserve de ces surprises : tu peux passer la moitié de ta vie à courir le monde, et finir par sortir avec quelqu'un qui a grandi à un kilomètre de chez toi.

Je prends soudain conscience de ce que cela pourrait signifier, et mon cœur se décroche. Je tente de me rassurer : s'il s'agissait de Sean, elle ne m'en parlerait tout de même pas aussi effrontément ? Mais c'est Izzy : droite, directe, sans compromis. Tout est tellement possible avec elle. Je ne l'ai jamais vue refuser le moindre obstacle ou édulcorer la vérité. *Il n'y a que deux erreurs que l'on puisse faire sur le chemin de la vérité : ne pas aller au bout, et ne pas s'y engager.* Ainsi va Izzy, sur la voie de Bouddha.

— Voilà pourquoi elle n'a jamais réussi à garder un homme, a dit un jour Russ dans un accès de perfidie.

Je me concentre pour continuer à sourire et parler à voix basse.

— Oh mon Dieu, Izzy, dis-je, j'ai compris.

— Quoi donc ?

— Il est marié, c'est ça ?

Izzy me fixe d'un air étrange, un sourcil relevé.

— Je ne saurais évidemment commenter cette information.

— Mais il l'est ?

— Et d'abord, pourquoi ce serait un « il », hein ?

— Eh bien… Tes précédents amants, par exemple.

— Pas faux.

— Alors : marié ?

— C'est la policière qui me pose la question ?

— Bien sûr que non. C'est l'amie. De toute façon, je te rappelle que nous autres de la police scientifique sommes des civils.

— Mais je ne peux vraiment rien te dire pour l'instant. Bientôt.

— Est-ce que sa femme est au courant ?

Elle fronce très légèrement le nez.

— Il est possible qu'elle ait… disons, des soupçons.

La question à laquelle elle n'a toujours pas répondu me revient comme une claque et s'éclaire soudain d'une lumière inédite et terrifiante.

Pourquoi es-tu rentrée en Europe, Izzy ? Pourquoi maintenant ?

Avant que j'aie le temps de décider que faire de cette nouvelle révélation, Odette arrive vers nous avec sa détermination coutumière. Elle porte un maillot de bain rose à paillettes, des bouées gonflables roses aux bras et autour de la taille, des lunettes roses sur la tête et un dauphin sous le bras. Rose, lui aussi.

Elle plante ses deux pieds dans le sol, les poings sur les hanches.

— Bon, dit-elle sans se soucier de couper notre conversation. Qui veut aller à la plage ?

15

La plage du Cap d'Agde est bondée.

La Méditerranée brille sous l'impitoyable soleil de midi, secouée de petites vagues que soulève une brise salutaire.

L'ambiance s'est réchauffée aussi dans notre petit groupe après les éclats de la veille. Nos serviettes sont étalées sous deux grands parasols, avec nos sacs, nos livres et une grande glacière bleue au centre de notre campement. L'odeur de la crème solaire se mélange aux embruns salés et à la fumée âcre des cigarettes d'un couple de Français qui fument non loin de nous. Lucy tient ses longs cheveux dans une main pour me laisser enduire son dos et ses épaules de crème. Son autre main tient son téléphone tandis que du pouce elle tape un message. Je suis contente d'être là, distraite des tourments du moment, loin de la villa où mon cerveau ressasse en boucle les pensées les plus sombres. Depuis hier, j'ai l'impression d'avoir été plongée dans une émission de télé-réalité où des caméras zoomeraient régulièrement sur le visage de mes meilleures amies sur fond de musique angoissante, avec toujours cette même question.

Est-ce toi ? Ou toi ? Ou toi ?

Sean se montre encore plus prévenant qu'à l'accoutumée. Depuis ce matin il porte les sacs, fixe les parasols, va chercher snacks et boissons fraîches pour moi et les enfants. Serait-ce la mauvaise conscience ?

À côté de moi, Jennifer a déployé une grande paillasse. Elle a sorti un livre de poche au titre très sérieux (*L'École de l'optimisme : développer la résilience chez l'enfant*) mais elle ne l'a pas ouvert. Calée sur les coudes, elle observe la foule autour de nous.

Jen était une sportive de choc, à la fac. Elle jouait au tennis et au hockey à un niveau national. Vingt ans plus tard, elle a toujours un corps parfait, entretenu par un tennis hebdomadaire assorti de jogging et de Pilates. Pendant longtemps, j'ai été mal à l'aise chaque fois que je me trouvais près d'elle en maillot de bain. Elle était l'Américaine à la peau cuivrée, la silhouette sculptée ; moi, l'Anglaise désespérément pâle qui tentait sans succès de retrouver son poids d'avant la grossesse. Je pensais avoir fini par dépasser ces complexes ; aujourd'hui ils me rattrapent. Et sans pitié.

— Pas sûr qu'on ait choisi le meilleur jour pour venir, dis-je. On dirait que la moitié de Béziers est ici.

— Et moi qui croyais que le Cap d'Agde était une plage nudiste.

— C'est un peu plus loin, je crois. Pourquoi, ça te dirait ?

Jennifer éclate de rire.

— Tu plaisantes ? Un défilé de vieux types avec leur machin qui pend ? Beurk.

— Vu comme ça, en effet, mieux vaut une plage bondée qu'une plage nudiste.

— C'est sûr. Et les garçons ont l'air d'apprécier.

Un peu plus loin, Jake et Ethan s'affairent avec des pelles.

— Ça fait du bien de les voir s'amuser comme ça. Comme les enfants devraient toujours jouer, au lieu de rester des heures dans des pièces sombres devant un écran.

Les garçons sont occupés à édifier un barrage pour faire dériver un petit bras d'eau qui se jette dans la mer. Jake est à genoux et entasse du sable ; debout près de lui, son cadet dirige les opérations. Tous les deux sont entièrement absorbés par leur chantier, et je dois reconnaître que c'est vraiment mignon – quoiqu'un peu étrange, à vrai dire – de voir ces deux gaillards jouer avec une telle ardeur aux mêmes jeux qui les occupaient quand ils avaient cinq ans.

J'en ai fini avec le dos de Lucy. Elle me remercie d'un sourire et s'allonge face contre terre sur sa serviette, sa peau luisante sous le soleil. Nous n'avons fait aucune allusion à notre conversation de la nuit, mais elle semble aller mieux aujourd'hui. Plus sereine. Et elle s'entend bien avec Jake et Ethan, ce qui me réjouit. Voilà qui pourra la distraire un peu, l'aider à moins ruminer.

— Tu sais que j'oublie parfois que tes garçons ne sont que des ados, dis-je à Jen. Ils sont tellement grands, maintenant.

— Eh oui. Jake a déjà dépassé Alistair, tu as vu ? Et Ethan prend le même chemin. Ça fait bizarre de me retrouver la plus petite de la famille.

Sean a emmené Daniel au café de la plage pour manger une glace. Russ est allongé sur le dos à l'ombre d'un parasol, la tête sous un chapeau de paille. Il exsude littéralement l'alcool – les effluves douceâtres du cognac me parviennent aux narines quand je me tourne de son côté.

Jennifer se redresse et pose son menton sur ses genoux.

— Je suis désolée, pour ce matin, dit-elle. Je… Je parle vraiment sans réfléchir, parfois.

— Pas de problème, Jen. Je crois que je vois ce que tu voulais dire.

Elle sourit en regardant jouer ses deux garçons.

— Tu arrives à imaginer la vie sans eux ?

— Sans qui ?

— Tes enfants.

— Pas vraiment, non.

— J'ai du mal à me souvenir qu'un jour il n'y avait que nous. Je veux dire : pas d'enfants, pas de mari.

Izzy intervient sans ouvrir les yeux, allongée sur sa serviette non loin de nous.

— C'est encore le cas pour certaines, hein.

Jennifer sursaute.

— Izzy ! Désolée, je croyais que tu dormais. Je ne voulais rien dire de spécial.

Izzy se retourne sur le ventre.

— Pas de problème, dit-elle. Être célibataire a aussi ses avantages.

Un sourire embarrassé s'invite sur le visage de Jennifer.

— Tout était si différent quand on s'est rencontrées, dit-elle après quelques instants. Vous pensez qu'on a vraiment changé, nous ?

— Forcément, dis-je. Ce serait vraiment étrange si nous étions les mêmes aujourd'hui qu'il y a vingt ans. La vie nous façonne, non ?

Pour le meilleur et pour le pire, j'ajoute pour moi-même, tout en me demandant où Jennifer veut en venir.

— Je me souviens d'un jour… Jake devait avoir six mois, ou à peu près, j'étais déjà enceinte d'Ethan. On était partis à Cromer tous les trois, avec Alistair, histoire de voir la mer. Nous avons fait une balade en bateau, juste une heure. Je tenais Jake dans mes bras près du bastingage, j'ai regardé Alistair, et là j'ai eu un flash : j'ai su, avec une certitude absolue, que si le bateau s'échouait et qu'il manquait de gilets de sauvetage, si je ne pouvais sauver qu'un des deux, alors je sauverais Jake. Il n'y avait pas à hésiter une seconde : j'ai compris que j'étais prête à voir mon mari couler si cela me permettait de sauver mon bébé. C'était comme un fait scientifique, comme la gravité : c'était comme ça, il n'y avait pas à discuter. Et là, je ne sais pas ce qui m'a pris, mais je l'ai dit à Alistair. C'était horrible de ma part. Mais c'était vrai.

Elle marque une pause. La brise marine froisse légèrement ses longs cheveux blonds.

— C'est normal, dis-je. C'est l'instinct maternel.

— Oui. Mais tu sais ce qu'Alistair m'a répondu ? Qu'il était en train de penser la même chose. Qu'il choisirait Jake s'il ne pouvait sauver qu'un de nous deux. Tu vois le tableau ? Nous étions tous les deux en train de penser qu'on pourrait se sacrifier l'un l'autre si cela pouvait sauver la vie du bébé.

Elle se remet à sourire, nostalgique.

— Je m'en souviens comme si c'était hier. J'étais là sur le bateau, un peu barbouillée, et j'ai senti que quelque chose d'irrémédiable changeait entre Alistair et moi. Ce n'était plus juste notre couple, ça devenait autre chose. C'était comme la fin d'un chapitre de ma vie, et le début d'un nouveau.

Je ne sais trop quoi répondre et je me contente de rouler des grains de sable entre mes doigts. Depuis que j'ai vu les messages sur le portable de Sean, hier, j'ai moi aussi l'impression qu'un chapitre de ma vie est sur le point de s'achever. Jennifer pourrait-elle être Fille-de-Corail ? Jennifer la sublime, qui faisait tourner la tête de Sean quand nous étions étudiantes. Jennifer la nerveuse, que je sens mystérieusement gênée depuis que nous sommes arrivés en France.

Elle me demande : « As-tu jamais pensé ça ? À propos de Sean ? »

Je hausse les épaules et me concentre sur les ruines d'un fort au sommet d'une petite île, au large de la baie.

— Je ne l'aurais pas formulé comme ça. Mais j'imagine qu'on est tous pareils, non ? On fait tous passer nos enfants en premier. On est programmés pour ça.

— C'est juste que... Je me fais tellement de souci pour eux, tout le temps. Impossible de trouver le bouton *off*. J'ai essayé, mais je n'y arrive pas.

— Pareil pour moi. Mais Lucy et tes fils arrivent bientôt à l'âge où ils seront assez grands pour s'occuper d'eux-mêmes...

— Je n'arrive pas à m'y faire. Ils seront toujours mes garçons. Toujours.

Je regarde alentour pour voir qui pourrait nous écouter. Izzy semble s'être assoupie à nouveau. Russ s'est retiré du monde, la tête sous son chapeau. Alistair s'est levé pour prendre des photos un peu plus loin. Les autres sont partis manger une glace ou se renseigner sur les locations de pédalo.

Au-dessus de la mer, un petit avion vole bas en traînant une bannière qui vante les attractions du Luna Park.

Je me penche vers Jennifer et lui demande, en baissant la voix :

— Tout va bien, tu es sûre ?

Elle lève les yeux vers moi.

— Bien sûr ! Tout va très bien, pourquoi ?

— C'est juste que tu as l'air... Je ne sais pas. Ce que tu disais tout à l'heure, sur le monde qui change, et nous aussi. J'ai eu l'impression que tu avais quelque chose sur le cœur.

Jennifer détourne le regard. Ses lèvres se plissent et sa bouche se fige en une longue ligne droite. Elle revient vers moi et il me semble qu'elle est sur le point de me répondre quand soudain surgit Ethan, du sable plein ses longues jambes poilues.

— Est-ce qu'on a quelque chose à manger, maman ? Je meurs de faim.

Jennifer tend le bras vers la glacière et en sort une pomme.

— Rien d'autre ? demande Ethan. Y a pas de biscuits ?

— Des fruits et de l'eau, c'est tout.

Elle se penche en avant et dépose la pomme dans la main de son cadet.

Rowan revient du café avec trois longs esquimaux encore emballés.

— Où est Odette ? demande-t-elle en regardant à la ronde. Ethan, elle ne jouait pas avec toi et ton frère ?

— Nan. Je l'ai pas vue.

— Je croyais qu'elle était avec vous.

— Ben, elle l'était au début, mais elle n'arrêtait pas de faire des trous dans notre barrage, elle disait qu'elle s'ennuyait.

Il croque dans sa pomme et poursuit :

— Elle a dit qu'elle revenait ici.

— Eh bien, elle n'est pas là.

Rowan tourne sur elle-même puis son regard se pose sur son mari, inerte sur sa serviette.

— Russ ?

Ethan place une main au-dessus de ses yeux pour mieux passer la plage en revue.

— Hé ! dit-il enfin. Ce n'est pas elle, là-bas, au bord de l'eau ?

16

C'était bien Odette, le maillot de bain scintillant au soleil, les pieds enfoncés jusqu'aux chevilles dans le sable mouillé.

La marée est basse, il doit y avoir plus de cinquante mètres entre nous et elle. Je ne suis pas à l'aise de la voir ainsi toute seule si près de l'eau.

— Que fait-elle toute seule ? dit Rowan affolée.

Les mains en porte-voix, elle se met à crier : « Odette ! »

À cet instant, un homme de bonne taille s'approche, se penche vers la fillette et lui prend la main. Il porte une casquette de base-ball et des lunettes de soleil, la chemise grande ouverte. Il ne me faut qu'une fraction de seconde pour le reconnaître – sa démarche, son allure, le mouvement de ses épaules, la façon dont il tient l'enfant par la main.

Sean.

Il ne tarde pas à ramener Odette à notre petit campement, avec Daniel qui porte deux grandes bouteilles d'eau.

Rowan s'agenouille et prend doucement sa fille par les épaules.

— Tu sais que tu m'as fait très peur, Odette ? Je veux que tu promettes de ne plus jamais aller toute seule dans l'eau sans quelqu'un pour te surveiller. OK ? Tu promets ?

— J'étais pas dans l'eau, marmonne la fillette. Juste les petites vagues.

— Russ ? demande Rowan, encore sous le choc. Pourquoi n'étais-tu pas avec elle ?

— Hein ? Quoi ?

Russ se redresse enfin et cligne des yeux, ébloui par le soleil.

Elle était censée faire un barrage avec les garçons. Je lui ai dit de ne pas aller à la mer sans moi, mais elle n'écoute jamais.

— Tu aurais peut-être remarqué qu'elle était toute seule si tu n'étais pas en train de cuver une gueule de bois, dit Rowan en haussant le ton. Bon Dieu, tu es tellement irresponsable !

— C'est encore ma faute, c'est ça ? Comme toujours.

Odette murmure une phrase à l'oreille de sa mère.

— Qu'est-ce que tu veux dire, poussin ?

Pour toute réponse, Odette pointe son index sur Jake et Ethan.

— C'est les garçons, dit-elle d'une toute petite voix.

— Quoi, les garçons ?

— C'est de leur faute.

Rowan jette un regard suspicieux aux deux ados.

— Pourquoi ?

— Je voulais jouer avec eux mais Ethan a dit que je pouvais pas, que j'étais trop petite.

Son index se pointe vers le ciel pour appuyer ses mots.

— Il m'a dit d'aller jouer toute seule, *dans l'eau.*

Le visage d'Ethan reste impassible.

— C'est faux, dit-il. Elle nous disait tout le temps quoi faire. Elle voulait construire un château de princesse et pas autre chose, et elle n'arrêtait pas de donner des coups de pelle pour faire des trous dans notre barrage. Et puis elle a dit qu'elle en avait marre et elle est partie.

— Même pas vrai ! réplique Odette.

— Si c'est vrai ! fulmine Jake. Elle veut juste nous attirer des ennuis.

Sean lève les mains en l'air pour mettre fin à la dispute.

— On se calme ! Le plus important, c'est qu'Odette soit là avec nous, non ? On pourrait tous aller manger une glace pour fêter ça.

Sortant de sa torpeur, Rowan se lève et le prend dans ses bras. Fort.

— Merci Sean, merci, dit-elle d'une voix qui se fendille. Je ne sais pas quoi dire. Merci tellement d'avoir gardé un œil sur elle.

Il l'embrasse en la serrant à son tour.

— Ce n'est rien, dit-il. C'est normal.

C'est une scène douce et presque banale : deux adultes, deux parents se félicitant d'avoir retrouvé un enfant, dans les bras l'un de l'autre.

Ils restent comme ça un instant, en silence. Juste un peu trop longtemps.

Ils sont sur le point de briser l'accolade quand Rowan se hisse sur la pointe des pieds, approche ses lèvres de l'oreille de Sean. Cela ne dure qu'un bref instant : Sean qui hoche la tête, son oreille tout contre la bouche de Rowan. Ses mains à elle dans le bas de son dos. Le visage grave de Sean qui s'adoucit en un franc sourire. Quelques secondes, pas plus, et leur étreinte prend fin dans un silence pas tout à fait naturel.

Ai-je rêvé ou elle lui a murmuré quelque chose à l'oreille ?

Qu'a-t-elle bien pu lui dire ?

Que vient-il de se passer *exactement* ?

Le temps de me poser ces questions, tout est déjà redevenu normal sur notre campement.

Rowan la maman soulagée sourit à mon mari, le héros du jour. Mon mari, dont la boussole semble détraquée. Dont la crise de la quarantaine déborde en adultère. Et qui me ment depuis des semaines. Peut-être des mois.

Mon intuition d'hier me revient, avec une acuité plus féroce encore : et si Rowan avait orchestré tout ça pour épater Sean ? Les vacances, la villa, le champagne : tout ça serait *pour lui*, en réalité – comme une blague qu'ils seraient les seuls à comprendre, une comédie dans laquelle les autres et moi ne jouerions qu'un rôle de figurants.

Arrête, Kate. Arrête.

Russ serre la main de Sean et les deux hommes échangent un signe de tête un peu gêné.

J'ai toujours aimé les mains de Sean. Leur beauté. Leur puissance. Elles commencent déjà à brunir sous l'effet du soleil, et c'est alors qu'il tend un bras pour attraper une bouteille d'eau que je remarque cette petite ligne pâle sur l'auriculaire de sa main gauche.

Son alliance a disparu.

17

Ethan

Ethan arrache une grappe sur un pied de vigne, avise le plus gros raisin et le met dans sa bouche avec gourmandise. Il savoure longuement le jus âcre et sucré sur sa langue, puis il tourne la tête pour cracher les pépins loin de Jake avant de détacher un nouveau grain. Il le mord doucement pour retrouver ce plaisir de la peau qui se fend et laisse la pulpe se répandre. C'est la première fois qu'il se retrouve dans un vignoble. La première fois aussi qu'il mange du raisin fraîchement cueilli. À la maison, le seul raisin autorisé provient des étals du supermarché, et il est dûment lavé et rincé parce que Jen (si elle l'entendait l'appeler comme ça, elle piquerait une crise) *exige* que tout soit lavé, et tout grain suspect doit être jeté – qu'il soit un peu ramolli, qu'il ait passé un peu de temps hors du réfrigérateur ou qu'une mouche se soit approchée un peu trop près…

Le soleil tape dur. Jake et lui se sont allongés au milieu du vignoble, sur la pente qui s'éloigne de la villa, à l'ombre d'une rangée de ceps aux larges feuilles et aux grappes gorgées de fruits. C'est plus tranquille, ici ; du moment qu'ils ne se lèvent pas, personne ne peut les voir, même depuis les balcons.

Ethan se redresse sur un coude et cueille une nouvelle grappe sur le pied le plus proche.

— Bon, alors, demande-t-il à son grand frère. Tu vas lui demander, ou bien ?

— Lui demander quoi ?

— Tu sais bien.

— Ben non.

Ethan glisse un nouveau raisin entre ses lèvres.

— Si elle a déjà un copain.

— Mais qu'est-ce que tu racontes, putain ? Qu'est-ce que t'y connais, aux filles, hein ? Ou au reste ?

Ethan reste calme. Les filles, c'est *le* sujet infaillible pour exaspérer son frère. *Titille-le, fais-lui péter les plombs et attends que ça parte* : sa tactique est bien rodée. Si leur mère est dans les parages au moment où le coup part, alors peut-être (seulement peut-être) lui prêtera-t-elle un peu d'attention. Plusieurs options s'offrent à lui. Il pourrait aller droit au but, ou évoquer cette rumeur à propos de la soirée chez Rosie, ou encore ce gosse de riches du club de rugby. Il décide d'aller droit au but.

— Alors, elle te plaît ?

— Va te faire foutre, dit Jake.

— Elle te plaît, hein ?

— Ta. Gueule.

— Ça, ça veut dire oui.

— Tu sais même pas de quoi tu parles. T'as aucune idée de ce que je pense, ou de ce que je ne pense pas.

— Bien sûr.

— T'es qu'un pisseux.

— Un pisseux, ouais ? C'est tout ce que t'as ? C'est puissant.

Ethan cherche un mensonge assez crédible pour vexer son frère :

— En tout cas, c'est pas moi qui me pisse dessus devant une fille qui s'est tapée tous les mecs de sa classe en seconde.

Jake tombe dans le panneau direct.

— Répète un peu ça ?

— Je dis seulement ce que j'ai entendu, hein…

— Eh ben, t'as mal entendu. C'est n'importe quoi, du pipeau complet.

Vas-y, il est à point.

— Peut-être. Mais si tu réagis comme ça, c'est que tu l'aimes *vraiment* bien, non ?

Jake se lève, prêt à se battre.

— Tu sais jamais quand fermer ta gueule, hein ? dit-il en jetant sa grappe de raisin par terre.

— Ah ! Elle est bonne, celle-là, frère. Surtout venant de toi.

Ethan se met en garde et attend le premier coup.

Ils se battaient souvent quand ils étaient plus jeunes. Ethan a appris très tôt comment faire enrager son frère. Asticotage, provocation, colère, confrontation, bagarre : ça marchait à tous les coups. Alors, chaque jour, c'était brûlures indiennes, tirage d'oreilles, cheveux arrachés et coups en tous genres. Puis ils ont entamé leur croissance à peu près ensemble, et avant qu'ils n'aient eu le temps de comprendre ce qui leur arrivait, leurs bagarres ont atteint un tout autre stade. Voici quelques mois, ils se sont battus à coups de poings, comme des adultes – à propos de quoi, Ethan n'en a plus la moindre idée mais il y avait bien eu un prétexte –, et tout cela s'est terminé en lèvres fendues, yeux au beurre noir et saignements de nez, avec les cris de maman en bande-son, puis papa qui se précipite dans les escaliers, tire Jake en arrière et le colle littéralement au mur. Ethan se souvient des yeux de son frère ce jour-là, ces yeux écarquillés jusqu'à éclater, comme chaque fois qu'il réussit à le mettre vraiment hors de lui. Il avait du sang sur les dents quand il a nargué Jake d'un simple sourire, encore un peu sonné mais jubilant de son coup, et déjà prêt pour un deuxième round. Il se souvient des éclaboussures sur leurs vêtements, des taches rouges sur le tapis beige et de la crise de nerfs de maman. C'était marrant.

C'est ce jour-là qu'Ethan a découvert qu'il aimait le goût du sang dans sa bouche.

Mais depuis lors, les deux frères respectent une sorte de traité de paix tacite. Ils savent tous deux le mal qu'ils peuvent faire à l'autre : Jake avec sa taille et sa plus grande allonge, Ethan avec sa puissance. S'ils devaient se battre à nouveau, les deux en sortiraient sacrément amochés, qui que soit le vainqueur.

— Lève-toi, commande Jake.

— Pourquoi ?

— Lève-toi, bordel, je vais te…

Jake s'arrête au milieu de sa phrase et se retourne vers le haut de la colline. Ethan se lève pour mieux la voir. Elle porte un débardeur blanc et une jupe de coton, les cheveux blonds encore humides de leurs quelques heures à la plage. Le débardeur est vraiment très blanc, si étincelant au soleil qu'il est difficile de bien la voir. Elle est pas mal, se dit-il. Non, mieux que ça : elle est canon. Assez grande, beau visage, mince mais avec des seins, elle coche toutes les cases. Elle ne joue clairement pas dans la même cour que Jake – mais il n'a pas l'air de s'en rendre compte, et cela amuse Ethan.

Elle marche lentement, sans but précis apparemment, et elle retire son chapeau de paille quand elle arrive à leur hauteur.

— Qu'est-ce que vous faites ? demande-t-elle.

— Pas grand-chose, dit Jake en surjouant la nonchalance.

— Ça va ?

— On s'emmerde un peu. Et toi ?

— Carrément. Cette chaleur est impossible, non ?

— Ouais… J'aime bien, en fait, dit-il en se passant une main dans les cheveux, alors, qu'est-ce que t'en penses ?

— De quoi ?

— Cet endroit.

— Plutôt dingue, dit-elle. La piscine est top.

— Ouais.

Ethan doit le reconnaître : l'endroit est plutôt chouette. Bien mieux que les locations un peu pourries auxquelles ils sont habitués pour les vacances d'été.

Lucy s'évente avec son chapeau de paille, puis elle lisse ses cheveux d'une main et remet le chapeau, incliné vers l'arrière.

Elle lance un grand sourire à Jake, en se plaignant du manque d'ombre.

— Tu veux boire un coup ? demande-t-il.

— Peut-être. Qu'est-ce que tu as ?

Jake sort une flasque de vodka de la poche de son pantalon cargo. Il dévisse le bouchon et la lui tend. Elle boit une gorgée, grimace en avalant et se met à tousser.

— Je préfère avec un peu de Coca, dit-elle, à bout de souffle.

— Je peux aller en chercher dans la maison, si tu veux.

Elle rit en levant une main en l'air.

— Pas besoin, non. Ça va.

Jake boit à son tour et cale la bouteille entre lui et Lucy.

Ethan hésite à demander, mais il ne voudrait pas donner à son frère l'opportunité de lui dire non, surtout devant elle. Il reste en retrait tandis que les deux grands discutent – son frère un peu balourd avec cette nana trop belle dont la poitrine tend le tissu du débardeur. Et les voilà qui rient ensemble – et elle rit de bon cœur, sans se la raconter comme elle le fait parfois. Tous les trois fréquentent la même école et se connaissent un peu, même s'ils ne sont pas dans la même classe. *Voilà Jake qui essaie d'être cool*, pense Ethan en recrachant un nouveau pépin. À l'évidence, son grand frère préférerait qu'il ne soit pas là. *Eh bien, tant pis. Moi, je ne bouge pas.*

— Et sinon, dit Jake en tournant le dos à Ethan pour l'exclure de la conversation, ça va, toi ?

Lucy acquiesce.

— Ça va. J'ai hâte que le jour des résultats du brevet soit passé.

— Moi aussi. Mais je suis sûr que tu as cartonné partout.

— Mouais. Pas sûr, non.

— Et à part ça, tout roule ?

— Ouais, fit-elle en buvant une nouvelle gorgée de vodka, tranquille.

Quelque chose dans le ton de sa voix fait se dresser l'oreille d'Ethan. Un silence se prolonge entre les deux adolescents, comme si un message muet passait entre eux deux. Ethan se tend sur le côté pour les voir mais trop tard. Le moment est passé.

— Bon, dit Lucy en regardant vers le bas de la colline. Qui vient dans les bois, alors ?

Elle s'est déjà relevée. Les deux garçons se précipitent pour l'imiter – l'un à sa droite, l'autre à sa gauche.

— C'est un peu bizarre, nous trois comme ça en vacances, non ?

— Mais je suis content que tu sois là, dit Jake en envoyant valser un caillou du bout du pied. Sinon ce serait vraiment naze.

— Je suis contente que vous soyez là aussi.

— Vraiment ?

— Évidemment. Vous pouvez occuper mon petit frère, comme ça il arrêtera d'être sur moi tout le temps.

— Aucun problème.

— On va te libérer de lui, Lucy, ajoute Ethan.

— Merci, dit-elle. Au fait, c'était comment ton anniv, Ethan ?

— Pas mal. On est allés chez Nando avec des potes. Depuis la semaine dernière, j'ai officiellement le même âge que Jake.

Jake soupire.

— Arrête.

Ethan sourit intérieurement. C'est l'un des mystères de son grand frère. Comment peut-il encore réagir au quart de tour alors qu'il y a près de dix ans qu'ils se chamaillent là-dessus chaque année ? Quoi qu'il en soit, c'est l'un des sujets sur lesquels il peut compter chaque fois qu'il a envie d'un peu d'action.

— Techniquement, c'est vrai, pourtant.

— Tais-toi, Ethan. J'ai un an de plus que toi.

Le bois n'est plus très loin. Ethan sourit en se tournant à demi vers Lucy :

— On a tous les deux quinze ans. Son anniversaire tombe le 19 août et le mien, le 17 juillet. Donc, chaque année, pendant trente-trois jours, nous avons le même âge.

Le regard de Lucy va de l'un à l'autre.

— OK, dit-elle.

— Si on avait vraiment le même âge, s'entête Jake avec de grands gestes, on serait dans la même année à l'école. Or, non. Voilà.

Ils poursuivent en silence le long de la pente douce. La terre sèche craque sous leurs pieds.

— J'aurai dix-sept ans en septembre, dit Lucy. Pour mon anniversaire, j'ai demandé des heures de conduite dans une auto-école.

— Je suis sûr que t'auras ton permis facile, dit Jake.

— Mon père dit que si je le passe il pourra rajouter mon nom sur l'assurance de sa voiture. Je veux être la première de mes amies à conduire.

— Cool. Hé, tu sais quoi ? On pourrait s'entraîner ici, si tu veux.

— Quoi ?

— On pourrait prendre une des voitures de location et s'éclater avec.

Lucy fronce les sourcils.

— T'es sérieux ?

— Pourquoi pas ? Y a personne sur les routes par ici. Ce serait un bon entraînement.

— Et qu'est-ce que tu fais des adultes ? demande-t-elle en désignant la villa dans leur dos.

— On s'arrangera pour qu'ils ne sachent rien.

Lucy le fixe du regard, elle tente d'évaluer s'il plaisante ou non.

— Hum… Peut-être, je sais pas.

Ils ont atteint le bas du coteau. Les vignes laissent la place à quelques broussailles et à un bosquet d'arbres plutôt dense. Un chemin court entre des chênes, des pins et d'autres espèces qu'Ethan ne connaît pas. Ils sont heureux de trouver un peu d'ombre sous les branches. Lucy avance d'un pas et s'évente à nouveau avec son chapeau.

— Et donc, là, c'est la limite de la propriété, c'est ça ?

— Nan, dit Ethan. Les bois font partie du domaine.

— Et qu'est-ce qu'il y a, ici ?

Il secoue ses larges épaules.

— Je sais pas. Mais on va bientôt le savoir. Vous venez ?

D'un pas sûr, il ouvre la voie, sans les attendre.

Jake se tourne vers Lucy :

— Tu viens ?

— Grave, dit-elle. Il fera plus frais dans les bois qu'ici.

18

Installée sur un transat, j'ai pris un livre avec moi mais j'en suis toujours à la même page. À peine lis-je quelques lignes qu'invariablement mon esprit s'échappe et se perd en spéculations sur l'infidélité de mon mari. Un poison au cœur de notre couple.

Sean est à l'étage : il est monté faire la sieste quand nous sommes revenus de la plage. Comment fait-il pour se comporter aussi normalement, comme si de rien n'était ? Comment peut-il jouer la comédie de façon aussi éhontée, jusqu'à ne même plus porter son alliance ? Et qu'a bien pu lui dire Rowan, tout à l'heure, à la plage ? Russ n'a-t-il pas raison de la soupçonner de le tromper ? C'est exténuant d'avoir toutes ces questions en tête en permanence. Je me redresse pour regarder autour de moi. Russ promène Odette dans la piscine sur un matelas pneumatique. Rowan est invisible. Alistair parcourt les jardins, son portable à la main, pour prendre des photos de je ne sais trop quoi. Il me tourne le dos et je le vois qui zoome sur quelque chose – un oiseau dans un arbre, peut-être ? Il est trop loin pour que je puisse bien voir.

Je me rallonge sur le transat, je ferme les yeux et un rayon de soleil se pose sur mes paupières. Ce soir, nous dînons toutes les quatre, Rowan, Jennifer, Izzy et moi. Je vais devoir redoubler de prudence pour maîtriser mes émotions : depuis ce midi, j'ai l'impression que chaque fois que j'ouvre la bouche je vais me mettre à pleurer, ou tout raconter – surtout si on se montre aimable avec moi. Je suis une marmite de craintes, de désespoir et d'angoisses qui menace d'exploser à tout moment. Mais je dois tenir, en attendant d'en savoir plus. Tenir, et agir. Si je découvre à quel jeu joue Sean, alors je saurai sur quel pied danser. Je pourrai envisager une riposte. Et peut-être, qui sait, sauver notre famille.

Une ombre passe sur mes yeux. Quelqu'un me cache le soleil.

— Kate ?

C'est Jennifer. J'ouvre les yeux et m'efforce de sourire.

— Oui ?

— Tu n'aurais pas vu Jake ? Ou Ethan ?

— Non, pas depuis…

— Je ne les ai pas vus depuis que nous sommes rentrés de la plage.

— Tu as essayé de leur envoyer un texto ?

— Oui, mais ils n'ont pas répondu.

— Ils sont peut-être dans leur chambre, ou dans la salle de jeux.

Elle secoue la tête.

— J'ai déjà regardé. Je ne les ai trouvés nulle part.

D'un geste discret, elle désigne Rowan à l'autre bout de la piscine et se penche vers moi.

— Je crois que Jake était assez fâché.

— À propos de quoi ?

— De ce qu'Odette a dit tout à l'heure sur la plage, comme quoi les garçons lui auraient demandé d'aller jouer ailleurs.

— Bah, dis-je en baissant la voix, elle n'a rien dit de méchant, si ? Elle avait peut-être mal compris.

— Jake déteste les menteurs. Et il monte très vite dans les tours quand on lui cause du tort.

— Je ne pense pas qu'elle ait délibérément menti, Jen. Elle n'a que cinq ans.

— Oh, elle est bien assez grande pour savoir mentir…

Je me redresse et propose de lui donner un coup de main pour chercher les garçons.

— Tu veux bien ? dit-elle avec un sourire reconnaissant.

— Bien sûr. Je n'ai pas vu Lucy depuis un moment, moi non plus. Ils sont peut-être tous les trois ensemble quelque part.

***

L'après-midi touche à sa fin mais la température n'est pas retombée, et mon débardeur colle à ma peau dans le bas du dos. Jennifer et moi avançons au milieu des vignes à la recherche de nos adolescents, en criant leurs noms sans succès.

Au bout du vignoble, un petit chemin de terre serpente à travers les arbres. Nous contournons deux grands chênes au tronc noueux, des pins, des cyprès qui s'élancent vers le ciel et des oliviers qui se penchent jusqu'au sol. La forêt se densifie peu à peu, puis le chemin descend avant de remonter aussitôt, contournant une immense pierre au pied de laquelle gît un arbre arraché, ses racines exposées à l'air comme des intestins retournés. Un panneau défraîchi avertit les visiteurs en grandes lettres rouges : « ATTENTION ! » Sous quelques lignes dans un français que je comprends mal figure le dessin d'une falaise et de pierres tombant dans le vide.

Nous faisons halte un instant, et je prends conscience de la fraîcheur. La forêt est silencieuse, hormis le bruissement des feuilles au sommet des arbres et quelques cris d'oiseaux invisibles. Jennifer ne tarde pas à reprendre la marche et me fait signe de presser le pas : quelques mètres plus loin s'ouvre une sorte de clairière au sol poussiéreux. Face à nous, un rayon de soleil perce la canopée et m'aveugle. Je place une main sur mon front et lève les yeux du côté de la lumière. Entre deux arbres, un peu plus loin, il me semble apercevoir du rouge. Un t-shirt, peut-être ? Jennifer se met à courir en appelant très fort.

— Jake ? Ethan ?

— Lucy ? je crie à mon tour.

Nous émergeons bientôt dans la clairière et nous nous arrêtons net.

Sur la droite, un panneau indique un chemin qui descend en pente raide vers le fond de la gorge. Devant nous, deux oliviers distants de quelques mètres portent à leurs pieds les haillons de ce qui fut naguère un filet de sécurité. Entre les deux arbres, la poussière laisse place à un affleurement, comme une plateforme de pierre au-dessus du ravin, qui s'avance droit vers le vide.

Jake est là, dos à nous.

Tout au bord de la falaise.

— Jake ! hurle Jennifer. Ne bouge pas !

Son cri effraie les oiseaux, qui se dispersent au-dessus de nous.

À quelques mètres du bord se tient Ethan, son portable à la main pour prendre son grand frère en photo. Je cherche Lucy des yeux, mon cœur battant à tout rompre… *Là !* Elle est là, assise sur une grande pierre plate, et semble peu intéressée par la scène qui se déroule à deux pas. Je me hisse sur la pierre à côté d'elle.

— Tout va bien ?

— Évidemment, dit-elle sans même tourner la tête vers moi. Pourquoi ça n'irait pas ?

D'un geste je lui montre où se tient Jake. Jennifer avance très lentement vers lui, ses deux mains tendues comme si elle s'approchait d'un animal dangereux.

— Jake, dit-elle d'une voix qui tremble de panique. Mon chéri, s'il te plaît, recule-toi d'un pas.

Pour toute réponse, Jake adopte une autre pose : il tend ses deux bras de chaque côté à hauteur d'épaule, comme un plongeur sur le point de sauter. Puis il lève la tête vers le ciel.

— Si tu regardes juste assez haut, tu as l'impression de voler, dit-il sans s'adresser à quiconque en particulier.

— Jake, *s'il te plaît.* S'il te plaît, ne reste pas au bord, implore Jennifer d'une voix brisée.

Un filet de vent fait frissonner le t-shirt rouge de Jake. L'extrémité de ses tongs flotte au-dessus du vide.

— Tu sais quoi, je croyais que cet endroit serait naze, mais *ça*, dit-il en pointant le menton devant lui, ça, c'est vraiment classe.

— Jake, écoute-moi. Je voudrais juste que tu fasses deux pas en arrière, OK ? Deux pas vers moi.

Il se tourne légèrement pour voir sa mère et dans le mouvement il perd un peu son appui et rétablit son équilibre en agitant ses bras en l'air, les poings toujours serrés.

— Waouh ! dit-il en riant. C'était limite.

Jennifer avance encore d'un pas vers lui, un masque de terreur sur le visage.

— Jake, je t'en supplie. Juste un pas en arrière.

Il ouvre sa main droite au-dessus du vide et laisse s'échapper une petite pierre ronde. Le silence qui s'ensuit semble durer une éternité. Ce n'est que quelques secondes plus tard que nous parvient l'écho d'un choc, quand la pierre atteint enfin les rochers en contrebas.

— Trop génial, dit-il.

Jennifer est toute proche de lui, maintenant.

— Tu ne m'as pas entendue crier ton nom, Jake ? Je te cherchais, tu sais.

Jake se penche légèrement en avant et regarde dans le vide :

— Il y a de quoi se baigner en bas dans les rochers, Ethan. Faudra qu'on aille voir.

Je m'approche à mon tour et je me sens chanceler – un vertige par procuration.

Jennifer lève ses deux mains en l'air en m'apercevant, et je me fige sur place.

— Ne regarde pas en bas, Jake, dit-elle en tâchant de maîtriser sa voix.

Il se retourne vers elle, une mèche blonde dans les yeux.

— Pourquoi pas ?

— Parce que tu pourrais perdre l'équilibre. Garde les yeux levés, regarde l'horizon, c'est mieux.

— Nan.

— S'il te plaît, dit-elle, la voix plus tendue que jamais. Je te demande seulement de ne pas faire de bêtise, ok ?

Jake lance à Lucy un sourire bravache, puis il se retourne et plonge son regard droit sur le vide.

19

Jake se penche légèrement en avant et se redresse aussitôt, les genoux tremblants et les bras battant l'air pour se stabiliser.

Jennifer porte la main à sa bouche.

— Jake !

D'un geste brusque, il s'éloigne enfin du rebord et se retourne avec une légère révérence.

— Et voilà ! Pas de souci.

Jennifer lui attrape le bras pour le tirer plus loin encore.

— Ne refais jamais ça, tu m'entends. C'est beaucoup trop dangereux. J'ai eu *vraiment* peur.

— Ne dramatise pas tout, *Jen.* On s'amuse, voilà.

Il s'arrache à son étreinte pour aller trouver son frère et consulter les photos sur son téléphone.

— Celle-là, elle est top ! dit-il en passant les images en revue. Faudra en poster quelques-unes. Tu me les envoies ?

Je passe un bras autour des épaules de Lucy.

— Luce, ma puce, tu dois me promettre de ne jamais t'approcher de ce rebord. Tu m'entends ? D'ailleurs, vous ne devez pas retourner par ici avant que la barrière soit réparée.

Elle secoue l'épaule pour que je retire ma main, et elle se lève.

— Je n'ai pas besoin que tu me traites comme un enfant de cinq ans.

— Je me fais du souci pour toi, c'est tout.

Elle se dirige vers les deux frères qui sont encore penchés sur le téléphone d'Ethan. Jennifer et moi nous rapprochons comme si Jake menaçait de retourner à tout moment au bord de la falaise – deux tigresses veillant sur leurs petits.

— Ça va mieux ? je lui demande.

— Oui, oui, dit-elle d'un ton monocorde sans quitter ses fils des yeux.

Jen n'a pas l'air d'aller mieux du tout : le rouge sur ses joues a gagné son cou et sa poitrine, son corps tout entier est encore secoué d'adrénaline.

— Ce rebord est assez effrayant, dis-je.

— C'est *tellement* dangereux ! dit-elle en haussant un peu la voix. Comment Rowan a-t-elle pu ne pas nous prévenir ? Ils ne devraient même pas avoir le droit de…

— Ça va aller, dis-je en lui offrant mes deux bras. Personne n'a rien. *Jake* n'a rien.

Je m'aventure lentement près du bord, à tout petits pas, sur la pierre poussiéreuse. Je pose mon pied en travers et avec mille précautions jette un regard au fond du ravin. La roche plonge à pic, percée çà et là de buissons d'épineux. En contrebas, de l'eau file en cascade entre les rochers creusés de piscines naturelles qui miroitent au soleil.

Une nouvelle attaque de vertige me retourne l'estomac : je me recule prestement et m'accroupis pour mieux me tenir, le bout de mes doigts posé sur le sol.

— Bon sang, dis-je dans un souffle, c'est une sacrée chute. Il doit y avoir au moins trente mètres.

— C'est terrifiant que des enfants puissent accéder à un tel endroit, dit Jennifer.

— Je suis une adulte et ça me file les jetons aussi.

— Je n'en reviens pas que Rowan ne nous en ait pas parlé. Un endroit comme ça ne devrait jamais être accessible à des mineurs. Tu crois qu'on peut mettre une barrière, ou quelque chose ?

— Je demanderai à Rowan d'appeler les gestionnaires de la villa demain matin, qu'ils envoient quelqu'un tout de suite.

— Les garçons ? demande Jennifer. Je vous interdis de venir ici tant que la barrière n'aura pas été réparée, OK ?

Ethan acquiesce d'un signe du menton et sourit.

Jake semble n'avoir absolument rien écouté.

20

Jennifer

Jennifer fait les cent pas sur le marbre de la chambre, les bras sur la poitrine. Elle a pris une de ses pilules mais celle-là ne semble avoir aucun effet – ça arrive parfois : au lieu de *l'envelopper chaleureusement dans une couverture* (ainsi qu'Alistair qualifie le dosage qu'il lui a prescrit), l'antidépresseur se contente d'arrondir les angles de son anxiété : elle se sent légèrement brumeuse, mais rien de plus. Et ce n'est pas assez.

Ces vacances étaient une mauvaise idée, tranche-t-elle. C'est aussi simple que ça.

Ce n'était peut-être pas une mauvaise idée *en soi* – à vrai dire, sur le papier, tout semblait parfait. Mais ce n'était vraiment pas le bon moment, là. C'est même la dernière chose dont elle pouvait avoir besoin, avec tout ce qui lui arrive, sans oublier les inévitables complications que vous envoie la vie quand vous la partagez avec deux ados.

Jake et Ethan ont atteint ce moment de l'adolescence où ils testent les limites en permanence – les leurs, et celles des autres. Comme cette manie de l'appeler Jen, au lieu de maman. Elle déteste ça. Et Alistair qui les y encourage ! « C'est une marque de maturité, dit-il. Quand l'enfant devient adulte, il commence à voir ses parents non plus comme de simples parents, mais comme des égaux. » Parfois elle aimerait que son mari oublie qu'il est psychiatre et qu'il comprenne que Jake et Ethan sont ses fils, et qu'il faut les protéger. En profiter, aussi. Ils viennent seulement d'entrer dans l'adolescence, mais on dirait qu'ils sont déjà au bord du nid, à humer le grand air. Le moment n'est plus très loin où ils s'élanceront pour voler de leurs propres ailes.

Mais cette seule pensée est insupportable.

Elle s'immobilise près du lit.

— Il était *à ça* du bord ! dit-elle en brandissant son pouce et son index, presque collés l'un à l'autre. Je ne sais pas ce qui se serait passé si je n'étais pas arrivée à ce moment-là. Il était tellement près…

— Je sais, dit Alistair.

— Alors comment peux-tu rester calme comme ça, Ali ? Tu es allé voir dans cette forêt, au moins ? dit-elle en pointant son doigt vers la fenêtre qui donne sur la vigne. Une chute de trente mètres, droit dans le ravin, et aucune protection, rien. N'importe quoi aurait pu arriver. Je ne parviens toujours pas à croire que Rowan ne nous ait rien dit avant qu'on n'arrive. Et Jake qui était là, au bord, comme s'il n'avait absolument pas peur.

Alistair s'installe au fond du fauteuil et croise ses jambes.

— Il ne ressent pas la peur parce que le cerveau d'un adolescent anticipe imparfaitement les conséquences. Il est entier, impulsif – et parfois fougueux et un peu irresponsable. Mais ça, on le savait déjà.

— Eh bien, merci, dit Jennifer, sarcastique. Ça m'aide beaucoup. D'un coup je me sens mieux.

— Je ne suis pas tranquille non plus, Jen. Mais j'essaie de voir les choses comme elles sont, pour trouver une solution.

— La solution, elle est simple : il faut leur interdire de retourner dans les vignes, et dans ce bois.

— Leur interdire ? Et on ferait ça comment, au juste ?

— Je ne sais pas, Ali, mais nous devons faire quelque chose ! J'ai peur pour Jake, pour tous les enfants. Daniel n'a que neuf ans, et il est très influençable.

— Ethan est jeune mais il a la tête sur les épaules. Il ne laissera pas Daniel faire de bêtises. Et de plus, explorer est une partie intégrante du processus de croissance. Physiquement, mentalement, spirituellement : ils ont besoin de comprendre qui ils sont et de trouver leur place dans le monde.

— Merde, Ali ! Tu es vraiment insupportable, parfois. On parle de *nos enfants*, là, maintenant, tout de suite. Pas d'un cas théorique pour une conférence que tu donneras dans six mois.

— Assieds-toi une minute, Jen, tu veux bien ?

Elle n'a aucune envie de s'asseoir et se remet à arpenter la pièce en pensant à ce temps où Jake l'écoutait – où il l'écoutait vraiment, sa petite tête rouge tournée vers elle, buvant chacune de ses paroles. Le temps où elle était la seule femme dans sa vie.

De plus en plus souvent, elle se prend à regretter l'époque où ses garçons étaient encore petits. Un temps béni où la vie était une promesse, et où les jours n'étaient que jeux, histoires, bains, siestes et balades dans le parc en poussette double. Tout était si simple, si sûr, si beau. Y a-t-il une seule chose au monde qui procure autant de plaisir qu'un bébé souriant qui s'endort contre votre sein ? Bien sûr que non.

À l'époque, les autres mères se plaignaient de la routine, des obligations, des heures qui s'étirent et des nuits sans sommeil. Pas Jennifer. Ce temps-là lui manque, et ce manque lui cause dans la poitrine une douleur réelle qui parfois l'empêche de dormir. Ses souvenirs de la vie avant les garçons sont flous, comme s'ils appartenaient à quelqu'un d'autre – comme si toutes ces années ne méritaient pas vraiment qu'on s'en souvienne. Certains jours, à la maison, elle regarde de vieilles vidéos. Sur l'écran, les deux bambins titubent encore, ils rient, ils avancent maladroitement vers la caméra. Et sur le canapé, Jennifer sent ses larmes couler sur ses joues.

Qu'ils sont loin, les jours où ils dépendaient entièrement d'elle, où elle était le centre de leur monde ! Ces dernières années, à mesure qu'ils grandissaient et devenaient de plus en plus distants, elle a senti se creuser en elle un grand vide – cet espace dans son ventre que Jake et Ethan refusent désormais d'occuper. Elle désespère de se sentir à nouveau entière – mais comment peut-on remplir un tel vide ?

Un message fait bourdonner son portable, elle le lit et envoie une réponse rapide avant de remettre le téléphone dans sa poche.

— Je ne peux pas ne rien faire, Ali. Je ne vais pas rester là en spectatrice. Et tu sais comment est Jake.

— OK. Parlons de lui, alors. Analysons ce qu'il a fait et voyons comment on peut répondre au mieux à…

— Tu es vraiment obligé d'être aussi analytique tout le temps ? Tu ne peux pas être juste un père, et pas un psy ?

— Je serai un meilleur père si je mets à profit ce que j'ai appris à titre professionnel.

Jennifer regarde son mari, qui transpire légèrement dans son débardeur bordeaux et son short bleu.

— Parfois, tu sais, j'aimerais que tu sois un agent de la circulation, un agent immobilier ou un putain de chauffeur de bus.

— Si j'étais chauffeur de bus, nous ne nous serions probablement pas rencontrés, ma chérie.

Il a raison, bien sûr, et elle ne le sait que trop bien. Ils se sont rencontrés à l'automne après son diplôme, quand elle ruminait des idées noires. Au début, elle pensait que ce n'était qu'une sorte de contrecoup après trois années intenses de colocation avec trois filles brillantes qui étaient devenues ses meilleures amies. Chacune était retournée dans sa ville natale et Jennifer sentait déjà le manque. Elle n'éprouvait pas de nostalgie pour ses amies d'enfance : la Californie était déjà loin et elle commençait à se sentir plus Britannique qu'Américaine. Mais Rowan, Izzy et Kate… Une période dorée de sa vie venait de prendre fin, et elle redoutait que ses plus belles années ne soient déjà derrière elle. L'été s'était étiré, et les idées noires n'avaient pas disparu, jusqu'à ce qu'elle s'effondre en pleurs dans les bras de sa généraliste lors d'une visite de routine. C'est alors qu'elle lui avait proposé de voir un psy.

Elle n'est pas tombée amoureuse d'Alistair tout de suite. Mais peu à peu, les mois passant, elle s'est mise à attendre les sessions du mercredi avec plus d'impatience. Elle se sentait un peu plus légère avec cet homme aimable et calme qui semblait avoir réponse à tout, cet homme qui savait la détendre et qui l'écoutait vraiment. Le premier homme qui l'ait comprise. Il avait dix ans de plus qu'elle, un mariage et un divorce déjà derrière lui, et il avait cette sagesse, cette sérénité dont elle n'a bientôt plus pu se passer. C'était un universitaire, un intellectuel, un insatiable scrutateur de l'âme. Il lui arrivait de trouver des solutions à des problèmes qu'elle n'arrivait pas à formuler elle-même.

C'est un mercredi de février qu'elle a décidé de passer à l'action. Emmitouflée dans son manteau le plus chaud, munie d'une écharpe et de gants, elle s'est installée sur un banc dans le parc qui jouxtait le cabinet, après leur séance. Quand il est sorti déjeuner, un peu plus loin sur la rue, elle l'a suivi et s'est arrangée pour « tomber sur lui » à travers la fenêtre de l'épicerie au moment où il attaquait son sandwich au pastrami.

Voilà comment tout a commencé.

Ils ont passé quelque temps à surfer avec les limites du code d'éthique – jusqu'à les franchir parfois en pleine séance –, puis Alistair l'a recommandée à un confrère afin que leur relation naissante puisse éclore au grand jour. À partir de là, tout s'est passé très vite : elle a emménagé chez lui, puis ils ont trouvé une petite maison ensemble, un bébé est né, puis un autre, puis une plus grande maison, et un mariage civil avec les deux plus adorables garçons d'honneur qu'on puisse imaginer. Jake, son premier-né, doux ou sensible mais déjà difficile, avait sa belle touffe de cheveux blonds. Et Ethan, qui était simplement… Ethan. Son petit deuxième si raisonnable.

Elle sait bien qu'une mère n'est pas censée avoir de fils préféré. Toutes disent qu'elles aiment leur progéniture sans distinction. Mais au fond, elles savent toutes que ce n'est pas vrai ; c'est une fiction qu'entretiennent tous les parents du monde. Toutes les mères ont un favori ; elles se gardent simplement de l'avouer en public. Tout comme elles sont censées trouver parfaitement normal de faire garder leurs enfants – *c'est bon pour leur développement, leur socialisation et leur apprentissage du langage*, disent-elles. Comme si confier ses enfants à des inconnus pouvait être aussi bon pour eux que de les garder soi-même. Quelle sottise ! Comment cela pourrait-il être même à moitié vrai ?

Aujourd'hui plus que jamais, elle regrette de ne pas être allée au bout de sa logique et de ne pas avoir scolarisé Jake et Ethan à la maison. Pour une fois, Alistair s'est montré ferme. Il a insisté pour que les garçons aillent à l'école normalement. Alors Jennifer s'est trouvé un emploi administratif dans leur établissement, pour rester près d'eux. Pour veiller sur eux.

Parce que, bien sûr, une mère s'occupe toujours mieux de ses enfants que des étrangers.

Et oui, une mère a toujours un enfant préféré.

Ce n'est pas la faute d'Ethan si son frère a toujours eu des problèmes qui réclamaient la vigilance de sa mère. C'est ainsi, voilà tout. Elle a lu quelque part que les cadets sont plus résilients que les aînés parce qu'ils n'ont jamais fait l'expérience d'être tout seuls. Ethan est pragmatique, comme son père. Depuis tout bébé, il prend les choses comme elles viennent. Il n'a pas besoin d'être le centre de l'attention, il est bien plus indépendant que Jake.

Jake, son bien-aimé.

Au début, elle a cru qu'Alistair jouait le père relax pour contrebalancer son style à elle et créer une sorte d'équilibre : elle, responsable et volontiers anxieuse ; lui plus coulant, adepte du *laisser-faire*. Avec le temps, elle a compris que ce n'était pas délibéré de sa part ; il est simplement ainsi dans la vie, pour absolument tout. Cela allait bien tant que les garçons étaient encore petits ; mais aujourd'hui, cette attitude confine à l'irresponsabilité.

Alistair se redresse dans son siège, les deux mains jointes.

— OK, dit-il. Que dis-tu de ça : on va là-bas ensemble, tous les quatre. On descend au fond de la gorge, on parle aux garçons, on voit ce qu'ils en disent, on essaie de bien comprendre ce qu'ils ont en tête, on s'assure qu'ils ont bien conscience du danger et des conséquences que pourrait avoir une chute de cette hauteur. On en parle clairement avec eux, sans éluder un seul sujet, on vérifie qu'ils ont bien compris et on leur demande de rester à l'écart de tout danger. C'est tout ce qu'on peut faire.

— Ce n’est pas assez, Ali.

— Qu’est-ce que tu suggères, Jen ? Ils sont plus grands que moi, plus grands que nous deux ; on ne va pas les contraindre par la force à rester à l’intérieur de la villa. Ils sont presque adultes, il faut bien qu’on commence à les traiter comme tels. On ne peut pas les surveiller vingt-quatre heures sur vingt-quatre.

— Peut-être pas. Mais on peut sûrement faire mieux que simplement *parler*.

Et elle sort en claquant la porte.

21

Ce dimanche soir est *à nous*. Voilà des semaines que nous avons prévu d'abandonner hommes et enfants à la villa pour un dîner entre filles : quelques heures rien que toutes les quatre pour rattraper ces années de tradition interrompue, nous parler vraiment, savourer la cuisine et les vins français. Si j'avais su, j'aurais préféré n'importe quoi plutôt que ce dîner. Mais je n'ai pas le choix.

J'ai passé la robe que j'ai achetée avant de partir ; devant la coiffeuse, je lisse mes cheveux comme si j'étais en pilote automatique. Je brosse et rebrosse, et je reconnais à peine mon reflet dans la glace. J'ai fait de mon mieux pour cacher mes cernes mais ils ressortent encore sur ma peau qui refuse toujours aussi farouchement de bronzer malgré une journée entière passée au soleil.

Un peu plus de vingt-quatre heures se sont écoulées depuis que j'ai découvert les mensonges de Sean, ici dans cette chambre. Le poids de ce secret pèse lourd sur ma poitrine. Un chagrin presque palpable, presque un deuil, comme si je pleurais déjà mon mariage perdu. Je pleure Sean et toutes les années que nous avons passées ensemble, je pleure sur ce que nous sommes devenus. Et je pleure aussi la fin d'une amitié, parce que je ne peux m'empêcher de penser que c'est Rowan qui tente de voler ma place dans le cœur de Sean. Qui a peut-être *déjà* volé ma place.

Et comme si ça ne suffisait pas, il faut aussi s'occuper de Lucy. La regarder grandir était une joie ; la voir se transformer en jeune femme, une fierté. Mais entre celle qui hier soir pleurait sur mon épaule et celle que j'ai vue tout à l'heure près de cette gorge, on dirait qu'il y a maintenant deux Lucy qui se disputent en elle. D'un côté, la Lucy de toujours : douce, drôle et optimiste. De l'autre, cette fille hautaine et ergoteuse qui me cache des choses et garde ses distances. Je sais bien que c'est le cas de la plupart des ados, que leur cerveau fonctionne ainsi. Mais ce n'est qu'un savoir théorique : maintenant que j'y suis confrontée, je me sens idiote, et impuissante. Les secrets qu'elle garde pour elle sont désormais comme un mur entre nous.

Et soudain, en mettant bout à bout mes deux préoccupations du moment, une évidence me frappe. Je repose la brosse sur la coiffeuse. Comment n'y ai-je pas pensé avant ? Comment ai-je pu être aussi stupide ? Si Lucy est ainsi, c'est probablement en réaction à ce qui se passe entre Sean et moi. Elle a dû sentir qu'il se passait quelque chose d'anormal derrière la façade unie de notre couple, tout comme je l'avais senti moi-même avant les vacances, sans savoir quoi faire de cette embarrassante intuition. Son attitude serait sa façon à elle d'extérioriser ce malaise qu'elle éprouve, et ces peurs dont elle sent qu'elle ne peut parler avec aucun de ses parents. Serait-ce ça qui la ronge ? Ou au moins en partie ? Il faudra que je m'en ouvre à elle. Pas tout de suite, mais bientôt, quand j'en saurai un peu plus.

Les enfants doivent rester notre priorité, quoi qu'il se passe par ailleurs.

Je me lève, j'ouvre la fenêtre en grand et me laisse envelopper par la chaleur du dehors. La vue est à couper le souffle : le grand ciel bleu, les vignes prêtes pour les vendanges, les fermes dans les collines. Sous la fenêtre, un petit vent du soir fait frémir les branches des oliviers et crée de minuscules vaguelettes à la surface de la piscine.

Daniel joue dans le jardin, le caméscope de Sean à la main. Il se déplace en sautillant et filme la piscine et l'arrière de la villa.

Pour la première fois depuis que nous sommes arrivés ici, je goûte un moment de paix, de pure tendresse. Mon petit garçon, si drôle et innocent, exalté par ses vidéos burlesques. Si inconscient de tout ce qui se joue sous la surface des choses. Il m'aperçoit et s'arrête pour me saluer de la main.

— Salut m'man !

Sa voix aiguë se répand en écho dans le calme du jardin. Je le salue en retour et lui offre mon plus beau sourire lorsqu'il zoome sur moi. Puis il m'adresse un dernier signe et disparaît au coin de la maison, sa caméra devant lui tandis qu'il continue de commenter tout ce qu'il voit.

Mon sourire s'efface et je regarde ma montre. Il est presque l'heure d'y aller.

22

L'air est pur, la lumière est douce et la température plus agréable depuis que le soleil a disparu derrière les reliefs.

Rowan nous a emmenées en voiture dans le village d'Olargues, au pied du massif de l'Espinouse. Perchée sur la montagne à l'ombre des ruines d'un château médiéval, la terrasse du restaurant *Les Amis* propose une vue exceptionnelle sur la vallée du Jaur. En dessous de nous se dressent les arches du pont du Diable, dont la légende dit qu'il fut construit par le démon lui-même, en échange de l'âme de la première personne qui le traverserait.

Nous avons commandé et attendons nos entrées de moules et de tartare de tomates. À ce stade, la conversation aurait déjà dû prendre. Le travail, les enfants, l'école, nos souvenirs d'étudiantes, les soirées mémorables, et tous les hauts faits de notre gang de filles : les sujets ne manquent pas. Mais ce soir, tout semble poussif. Jennifer n'a presque pas parlé à Rowan depuis que nous avons quitté la villa. Pour ma part, je suis incapable de me concentrer plus d'une minute sur le moindre sujet avant que mon esprit ne s'échappe, à la recherche d'indices dans les mots ou les attitudes de l'une ou l'autre. Izzy tente vaillamment de raviver la flamme en rappelant cette soirée où pour la première fois nous étions allées dîner toutes les quatre dans un restaurant hors de la fac. Elle et moi étions allées aux toilettes après le dessert ;

quand nous en étions sorties, les deux autres étaient déjà debout, en chemin vers la sortie en gloussant. Elles étaient saoules. Ce n'est qu'une fois dans la rue que Rowan a avoué qu'elles étaient parties sans payer – sur quoi j'avais insisté pour que nous retournions au restaurant et que nous réglions l'addition.

— Rowan a bien fait de prendre une table près de la sortie : elle pourra nous refaire son coup préféré, plaisante Izzy. Vous avez gardé vos petites habitudes, madame James ?

Rowan lève les deux mains en l'air.

— Je peux vous jurer que je n'ai plus jamais refait ce coup-là, dit-elle. J'aurais trop peur de me faire humilier une nouvelle fois par notre Mère Supérieure ici présente…

Je m'efforce de lui sourire, j'essaie de trouver une réplique spirituelle, mais mon cerveau reste bloqué sur cette image – Rowan qui murmure à l'oreille de Sean sur la plage, et cette accolade qui a duré un peu trop longtemps.

— Moi, t'humilier ? Je n'oserais jamais, dis-je finalement dans un demi-sourire.

Rowan sirote son apéritif en me regardant, l'air perplexe.

C'est alors qu'Izzy lève son verre.

— Nous devrions trinquer, dit-elle.

— À quoi ? demande Rowan.

— Eh bien… À nos quarante ans ?

— Oh non… Sérieux ? C'est trop déprimant.

— Quarante, c'est le nouveau trente, d'après Oprah Winfrey.

— Que diriez-vous plutôt de trinquer à nos retrouvailles ?

Nous choquons nos verres et buvons. D'ordinaire, le champagne frais pétillant au fond de ma gorge me rappelle le jour de mon mariage, quand Sean et moi trinquions de table en table avant le dîner, encore sur notre petit nuage. Ce soir, il a un goût plus amer.

Mon verre est encore presque plein quand je le repose sur la table. Jennifer, elle, a tout juste trempé ses lèvres dans le sien, l'œil sombre.

— Qu'est-ce qui se passe, Jen ? demande Izzy. Dis-nous !

— Je suis encore un peu choquée, c'est tout.

— Oh. Bien sûr, pardon.

— Je repense aux garçons, tout à l'heure…

Puis elle se tourne enfin vers Rowan :

— Pourquoi ne nous as-tu rien dit à propos de la gorge ?

— Je suis tellement…

— Jake aurait pu se tuer, coupe Jennifer. N'importe lequel des enfants aurait pu se tuer là-bas, dans les bois. C'est *trop* dangereux.

Rowan repose son verre et se confond en excuses.

— Je comprends, dit-elle. Mon client m'a dit un jour que les Français avaient une approche plutôt lâche des questions de sécurité, mais il n'a rien précisé de spécifique. Je m'étais dit que j'irais voir par moi-même hier en arrivant, mais entre l'ouverture de la maison, les bagages à défaire et tout le reste, je n'ai pas eu le temps.

— Je ne comprends même pas comment c'est possible. Comment peuvent-ils louer cet endroit à des gens ?

— C'est une propriété privée, dit Rowan. Ils ont mis des panneaux, mais rien ne les oblige à mettre une barrière, parce qu'en vrai, ils ne louent jamais à des particuliers. Je suis désolée.

— Et personne n'est jamais tombé ?

— Je ne sais pas. Je ne crois pas. Mon client ne m'a pas donné de détails, il m'a seulement parlé de ce rocher impressionnant tout au bout de la propriété.

— Je n'ose pas imaginer ce qui se serait passé si Jake avait glissé, fit Jen, la main devant la bouche. Mon Dieu, rien que d'y penser, c'est trop dur.

— Je sais… On est toutes dans ce cas, Jen.

— Mais Jake et Ethan sont tout pour moi. Je donnerais tout pour les savoir en sécurité.

Rowan se penche en avant, les coudes sur la table.

— Je ressens la même chose avec Odette.

— Je sais, bien sûr, dit Jennifer. Mais ce n'est pas la même chose : je suis mère à plein temps et toi tu as ton entreprise, toutes tes activités, et… Et c'est tellement irresponsable de la part de ton client de n'avoir rien dit à propos de la gorge, et du danger…

Je pose une main sur la sienne.

— Ça va aller, Jen. On va garder un œil sur les enfants, tout le monde va faire attention, et on va rester ensemble.

— Comme on a toujours fait, appuie Rowan.

Jennifer acquiesce légèrement d'un signe du menton, sans regarder aucune d'entre nous. Je bois une nouvelle gorgée de ce champagne triste.

— Au fait, j'allais oublier ! dit Izzy en farfouillant dans son sac après un instant de silence. Regardez ce que j'ai trouvé. Ma sœur a rangé le garage où j'avais entreposé mes affaires pendant que j'étais à l'étranger, et en fouillant dans les cartons…

Entre les pages d'une vieille édition de poche du *Mrs Dalloway* de Virginia Woolf, elle sort soudain une vieille photo en couleur, chiffonnée et légèrement écornée.

— C'était il y a dix-neuf ans.

Rowan s'empare de la photo.

— Oh mon Dieu, mes cheveux ! Je n'y crois pas !

— Je crois que c'était ta phase Jennifer Aniston. C'était le bal de la promo, vous vous souvenez ?

Izzy tend la photo à Jennifer, dont le visage s'éclaire enfin.

— Izzy, tu n'as quasiment pas changé. Quel est ton secret ?

— Je ne sais pas… Peut-être ne pas avoir eu d'enfants ?

La photo arrive entre mes mains et je la regarde à la lueur vacillante des bougies au centre de la table. Nous sommes toutes les quatre, épaule contre épaule, dans nos robes de bal, nous tenant par la taille, avec à la main de grands verres de Mimosa, et de larges sourires sur nos bouilles d'étudiantes. Au second plan, des garçons en smoking nous tournent autour sous la grande tente installée dans la cour de l'université.

Sur l'image, Rowan est immortalisée au milieu d'un rire dans sa robe carmin, avec ses cheveux teints et coiffés comme l'actrice de *Friends*. À sa droite, Jennifer porte un ensemble vert émeraude qui met toutes ses formes en valeur. Izzy, les cheveux coupés à la garçonne, rayonne dans sa robe de cocktail noire – la seule fois de sa vie où nous l'avons vue en robe. Quant à moi, je me tiens au bout du quatuor, habillée en bleu roi.

Nous avons l'air tellement jeunes ! Si heureuses, aussi. Comme si tout était possible.

Izzy se penche vers moi pour voir à nouveau la photo :

— Est-ce que ça ne serait pas ce soir-là que Jen a finalement roulé une pelle à Darren Burton ?

— Je crois plutôt que c'était *toi*, dit Jen sur un ton d'indignation. Moi, je me remettais encore de ma rupture.

— Avec qui ?

Jennifer hésite une seconde.

— Tu sais bien qui, dit-elle doucement en me regardant à la dérobée. Sean.

— Oh, oui, mince ! fait Izzy. Désolée, j'avais oublié.

Cet échange m'a figée sur place. Jamais Jennifer n'avait parlé en ces termes de sa relation avec Sean. Le bal était en mai et ils avaient rompu un mois plus tôt, juste avant les vacances de Pâques. Était-elle marquée au point d'en souffrir encore ?

Et pourquoi donc y faire allusion maintenant ?

Rowan pointe du doigt un jeune type avec une queue-de-cheval, au bord de la photo.

— Et quand Darren Burton est parti vomir, dit-elle à Izzy, tu as enchaîné sur son coloc.

— Oh, oui ! Je me souviens vaguement de lui. Comment s'appelait-il, déjà ? Il m'a embrassée comme s'il essayait de m'avaler tout entière.

— L'amant idéal, dit Rowan en riant.

Izzy claque ses doigts et se tourne vers moi, comme si un détail oublié lui revenait.

— Et ce dont je me souviens bien, c'est de Sean et toi. C'est ce soir-là que vous êtes sortis ensemble, non ?

Je ne peux qu'opiner. Elle a raison, en un sens. C'était la première fois où nous étions *publiquement* ensemble. La première fois que nous nous sommes tenu la main, que nous avons dansé, que nous nous sommes embrassés avec du monde autour. La première fois qu'il m'a tenue si fort dans ses bras que j'ai cru sentir son cœur qui battait dans sa poitrine, le soir où nous avons décidé de ne plus nous cacher.

La vérité *(toute la vérité, rien que la vérité)* était un peu plus compliquée. En réalité, j'étais tombée amoureuse de Sean dès la fin de notre première année à Bristol. Je l'admirais à distance tandis qu'il sortait avec une ribambelle de filles toutes plus jolies et plus intelligentes que moi. Plus sûres d'elles, aussi. J'étais amoureuse de lui pendant les sept semaines et quatre jours qu'a duré son histoire avec Jennifer. C'était comme ça, je n'y pouvais rien. Puis, peu à peu, Sean a pris conscience des sentiments que j'éprouvais pour lui et a fini par y répondre. Quand il a rompu avec Jennifer, il a invoqué le stress des révisions et sa crainte d'être viré de l'université, il disait qu'il avait besoin d'un break pour se concentrer sur ses examens, mais ce n'était que partiellement vrai. Très partiellement. Parce que j'étais là.

Sean a quitté Jennifer à cause de moi, et de ce qui avait fini par se développer entre nous.

Et moi qui, pendant ce temps, réconfortais mon amie au cœur brisé, qui ne comprenait pas pourquoi son premier petit copain sérieux avait mis fin à leur relation. Moi qui avais réussi à la convaincre qu'elle était sans doute trop directe pour lui, trop à fleur de peau, qu'il ne pouvait pas être à sa hauteur. Moi qui avais offert à Jen un verre de vin et une épaule sur laquelle elle avait pleuré, pendant que j'affrontais ma culpabilité. Ai-je été une bonne amie, à l'époque ? Une véritable amie ? Je ne connais que trop la réponse à cette question.

— Eh oui, dis-je finalement en souriant. C'est le soir où nous nous sommes mis ensemble.

— Vous savez quoi ? dit Izzy. On devrait prendre un selfie, juste comme cette photo.

— Pour qu'on puisse bien voir à quel point le temps nous a attaquées ? dit Rowan.

— Tais-toi, Rowan, tu es absolument magnifique. Allez tout le monde, on se lève !

Izzy dégaine son téléphone et nous place contre le muret au bout du patio, dans la même position où nous étions dix-neuf ans plus tôt : Rowan à gauche, Jennifer, elle et moi nous tenant par la taille en souriant devant l'objectif. Elle tend son bras pour nous avoir toutes dans son cadre, et c'est parti.

— Parfait !

Je regarde l'image : la bande des quatre, dans toute notre splendeur. Un soir d'été, un repas de rêve, les lumières de la vallée dans le soleil couchant. Une soirée parfaite avec mes amies les plus chères, avec lesquelles j'ai passé plus de la moitié de ma vie. Presque une famille.

Tout semble presque parfait, dans ce tableau, pourtant je sais que l'une d'entre elles m'a trahie.

Peut-être ne méritais-je que ça, tout compte fait.

23

Sean

… Et encore raté. D'un coup de crayon, Sean barre la grande suite sur sa carte de jeu. Il a déjà rayé le full et le Yam's, il aura de la chance s'il ne termine pas bon dernier. Il soupire et tend les dés à Russ, qui semble jouer très sérieusement.

Russ et Alistair sont assis face à lui dans un des deux grands canapés. Quel duo étrange, songe-t-il : Russ, grand et anguleux avec ses pommettes de mâle alpha, à côté d'Alistair et son petit ventre de bière, les épaules tombantes et la barbe en bataille. Est-ce qu'un des deux est au courant ? Un des deux a-t-il la moindre idée de ce qui se passe ? Russ semble passer la moitié de ses journées sur son téléphone et l'autre moitié à boire au lieu de regarder autour de lui. Alistair, lui, est plus observateur, plus à l'écoute.

Jake et Ethan sont vautrés chacun au bout de l'autre canapé ; Lucy est assise entre eux, les jambes croisées. Ils naviguent sur les réseaux sociaux quand ce n'est pas à leur tour de jouer. Daniel et Odette, eux, sont montés se coucher peu après le dîner.

Russ réussit un full à son tout dernier jet.

— Yes ! s'écrie-t-il en serrant le poing avant d'inscrire le score sur sa feuille.

Alistair lance les dés à son tour et obtient trois un, un quatre et un six.

— C'est parti, les enfants, votre vieux père va vous claquer un Yam's !

Mais après deux lancers, il n'y a toujours que trois un devant lui, accompagnés d'un trois et d'un six. Jake secoue la tête et échange un regard avec son frère.

— T'es toujours aussi nul à ce jeu, hein, papa ?

— C'est un jeu de hasard, mon garçon. Je suis plus doué aux échecs, si tu veux savoir.

— Les échecs, c'est pas le jeu le plus chiant du monde ?

— Zéro hasard, que du talent, Jake : voilà ce qu'un jeu devrait être. Quand j'avais ton âge…

Il s'interrompt quand depuis l'étage leur parvient un cri aigu.

— Papa !

Sean éteint la musique et regarde Russ :

— La tienne ou le mien ?

Russ se tourne vers l'escalier, les yeux plissés. Le cri ne tarde pas à revenir.

— Papa !

— Je crois que c'est ma fille, dit Russ en décapsulant une bière dont il boit une longue gorgée. Elle va se calmer dans une minute.

Jake et Ethan jouent leur tour, et le « Papa ! » retentit de nouveau, plus aigu encore. Sean sourit à Russ et pointe l'escalier.

— Plus de doute : c'est à toi d'y aller.

Russ ne s'est pas encore levé quand Odette apparaît au pied de l'escalier dans son pyjama Peppa Pig, ses cheveux roux emmêlés sur le visage. Ses joues sont toutes rouges et son regard, noir.

— Pa-pa ! dit-elle en avançant exagérément la lèvre inférieure en une moue rageuse. Pourquoi t'es pas venu quand j'ai crié ?

— Je ne t'ai pas entendue, ma chérie.

— J'ai crié, et crié, et tu es pas venu ! J'arrive pas à dormir.

— As-tu essayé de t'allonger très calmement et de penser à de jolies choses ?

Elle croise les bras.

— Je veux que mon papa me raconte une histoire.

— Tu as déjà eu une histoire, mon ange. Tu en as même eu *deux*.

— J'en veux une autre.

— Non.

— Je veux que maman me raconte une histoire, alors.

— Maman est sortie dîner.

— Alors c'est *toi*. Et tu dois attendre avec moi jusqu'à ce que je m'endorme pour être sûr que les méchants ne vont pas essayer de m'attaquer.

— Aucun méchant ne va t'attaquer, Odette.

Elle tape du pied sur le sol.

— Je veux une *histoire* ! Et tu dois *attendre* que je dorme !

Russ s'extrait en soupirant du canapé, attrape sa bière sur la table et soulève Odette de son bras libre. Sean le regarde monter, attend quelques instants et grimpe à son tour les marches de l'escalier de marbre. Il vient de s'aviser que la chambre de Daniel est située juste en face de celle d'Odette ; sans doute l'a-t-elle réveillé. Il ouvre la porte aussi doucement que possible, entre dans la chambre sur la pointe des pieds, attend que ses yeux s'habituent à l'obscurité et se penche sur le lit. La respiration de Daniel est lente : il dort. Le bon petit gars. Quand Sean sort de la pièce, les basses de la voix de Russ lui parviennent tandis qu'il lit une histoire à sa fille.

Dans le salon, Jake n'a pas l'air heureux de l'interruption du jeu.

— On continue, alors, ou quoi ?

— Nous devrions attendre que Russ revienne, dit Sean. Puisque c'est lui qui est en tête.

— Mais ça va prendre combien de temps ?

— Ça ne devrait pas être long.

Jake retourne à son téléphone, et Sean observe les trois adolescents sur leur canapé. Sa fille a un an de plus que Jake, deux de plus qu'Ethan, mais un monde semble les séparer. Lucy est déjà une jeune femme – un peu de maquillage et elle pourrait aisément passer pour majeure. Jake, lui, a la taille d'un homme mais la tête d'un garçon, comme s'il avait grandi trop vite pour que ses traits aient le temps de s'ajuster. *Je suis sévère*, songe Sean. *Ce n'est plus vraiment un garçon. Disons, une sorte d'hybride adolescent, ni homme ni gamin.*

Jake se lève et s'étire.

— On se fait chier, là. Qui vient faire un billard en bas ?

Ethan déplie sa carcasse du canapé et saute sur ses deux pieds.

— Je peux te mettre une branlée, si tu y tiens vraiment.

À la surprise de Sean, Lucy se lève à son tour.

— Je joue le vainqueur, dit-elle.

— Alors ce sera moi, dit Ethan avec un sourire malin.

Trois paires de tongs claquent bientôt contre l'escalier qui mène à la cave. Dans le salon, Alistair croise ses doigts derrière sa tête.

— … *Et il n'en resta plus que deux.*

— On abandonne le Yam's, alors.

— J'imagine que oui.

— De toute façon, j'allais perdre, dit Sean.

L'iPhone de Russ se met à sonner sur la table basse ; sur l'écran s'affiche un numéro inconnu. Sean se contente de collecter les feuilles de score et les dés éparpillés sur la table. Il regarde sa montre.

— À quelle heure les femmes sont-elles censées rentrer ?

— Pas avant une bonne heure, je pense, dit Alistair. Elles doivent en être tout juste au moment de la soirée où elles disent que les hommes sont tous des nuls.

— Bien vu.

Un silence gagne le salon tandis que Sean finit de ranger et vide le fond de sa bière.

— Un autre verre ?

— Allons-y, dit Alistair. Si tu me tentes…

Sean va chercher deux Leffe dans l'immense réfrigérateur de la cuisine et s'arrête un instant en bas de l'escalier, l'oreille aux aguets. Le choc étouffé de deux boules de billard lui parvient depuis la cave. À l'étage, tout semble calme. Parfait, se dit-il.

Il reprend sa place face à Alistair et lui tend une des bières. Les deux hommes trinquent, puis Alistair se penche sur la station d'accueil de l'iPod pour passer les playlists en revue. Exit les choix des ados : l'intro du « Comfortably Numb » de Pink Floyd résonne bientôt dans le salon.

— Alors, Sean, dit-il en se calant au fond du canapé. Dis-m'en un peu plus sur notre nouvelle venue.

— Izzy ?

— Vous avez grandi ensemble, non ? Comment était-elle, petite ?

— Ah, elle était géniale, une vraie pile électrique. Et drôle, aussi ! On se marrait beaucoup, à l'époque.

— Elle ne s'est jamais mariée ?

Sean hésite avant de répondre. Il boit une gorgée, ressent le contact de la bouteille glacée contre la paume de sa main. Alistair ne connaît-il pas cette histoire ? Peut-être l'a-t-il oubliée – ou rangée dans une autre case de sa mémoire. Sean n'arrive jamais à savoir ce que pense le mari de Jennifer.

Elle s'est fiancée, mais le mariage n'a jamais eu lieu.

— Non. Jamais.

Alistair se tord légèrement les doigts.

— Je la trouve assez fascinante.

— C'est une femme vraiment exceptionnelle, oui. Tellement forte malgré tout ce qu'elle a dû traverser. Je suis vraiment content qu'elle ait pu venir cette semaine.

Arrête de parler. Tu en dis trop, là. Stop.

Sean prend soudain conscience de la posture d'Alistair, le poing sous le menton comme s'il écoutait un de ses patients. Il a la désagréable impression d'être sur un divan, comme si son interlocuteur prenait des notes mentales sur chacune de ses attitudes, sur tout ce qu'il dit et ne dit pas, pour établir un diagnostic de ses défauts et les étaler à la face du monde.

Et toi, alors, Alistair ? As-tu déjà utilisé tes compétences pour t'analyser toi-même ? As-tu déjà fait quelque chose en sachant que c'était mal ? T'es-tu déjà assis devant un miroir pour regarder en face tes propres faiblesses d'homme, de mari et de père ?

Il sent monter en lui la culpabilité – cette vieille camarade qui ne le quitte jamais.

Est-ce qu'aucun d'entre nous a déjà fait ça, d'ailleurs ?

L'iPhone de Russ se remet à sonner sur la table basse. Sean se penche en s'attendant à voir s'afficher le nom de Rowan, mais l'appel provient d'un numéro non enregistré. L'appel cesse après quelques sonneries, mais aussitôt après le téléphone sonne à nouveau.

— Russ est quelqu'un de très demandé, plaisante Alistair.

— C'est peut-être urgent, dit Sean. Je vais lui monter le téléphone.

Il prend l'appareil et s'éloigne vers les escaliers, grimpe jusqu'au premier étage et franchit lentement le couloir jusqu'à la chambre d'Odette. La porte est entrouverte ; il toque avec d'infinies précautions et pousse le battant un peu plus loin. La chambre baigne dans l'ombre, faiblement éclairée par une petite lampe de chevet. Odette est dans un des deux lits, son pouce dans la bouche. Un bout de son doudou s'échappe de son petit poing. Russ est allongé par terre près d'elle, sur le dos, un livre d'histoires ouvert sur la poitrine et une bière vide à côté de lui.

Tous les deux dorment profondément.

24

La villa est plongée dans la pénombre quand nous rentrons enfin du restaurant. Sean et Alistair regardent *Alien* sur l'écran géant du salon, les pieds sur la table basse à côté d'une collection de bouteilles vides.

J'accroche ma veste près de la porte et regarde autour de moi.

— Où sont les autres ?

Sean met le film sur pause et s'étire dans le canapé.

— Russ lisait une histoire à Odette et il s'est endormi, dit-il dans un bâillement. Daniel dort aussi, et les jeunes sont en bas dans la salle de jeux.

Izzy monte vers les chambres ; Jennifer se dirige vers l'escalier de la cave.

— Je vais voir les garçons, dit-elle.

Sean s'approche de moi et m'embrasse sur la joue, sa barbe de trois jours contre ma peau.

— Ces dames ont-elles passé une agréable soirée ?

— Parfaite, merci.

— Un dernier verre ?

— Pourquoi pas.

Il se tourne vers Rowan.

— Et toi ? Je t'en sers un aussi ?

— Je m'en charge, dit-elle avec un sourire entendu. Je vais te montrer comment on sert un *vrai whisky*. Toi, tu le noies toujours.

Il l'accompagne dans la cuisine et je les suis des yeux, les oreilles grandes ouvertes pour tenter d'entendre leur conversation. Mais seul le silence me revient, entrecoupé du bruit de placards qu'on ouvre et qu'on referme, et de celui de l'eau qui coule du robinet. Seraient-ils en train de chuchoter ?

Tu le noies toujours. Pourquoi ce « toujours » ? Combien de fois mon mari lui a-t-il proposé un dernier verre ?

Jennifer remonte de la cave, l'air soucieux.

— Les enfants ne sont pas en bas, Alistair. Ils sont déjà allés se coucher ?

Alistair hausse les épaules et regarde sa montre.

— À même pas onze heures, ça m'étonnerait.

— Alors, où sont-ils ?

— Je ne sais pas, chérie.

— Si je comprends bien, on vous laisse seuls quelques heures et vous avez déjà perdu les enfants !

— Ils ne sont pas perdus...

— En tout cas ils ne sont pas là, dit Jennifer, les mains sur ses hanches.

— Je suis sûr qu'ils ne sont pas allés loin.

— Ah oui, tu es sûr ? dit-elle en haussant le ton, la voix teintée de sarcasme. Super. Tout va bien, alors.

Sean sort de la cuisine, un verre de cristal dans chaque main. Il m'en tend un :

— Un dernier verre pour mon épouse adorée.

— Où sont les ados, Sean ? Où est Lucy ?

— Je ne sais pas, mon amour, mais ils ne doivent pas être loin. Tu lui as envoyé un message ? demande-t-il en buvant une gorgée de son whisky.

— Je peux, mais elle va sûrement m'ignorer.

— Ah. Je croyais qu'elle ne faisait ça qu'avec moi.

Je sors sur la terrasse : personne en vue, et pas d'échos de voix. J'appelle Lucy et tombe sur sa messagerie. Je recommence, même résultat. Je ne laisse pas de message. Une froideur me saisit l'arrière du cou, aussitôt suivie de fourmillements que je ne connais que trop. C'est plus qu'une intuition : une certitude. Quelque chose ne va pas, ici et maintenant.

Sean m'a rejointe sur le balcon.

— Tu veux que je parte à leur recherche ? demande-t-il.

— Oui. Laisse-moi juste essayer un truc avant.

J'ouvre l'appli Find iPhone sur mon portable et renseigne les données du téléphone de Lucy. À défaut de lui implanter une puce GPS, cela reste le meilleur moyen de savoir où elle se trouve : elle ne se sépare jamais de son iPhone.

Sean soulève un sourcil.

— Lucy est au courant que tu l'espionnes avec ça ?

— Non. Et ce n'est pas de l'espionnage : c'est simplement être une mère au XXIe siècle.

— Bien sûr. Et qui traques-tu d'autre, avec ton appli ?

— Rien que les enfants.

Il marque une infime hésitation.

— Personne d'autre, tu es sûre ?

J'aurais probablement dû.

— Je t'ai dit : Lucy et Daniel, c'est tout.

— OK.

— Pourquoi cette question ?

— Oh, rien, comme ça.

La carte zoome progressivement sur notre localisation : je reconnais le village, la route, le virage juste avant la villa. Le pictogramme indiquant son téléphone apparaît au centre de l'image, à soixante-quinze mètres au sud-ouest. Je zoome encore et regarde autour pour me repérer.

— Elle est au bout du jardin, du côté du belvédère. Qu'est-ce qu'elle fait là-bas ?

— Je vais la chercher.

Il attrape son propre téléphone sur la table, allume la lampe de poche et se met en route. Jennifer le suit aussitôt et je ferme la marche dans les escaliers qui descendent vers le jardin. Les lumières extérieures créent une douce lueur autour de la piscine, mais l'obscurité se fait plus profonde après la haie, et nous nous fions à la lampe de Sean pour voir où nous mettons les pieds.

Je m'arrête et consulte à nouveau mon téléphone. Cinquante mètres.

Nous tournons au coin de la villa, et au bout du jardin apparaissent quelques points lumineux. C'est un belvédère en pierre, garni de quatre grands fauteuils, de ventilateurs pour la journée et de deux braseros pour la nuit. Une odeur de cigarettes et de vin blanc affleure dans l'air du soir, et bientôt je peux distinguer trois silhouettes vautrées dans les fauteuils.

Le regard de Jennifer passe de Jake à Ethan et revient à son aîné.

— Qu'est-ce que vous faites ici ?

— Rien de spécial, dit Jake.

— On discute, ajoute Ethan, d'une voix un peu trop forte pour être honnête.

— Et vous parlez de quoi, au juste ?

— Oh, de trucs.

Le coin de mon œil capte un regard fugace entre Sean et Jennifer à travers l'obscurité. L'instant d'après, c'est déjà fini, et Jennifer hume l'air avec ostentation.

— Vous avez fumé.

C'est un constat, pas une question.

— Non.

— Il est un peu tard, non ? poursuit Jen. Pourquoi vous ne venez pas discuter à l'intérieur ?

— Et comment vous avez su qu'on était là, au fait ?

Jennifer se frappe le front avec l'index.

— Intuition maternelle.

Jake se contente d'un sourire paresseux. Il se lève de son fauteuil en chancelant légèrement et se penche par-dessus le muret du belvédère. Jennifer s'approche de lui comme si elle allait l'attraper par le collet.

— Tu as bu de l'alcool ?

Jake acquiesce, l'œil un peu vitreux.

— Mais c… c'est OK. Papa a dit que je pouvais.

— Ah oui, et quand ça ?

— Au déjeuner.

— Mais il n'est plus vraiment l'heure de déjeuner, là. C'est l'heure d'aller se coucher.

— *Bonne-nuit-les-petits*, ironise Jake d'une voix haut perchée, tandis qu'Ethan ricane derrière lui.

— On y va, jeune homme. Dans la maison. Toi aussi, Ethan.

Jake grommelle et se rassied dans le fauteuil. *Ouais, on va tous au lit*, marmonne-t-il.

— OK, ça suffit, tu peux m'aider, Sean ?

Sean attrape le bras de Jake et le hisse sur ses deux pieds.

— Toi aussi, Ethan, dit Jennifer. Tu peux marcher ?

— Bien sûr, dit Ethan en se mettant prestement debout.

Je tends une main à Lucy.

— Allez viens, dis-je, on rentre tous.

Elle se lève lentement et prend ma main, puis nous suivons les autres jusqu'à la villa.

Neuf mois plus tôt

Elle se souvient très bien de la première fois qu'elle l'a vu. Comme si ce moment était archivé sur son feed Instagram – une photo qu'elle peut voir et revoir à volonté. Il lui suffit de fermer les yeux et de penser à lui, et l'image apparaît dans son esprit, nette et précise comme si elle était en HD.

Ils sont au collège, dans la queue du réfectoire. Et il est là.

Ce qu'elle remarque en premier, c'est sa taille. Un mètre quatre-vingts, au moins. Puis elle note les épaules larges, la mâchoire carrée, la barbe de trois jours parfaitement entretenue – rien à voir avec le duvet adolescent de la plupart des garçons de sa classe. Ses manches relevées découvrent des avant-bras aux muscles sculptés. Et cette façon de se tenir droit, de regarder autour de lui. On dirait qu'il sait que tout le monde l'observe, et que ça ne lui pose aucun problème. Qu'il a l'habitude. Ses cheveux châtains sont coupés au rasoir au niveau des tempes. Il a une mèche sur le devant, qu'il balaie négligemment pour dégager ses yeux.

Ses yeux ! Ils sont d'un bleu clair presque cristallin. Le regard est sérieux, étrange, dangereux, profond. Le genre de regard qui vous aspire.

On dirait un mélange de Shawn Mendes et de Chris Hemsworth, se dit-elle – et en même temps le chanteur et l'acteur lui semblent soudain bien fades en comparaison.

Il est carrément trop sexy. Tellement sexy que c'en est presque une injustice pour tous les autres mecs du lycée, qui ont l'air de petits garçons à côté du nouveau.

Elle se demande s'il pense la même chose d'elle.

LUNDI

25

L'eau du torrent est si froide qu'on dirait qu'un million d'aiguilles percent ma peau en même temps. Elle descend directement de la montagne, pure et claire, mais jamais je n'oserais m'y baigner. Je retire mon pied et le repose sur la roche. C'est si bon de sentir le soleil sur ma peau, de ramener orteil après orteil à la vie. Je m'imagine en capitaine d'un bateau en plein naufrage, debout sur le pont pendant que tout coule, attendant que l'eau me prenne.

En ce lundi matin, nous nous sommes offert une excursion vers les gorges d'Héric. Nous avons laissé les voitures et marché entre les rochers de granit jusqu'à trouver l'endroit idéal pour nous poser au soleil, au fond d'une vallée encaissée où poussent des chênes majestueux, près d'une piscine naturelle bordée d'une étroite plage de sable. Un peu en amont, une mini-cascade se déverse dans une piscine plus vaste, entourée de pics rocheux qui s'élancent vers le ciel.

Nos serviettes sont étendues sur de grands rochers plats – des blocs de granit constellés de cristaux de quartz qui scintillent au soleil. Sean joue dans l'eau avec Daniel et Odette qui s'éclaboussent en poussant de grands cris de joie. Lucy, en bikini noir et lunettes de soleil Jackie-O, a trouvé un rocher idéalement incliné pour bronzer en toute tranquillité. Jennifer est partie un peu plus loin à la recherche de ses garçons. Quant à Rowan, elle se balade un peu plus haut dans les rochers, son portable à la main, à la recherche d'un improbable signal de connexion.

Izzy a posé sa serviette à côté de la mienne. Il n'y a plus que nous deux sur le rocher. Soudain elle se redresse sur les coudes, et de la voix la plus bienveillante du monde, elle me demande :

— Tu peux me dire ce qui se passe, Kate ?

— Quoi donc ?

— Je t'ai vu sourire à peine une fois depuis que je suis arrivée. Alors, qu'est-ce qu'il y a ?

— Rien, je suis un peu préoccupée, c'est tout.

— Tu ne t'en tireras pas comme ça, ma vieille. La moitié du temps, on dirait que tu es absente, ou sur une autre planète. C'est à cause de Lucy ?

— Pourquoi dis-tu ça ?

— Bah. Elle a l'âge le plus compliqué, non ? Entre les garçons, les hormones, les examens et les copines un peu perfides, rien n'est jamais simple…

— Tu étais comment, toi, à seize ans ?

— Moi ? J'étais horrible. Un vrai cauchemar. Il ne se passait pas un jour sans qu'on s'engueule, avec mon paternel. Il menaçait d'arracher la porte de ma chambre si je continuais à lui désobéir… Et il l'a fait ! Je suis rentrée de l'école un jour, et elle n'était plus là : plus de porte, plus de gonds, plus rien. Pendant des semaines, ma chambre est restée ouverte, avec mes frères qui mataient chaque fois qu'ils passaient dans le couloir – et qui se servaient dans mes affaires quand je n'étais pas là.

— Eh bien. Tu étais déjà plus sage quand tu es entrée à la fac…

— Mark disait que j'étais volcanique comme une vraie Italienne.

À cette simple évocation, son sourire s'efface soudain. Une vieille douleur vient de surgir comme un fantôme du passé.

— Ça va faire quinze ans cette année, tu sais ?

Un frisson de douleur et de culpabilité m'envahit. Je n'étais pas prête à entendre le nom de Mark. J'ai bâti une forteresse autour de ce souvenir, et voilà que d'un coup, au moment où je m'y attendais le moins, la forteresse se fissure.

— Depuis l'accident ? je demande timidement.

L'accident. Quelle idiote. Mais impossible de dire « depuis qu'il est mort », encore moins « depuis que ton fiancé a été tué ». *L'accident*, donc.

— Je pense encore à lui, parfois, dit Izzy. Des trucs idiots, comme cette manie qu'il avait de mettre trois sucres dans son thé, des expressions qu'il inventait, ou son obsession pour Al Pacino. Je crois qu'il aurait adoré cet endroit.

Les mots se bloquent dans ma gorge – des mots qui, quoi que je fasse, ne pourraient sonner que faux. Parce que la vérité, c'est que si je n'avais pas existé, Izzy serait sans doute ici même à bronzer avec Mark à ses côtés. Peut-être qu'ils auraient des enfants – une fille et un garçon comme moi, pourquoi pas, qui joueraient dans l'eau en riant. Sans moi, sa vie entière aurait été si différente.

Ils n'étaient plus qu'à une semaine de leur mariage. Ils avaient un plan pour l'avenir, ils avaient acheté un appartement… Mais j'étais là, cette nuit-là. Il y a quinze ans. Le jour où Mark a été tué, sans que justice soit jamais rendue.

Pendant des semaines, j'ai tenté de me rappeler ce qui s'était passé cette fameuse soirée – celle de l'enterrement de vie de jeune fille d'Izzy. Je me souvenais du dîner, je me souvenais d'avoir bu quelques verres mais pas trop : juste assez pour me sentir gentiment saoule, certainement pas au point de perdre le contrôle. Je me souvenais de notre entrée dans le night-club, et d'un gars qui insistait pour m'offrir un verre de champagne au bar. Après ça, plus rien. Comme un trou noir dans ma mémoire. Ce n'est que bien plus tard que j'ai appris que le champagne est la boisson idéale pour verser une drogue dans le verre de quelqu'un – à cause des bulles qui masquent l'arrière-goût.

Tout ce qui s'est passé ensuite, je l'ai su par d'autres : mes trois amies qui m'exfiltrent du club, les chauffeurs de taxi qui refusent de nous prendre tellement j'ai l'air mal en point, Izzy qui envoie un texto à Mark pour lui demander de venir nous chercher, Mark qui se gare de l'autre côté de la rue et nous fait un signe en traversant… Je n'ai aucun souvenir de la voiture qui l'a fauché là, au milieu de la rue, avant de s'enfuir. Mark, mort sur le coup, et le mariage d'Izzy qui se transforme en funérailles.

Dans les mois qui ont suivi, Izzy a tout quitté. Sa famille, ses amis, son passé. Elle a vendu l'appartement, quitté son boulot et sauté dans un avion pour l'autre bout du monde. Elle a fini par épouser cette vie de baroudeuse et de prof itinérante, plus résiliente et plus indépendante qu'aucune d'entre nous.

Je repense à cette soirée, et toutes les émotions que je réprime depuis des semaines remontent soudain à la surface. Je sens les larmes monter.

— Je suis tellement désolée, Izzy, dis-je, la voix brisée. Pour tout. Pour avoir fait venir Mark ce soir-là, et…

— Tais-toi, coupe Izzy avec douceur en posant sa main sur la mienne. C'est le passé, tout ça. Tout ce qui devait être dit a déjà été dit, il y a longtemps. Tu n'as plus à t'excuser de rien.

Oh si, Izzy. Oh que si.

Qui sait, peut-être que perdre Sean sera ma pénitence. Mon karma, ou une revanche du destin. Ma façon de payer pour ce qui s'est passé il y a quinze ans.

26

Izzy se force à sourire à nouveau.

— Nous ne sommes pas là pour parler de cette nuit-là, dit-elle. On parlait de toi, et de Lucy.

J'essuie une dernière larme avec un mouchoir en papier.

— Lucy ? Eh bien… Je ne sais pas trop. Elle ne me parle plus comme avant.

— Elle grandit.

— Trop vite.

Izzy attrape une bouteille d'eau et boit une gorgée.

— Mais il n'y a pas que ça, pas vrai ?

— Qu'est-ce qui te fait dire ça ?

L'envie de me confier à elle est de plus en plus grande.

Mais si c'était elle, Fille-de-Corail ?

Elle me dévisage un long moment, comme si elle cherchait les mots justes. Un sourire un peu triste finit par se dessiner sur son visage.

— Je ne suis pas la mieux placée pour dire ça – et surtout n'hésite pas à me dire de la fermer et de m'occuper de mes oignons –, mais je m'inquiète un peu pour toi.

— Pour moi ?

— Il y a quelque chose qui ne va pas avec Sean ?

Mon cœur manque un battement.

— Quoi ?

— Ce truc qui te tracasse, c'est à propos de Sean ?

— Pourquoi dis-tu ça ?

— Je sens comme une tension entre vous deux. Un truc dans l'air, pas comme d'habitude.

Sa voix est toujours bienveillante, mais comment savoir qui me parle, au juste ? L'amie qui veut aider, ou une traîtresse qui tente de savoir si je suis au courant ?

Je me penche vers le thermos de café et me verse une demi-tasse. Il est un peu fort, mais un shoot de caféine ne sera pas de trop après deux nuits passées sans dormir. L'envie de me confier commence à déborder. Après tout, Izzy connaît Sean depuis plus longtemps que moi – que nous toutes. Mais comment le lui dire ? J'hésite encore, et soudain les mots sortent sans que j'y aie réfléchi.

— Je t'ai déjà parlé de Zoé, que j'avais rencontrée quand j'étais enceinte de Daniel ? On s'était croisées à la préparation à l'accouchement, et on est restées en contact. Son mari était un amour : charmant, drôle, il aurait tout donné pour sa famille... Et puis, l'année dernière, sans prévenir, il l'a quittée pour une fille qu'il avait rencontrée par son boulot. Zoé n'avait jamais rien soupçonné, rien. Et du jour au lendemain, il a mis ses affaires dans le coffre de sa voiture, il lui a laissé un mot sur la table de la cuisine et il est parti. Comme ça.

— Et il n'est jamais revenu ?

— Non. C'est après coup qu'elle a repensé aux derniers mois qu'ils avaient passés ensemble. Et elle s'est rendu compte qu'en réalité, tous les signes étaient là : il semblait plus préoccupé, plus secret aussi, il soignait son apparence, il s'était inscrit dans une salle de gym... Presque le cliché de l'homme adultère ! Mais elle avait préféré ignorer les signes et faire comme si tout allait bien.

Je marque une pause.

— Eh bien, tu vois, j'ai l'impression que la même chose est en train de m'arriver avec Sean. Et j'ai peur d'avoir vu les signes un peu trop tard, comme Zoé…

Izzy plante ses yeux dans les miens.

— Je ne vois pas Sean faire quelque chose comme ça. Pas lui.

Mais j'ai vu les preuves. J'ai lu les messages. Je sais.

— C'est ce que je me dis, oui. C'est ce que mon amie se disait aussi.

— Écoute, Kate, je connais Sean depuis qu'on a cinq ans. Et vraiment, je peux te jurer que c'est le gars le plus droit que j'aie jamais connu.

Elle sourit et repose sa main sur la mienne.

— Il est tellement honnête que ça en devient drôle, parfois. À l'école, il lui arrivait de se dénoncer pour des fautes qu'il n'avait pas commises – des trucs qu'il n'aurait même pas *pu faire*. C'est l'un des grands mystères de Sean.

Dis-lui ce que tu as vu.

Oui, mais si c'est elle ?

Dis-lui. Qu'as-tu donc à perdre ?

— Il y a eu des messages, dis-je soudain.

Izzy se redresse.

— Quoi ? Où ça ?

— Sur son téléphone.

Elle me regarde un moment et son sourire disparaît.

— Tu les as vus ?

— Oui.

— Qu'est-ce que tu as vu, *exactement* ?

— Je n'ai pu voir son téléphone que quelques secondes, mais il y avait une conversation sur Messenger. Une femme à qui il disait qu'il n'arrêtait pas de penser à elle, et qu'il ne pouvait plus supporter de me mentir…

— Quoi d'autre ?

— Qu'ils en parleraient ensemble une fois en France. Cette semaine.

— Et tu ne sais pas de qui étaient ces messages ?

— Non.

Elle joint ses deux mains sous son menton comme pour mieux réfléchir.

— Donc, logiquement, ce serait l'une de nous ?

— Oui.

— Soit Rowan, soit Jennifer ?

Ou alors, toi.

— Voilà.

— OK… Tu as noté quoi que ce soit d'inhabituel entre Sean et l'une d'elles ? Tu as entendu quelque chose ? Ou… Je ne sais pas, une vibration particulière, peut-être ?

— Eh bien… Non. Rien du tout.

Le regard d'Izzy se perd dans la vallée, vers les rochers nus et pointus, et elle reprend :

— Il y aurait bien une autre possibilité…

— Quoi donc ?

— Que ce ne soit aucune des deux.

Je me tourne très lentement vers elle. Et si tout se jouait maintenant ? Et si elle avouait tout, là, tout de suite ? Si ces trois jours n'avaient fait que converger vers ce moment de vérité, maintenant, entre nous ? Je m'efforce de garder une voix aussi neutre que possible, et j'avance :

— Mais si ce n'est ni Rowan ni Jennifer, alors qui ?

Izzy réfléchit une seconde, puis répond avec précaution :

— Il n'y a pas que Rowan et Jen. Il y a aussi les mecs.

— Comment ça ?

— Russ et Alistair. Ils sont là aussi.

J'écarquille les yeux de surprise, bouche entrouverte.

— Russ et Alistair? Mais ils ne sont pas… Et Sean… Je veux dire: ils sont mariés. Et ils ne sont pas gays.

— Qui sait ce dont le cœur humain est capable?

— Hum. Les messages sont signés « Fille-de-Corail », donc je penche plutôt pour une femme.

— Je me faisais seulement l'avocat du diable. J'essaie d'examiner toutes les pistes.

— Tu sais quoi, Izz? Je croyais avoir tout imaginé, mais ça, j'avoue, je n'y avais pas pensé.

Elle hausse les épaules.

— Je dis seulement que c'est une possibilité.

— … Mais je crois que je n'ai pas assez d'espace mental pour l'envisager, là tout de suite.

— Et tu n'as aucun autre élément? Rien que ces messages?

Je repense soudain à ce que Russ m'a révélé l'autre soir, sur la terrasse, à propos de Rowan. Ce deal à plusieurs millions de dollars, et Rowan obligée d'être discrète, et les soupçons de Russ.

Je crois bien que Rowan a un amant. Je le sais, c'est tout.

— Rien de probant, dis-je.

— Et tu ne lui en as pas touché un mot?

— Je n'ai pas pu. Pas voulu, non plus. J'étais sous le choc, et je me demande encore comment je peux gérer cette histoire sans tout casser…

— Oh, Kate…

Izzy s'approche de moi et me prend dans ses bras.

— Ma pauvre, tu dois être tellement mal.

Je sens ma gorge se gonfler, mais je refuse de pleurer à nouveau.

— Disons que j'ai connu des jours meilleurs.

— Et il n'y a aucune chance que tu aies mal interprété quelque chose? Que tu aies tiré des conclusions hâtives?

Izzy, toujours la première à défendre Sean.

— Je ne vois pas comment. J'ai lu les messages, quelle autre conclusion pourrais-je en tirer ?

— Je ne sais pas, Kate. C'est tellement difficile à croire, qu'il puisse faire ça dans ton dos.

— À ton avis, qu'est-ce que je devrais faire ?

— Pour te rassurer, tu veux dire ?

— Pour *savoir.* Dans un sens ou dans l'autre.

— Franchement, Katie, je n'en sais trop rien. Mais si je peux t'aider, je le ferai.

— M'aider ?

— Volontiers, oui.

Un cri jaillit de la piscine : « Maman ! » C'est Daniel. Je me retourne.

— J'arrive, poussin.

Je me tourne à nouveau vers Izzy et dis à voix basse :

— Mais tu ne crois toujours pas qu'il me trompe ?

— Sean n'est pas le genre d'homme à mentir comme ça.

— Et comment tu sais ça ?

Elle se contente d'un mouvement d'épaule.

— Je le sais, c'est tout.

J'ai une telle envie de la croire. Sincèrement. Mais il y a cette pensée qui tourne en boucle à l'arrière de mon crâne, obsédante.

Tu ne dirais pas autre chose, hein Izzy. Si c'était toi, l'autre femme ?

— Maman ! crie Daniel un peu plus fort encore.

— Qu'y a-t-il, poussin ?

— Tu crois qu'elle est profonde comment, l'eau sous la cascade, là-haut ?

— C'est difficile à dire. Deux mètres, peut-être. Pourquoi ?

Daniel pointe son doigt vers un rocher, un peu plus haut.

— Parce que Jake veut sauter dedans.

D'un bond, je suis sur mes deux pieds. Je regarde la cascade, et l'eau qui chute entre deux grandes parois rocheuses. Jake se tient au sommet de l'une d'elles, en maillot de bain, prêt pour un plongeon de plus de cinq mètres. L'eau est limpide mais la gorge est étroite et irrégulière, et la paroi de granit s'avance par endroits en pics anguleux.

— Merde, fait Izzy à côté de moi.

Même Russ s'est relevé pour observer le spectacle.

— Ah, les ados, lâche-t-il avec une pointe d'envie dans la voix. Toujours à se croire invincibles, hein ?

Jake lève les poings en guise de salut, comme un boxeur après un combat.

— Attention au saut de l'ange ! crie-t-il.

Au même instant, le visage de Jennifer apparaît entre les arbres derrière lui, entre colère et angoisse.

— N'y pense même pas, Jake, crie-t-elle en avançant vers lui.

Je regarde un peu plus bas et constate qu'Ethan est en train de filmer son frère avec son téléphone.

— Mon Dieu, je m'exclame. Tu crois vraiment qu'il va sauter ?

La marge d'erreur est infime. S'il saute un peu trop loin, il prend le risque de heurter la paroi d'en face. S'il se laisse simplement tomber, son dos accrochera une des avancées rocheuses en dessous de lui. Et même s'il vise juste, il pourrait se briser les jambes si l'eau n'est pas assez profonde…

J'en suis encore à énumérer les dangers quand Jennifer attrape le bras de son fils d'un geste ferme et le traîne en arrière.

27

Russ

Allongé sur le sol, Russ a repris son téléphone tandis qu'Odette calcule le score de leur dernière partie. Il parcourt rapidement quelques mails professionnels et jette un coup d'œil à la bourse. Les marchés sont restés calmes, aujourd'hui. Si seulement sa fille pouvait en faire autant.

Il se demande quel pervers sadique a pu laisser les Hippos Gloutons dans la collection de jeux de la villa. Un adulte normalement constitué devrait savoir que rien n'est aussi bruyant que ce jeu-là. Une succession frénétique de *bings* et de *bangs* – quarante secondes d'un immense fracas de plastique pendant lesquelles les joueurs s'escriment à avancer leur gueule d'hippopotame contre le plateau pour gober plus de billes que l'adversaire. Un vacarme de mitrailleuse, ou de marteau piqueur : à chaque partie, Russ a l'impression d'avoir la tête enfoncée dans un seau en fer sur lequel on lancerait des dizaines de balles de golf. Et on peut faire confiance à Odette pour y jouer de façon enragée.

Russ a encore dans la tête le souvenir de parties jouées à six heures du matin au lendemain de Noël, en pleine gueule de bois. Chaque coup résonnait dans son crâne comme si on y avait allumé des feux d'artifice.

Mais Odette adore ça, et c'est tout ce qui compte.

— J'ai neuf billes, et toi douze, annonce-t-elle d'une voix désolée. Tu as encore gagné, papa.

Russ n'est pas du genre à laisser sa fille gagner. Rowan, elle, fait exprès de perdre, comme ses parents faisaient avec elle. Cette foutue nounou la laisse gagner aussi à tous les jeux. Ce n'est pas bon pour Odette : à son âge, cela ne fait que brider son esprit de compétition et son envie de réussir. Quel plaisir y a-t-il à gagner si on vous offre la victoire sur un plateau ? Rien de tel qu'un succès bien mérité après une dure bataille.

L'inconvénient, évidemment, c'est qu'Odette ne lâche jamais l'affaire jusqu'à ce qu'elle finisse par gagner une manche. Et la voilà justement qui réclame une revanche.

Russ se redresse dans un grincement d'articulations. Il croise ses longues jambes sous lui.

— Tu veux rejouer aux Hippos, ou on cherche un autre jeu ?

— Les Hippos ! Et je veux que maman joue aussi.

Elle se tourne pour regarder à droite et à gauche.

— Mais elle est où, maman ?

Russ regarde sa montre. Où est Rowan, en effet ? Ils étaient censés *faire des choses ensemble* pendant ces vacances, tous les trois. Mais elle a déserté, une fois de plus. Elle avait pourtant promis de laisser son téléphone dans la chambre et de l'éteindre au moins quelques heures. Ses soupçons n'ont fait que croître depuis qu'il s'est confié à Kate l'autre soir : sa femme semble encore plus insaisissable ici qu'à la maison, plus évasive que jamais. Bien sûr, il y a cette négociation avec les Américains et l'enjeu est énorme, mais ce n'est pas tout. Il se passe autre chose, il en est sûr.

— Où est maman ? Bonne question Odette ! Je ne sais pas.

Il se penche vers elle.

— J'ai une idée. Si on jouait à cache-cache ?

— Oui ! C'est moi qui me cache ! s'enthousiasme Odette, un immense sourire aux lèvres.

— Pas tout de suite, poupée.

— Mais je veux me cacher en premier !

— Attends un peu. Tu peux être la deuxième. Qu'est-ce que tu dis de ça : on dirait que maman s'est cachée, et qu'on devrait la trouver. Mais attention : il faut être super silencieux, si on veut la surprendre sans qu'elle nous voie. D'accord ?

Odette saute dans tous les sens.

— Super silencieux ! Oui !

Russ porte un doigt à ses lèvres.

— Chhh… fait Odette, qui a compris.

— Tu veux grimper sur mon dos ?

— Oui, chuchote-t-elle en levant les bras en l'air.

Il s'agenouille et soulève sa fille pour la hisser sur ses épaules. Elle pose les bras autour de son cou et lui embrasse la nuque. Une vague d'amour et de fierté paternelle envahit Russ un instant et il ne peut s'empêcher de sourire. Odette est si petite et si légère qu'il sent à peine son poids sur son dos.

— Je suis aussi grande que toi, papa.

— Eh oui, poupée. Grande comme un arbre.

L'attelage grimpe les escaliers jusqu'au rez-de-chaussée, puis à l'étage. Mais Rowan n'est ni au salon, ni dans leur chambre. Ils redescendent et visitent la cuisine, la terrasse, la piscine, le jardin, sans résultat. Un des garçons de Jennifer – le plus jeune des deux, revêche et beau gosse – finit par lui indiquer du pouce l'autre côté de la villa. Russ suit la piste, franchit un portillon et débouche sur l'avant de la propriété, le long de l'allée centrale, face au parking.

Rowan est là, dos à eux, appuyée contre le capot de la Land Rover. Elle est au téléphone.

Trouvée.

— Chut, murmure Odette à son oreille.

Russ acquiesce et s'écarte du chemin de gravier. Il remonte l'allée en marchant sur le gazon, lentement et en silence.

Rowan ne les a toujours pas entendus.

Russ se retourne et adresse un clin d'œil à sa fille. Elle se tient toujours sur ses épaules, tout excitée à l'idée de prendre sa mère par surprise. Ça, c'est un jeu ! Russ s'approche encore, à pas de loup, jusqu'à ce que lui parvienne l'écho de la conversation de Rowan.

— … C'est ce que je te disais, s'agace Rowan. J'ai besoin d'en savoir plus – et surtout quand ça doit arriver.

Il avance encore d'un pas et tend l'oreille pour entendre chaque mot. Rowan leur tourne toujours le dos.

— Non ! dit-elle. Bien sûr que je ne lui ai rien dit.

Elle passe son téléphone d'une main à l'autre et rajuste une mèche brune derrière son oreille.

— … Je sais tout ça, merci. Comment crois-tu que je me sens, *moi* ?

Une pause. Elle écoute. Odette gigote sur les épaules de Russ.

— … Quand le moment sera venu, je lui dirai, oui. Mais j'ai besoin de temps pour prendre une décision, selon que…

Il n'en entendra pas plus. Odette ne peut plus se contenir et se met à glousser, Rowan se retourne brusquement et ouvre de grands yeux en les voyant.

— Hou ! crie Odette. On t'a trouvée, maman !

Rowan reste une seconde interdite.

— Je te rappelle, dit-elle prestement.

Elle range le téléphone dans la poche de son short et croise les bras sous sa poitrine.

— Qu'est-ce qui se passe ? dit-elle.

— Qui appelais-tu ? demande Russ.

On joue à cache-cache, maman ! lance Odette, joyeuse.

— Un truc de boulot, dit Rowan.

— Ça ne ressemblait pas trop à une conversation de boulot…

— Nous n'allons pas discuter de ça maintenant.

— Pourquoi donc ? Tu as peur de gâcher cette merveilleuse ambiance de vacances ?

Odette se trémousse de plus en plus fort sur les épaules de Russ.

— Maman !

— Parce qu'il n'y a rien à discuter.

— Ne me fais pas ton cinéma. Je vois bien comment tu es avec lui.

— Avec *qui* ?

— Sean. Hier à la plage, tu étais littéralement collée à lui.

— Il venait de retrouver notre fille pendant que tu cuvais une grosse cuite. Encore une.

— Pourquoi tu fais ça, au juste ? Il faut vraiment que tu me fasses honte devant tout le monde ?

— Oh, mais tu n'as pas besoin de moi pour ça, mon chéri.

— Qu'est-ce que ça veut dire ?

— Que tu te débrouilles très bien tout seul. Tu es obligé de boire à chaque repas ?

— Je suis en vacances, merde ! Je suis censé m'amuser un peu, non ? Mais je n'ai pas vraiment choisi les invités. Ce sont tes amis, pas les miens.

— Mes amis ou tes amis, ce serait sympa si tu daignais t'occuper un peu de ta fille au lieu de t'écraser au soleil chaque après-midi.

— Et là, maintenant ? Qui est en train de jouer avec Odette pendant que Madame s'engueule au téléphone ?

Odette tape dans ses mains :

— À mon tour de me cacher, maman !

Rowan tend les bras vers sa fille et se met à sourire.

— Viens ici, mon ange, dit-elle, en cueillant Odette sur le dos de Russ et la calant contre sa taille.

— Viens avec maman.

— On peut se cacher toutes les deux ?

— Oui ! dit-elle en avançant déjà vers l'autre côté de la maison. On va trouver une cachette géniale. Un endroit où papa ne trouvera jamais.

28

Cette fois, c'est parti.

J'en ai assez vu, assez entendu, le temps est venu de passer à l'action.

Notre étage est désert. Je traverse le couloir sur la pointe des pieds jusqu'à la chambre de Rowan et Russ, tout au bout. Comme une voleuse, je pousse la porte de chêne et me glisse à l'intérieur. La pièce ressemble à la nôtre, avec son lit à baldaquin et sa bibliothèque en bois sculpté. La fenêtre qui donne sur le balcon est entrouverte ; un léger vent fait frémir le voilage blanc sur la droite.

Que suis-je venue chercher, au juste ? Je n'en ai aucune idée. Il doit bien y avoir *quelque chose* quelque part – un indice, n'importe lequel, qui me mettrait sur une piste. Je tente de me mettre à la place de Rowan. Si je devais cacher quelque chose dans ma chambre, quel endroit choisirais-je ? L'armoire, peut-être ? Elle est ouverte, je peux toujours commencer par là. J'écarte une douzaine de jupes et de hauts accrochés aux cintres et découvre deux valises rouges. J'attrape la plus petite des deux, mais la pêche est maigre : je n'y trouve que des emballages vides et un chargeur de téléphone ; il y a bien une poche sur le dessus, mais elle ne contient que des papiers qui semblent liés au boulot de Rowan, avec des colonnes de chiffres auxquels je ne comprends rien.

Je range la valise et me retourne vers le lit. Je tente ma chance en ouvrant le tiroir d'une des tables de chevet. J'y trouve une cartouche de Marlboro (il ne reste que six paquets), un briquet, des cachets d'aspirine, un canif, une enveloppe avec une belle liasse de billets de cinquante euros, un iPad et un smartphone Google Pixel – tous deux éteints. Maintenant, au moins, je sais de quel côté dort Russ. La présence du téléphone éteint m'intrigue un peu, tout de même – j'aurais juré qu'il ne s'en séparait jamais.

Je me faufile de l'autre côté du lit et ouvre le tiroir de Rowan. Il est encore plus rempli : trois passeports, les papiers du véhicule de location, tous les détails du voyage dans une pochette plastifiée, diverses boîtes de médicaments, un fer à lisser, des ciseaux, un carnet (vierge) et des stylos, un stick de baume à lèvres, de la crème solaire. Je fouille le fond du tiroir en m'efforçant de tout laisser bien en place, mais je n'y trouve rien de familier. Rien qui puisse m'aider.

À moins que. Attendez. Ça, là ? Voilà un objet que je ne connais que trop bien. Peut-être la dernière chose que je m'attendais à trouver dans cette chambre. Et peut-être bien la preuve que j'attendais. Sans réfléchir, je la sors du tiroir et la tiens, entre le pouce et l'index.

Je sens les larmes qui commencent à monter.

J'ai l'impression qu'on vient de m'assener un grand coup sur la tête par-derrière. Jusqu'ici, j'avais des soupçons, des craintes, mais tout au fond de moi restait l'espoir que tout cela, d'une façon ou d'une autre, ne serait qu'un grand malentendu. Cet espoir vient de voler en éclats. Maintenant, il n'y a plus de place pour le doute.

La sagesse la plus élémentaire me commande de tout laisser en l'état. Si Rowan ouvre son tiroir, elle verra tout de suite que quelqu'un est venu fouiller – et elle comprendra très vite qui. Mais j'ai la tête qui tourne, le monde se trouble autour de moi tandis que je fais ce que je peux pour retenir mes larmes.

Et au lieu de la ranger, je glisse la preuve dans ma poche.

Je n'en reviens toujours pas d'avoir trouvé ça ici. Précisément *ça*. La situation était grave ; maintenant elle semble désespérée.

L'écho de la voix de Lucy me parvient depuis la piscine, et le monde autour reprend peu à peu sa réalité. Ce matin encore, je repensais à notre conversation de l'autre nuit, en me demandant ce que je pourrais bien faire pour l'aider. Ma petite fille. Ma si grande petite fille. La chair de ma chair qui me cache tant de choses aujourd'hui que j'en suis parfois réduite à l'espionner. Moi qui ne demande qu'à pouvoir l'aider. J'écarte le voilage, ouvre plus grand la fenêtre et me faufile sur le balcon. Ce côté de la villa est en plein soleil : aussitôt dehors, j'ai l'impression de cuire à l'étouffée. Mais d'ici, je dispose d'une vue parfaite sur la terrasse et la piscine en contrebas.

Lucy est là, occupée à enchaîner les longueurs en brasse coulée. Il lui suffirait de lever les yeux pour m'apercevoir. Je me réfugie dans l'angle du balcon pour continuer de la regarder, à l'abri derrière deux serviettes qui sèchent sur la rambarde. Elle nage avec souplesse, comme si ses bras caressaient l'eau. Elle vient de passer au dos crawlé lorsque mon œil est attiré par un mouvement presque imperceptible : sur l'escalier qui monte vers la terrasse, à l'ombre d'une marche. Un petit chat blanc et roux regarde dans ma direction. Un chat errant, peut-être ? À moins qu'il ne vienne d'une des fermes voisines. Immobile à quelques pas de la piscine, il semble aussi serein qu'on puisse l'être. Nous restons ainsi à nous dévisager quelques instants, puis il tourne la tête. Je passe la tête entre les barreaux du balcon pour suivre son regard, et c'est alors que je le vois.

Alistair.

Il est juste en dessous de moi, étendu sur un transat au bord de la piscine dans ce qui semble être son uniforme officiel de vacancier : maillot de bain, débardeur, chaussettes noires et sandales. Et son portable, bien sûr. Je me recule et retiens ma respiration de peur qu'il ne me repère. Puis avec précaution je me penche de nouveau pour tenter de comprendre ce qu'il fabrique. Il tient son téléphone entre ses genoux comme s'il le consultait, mais soudain il le décale légèrement. Il zoome sur je ne sais quoi, lève l'appareil et prend une photo. Puis une autre. Et encore une autre.

29

Alistair

La première fois qu'Alistair a créé un compte bidon sur les réseaux sociaux, c'était pour une raison bien légitime. Il s'agissait de suivre ses fils sur Instagram et Snapchat, tout en gardant ses distances. Après la crise de Jake, c'était devenu nécessaire, avec Jennifer qui ne cessait de s'inquiéter de ce que les garçons pouvaient être en train de faire.

Au départ, Alistair a tenté de les suivre sous son vrai nom. Erreur de débutant ! Jake et Ethan ont commencé par prétendre qu'ils n'étaient pas sur les réseaux sociaux. Et quand il a fini par trouver leurs pseudos, ils se sont contentés d'ignorer ses demandes d'ajout.

Il fallait la jouer plus fine.

Alistair a créé son premier faux profil sous le nom de SkyBlueLad99. Comme photo de profil, il a pris celle d'un adolescent lambda sur une banque d'images. Il a alimenté le compte avec des photos de voitures, de joueurs de foot et de petits plats, le tout assaisonné de quelques potins de célébrités, et le tour était joué : ses fils l'ont accepté sans sourciller. Ils se sont même mis à le suivre en retour. Ensuite, il n'y avait plus qu'à se fondre dans le décor, ce qui n'était pas difficile : Jake et Ethan ont des centaines de contacts – la plupart du temps, des gens qu'ils connaissent à peine.

Alistair n'a pas tardé à comprendre que ses profils bidon lui permettaient de voir le monde avec les yeux de ses garçons.

Tout ce qu'ils vivent au quotidien, tout ce qu'ils partagent, leurs préférences, leurs dégoûts. Tout ce qu'ils ne lui confieraient pour rien au monde. Désormais, il est connecté à leur univers. Et il s'est mis à suivre d'autres ados sur Instagram, Snapchat et Twitter.

Le plus beau, dans tout ça ? C'est qu'il peut le faire depuis son téléphone, au milieu de tout le monde. Il peut suivre des profils et prendre des photos sans que personne ne se doute de quoi que ce soit : tout le monde croit qu'il consulte ses messages, ou qu'il est sur Facebook.

Et que poste donc la jeunesse anglaise sur Instagram, aujourd'hui ? se demande-t-il, confortablement allongé sur son transat. Il commence par ses garçons et fait défiler les photos de samedi près de la gorge, Jake les bras en croix au bord de la falaise. C'est toujours la même rengaine : Ethan qui provoque, et Jake qui répond au défi. Une dynamique passionnante à étudier, au demeurant. Alistair quitte la page de Jake et consulte, sur son propre fil, les posts d'amis et autres camarades de classe de ses deux fils. Il y trouve des photos de vacances d'un peu partout dans le monde, une collection d'images de l'anniversaire d'une Lexie qui fêtait ses seize ans ce week-end, une vidéo mal filmée de garçons se déhanchant en boîte de nuit, quelques posts au sujet d'un certain B-Boy, assortis d'emoji tristes et de baisers – et les habituelles photos de chats et chiens, de nourriture et de régime, les mèmes repris en masse un peu partout, et toute une batterie de lubies d'ados qu'il a depuis longtemps renoncé à comprendre.

Soulagé de n'avoir manifestement rien manqué d'essentiel dans la vie de ses enfants, Alistair tape *LucyLupin22* dans la barre de recherche. La première image est un selfie pris depuis la terrasse, avec les collines du Languedoc pour décor.

D'autres photos montrent la plage, le vignoble, les gorges de ce matin. Un peu plus bas, un autre selfie montre Lucy et deux autres filles habillées en animaux. Un mouton, une girafe, un panda : il semblerait qu'il y ait eu une soirée pyjama.

Parfait, constate-t-il. Tout semble normal.

Il se connecte maintenant sur son vrai compte et charge les photos qu'il vient de prendre de cette créature parfaite, élégante et racée. Il sélectionne la plus réussie et la poste sur Instagram avec ce commentaire : *Un nouveau visiteur à la villa #chatsdinstagram.*

Il a toujours aimé prendre des photos – ce petit frisson qu'on éprouve en capturant une image, le plaisir de la figer pour toujours et de pouvoir la tenir dans sa main, ou dans sa poche. Il a lu un jour que les membres d'une tribu d'Amazonie refusent d'être pris en photo, par crainte que le photographe ne leur vole un morceau d'âme. Cette histoire a fait rire beaucoup de monde, mais pas Alistair. Il les comprend : prendre quelqu'un en photo, c'est *réellement* lui prendre quelque chose. Personne ne vous donnera spontanément un vêtement ou une mèche de cheveu – mais vous pouvez toujours prendre une photo et vous conserverez leur image aussi longtemps que vous voulez, en haute définition. Sans que personne ne soit au courant.

Alistair aime bien se promener virtuellement dans sa galerie de souvenirs. Il trouve un vrai réconfort dans ses plus belles photos – surtout quand la journée de travail a été difficile. Car parfois son métier lui semble particulièrement ingrat. Tous ces gens qui, au fond, refusent d'être aidés ! C'est épuisant. Ces jours-là, les photos sont comme un antidote au découragement. Il ferme la porte de son cabinet et ouvre son ordinateur. Il y a là des milliers de photos, classées et indexées, toutes sauvegardées sur le PC de son bureau, à la maison. Son petit musée privé – même s'il soupçonne ses enfants d'en avoir plus d'une fois trouvé l'accès. Un petit musée dont les collections s'enrichissent chaque jour.

Le jardin est calme en ce milieu d'après-midi. Seul le *tic tic tic* paresseux de l'arrosage automatique vient rompre le silence. Son débardeur lui colle au dos, et des gouttes de sueur s'amoncellent autour du cordon de cuir qu'il porte autour du cou. Mais la chaleur écrasante ne le dérange pas, du moment qu'il peut prendre de vraies belles photos, tranquillement allongé au soleil.

Les téléphones modernes proposent tout de même une qualité d'image exceptionnelle. Rien à voir avec le mastodonte dont il était si fier à ses débuts, un des premiers téléphones avec appareil photo intégré, au début des années 2000. Aujourd'hui, son Samsung S9 propose un capteur de 12 mégapixels, un stockage quasi-illimité, une lentille à double objectif et un mode *slow-motion* qui permet de prendre des vidéos de mille images par seconde. Et le zoom ne perd pas trop en résolution si on veut s'approcher au plus près…

Il y a bien d'autres avantages à utiliser son téléphone comme appareil photo. On peut facilement éditer et partager les images, les sauvegarder sur le *cloud*… Mais le plus important, c'est qu'il permet de photographier incognito. Et ça, c'est nouveau.

Dix ans auparavant, on ne pouvait pas se promener dans la rue avec un gros Nikon autour du cou. Au moindre geste, tout le monde vous fuyait : personne n'aime être pris en photo à son insu. Aujourd'hui, tout a changé. Les gens ont développé une véritable addiction à leur smartphone. Alistair le constate chaque jour. Dans la rue, dans le bus, même au jardin public : tout le monde a un téléphone dans la main. Résultat : on peut sortir son appareil photo et passer totalement inaperçu. Ce qui signifie que, avec un peu d'entraînement, on peut photographier n'importe quoi sans être vu. N'importe quoi, ou n'importe qui.

Alistair repose le téléphone sur ses genoux et se rallonge sur son transat. Dans le bassin, Lucy poursuit inlassablement ses longueurs. La dernière fois qu'il l'a vue en maillot de bain, c'était lors de la fête qu'ils avaient organisée pour les dix ans de Jake. Elle était dans sa douzième année, une préado grande, maigre et sans poitrine qui courait dans l'herbe avec les autres et poussait de petits cris en traversant le jet du tuyau d'arrosage. C'était l'âge béni où ils n'avaient encore aucune conscience d'eux-mêmes, indifférents au monde des adultes, heureux de jouer ensemble sans se soucier de qui pouvait bien les regarder.

Cinq ans plus tard, elle semble appartenir à une espèce différente du commun des mortels. Les gens très beaux font cet effet, parfois. Et Lucy, sans nul doute, est très belle. Une vraie femme, désormais. Elle n'a que seize ans mais elle est déjà parfaitement formée, avec des courbes là où il faut, la taille fine, des jambes interminables – et cette poitrine que son bikini jaune citron peine à contenir. Une vraie splendeur, épargnée par l'âge, la cellulite, les cernes, les rides et tout ce qui, inexorablement, vient à bout de la beauté des femmes.

On dirait une des héroïnes des *comics* que lit Jake, songe Alistair. Une jeune déesse.

Et une déesse avec de l'esprit, avec ça. Elle parle peu, mais Alistair a noté sa finesse.

Lucy sort de la piscine et l'eau ruisselle sur sa peau bronzée. Elle penche la tête en arrière pour s'offrir au soleil et de ses deux mains lisse ses longs cheveux blonds. *Ici, à la villa, elle n'est pas en représentation*, constate Alistair. Il connaît son compte Instagram, il sait que comme les autres elle prend la pose, qu'elle ajoute des filtres sur les photos et qu'elle choisit toujours le bon angle pour se mettre en valeur. Mais quand elle est seule – ou plutôt : quand elle croit que personne ne la regarde –, elle garde son naturel. Voilà le signe d'une excellente santé mentale, songe le psychanalyste. Car d'un point de vue professionnel, il trouve plutôt inquiétante la dérive narcissique des réseaux sociaux, et ces sourires qui bien souvent ne font que mentir.

Izzy descend à son tour l'escalier de la piscine, vêtue d'un sarong de soie. Elle salue Lucy avec un grand sourire et s'installe sur un transat à côté d'elle.

Autre sujet intéressant, cette Izzy. Une vraie franchise, sans artifice ni faux-semblant. Les voyages l'ont parfaitement conservée. Pas de kilos en trop, pas de vergetures – aucune des marques inévitables de la maternité.

De petite taille, Izzy arrive à peine aux épaules de Lucy. Elle laisse tomber son sarong sur la chaise longue et entreprend de se tartiner de crème solaire. Puis elle tend le tube à Lucy et se retourne. Lucy ne se fait pas prier : elle verse de la crème entre les épaules d'Izzy et lui applique dans le dos.

Alistair a repéré le chat qui observe la scène lui aussi. Il reprend son téléphone.

30

J'ai cru que je pourrais y arriver. Que je pourrais surmonter mes angoisses et passer la semaine sans rien dire jusqu'à ce que la vérité éclate. Jusqu'à ce que je tienne une preuve irréfutable face à laquelle Sean serait contraint de tout avouer.

Mais je dois me faire une raison : je ne suis pas assez forte. Je ne peux pas jouer la comédie de la famille heureuse, plus maintenant. Il *faut* que je sache. Et pour cela, je dois faire parler Sean, d'une façon ou d'une autre. Mais pas à la villa, où l'on pourrait nous entendre, et où les enfants pourraient nous déranger à tout moment. Où *elle* pourrait nous trouver, elle qui connaît sans doute tous les recoins de la maison.

Et je crois connaître l'endroit idéal.

Je retrouve Sean dans notre chambre au moment où il sort de la douche. Il est encore torse nu, le corps déjà hâlé après trois jours au soleil.

— Salut, dis-je, appuyée contre le chambranle.

— Salut toi-même, répond Sean en s'aspergeant d'après-rasage.

— Ça te dit d'aller faire un tour avant le dîner ?

Il se tourne vers moi, une lueur de doute dans le regard.

— Un tour ? Où ça ?

— Dans le vignoble. C'est beau à cette heure-ci, avec le soleil qui descend sur la vallée.

— Et les enfants ?

— Daniel va jouer avec les deux grands, et j'ai demandé à Izzy de garder un œil sur Lucy.

— Ah, fait-il, encore sur ses gardes. J'arrive, alors.

Je m'assieds au bord du lit et le regarde boutonner sa chemise bleu pâle. Je repense soudain à ma conversation avec Lucy.

— Est-ce que notre fille t'a parlé de sa copine Alex ?

— C'est la folle ?

— Non. Une grande maigre qui joue de la clarinette. Dans son groupe d'amies.

— Ça ne me dit rien. Encore une embrouille entre copines ?

— Lucy a mentionné son nom l'autre soir. Quelque chose la contrariait, mais elle n'a pas voulu me dire quoi.

Sean hausse les épaules et se retourne pour fermer l'armoire.

— Elle ne m'a rien dit à moi non plus.

De l'autre côté du couloir, j'entends la porte de Daniel qui se referme. Une seconde plus tard, le voilà qui détale comme s'il était en retard à un rendez-vous. Je l'intercepte.

— Daniel ?

Arrêt, demi-tour. Sa petite tête apparaît dans l'entrebâillement de la porte.

— Qu'est-ce qu'il y a ? Je dois aller rejoindre Jake et Ethan.

— C'est bien, dis-je en me forçant à sourire. Au fait, Lucy t'a parlé ?

— Parlé de quoi ?

— D'Alex, à l'école.

— Elle ne me parle pas à *moi*, maman. Pas de ses copines.

Il regarde sa montre, l'air pressé.

— Ou alors... Tu veux parler d'Alex, le grand de première ?

— Un garçon ?

— Ben oui. Alex, le grand qui a eu cette histoire.

— Quelle histoire ?

Je fronce les sourcils. Les conversations au sujet de l'école prennent souvent ce tour un peu absurde : les potins vont si vite, et les amitiés se font et se défont si facilement qu'il suffit de ne plus être attentif pendant quelques semaines pour être totalement largué.

— Est-ce que Lucy est amie avec lui ?

— Je sais pas, dit Daniel.

— Et cette histoire, là… Tu parles d'une soirée ?

Un des garçons de Jennifer – je ne saurais dire lequel – appelle Daniel depuis le rez-de-chaussée. Il se retourne comme si on venait de le convoquer.

— Je dois y aller, m'man. À plus tard !

Et le voilà parti.

Quelques instants plus tard, nous sortons à notre tour sur la terrasse. La température refuse toujours de redescendre, et l'air est humide, plus lourd que jamais.

Nous traversons le jardin, et je ne retire pas ma main quand Sean la prend dans la sienne.

— Où allons-nous ? demande-t-il.

— Tu verras bien.

— Madame est bien mystérieuse !

Des oiseaux gazouillent dans le ciel tandis que nous marchons dans les vignes. Je pense à la façon dont j'ai prévu d'aborder le sujet avec Sean. La conversation sera plus qu'embarrassante, mais j'y suis prête. J'ai réussi à me persuader que je faisais tout ça pour les enfants. Leur bien-être passe avant tout – et une part de moi espère encore, un peu égoïstement, que penser à Lucy et à Daniel pourra ramener Sean à la raison. Et donc, à moi.

Alors je me lance.

— Il fallait que je te parle d'une chose, dis-je. Entre toi et moi, loin des autres.

— Ouh là. Mystérieuse, et maintenant inquiétante. Tu commences à me faire peur.

— Il s'est passé… quelque chose, tout à l'heure, et je veux que tu sois au courant.

Je lui raconte que j'ai surpris tout à l'heure Alistair en train de regarder les photos de Lucy sur Instagram. Je ne m'attarde pas sur les circonstances dans lesquelles j'ai fait cette découverte. Le regard de Sean vire au noir quand je lui décris ce que j'ai pu voir sur l'écran du téléphone d'Alistair. Il m'écoute sans rien dire, jusqu'à ce que nous atteignions les arbres, et la clairière un peu plus loin, près de la gorge.

— Quel tordu, dit-il finalement. Est-ce que tu lui en as touché un mot ?

— Je voulais le faire, mais le temps que je descende à la piscine, il avait disparu.

— OK. Je crois qu'on va avoir une petite explication, lui et moi.

Je savais qu'il réagirait ainsi. Voilà pourquoi je tenais à m'éloigner de la villa.

— Ne fais pas ça, s'il te plaît. Pas maintenant.

— Tu plaisantes ? Ce perv…

— Non, Sean. Je ne veux pas en faire toute une histoire. Et Lucy sera mortifiée si elle l'apprend. Je peux garder un œil sur elle, lui parler si nécessaire, lui suggérer de changer ses paramètres de confidentialité… Mais je préfère qu'elle ne soit pas au courant. Je n'ose même pas imaginer comment elle réagira.

— Elle doit savoir.

— Ça va la marquer à vie, crois-moi.

— Juste un mot avec Alistair, alors.

— Sean, s'il te plaît… Pas maintenant. Je voulais seulement te mettre au courant, rien de plus. Et il n'y a probablement rien de grave.

— Rien de grave ? Il matait son compte Instagram !

— Il regardait pleins d'autres comptes, pour ce que j'en ai vu.

— C'est bon. Mais si je le vois faire, je te promets que je lui arrache son téléphone et que je lui fourre dans le…

— *Sean.*

Il lève une main en l'air.

— OK, OK, je me calme. J'ai toujours su que ce type avait quelque chose de louche. Je *savais*, putain. Ces vacances n'étaient peut-être pas la meilleure des idées, finalement.

— Peut-être, oui.

Et voilà, l'entrée est terminée. Il est temps de passer au plat principal.

Je croise mes bras sur ma poitrine et tente de rassembler ce qui me reste de forces. Je m'évertue à garder un visage impassible, mais à l'intérieur je suis rongée de peur, comme si je m'apprêtais à sauter dans le vide. Puis je me souviens que pour obtenir la réponse à une question importante, il suffit souvent de la poser clairement, à voix haute.

— J'ai dit ce que j'avais à dire, Sean. Maintenant, est-ce que tu as quelque chose à me dire, *toi* ?

31

Sean me fixe du regard. Une grande ride lui barre le front.

— Te dire quoi, mon amour ?

— Tu sais bien quoi.

— Non, dit-il en secouant la tête. Il va falloir que tu me donnes un indice, là.

Rien ne transparaît sur son visage. S'il joue la comédie, il mérite un Oscar. Mais je l'ai déjà vu faire l'acteur dans d'autres circonstances, à embobiner le monde avec son charme irlandais.

Il m'a embobinée moi aussi, il fut un temps.

D'un pouce, je désigne la villa derrière moi.

— Je peux aussi aller lui poser la question à *elle*, si tu préfères.

— Qui ça ?

— Tu le sais très bien.

— Je ne sais pas de quoi tu parles, Kate.

— Oh, ça va. Russ me l'a dit, le premier soir. Il pense que Rowan a un amant.

— Quoi ?

— Tu m'as très bien entendue. Rowan a un amant.

— O…K, dit-il en se grattant la tête. J'ai un peu de mal à te suivre, là, chérie. Un amant… Et tu sais qui c'est ?

— Je crois que tu connais la réponse à cette question.

La ride au front de Sean se creuse encore plus.

— Pourquoi est-ce que tu me racontes tout ça, au juste ?

Soit il est sincère, soit il est vraiment très fort. Je change d'approche :

— Vous avez parlé avec Rowan, hier à la plage, quand tu as ramené Odette. Qu'est-ce qu'elle t'a dit ?

— Heu… Merci ?

— Elle t'a murmuré quelque chose à l'oreille.

Sean semble vaciller un bref instant, mais son masque d'impassibilité revient aussitôt, comme s'il lui suffisait d'appuyer sur un bouton.

— Je ne crois pas, non.

— Bien sûr que si, Sean, ne me mens pas !

— Qu'est-ce que tu veux que je te dise ? Elle ne trouvait plus sa fille, elle a eu peur et elle était soulagée que je l'aie ramenée, c'est tout.

— Elle t'a pris dans ses bras.

— Et alors ? Elle était bouleversée. Tu aurais fait pareil si Lucy avait disparu et si Russ l'avait retrouvée.

— Il y avait plus que ça. C'était… Elle t'a murmuré quelque chose, je l'ai vu.

Sean pousse un soupir et secoue la tête.

— Qu'est-ce que tu essaies de me dire, Kate ?

— Et ton alliance ?

— Quoi, mon alliance ?

— Tu l'enlèves quand vous êtes ensemble, c'est ça. C'est votre truc ?

D'instinct, Sean passe deux doigts le long de son annulaire gauche. Son doigt nu.

— Non.

— Où est-elle, alors ?

Pour toute réponse, Sean met ses mains dans ses poches et avance vers la falaise. Il n'est qu'à quelques mètres du bord quand il se retourne vers moi.

— Il y a une petite salle de gym en bas près de la salle de jeux, tu l'as vue ? J'ai soulevé quelques poids, l'autre jour, et je ne voulais pas abîmer l'alliance. Alors je l'ai retirée et je l'ai posée sur une des enceintes. En partant je n'y ai plus pensé, et voilà.

C'est une réponse bien alambiquée pour une question aussi courte.

La vérité est toujours simple. Seul le mensonge fait des détours.

— Et quand es-tu allé à la salle de gym ?

— Je ne sais plus... Hier, peut-être, avant d'aller à la plage ?

— Tu ne sais plus, ou tu sais que c'était hier ? Il faut choisir !

— Hier, dit-il. Ouais. Hier matin.

— Et où est-elle, maintenant, cette alliance ?

— Elle doit y être encore. Ou alors, quelqu'un l'a trouvée et l'a prise pour me la rendre.

— *Quelqu'un ?* Ah oui ?

— Elle ne peut pas être bien loin, en tout cas.

Elle est bien plus près qu'il ne l'imagine, en effet. Je sors l'alliance de ma poche. Son or brille au soleil.

— Tu veux savoir où je l'ai trouvée ?

— Dans la salle de gym, j'imagine.

Je marque un silence et laisse monter la rage avant de porter l'attaque que j'espère décisive.

— Elle était dans la chambre de Rowan. Dans le tiroir de sa table de nuit.

Il reste un moment interdit.

— Qu'est-ce que tu faisais dans les affaires de Rowan ?

— Je cherchais quelque chose, figure-toi, dis-je en haussant la voix. Et il semblerait bien que j'aie trouvé !

Et sans réfléchir, je lui jette l'alliance à la figure. Elle rebondit contre sa poitrine, tombe par terre et roule vers le bord de la falaise.

Sean se baisse pour la ramasser, il essuie la poussière et passe l'anneau à son doigt.

— J'imagine que Rowan l'a trouvée en bas, dit-il. Elle a dû la ranger dans son tiroir pour la mettre en sécurité.

— Vraiment ? C'est tout ce que tu peux inventer ?

— Ça devient ridicule, Kate.

— Ah oui ?

— Tu te trompes complètement.

— Tu mens ! Tu n'es qu'un sale menteur !

J'ai encore haussé le ton, et Sean baisse la tête.

— Non, dit-il doucement.

Je n'aboutirai à rien comme ça. Sean peut continuer à nier longtemps. Je n'ai plus d'autre choix : je dois abattre ma dernière carte. Mon atout maître.

— J'ai vu les messages sur ton téléphone, dis-je en regardant Sean droit dans les yeux.

Je guette la réaction de Sean. Il se contente de changer très légèrement de position, comme si son corps bougeait au ralenti. Les muscles de ses avant-bras se raidissent et il baisse le menton comme pour mieux parer un coup.

— Quels messages ? dit-il.

— Sur Messenger. Fille-de-Corail, ça te dit quelque chose ? Celle à qui tu dis que tu n'arrêtes pas de penser à elle, que tu en as assez de mentir et que tu ne peux plus continuer comme ça.

Un silence. Sean joue nerveusement avec son alliance. Un tour. Deux tours.

— C'était quand ? demande-t-il.

— Qu'est-ce que ça change ?

Je sens monter derrière mes yeux la vague de chaleur qui annonce les larmes.

— Le jour de notre arrivée.

Je m'approche de lui, près du bord. Je ne demande qu'une chose : qu'il me dise la vérité.

S'il te plaît, Sean, ne me mens pas. Pas maintenant. S'il te plaît, prouve-moi que tout ça n'est qu'une gigantesque méprise et qu'il y a une autre explication. Par pitié, ne me mens pas.

Il détourne le regard, la mâchoire serrée.

— Je ne sais pas de quoi tu parles.

— Des messages sur ton téléphone. De ceux où tu dis que *vous verrez quand vous serez en France.* Cette semaine.

— Tu as débloqué mon téléphone, c'est ça ?

Un muscle tressaille juste sous son œil.

— Oui.

— … Et tu as lu mes conversations privées.

— C'est Rowan, hein ? C'est elle que… Que tu *vois* ? dis-je, et mon cœur se brise en même temps que ma voix quand je prononce ces mots.

Sean me dévisage avec un mélange d'incompréhension, de regret et de colère. L'espace d'un instant, j'ai l'impression qu'il va tout m'avouer, là, dans cet endroit si improbable, avec nos enfants presque à portée de voix, de l'autre côté du vignoble. Qu'il va me dire qu'il est désolé, que cette histoire n'a aucune importance et qu'il va y mettre un terme – tout ce que les hommes disent quand ils sont pris en flagrant délit de mensonge. Une infime lueur dans son œil me dit qu'il a *envie* de me dire la vérité, mais elle passe vite, et le masque revient.

Le soleil derrière lui crée un halo de lumière qui rend la scène presque irréelle.

— Alors ? Qu'est-ce que tu réponds ?

— Tu n'aurais pas dû regarder dans mon téléphone.

— Jure-le-moi, Sean.

Il s'approche de moi.

— Te jurer quoi ?

— Que tu ne me trompes pas avec Rowan.

— Tout ça est complètement dingue.

— Pourquoi ce serait dingue ? Tu ne peux pas me dire la vérité, tout simplement ?

Il soupire et me regarde dans les yeux. Pas un battement de cils, pas un tremblement – son visage ne porte pas la moindre trace de déloyauté.

— OK, dit-il finalement. Je ne te trompe pas avec Rowan. Voilà, c'est dit. Tu es contente ?

— Alors pour qui sont-ils, ces messages ? Qui est cette Fille-de-Corail ?

— Je ne sais pas de quoi tu parles, Kate.

— Vraiment ? Tu ne trouves rien d'autre à dire ?

— C'est la vérité.

— La vérité ? Est-ce que tu sais au moins ce que ça veut dire ?

La colère m'aveugle, et dans mon emportement, je ne me rends même pas compte que, tout en parlant, nous nous sommes dangereusement rapprochés du bord. Un ou deux mètres à peine.

Sean avance encore d'un pas vers moi.

32

Daniel

Va donc jouer avec les grands, a dit maman.

Mais elle ne les connaît pas. Pas vraiment. Jake et Ethan sont gentils quand il y a des adultes autour, mais quand ils sont seuls, ils sont un peu fous. Du genre dangereux, comme Mason Reese qui a été exclu définitivement de l'école pour avoir tiré un feu d'artifice dans la cour.

Et puis, les adultes ne mesurent pas la différence d'âge. Ils se disent : *Bah, tu as presque dix ans et Ethan vient d'en avoir quinze, ça ne fait que quelques années d'écart.* Mais cinq ans, c'est énorme ! La moitié de sa vie. Et Jake a encore un an de plus.

Les deux frères sont en short et claquettes, avec des t-shirts couleur camouflage. Daniel ne leur a pas vraiment parlé depuis le début des vacances. Ils sont tellement grands, ils doivent chausser du 45. Ils ont des boutons sur la figure et une drôle de voix grave, mais pas toujours, comme un chien qui aboie.

Pour être honnête, ils lui font un peu peur.

Ils sont partis se balader dans le grand champ derrière la villa – le vignoble, dit maman –, mais ce n'était pas très intéressant. Des allées et des allées de petits arbres à raisin, toutes dans le même sens. Il a hésité à retourner voir sa grande sœur. Elle doit être au bord de la piscine – on dirait qu'elle ne pense qu'à parfaire son bronzage. Parfois, il fait des vidéos marrantes d'elle avec la caméra de papa, sans qu'elle s'en rende compte. Ça marche toujours s'il veut la faire réagir. Même si, ces derniers temps, elle est encore plus boudeuse que d'habitude. Et distante. Et irritable.

Daniel reste en retrait tandis que les deux grands tentent d'allumer un impressionnant brûleur de gaz. Ils se sont finalement posés au belvédère, tout au bout du jardin, avec ces deux grands radiateurs de métal. Daniel ne comprend pas trop pourquoi ils voudraient les allumer par cette température de four, mais il ne dit rien. Il a trop peur de passer pour un minus. Il se contente de rester dans son fauteuil et de regarder Jake et Ethan s'acharner en vain sur les boutons et s'envoyer des noms d'oiseaux.

Il préfère encore être là, non loin de la villa, plutôt que dans le bois. Non que la forêt lui fasse peur, mais il sait qu'il y a cette gorge, après les arbres, et cette falaise dont les garçons lui ont parlé. La *falaise de la peur*, sans barrière ni rambarde pour vous empêcher de tomber. Ça a l'air vraiment, *réellement* dangereux. Maman a dit qu'il n'avait pas le droit d'aller là-bas sans être accompagné d'un adulte, et il a entendu le père d'Odette maudire *ces putains de Français qui n'ont rien à foutre de la sécurité*. Le père d'Odette dit beaucoup de gros mots, ça pourrait être amusant de rester avec lui s'il n'était pas si grand avec cette grosse voix un peu effrayante. Et puis, il n'arrête pas de fumer des cigarettes, et ça *pue*. Daniel retient sa respiration chaque fois qu'il sent la fumée, parce qu'il n'a pas envie d'attraper le cancer.

Odette aussi dit souvent des gros mots. Hier, quand les adultes n'écoutaient pas, elle l'a traité de *gros bâtard* parce qu'il ne voulait pas la laisser jouer avec le ballon de plage. Il ne sait pas ce qu'est un bâtard, mais il a bien compris que ce n'était pas gentil. C'est le genre de mot qui pourrait lui valoir des ennuis s'il le prononçait devant ses parents.

Soudain, une silhouette sort du petit bois, en marchant d'un pas pressé. C'est son père. Bizarrement, maman n'est pas avec lui. Il lui semblait pourtant les avoir vus aller là-bas ensemble, tout à l'heure, en se tenant la main. Il aime bien quand ils sont heureux ensemble.

Son père remonte la colline en direction de la villa, il a l'air très en colère. Il ne se fâche pas souvent, mais quand c'est le cas, il marche toujours *au pas de charge*, comme dit maman, et Daniel doit trotter pour le suivre. Il parle très fort, aussi, et ça fait peur.

Il passe non loin d'eux et Daniel peut voir que son père est très fâché, la bouche serrée et le menton en avant. Il marche sans se retourner.

Daniel regarde vers le bois en espérant voir sortir sa mère. Mais elle ne vient pas. Il se demande où elle peut bien être.

Il entend crier son nom dans son dos.

— Daniel !

C'est la voix de Jake. Daniel se redresse sur son siège.

— Oui, quoi ?

Les deux grands ont lâché l'affaire avec le brûleur de gaz, et ils sont penchés sur lui comme s'ils l'étudiaient.

— Alors, ça fait quoi ? demande Ethan avec un sourire en coin.

— Quoi donc ?

— D'être un premier de la classe ?

Daniel hésite. Il n'est pas sûr de comprendre. Il est en sueur.

— Je me paie pas ta tête, hein, ajoute Ethan. Je suis curieux, c'est tout.

Daniel ne répond pas. Il retire ses lunettes pour essuyer les verres avec son t-shirt. Maman aime bien ces lunettes, elle dit qu'avec, il ressemble un peu à Harry Potter. Cette idée lui plaît.

— Et ça fait quoi, d'avoir une sœur ? demande Jake.

Daniel rechausse ses lunettes à la hâte.

— C'est nul, dit-il. Elle fait toujours la tête et elle veut plus jamais jouer à rien. Elle préfère parler de maquillage, ou de garçons, ou de trucs débiles au collège.

— Elle a un copain ?

— Je sais pas.

— Et ce mec du rugby, là. Alex. Elle l'aimait bien, non ?

— Ouais. Il est venu deux ou trois fois à la maison, avant que papa et maman rentrent du travail.

Jake se redresse et fouille dans sa poche.

— Au fait, dit-il. J'ai quelque chose pour toi.

Il tend à Daniel un tube de plastique jaune transparent dans lequel flotte un liquide incolore, avec une tête en métal. Daniel n'en a jamais tenu dans sa main, mais il sait ce que c'est.

— Il est à toi, dit l'aîné des garçons. J'ai chopé un pack de trois au tabac du village.

— Le tabac, répète Daniel, impressionné. Et c'est vraiment pour moi ?

— Tu le veux ?

— Oui ! dit-il dans un grand sourire.

Ce serait tellement *cool* s'ils en avaient un chacun. Ils s'appelleraient *le gang des briquets*.

— Tu fais rouler la mollette, et tu appuies avec ton pouce, comme ça.

Jake joint le geste à la parole et fait jaillir une grande flamme.

— Vas-y, essaie.

Daniel tente de l'imiter, mais il se brûle le pouce en touchant le métal encore chaud, là où la flamme vient de sortir.

« Aïe ! » crie-t-il, et le briquet lui tombe des mains. Ethan se moque de lui en riant.

— Si tu veux le garder pour de bon, dit Jake en ramassant le briquet jaune, il te suffit de passer le test.

— Quel test ? demande Daniel en suçotant son pouce meurtri.

De la poche de son short, Jake sort un paquet de cigarettes sur lequel une femme semble danser dans un nuage de fumée. Le mot « Gitanes » s'étale en lettres bleues.

— Il faut que tu en fumes une avec nous.

Je n'ai pas envie d'attraper le cancer, songe Daniel, fasciné par le dessin sur le paquet. Il demande :

— Une entière ?

— Ouais. T'es cap ?

— Je sais pas fumer, dit Daniel d'une petite voix.

— On va te montrer.

Ethan tend sa main et Jake lui donne une cigarette. Puis il regarde derrière son épaule et range précipitamment briquets et tabac dans sa poche.

— Cache-la, dit-il à son frère.

Ethan s'exécute sans attendre.

Daniel lève les yeux : la maman des deux grands arrive, un chapeau de paille sur la tête et deux petites bouteilles d'eau dans les mains. Il aime bien Jennifer, avec son accent un peu drôle. Parfois, on dirait une Américaine qui imite l'accent anglais.

— Tout va bien, les garçons ? Vous vous amusez bien ? demande-t-elle.

Jake se contente d'une sorte de grognement.

Jennifer leur tend les bouteilles.

— Je vous ai apporté de l'eau, vous pourrez la prendre avec vous si vous partez en expédition dans le jardin.

— J'ai pas soif, dit Jake.

— Ça ne va pas tarder, avec cette chaleur.

— Nan, merci.

Jennifer se tourne vers son cadet :

— Il faut boire, Ethan, sinon tu vas attraper un coup de chaud.

— Ça va, grommelle Ethan.

— T'as pas un truc à manger ? J'ai trop faim, dit Jake.

Daniel regarde l'adolescent, puis sa mère. Elle ne porte qu'une jupe et un haut sans manches, et sans la moindre poche. Comment pourrait-elle avoir de quoi manger sur elle ?

— Eh non, seulement de l'eau, dit-elle en tendant de nouveau une bouteille à son fils.

— C'est bon, dit Jake avec un geste de dédain.

— Je peux aller te chercher quelque chose à grignoter dans la maison, si tu veux. Il y a des barres de céréales, ou…

— Non, non, ça fait rien.

— Ah. OK, fait Jennifer. Puis elle se tourne vers Daniel comme si elle venait de remarquer sa présence.

— Tu veux un peu d'eau, Daniel ?

Il a tellement soif. Il n'a rien bu depuis le jus de pomme du déjeuner, et sa bouche est sèche d'avoir crapahuté au soleil. Sa mère lui a défendu de boire l'eau du robinet, elle dit que ça pourrait lui faire mal au ventre. Et le jus d'orange français a un goût si spécial qu'il n'y a pas touché, au goûter. Mais il sait que Jake le regarde du coin de l'œil.

— Non merci, dit-il.

— D'accord. Et qu'est-ce que vous faites, alors ?

— Des trucs, dit Jake.

— Je vois. Vous vivez au grand air, c'est très bien ! Mais Jake, tu es l'aîné, tu te rappelles de ce qu'on a dit à propos de la gorge, hein ?

— Mmhmmh.

— Vous pouvez jouer où vous voulez, mais pas dans le bois avec la gorge, OK ? Quelqu'un va venir cette semaine pour réparer la barrière, mais en attendant, pas de gorge. Et pas de bois.

— Oui oui, marmonne Jake.

— Allez, je vous laisse. Amusez-vous bien.

Elle quitte le belvédère et les deux garçons ricanent dans son dos.

— Quelle lécheuse, souffle Jake.

Ethan rigole :

— C'est *tellement* gênant.

— C'est quoi, une lécheuse ? demande Daniel.

— C'est quelqu'un qui en fait toujours trop, répond Jake en montrant du doigt sa mère qui remonte vers la maison. Elle est toujours là à sourire, à être gentille, on dirait qu'elle est prête à tout pour qu'on fasse des trucs avec elle. C'est méga-chiant.

— T'as pas vu comme elle est collante ? renchérit Ethan.

Jennifer se retourne en arrivant à la barrière et les salue. Daniel lui adresse un petit signe de la main, mais il retient son geste en voyant que les deux grands ne répondent pas à leur mère.

Dès qu'elle est hors de vue, Jake se lève.

— Allez, on y va, dit-il. Il prend la direction de la vigne, son frère sur ses talons.

Daniel les suit avec un temps de retard.

— On va où ? demande-t-il.

Jake tourne la tête avec un sourire rusé.

— Dans le bois, évidemment. Tu le veux, ton briquet, ou non ?

33

Sean

— K. se doute de qqch.

— Merde. Qu'est-ce qu'elle t'a dit ?

— Elle sait qu'il se passe un truc.

— Rien de précis ?

— Pas pour l'instant. Faut qu'on se voie.

— Oui mais pas aujourd'hui.

— Quand ?

— Je te dis ça vite.

— Je ne supporte pas de lui mentir. Elle a compris des choses.

— Calme-toi. Rappelle-toi ce qui est en jeu.

— Je sais très bien ce qui est en jeu. C'est pour ça que je ne peux pas être calme.

— On en parle demain ?

— Quand ?

— Je t'écrirai.

— OK. Le plus tôt possible. Bise.

— Rappelle-toi d'effacer les messages dès que tu les as lus. x

34

Rowan

Rowan n'a pas beaucoup de temps.

Elle verrouille la porte derrière elle et jette un rapide regard à cette salle de bains de luxe, plus grande que leur chambre à Londres. Elle s'assied sur le rebord de marbre de la baignoire et passe ses mails en revue. Traiter, effacer ou déléguer : Rowan est la reine des réponses laconiques. Elle se débarrasse des urgences, écoute un message laissé sur sa boîte vocale et y répond par écrit en deux lignes : ça, c'est fait. Elle peut passer aux applis de messagerie.

C'est tout de même étrange, quand on y pense, que ces vacances tombent cette semaine. *Précisément* cette semaine, avec ce qui lui arrive. Elle se réjouit d'avoir renoué avec la tradition, vraiment – c'est si bon de se rappeler le bon temps avec Kate, Jen et Izzy. Mais le calendrier n'était pas des plus appropriés.

Oh, et après tout, se dit-elle. Il y a des mois qu'elle attend ce moment. Ce n'est peut-être pas le timing idéal mais merde, hein, de toute façon elle n'y peut rien.

Et puis, y a-t-il jamais un moment idéal pour quoi que ce soit ? Y a-t-il un *moment idéal* pour faire une pause au boulot ou pour quitter son job ? Non. Y a-t-il un âge idéal pour se marier, ou pour divorcer ? Ou pour avoir des enfants ? Non. Ou pas vraiment. Surtout quand vous montez votre boîte et que vous bossez jour et nuit, comme votre mari, pour payer le loyer, la scolarité de la petite dans le privé et la nounou qui adore votre machine à macchiatos.

Si vous attendez toujours le bon moment, vous ne faites jamais rien. Si vous voulez quelque chose, eh bien, allez-y, c'est tout. Il faut savoir suivre son instinct et se lancer.

Rowan a toujours eu l'instinct sûr – hormis pour son premier mari. Elle croit beaucoup à ce mantra : *Avancer vite et casser les codes.* Qui disait ça, déjà ? Mark Zuckerberg ou un autre dirigeant de Facebook, elle ne sait plus. Elle a rencontré Zuckerberg, un jour, lors d'un événement. Elle ne se rappelle pas grand-chose de lui sinon qu'il avait l'air incroyablement jeune, presque poupin. Et plus petit qu'on ne l'imagine. Mais sa devise est juste : quand on dirige une entreprise, il faut être toujours en mouvement, comme un requin. Si vous vous reposez, vous êtes mort : vous perdez le rythme, vous laissez s'installer la routine et les mauvaises habitudes, et tôt ou tard un concurrent vient vous croquer. *Mieux vaut manger que d'être mangé,* telle est sa philosophie.

Bouger, toujours. En affaires, en amour, dans la vie en général. Ne pas ralentir – surtout pas maintenant, avec une telle somme en jeu.

Avancer vite et casser les codes.

Malgré tous ses défauts – et Dieu sait s'il en a –, Russ peut comprendre ça mieux que les autres. Presque huit ans ensemble, déjà ! C'est de loin sa plus longue histoire. Mais parfois la vie vous tend des pièges. Des complications imprévisibles, avec lesquelles il vaut mieux tenter de composer au lieu de s'épuiser à les combattre. Surtout quand il s'agit d'aussi réjouissantes complications. C'est avec cette dernière pensée en tête que Rowan envoie un dernier message à la hâte.

Elle a toujours été douée pour garder les secrets.

Il faudra bien qu'elle en parle à Russ, un jour ou l'autre. Mais c'est *elle* qui décidera du moment.

Elle entend des pas s'approcher de la porte. Les pas d'une fillette de cinq ans. Et bientôt cette voix haut perchée :

— Maman !

Ses cinq minutes de liberté sont écoulées.

— Qu'est-ce qu'il y a, Odette ?

— Tu viens ?

— Un instant, ma chérie.

Un court silence.

— Tu viens, *maintenant* ?

— J'arrive.

— Je veux une histoire de maman.

— Et pourquoi pas une histoire de papa ?

— Papa a dit que c'était ton tour.

— Il a dit ça, hein.

— Oui. Je peux avoir *La Princesse au petit pois* ?

— Bien sûr, ma puce.

Rowan éteint son téléphone et tire la chasse de ces toilettes auxquelles elle n'a pas touché. Et pour faire bonne mesure, admirant la vasque en marbre de Carrare, elle fait bruyamment couler le robinet.

Puis elle se dirige vers la porte et retire le verrou.

35

Je ne sais pas combien de temps je suis restée là, près de la gorge. Assez longtemps pour voir le soleil disparaître derrière une montagne au loin, et le ciel se parer de lueurs orangées.

Tout ce temps, j'ai ruminé les dénégations de Sean.

Je ne sais pas de quoi tu parles.

Je ne te trompe pas avec Rowan.

C'est la vérité.

Comment puis-je encore le croire ? Il n'y a pas de fumée sans feu, et j'ai bien vu la fumée – je l'ai vue de très près, même, j'en ai encore le goût âcre dans la bouche. Son silence est assourdissant. Son refus de s'expliquer, compromettant. Mais je n'ai toujours rien d'autre de concret que ce déni. Que puis-je donc faire avec ça ?

Je finis quand même par regarder ma montre. Il se fait tard, le dîner ne va pas tarder et les enfants doivent m'attendre. Alors je me lève enfin, et je remonte vers la maison.

Quand j'arrive à la villa, tout le monde s'active déjà dans la cuisine. Alistair a enfilé un tablier et prépare une gigantesque paella tandis que Russ ouvre les bouteilles et qu'Izzy dresse la table. Rowan me sert d'office un verre de blanc – un vin de la région, me précise-t-elle, servi à *parfaite température.*

Je porte le verre à ma bouche sans cesser de la dévisager, à la recherche de la moindre trace de trahison. Mais rien, toujours rien. Le faugères me fait l'effet d'un glaçon sur la langue, et je me rappelle que Rowan travaille dans les relations publiques. Façonner une image, présenter la réalité sous un jour favorable : voilà ce qu'elle fait tous les jours de l'année. Et elle est reconnue comme l'une des meilleures.

— Tu es sûre que ça va, chérie ? On dirait que tu as besoin de plus qu'un verre.

Je refoule ma colère et m'efforce de peindre un sourire sur mes lèvres.

— Ce n'est rien, juste la chaleur. Et tu as raison pour le vin, c'est exactement ce qui…

Je suis interrompue par Daniel qui déboule en courant depuis la terrasse, poursuivi par une Lucy en furie.

— Maman ! Papa ! Au secours, elle est folle !

— Donne-moi ça, hurle Lucy. Tout de suite !

Je m'interpose, les mains croisées au-dessus de la tête comme un arbitre de boxe.

— On se calme ! Qu'est-ce qui se passe ?

— Il me filme ! dit Lucy en pointant son frère du doigt.

Elle avance de nouveau vers lui et tente de lui arracher la caméra des mains. Je les maintiens à distance l'un de l'autre. Daniel est terrifié.

— Elle est folle !

— Dis-lui d'arrêter de me filmer !

— Daniel, dis-je, tu ne dois pas filmer les gens s'ils ne sont pas d'accord, compris ? Donne-moi cette caméra, s'il te plaît.

— Elle fait son intéressante, c'est tout. Les autres, ça les embête pas, quand je filme.

— Eh bien, ta sœur, si. Tu lui as demandé la permission ?

— Oui. Enfin, presque.

— Menteur ! rugit Lucy. Tu ne m'as même pas dit que tu filmais. Je prenais un bain de soleil, j'ouvre les yeux et il était là, avec la caméra.

— Daniel, on t'a demandé de ne pas filmer ta sœur et tu le fais quand même. Pourquoi ?

— Mais c'était juste pour rire.

— Et moi j'ai comme l'impression que ça ne fait pas rire Lucy.

— Dis-lui de l'effacer, maman, s'il te plaît.

Sa voix tremble. Elle est au bord des larmes. Je prends le caméscope des mains de Daniel.

— Va aider Izzy à mettre la table, dis-je. Je viens te voir dans une minute.

Daniel s'exécute, non sans jeter un dernier regard en arrière pour vérifier que tout danger est écarté. Mais Lucy ne songe plus à le poursuivre : elle s'est effondrée dans un fauteuil, la tête entre ses mains, et elle éclate en sanglots.

Je me pose sur le rebord du fauteuil et passe mes bras autour de ses épaules.

— Qu'est-ce qui t'arrive, Lucy ? Ton frère aime bien faire l'imbécile, tu sais que ce n'est pas méchant.

— Je déteste qu'on prenne des photos de moi ou qu'on me filme sans que je le sache.

— Ne t'inquiète pas, ma puce. Je vais effacer ça, et personne ne le verra, d'accord ?

— Personne ?

— Promis.

— Merci maman, dit-elle d'une voix à peine audible.

— Ma Lucy... C'est cette histoire qui se met dans cet état, ou il y a autre chose ?

Elle secoue la tête en silence.

— Sûre ?

Pour toute réponse, elle dégage son bras et se lève en essuyant ses larmes du revers de la main.

— Je monte dans ma chambre.

En la regardant s'éloigner, je m'interroge encore sur sa réaction. Bien sûr, il y a toujours eu des tensions entre Lucy et Daniel, comme dans toutes les familles du monde, bien sûr, Daniel semble prendre un malin plaisir à asticoter sa grande sœur. Mais jamais encore je ne l'ai vue à ce point en colère.

Quelques minutes plus tard, je monte à mon tour et m'assieds sur le lit, la caméra entre les doigts, en mode visionnage. Retour en arrière : sur l'écran défilent à rebours des images de la piscine, des chaises longues, de Lucy dans son bikini jaune citron. Je remonte encore quelques secondes en arrière, puis appuie sur *Play*. Daniel a filmé sa sœur en pleine séance de bronzage et les zooms se succèdent sur son nombril, ses orteils et son nez, jusqu'à un plan serré sur l'intérieur d'une narine. Daniel zoome et dézoome de façon si abrupte que j'en ai presque le mal de mer. Puis Lucy se rend compte de sa présence et se lève d'un bond. La suite du film n'est qu'une succession d'images désordonnées tandis que Daniel tente d'échapper à sa sœur, avec ses cris de panique en bande-son.

Le film n'était certes pas très flatteur pour Lucy, mais rien ne semble justifier une réaction aussi violente de sa part.

Quoi qu'il en soit, je vais devoir tout effacer. J'espère simplement qu'il n'y a pas trop de bande – même si je sais que Daniel est capable de filmer sans interruption pendant plus de vingt minutes, encore plus que son père.

Je reviens de nouveau en arrière. La bande couine en se rembobinant tandis que les secondes défilent en accéléré sur l'écran digital, et je me lève pour regarder à la fenêtre. Du côté de la piscine, assis sur un transat, Sean est en train de parler à son fils. Daniel hoche la tête solennellement, je crois qu'il a compris.

Ça n'a pas toujours été aussi compliqué. Quand Daniel est né, Lucy était si heureuse d'avoir un petit frère : enfin un *vrai bébé*, en plus de la collection complète de poupons qu'elle alignait chaque jour sur son lit pour leur donner le bain, les faire dîner et leur raconter des histoires. Elle avait six ans, et c'était le bonheur. Mais dès lors que Daniel s'est mis à parler – et à répondre –, le charme s'est rompu, et leur relation s'est mise à osciller entre conflit ouvert et tolérance résignée. Daniel a toujours aimé asticoter sa sœur ; Lucy se pique volontiers de jouer les victimes, et l'entrée dans l'adolescence n'a rien arrangé. Leur tandem est épuisant.

Et pourtant, je n'ai aucune envie de les voir grandir séparément, ou qu'ils se retrouvent trimballés chaque semaine de la maison de leur mère à celle de leur père – quel que soit l'arrangement que nous pourrions trouver avec Sean si jamais nous devons nous séparer. Ils ont beau passer leur temps à se chamailler, je sais qu'ils voudraient rester ensemble. L'un ne va pas sans l'autre, voilà tout. Frère et sœur.

Un déclic m'apprend que la cassette est revenue au début de la bande. J'appuie sur *Play*, et le large sourire de Daniel apparaît sur l'écran.

— Bienvenue en France pour cette semaine de vacances dans la Villa-sur-la-colline ! Et bienvenue dans le journal vidéo de Daniel. Tout de suite, un premier tour de la maison, en commençant par ma chambre ! dit-il en imitant la voix d'un présentateur de télévision.

Malgré le chagrin et l'épuisement, je ne peux m'empêcher de sourire en l'écoutant commenter tout ce qu'il filme – sa valise ouverte sur le lit, ses livres déjà bien alignés à côté de son radio-réveil, ses super-héros en Lego sur la table de nuit. J'ai vu ses précédentes vidéos de vacances, je sais que la séquence peut durer longtemps. Je passe en avance rapide, et les souvenirs du premier jour reviennent : le couloir encore vide, notre chambre, celle de Lucy, puis les escaliers, la salle de jeux… D'autres escaliers débouchent sur une pièce qui ressemble à une cave, et Daniel remonte vers le salon et la terrasse, où je discute avec Rowan. Un gros plan sur moi, un plan large sur le paysage, puis la caméra repart vers le salon et s'en va explorer les étages avant de ressortir du côté du garage. On devine une silhouette à moitié dissimulée derrière un muret, la caméra s'attarde un instant avant de faire demi-tour et d'aller découvrir la piscine à débordement.

Attends un peu.

Je mets le film sur pause. Une intuition vient de me frapper mais tout est allé trop vite. Je reviens une minute en arrière et reprends à vitesse normale. Daniel est en train de filmer les collines au loin, et il commente :

— Et la campagne, toujours la campagne ! Rien que des arbres et des champs et encore des arbres, ce n'est vraiment pas très intéressant. Ils n'ont même pas un McDo ou un KFC.

Il dézoome et revient sur l'extérieur de la villa – les jardins, l'allée centrale, puis le toit du garage. C'est là. Un muret, et de l'autre côté, Sean, dont on ne voit que la tête et le torse. Il porte ses lunettes de soleil, et il sourit en parlant à quelqu'un – mais à qui ? L'autre personne est cachée par le mur du garage.

— Et voilà papa, dit Daniel. Salut, p'pa !

Sean semble n'avoir rien entendu. L'air sérieux, il continue de parler à son interlocuteur invisible.

Allez, avance d'un pas que je te voie.

Montre-toi.

— Papa est devenu sourd, conclut Daniel, dépité. Tant pis.

C'est là, juste au moment où la caméra se tourne, que Sean avance d'un pas pour prendre dans ses bras son interlocuteur mystère. Son interlocutrice, plutôt. Dans l'angle de l'écran, je viens d'apercevoir un détail qui me glace le sang.

Je reviens en arrière et relance la lecture, le doigt sur la touche pause, pour regarder image par image. Sean qui se penche, les bras en avant. Pause. Un contact. Pause. Et là, une fraction de seconde, je l'aperçois : de profil, caché derrière de longs cheveux blonds, un visage que je ne connais que trop bien.

Jennifer.

36

Tout ça n'a pas de sens. J'étais certaine de voir apparaître le visage de Rowan. C'est elle qui entretient une liaison (à en croire son mari), elle qui cachait l'alliance de Sean, elle qui lui murmurait à l'oreille au Cap d'Agde… Mais ce n'est pas elle sur la vidéo.

D'un recoin très sombre de mon cerveau monte une nouvelle hypothèse. Et si ce n'était pas seulement Rowan ? Et si Jen et elle complotaient toutes les deux dans mon dos ? À ce compte-là, Izzy est peut-être dans le coup aussi. Un vrai trio, occupé à je ne sais quoi, et moi je suis le dindon de la farce. C'est une vieille blessure d'enfance qui resurgit : celle de la petite Kate qu'on laissait toujours un peu à part – la dernière à être choisie quand on composait les équipes, toujours sur la touche à observer les autres.

Stop. Cette crise de paranoïa est absurde, et je dois rester rationnelle. Mais la frontière entre ce qui est réel et ce qui ne l'est pas commence à sérieusement s'estomper…

Je sors mon téléphone, zoome sur l'écran de contrôle du caméscope et prend en photo l'image figée sur pause. Puis j'éjecte la cassette et la glisse au fond du tiroir de ma table de nuit avant de redescendre.

Il se pourrait bien qu'elle me serve, bientôt.

***

Le ciel a viré au bleu nuit ; les premières étoiles scintillent dans l'obscurité. J'ai survécu au dîner.

Après avoir débarrassé la table, je rejoins Lucy sur un banc dans le jardin. La pierre a gardé encore un peu de la chaleur de la journée.

— Je me suis occupée de la vidéo.

— Merci.

— Et ton frère dit qu'il est désolé. Il ne recommencera pas.

— Ouais. Jusqu'à la prochaine fois.

— Je lui ai fait promettre.

Elle secoue la tête mais ne dit rien. Je me tourne légèrement pour lui faire face.

— Qu'est-ce qui t'a fait réagir comme ça, ma Luce ? Tu sais bien que Daniel ne te veut aucun mal. Il fait la même chose avec moi, avec papa… Il s'est passé autre chose ?

Un haussement d'épaule, sec.

— Je déteste qu'on me filme, c'est tout.

— Tu es sûre que c'est tout ? Ça n'y ressemble pas vraiment.

En silence, elle enroule lentement une mèche de cheveux autour de son index. Elle faisait déjà ça à cinq ans, avant que Daniel ne naisse.

Je pose le bout de mes doigts sur son bras.

— Tu ne veux pas me dire ce qui se passe, hein ?

Elle me fixe un court instant, puis détourne le regard.

— Ça ne changerait rien.

— Tu sais que je ne le dirai à personne, n'est-ce pas ? Pas à ton père, pas à Izzy, pas à un de tes profs – à personne.

— De toute façon, tu ne peux pas comprendre.

— Peut-être pas. Mais je peux essayer.

Elle se penche en avant et sa tête disparaît derrière un rideau de longs cheveux blonds. Un moment s'écoule ainsi, puis elle se met à parler, sans me regarder.

— Quand les gens filment, ils disent toujours que c'est seulement pour rigoler. Ils croient que c'est juste là, maintenant, sur le moment. Ils ne pensent jamais à ce qui peut se passer, après.

— Et qu'est-ce qui peut se passer, après ?

— Mais tout ! Quelqu'un poste le film quelque part, et une fois que c'est sur Internet, c'est là pour toujours. Même quand on sera morts, ce sera encore là, je sais pas où. Tout ce qu'on a pu dire quand on était ado, les bêtises qu'on a pu faire, ça reste là, pour toujours.

Un sinistre pressentiment commence à me vriller le ventre.

— *Internet n'oublie jamais*, dis-je en me rappelant ce qu'une collègue dit souvent.

— Voilà, c'est ça.

J'hésite avant de formuler ma question suivante.

— Une photo de toi a été postée sur Internet ? Ou une vidéo ? Quelque chose qui ne devait pas être rendu public ?

Elle reste un instant le visage tendu en avant, comme perdue dans la contemplation du gazon, ou du vignoble un peu plus loin. Quand elle relève la tête vers moi, ses yeux sont baignés de larmes.

— Oui, dit-elle à voix basse.

— Tu veux qu'on en parle ? Juste un peu ?

Elle secoue la tête.

— Non.

— Pourquoi ?

— Je peux pas.

— Et qui dit que tu ne peux pas ?

— Tu comprendrais pas, de toute façon.

— Je ferai de mon mieux, ma chérie.

Elle secoue de nouveau la tête.

— Je t'ai dit. Je peux pas.

— Oh, ma Luce… Je ne vais pas te forcer à me parler, tu le sais. Mais je me sens tellement inutile si je ne peux même pas t'aider. Ton père et moi, on a toujours tout fait pour toi. Depuis un moment, on sent bien qu'il y a des choses qui nous dépassent. Mais je déteste l'idée de ne pas pouvoir être là pour toi, tu comprends ?

Lucy tourne la tête vers les collines. Une nouvelle larme coule le long de sa joue.

— Tu ne peux pas m'aider. Personne ne peut rien faire.

Je passe un bras autour de ses épaules. Un fossé s'est creusé entre nous et mon cœur saigne de le voir s'élargir. Mon aînée. Mon trésor. Ma petite fille si douce, si drôle, si intelligente – la voilà qui s'éloigne de plus en plus chaque jour sans que je puisse rien y faire.

— Cette… Cette chose, là, sur Internet. C'est une vidéo ?

Elle ferme les yeux et, d'un infime mouvement de menton, me fait comprendre que oui.

La vrille dans mon ventre fait un nouveau tour, plus profond encore.

— Une vidéo sur laquelle tu apparais ? Le genre de chose que tu n'aimerais pas que je voie ?

Une pause. Nouvelle secousse du menton.

— Je suis sûre qu'on peut trouver une solution, dis-je.

— Non.

— Il doit bien y avoir un moyen de retirer cette vidéo du site où elle a été postée, non ?

Lucy se lève brusquement et sèche ses larmes avec colère.

— Je t'ai dit. Tu ne peux rien faire. Personne ne peut rien faire !

Et sans un mot de plus, elle s'en retourne vers la maison.

Je laisse passer une minute et je rentre à mon tour. Il faudrait que je parle de cette histoire à Sean, qu'ensemble nous puissions décider quoi faire. En temps normal, c'est la première chose que je ferais. Mais ce temps-là semble déjà si loin.

Depuis tout à l'heure, j'arrive à peine à le regarder. Lui parler est au-dessus de mes forces.

Dans le salon, je tombe sur l'iPad de Daniel, abandonné sur la table basse. Je l'emporte dans la salle à manger et referme la porte derrière moi. Je pose la tablette sur son socle, au bout de la table, et je compose le code pour la déverrouiller. L'angoisse est toujours là, au creux de mon estomac.

Ma petite fille est là, quelque part, sur le Web. Nue, peut-être. Naïve. Vulnérable.

Je lance le navigateur, mais je ne sais pas par où commencer. Le Web est immense et je n'ai aucune idée de l'endroit où pourrait se trouver une telle vidéo. Lucy est pourtant là, à quelques clics de moi, là où des inconnus peuvent la voir. Cette seule pensée me rend plus impuissante que jamais.

C'est un de ces trucs d'adolescents : je sais que ça existe, mais je n'ai aucune idée de la façon dont ça se passe vraiment. La vidéo pourrait-elle vraiment être postée sur YouTube ? J'ai du mal à y croire. N'ont-ils pas des armées de modérateurs pour supprimer les contenus à caractère sexuel ?

Je reviens sur Google et tape : *sextos*, à tout hasard. Le premier lien m'envoie vers un article de *Cosmopolitan* détaillant les meilleures façons d'écrire et d'envoyer des messages coquins. Suivent une page Wikipédia, puis un site qui propose quelques messages-types à envoyer à son partenaire, ou son amant. Ce n'est pas ça qui va m'aider.

Je crois savoir que Snapchat est l'application préférée des ados, mais si j'ai bien compris, tout ce qui y est posté disparaît dans les dix secondes. Donc, si cette fameuse vidéo a été mise là, elle a dû être détruite, mais comment en être sûre ?

Je n'ai pas de compte Snapchat ; et même si j'en avais un, j'imagine mal Lucy accepter sa mère en amie.

Je demande à Google : *Où trouver une sex tape ?* et une litanie de résultats s'affiche. La plupart concernent des célébrités qui ont un jour filmé leurs ébats, pour retrouver quelques mois plus tard la vidéo mise en ligne, et vue par des millions de gens. Pamela Anderson, Colin Farrell, Kim Kardashian, Jennifer Lopez : une page Wikipédia recense les *people* qui ont connu cette mésaventure, et la liste est longue.

Mais tout cela ne me mène nulle part.

La vérité, c'est que je n'ai aucune idée de l'endroit où une telle vidéo aurait pu être postée, ni où je pourrais la trouver – encore moins de la façon dont on pourrait la supprimer. Et si Lucy n'a rien pu y faire, comment pourrais-je réussir, moi ? Je n'y connais rien, et je n'ai aucun lien avec elle sur les réseaux sociaux. Nous avons été amies sur Facebook pendant quelques mois, mais Lucy a supprimé son compte en déclarant qu'il n'y avait *que des adultes et des barjots.* Je ne peux pas trop lui donner tort là-dessus.

Sean en saurait peut-être plus, lui qui travaille dans l'informatique. Mais ce n'est pas à lui que je vais demander quoi que ce soit. Pas après ce qui s'est passé aujourd'hui.

Après une heure de recherches infructueuses, je me résous à éteindre l'iPad et monte dans notre chambre, où Sean est déjà couché. Le temps de grimper dans le lit et d'éteindre la lumière, je sais déjà qu'une nouvelle nuit blanche se profile. Ma tête est bien trop pleine de questions sans réponses.

Je croyais que Sean dormait, et je sursaute quand sa voix profonde déchire le silence.

— Bonne nuit, dit-il doucement, je t'aime.

Ça a toujours été sa dernière phrase avant de dormir.

Mais ce soir, je ne lui réponds pas.

Six mois plus tôt

Il faut attendre la soirée d'anniversaire de Daisy Marshall pour qu'elle lui parle vraiment pour la première fois.

Elle est assise dans le jardin avec Fran, Emma et Megan, et les shots de vodka s'enchaînent. Elle sait qu'il a été invité – elle a vérifié –, mais personne ne sait s'il va venir. Il s'entraîne souvent le soir et le week-end avec le centre de formation des Saracens. C'est l'une des meilleures équipes de rugby du pays, et il est l'un de leurs grands espoirs au poste de demi d'ouverture. Maintenant, Lucy sait qu'il porte le n° 10.

Au beau milieu de la soirée, le voilà qui arrive, avec des coéquipiers. Un t-shirt blanc parfaitement moulant, les cheveux encore mouillés après la douche : il est plus sexy que jamais. Un de ses copains lui tend une bière.

Jake lui fait signe d'approcher et fait les présentations, exactement comme elle le lui a demandé.

Elle tente de contenir son excitation – ne pas trop sourire, ne pas être trop gentille, pas si vite ! *Elle passe une main dans ses cheveux blonds et la tend vers lui.*

— Salut, je suis…

— Je sais qui tu es, la coupe-t-il avec un sourire.

— Ah oui ? Tu sais ?

Pour la réplique cool, elle repassera.

— Jake et moi, on joue ensemble dans l'équipe du lycée. Il m'a tout raconté sur toi.

Ses yeux bleus sont posés sur elle. Il bat des cils une fois, deux fois.

— … Et je dois dire qu'il ne m'a pas menti.

— Pas menti en disant quoi ?

— Que tu es la plus belle fille de seconde.

Elle sent une étoile de joie s'allumer dans sa poitrine.

Un petit soleil intérieur, qui brûle déjà.

MARDI

37

Depuis le clocher de l'église, j'observe la place du village en contrebas. Je me tiens sur l'étroite plate-forme circulaire au pied de la flèche, et je cherche Lucy. Elle a disparu, et je dois la retrouver avant que quelque chose de terrible n'arrive. Je fais le tour de la flèche et la voilà – mais ce n'est pas vraiment elle, c'est une Lucy au visage rouge, en colère contre moi. Je retourne de l'autre côté, pour trouver la *vraie Lucy*, mais elle n'est plus là. Alors je m'en vais à nouveau voir la Lucy furieuse, puis je reviens au même point – une série d'allers-retours mais ma fille n'est toujours pas là. Alors je me penche contre la balustrade, de plus en plus loin pour tenter de la distinguer en bas, jusqu'à ce que je bascule et tombe…

La chambre est encore dans l'obscurité quand je me réveille en sursaut. Les rideaux noirs ne laissent passer qu'un filet de lumière. Je reste un moment sans bouger, enfoncée jusqu'au cou dans les draps de coton d'Égypte, à tenter de me souvenir des détails de ce rêve. Je hasarde un pied du côté de Sean, mais je ne trouve rien. Je tends une main : le drap est froid. Il n'y a plus que moi dans le lit.

Je me retourne pour voir le réveil. 8 h 14. Je me redresse et me frotte les yeux. La salle de bains est vide, elle aussi. En bas, le salon baigne déjà dans une lumière aveuglante.

Le soleil matinal vient frapper aux fenêtres de la villa, côté entrée. Une main devant les yeux, je descends légèrement les volets roulants pour ne plus être éblouie.

Daniel est installé dans le grand canapé de cuir. Toujours en pyjama, un bol de céréales sur les genoux, il regarde un film sur cette télévision géante qui le fascine depuis le premier jour. Sur l'écran, deux Transformers se bagarrent à mains nues dans un New York dévasté. Je m'assieds à côté de lui et dépose une bise sur son front.

— Coucou mon poussin. Bien dormi ?

— Mmmh.

— Tu sais où est papa ?

— Il est sorti.

— Où ça ?

— Acheter du pain et des trucs. Au village.

— Il est parti il y a longtemps ?

Daniel hausse les épaules.

— 'Sais pas. Une demi-heure ? Ils ont dit qu'ils allaient chercher du pain et j'ai demandé s'ils pouvaient prendre des Weetos au chocolat, mais elle a dit qu'ils n'allaient sûrement pas en trouver parce que…

— *Elle* ? Il est parti avec quelqu'un ?

— Oui. La maman de Jake et Ethan.

Il trempe sa cuiller dans son bol et boit en aspirant bruyamment.

— J'aime pas le lait d'ici, maman. On peut avoir du lait normal ?

— C'est du lait *normal* pour les Français, poussin. Le goût est un peu différent parce qu'il est ultra-pasteurisé pour détruire toutes les bactéries.

Je me lève et jette un œil dans la cuisine.

— Et ils sont partis juste tous les deux ? Papa et Jennifer ?

— Oui. Je voulais aller avec eux mais ils ont dit qu'ils n'en avaient pas pour longtemps et que de toute façon je n'étais pas habillé.

Il revient à ses céréales puis demande :

— Qu'est-ce qu'on fait, aujourd'hui ?

— Je ne sais pas encore, dis-je l'esprit ailleurs. On verra.

Izzy descend l'escalier en bâillant, encore en pyjama. Elle nous salue de la main et se traîne dans la cuisine.

Je décide d'appeler Sean sur son portable. Je pourrais lui demander de prendre aussi du pain et des gâteaux pour le déjeuner – un prétexte comme un autre. Je fais le tour du rez-de-chaussée en attendant qu'il décroche, je passe la tête dans la salle à manger : il semblerait que personne d'autre ne soit encore debout.

Je finis par tomber sur le répondeur. Je retente, le téléphone sonne mais toujours pas de réponse. Cette fois, je laisse un message.

Devant la maison, les trois voitures sont encore là. Ils ont dû y aller à pied. Dix minutes aller, dix minutes retour – si on ajoute dix minutes à la boulangerie, le temps de faire la queue, ils ne devraient pas tarder à rentrer. Ils devraient même être déjà là. Peut-être prennent-ils leur temps en marchant main dans la main… À moins qu'ils ne se soient arrêtés en terrasse pour prendre un café et profiter de ce moment, enfin seuls tous les deux, là où nul d'entre nous ne pourrait les voir ?

Peut-être. Peut-être pas. Pour le savoir, je ne vois qu'une solution : en me mettant en route sans tarder, j'ai une bonne chance de les croiser.

Je remonte dans la chambre pour enfiler une tenue de jogging, et je redescends.

— Daniel, tu restes ici avec Izzy ? Je vais courir un peu.

Il hoche la tête sans quitter l'écran des yeux.
— Tu pourras prendre du vrai lait, si tu en trouves ?

***

Le jogging, au départ, c'était l'idée de Sean. Un de ses antidotes à la crise de la quarantaine. Peu de temps après son trente-neuvième anniversaire, il s'est soudain piqué de défier le temps qui passe. Nouveaux objectifs, plans sur la comète, développement personnel… Son *changement de vie* s'accompagnait d'une myriade de bonnes résolutions : s'inscrire à la salle de sport, acheter un nouveau vélo, perdre du poids, ne plus boire en semaine… Mais aussi faire plus attention à son apparence, donner des sacs entiers de vieux vêtements à une association pour renouveler toute sa garde-robe, changer de coupe de cheveux…

Et prendre une maîtresse, donc.

Tout cela aurait dû m'alerter. Les signes étaient là, de vrais néons clignotants qui me disaient que tout changeait dans sa vie, dans sa tête, dans son cœur. Je les ai vus, ces signes. Mais je les ai mal interprétés. Je les croyais encourageants ; ils étaient tout le contraire. Il y a quelques semaines, cela dit, Sean a arrêté de courir. Comme ça, d'un coup. Histoire de garder son énergie pour autre chose, sans doute.

Je me lance sur le gravier de l'allée centrale. En sortant de la villa, je prends à droite la petite route qui mène à Autignac. Il est encore tôt, mais le soleil est déjà haut dans le ciel sans nuages. Dans ma hâte, j'ai oublié mes lunettes de soleil, et je dois plisser les yeux pour supporter la lumière. Je n'ai pas encore dépassé le mur qui longe la propriété quand les premières gouttes de sueur attaquent mon dos et mes aisselles.

Nous allions parfois courir ensemble, Sean et moi – au début, en tout cas. Puis il s'est mis à s'entraîner pour des semi-marathons : il sortait courir tard le soir, après avoir couché Daniel, à l'heure où je ne rêvais que d'enfiler une robe de chambre et de me poser devant la télévision. De toute façon, il allait trop vite pour moi. J'avais l'impression de le ralentir.

Et maintenant que j'y pense… Et si c'était ça qu'il me reproche : que je le ralentis ? Pas seulement à la course, mais dans la vie en général. Mes jambes sont encore lourdes de sommeil, je peine à trouver mon rythme, et je me demande ce que je vais faire si je les croise marchant main dans la main – ou pire : assis sur un banc à s'embrasser. Mais il n'y a qu'une solution, n'est-ce pas ? Les prendre sur le fait et les obliger à tout avouer.

Quand j'arrive au village, j'ai le souffle court et mon t-shirt me colle au dos. La place centrale est tranquille : deux petites vieilles échangent des potins devant la boulangerie, quelques clients s'offrent un café matinal à l'ombre de la mairie. Aucun signe de Sean et Jennifer. Je fais un tour rapide au-delà de la place et rejoins la route qui remonte à la villa.

La chaleur et la pente ne tardent pas à avoir raison de moi : à mi-chemin, je m'arrête de courir et me repose une minute sur le bord, les mains sur les hanches. La végétation est plutôt dense à cet endroit. Un peu plus haut, on devine déjà le mur blanc de la villa. Je termine la route en marchant.

Quand j'arrive à la villa, Sean est dans la cuisine, occupé à déballer trois gros sacs en papier remplis de baguettes, croissants, macarons et autres pâtisseries. À côté de lui, Jennifer s'active sur la machine à café. Elle a l'air tranquille dans sa jupe-culotte blanche et son débardeur rose pâle, son chapeau de paille encore sur la tête.

Je prends soudain conscience que je suis trempée de sueur, les joues rouges de chaleur.

— Oh, vous êtes là ! dis-je en regardant Sean. Vous êtes rentrés par où ?

Ce sont les premiers mots que je lui adresse depuis notre dispute d'hier soir, dans le bois. J'ai l'impression qu'une semaine entière s'est écoulée.

— Par la route. On était au village.

— Ah bon ? J'ai couru sur le chemin, je ne vous ai pas vus.

— On a pris le raccourci, un petit sentier dans la colline. Plutôt raide, d'ailleurs.

— J'ai essayé de te joindre sur ton portable.

— Ah ? Je l'ai laissé ici, pardon.

— Vous avez mis du temps.

Sean désigne avec le pouce la direction du village par-dessus son épaule.

— Il y avait un petit marché, et Jen voulait regarder. Ils ont des trucs pas mal, genre artisanat local.

— Ah ? Je suis passée sur la place, il n'y avait pas de marché.

J'aimerais accrocher son regard mais il me tourne ostensiblement le dos en rangeant les courses.

— C'était derrière l'église, du côté du terrain de jeux.

Je me souviens que Rowan a mentionné un marché, le jour de notre arrivée. Était-ce vraiment le mardi ? Je n'en suis pas si sûre.

— … Il y avait aussi des vignerons du coin, poursuit Sean. Il a bien fallu goûter les spécialités locales.

J'ouvre un sac de viennoiseries et l'odeur des croissants frais m'emplit les narines. Voilà qui devrait me donner faim, mais mon appétit s'est mis en grève depuis quelques jours.

— Je vais apporter des croissants aux enfants. Vous en voulez ?

— Pas tout de suite pour moi, dit Sean. Je vais prendre une douche.

— Ah. OK.

Et je pense : *Il veut laver l'odeur qu'elle a laissée sur lui.*

— Je n'ai pas pris de douche en me levant pour ne pas te réveiller, dit-il. Mais il fait tellement chaud, déjà…

Daniel débarque dans la cuisine. Sans un regard pour les croissants, il se tourne vers moi :

— Tu as trouvé du vrai lait, m'man ?

38

Izzy

Izzy est allongée au bord de la piscine, au calme. Elle se laisse bercer par les notes de piano qui lui parviennent depuis le salon. Des notes légères, idéalement touchées, un jeu tout en nuances : l'interprétation presque parfaite d'une sonate difficile.

Elle se lève, grimpe l'escalier et traverse la terrasse d'un pas léger, comme guidée par la mélodie. Arrivée au salon, elle se pose sur le bras d'un canapé pour regarder Lucy jouer.

Quand elle aura trouvé un endroit où habiter, elle rachètera peut-être un piano, songe-t-elle. Elle a joué quand elle était enfant – pas au niveau de Lucy, certes, mais elle se débrouillait bien. Il n'y a pas de place pour un piano dans une vie nomade, et son Steinway lui a manqué. Le décalage la frappe soudain : en quinze ans, ses amies ont eu le temps d'accumuler les objets, tandis qu'elle, Izzy, faisait la route inverse, en se dépouillant un peu plus à chaque étape. Vêtements, livres, ustensiles, gadgets divers : elle possède moins de choses aujourd'hui qu'elle n'en avait à vingt ans. Les meubles de la maison familiale ont été vendus ou donnés après la mort de ses parents – avec ses frères et sœurs, ils n'ont gardé que quelques objets pour leur valeur sentimentale. Presque tous ses biens tiennent aujourd'hui dans ce vieux sac à dos qui part en lambeaux – celui-là même qu'elle a pris avec elle en quittant l'Irlande, il y a quinze ans.

Peut-être le temps est-il venu de se séparer de ce fidèle compagnon ?

Jamais elle n'aurait imaginé rester aussi longtemps loin de chez elle. Elle pensait partir un an, peut-être deux. Mais plus elle restait à l'étranger, plus les liens s'estompaient. Elle aurait pourtant parié l'inverse : que le mal du pays grandirait de mois en mois comme s'accumulent les intérêts d'une dette. Mais non. Les deux ans sont devenus cinq, puis dix, puis quinze. Et maintenant, la revoilà.

Elle est revenue régulièrement, bien sûr. Elle n'a manqué aucun des week-ends de retrouvailles avec Rowan, Jen et Kate. Elle est retournée en Irlande, aussi, mais chaque fois, ce n'était que pour mieux repartir. D'année en année, les visites se sont espacées. Son pays, sa ville natale, les rues où elle avait grandi : tout cela semblait s'éloigner un peu plus à chaque deux novembre.

Elle appréhendait toujours l'anniversaire de la mort de Mark. Tous les ans, elle espérait voir la douleur s'atténuer – et dans le même temps, elle se détestait de chercher ainsi à s'éloigner de lui. C'était une sorte de trahison : n'était-ce pas à elle de garder *sa* mémoire vivante ? L'oublier, ce serait comme le tuer une seconde fois. Mais la mémoire est une épreuve permanente. Après toutes ces années à souffrir, peut-être le temps est-il venu de soulager ses épaules de ce fardeau si grand, et de le laisser sur le bord de la route. Elle ne l'oubliera pas, bien sûr – elle ne pourra jamais l'oublier. Mais elle a le droit d'avancer sur son propre chemin.

Pendant quinze ans, elle n'a pas pensé à rentrer parce que rien de sérieux ne l'y poussait.

Mais tout a changé. Désormais, elle a une vraie raison de revenir.

Izzy sort son téléphone de sa poche et ouvre le fil de leur conversation secrète. Elle sourit toujours en pensant à ces moments passés ensemble, et ses messages la font rire. Chaque fois, elle doit vérifier que personne ne la regarde, on se demanderait ce qui lui prend à sourire ainsi.

Elle rédige un bref message et l'envoie.

Elle est heureuse de mettre ses années de voyage derrière elle. Comme un oiseau qui revient au nid. Ce ne sera pas vraiment *à la maison*, mais ce sera tout comme. Et maintenant, enfin, elle sait pourquoi. La meilleure raison de toutes – la seule qui vaille quoi que ce soit, en définitive.

Il est temps de se poser, et pour de bon. Temps de troquer son sac à dos contre un piano.

Elle se remettra à jouer, elle prendra des leçons s'il le faut, ce sera comme un nouveau départ. Et qui sait, se dit-elle, un jour elle pourra jouer aussi bien que Lucy.

Les doigts de la jeune fille courent sur le clavier et Izzy s'approche pour l'admirer. Lucy sursaute en la voyant. Des larmes coulent sur ses joues.

— Pardonne-moi, dit Izzy. Je ne voulais surtout pas t'interrompre. C'est si beau, je pourrais t'écouter jouer toute la journée.

— C'est bon, t'inquiète. J'avais presque fini, de toute façon. Vraiment.

Izzy sourit. Parmi toutes les qualités qu'elle aime chez Lucy, il y a le fait qu'elle ne sait pas mentir. Elle ne sait pas cacher ses émotions, non plus. Comme son père.

— Quelque chose te tracasse, Lucy ? demande-t-elle, la voix un ton en dessous.

— Non non, ça va ! Lucy respire un grand coup et essuie précipitamment ses joues avec la manche de son t-shirt. Ça m'arrive parfois quand je joue ce morceau, je me laisse emporter par la musique.

— Tu joues magnifiquement, bravo.

— Merci. Je suis censée travailler tous les jours.

— Je connais ce morceau, mais je n'arrive pas à me rappeler ce que c'est…

— *Kinderszenen*, de Schumann. Ça veut dire…

— *Scènes d'enfants*, oui.

Lucy sourit.

— Tu parles combien de langues, comme ça ?

— Mon fiancé jouait du Schumann aussi. Mais il n'était pas aussi doué que toi.

Izzy jurerait avoir vu passer une ombre furtive sur le visage de Lucy.

— Je l'ai joué pour mon examen de fin d'année en quatrième, dit l'adolescente. Quelques scènes, en tout cas.

— Et maintenant, tu vas entrer en première, c'est ça ?

— Oui. Enfin, si j'ai de bonnes notes à mon examen…

— Je n'ai pas l'impression qu'il y ait le moindre doute là-dessus… Qu'est-ce que tu as pris, comme matières ?

— Maths, physique, chimie et biologie.

— Eh bien ! On ne peut pas dire que tu as choisi la facilité.

— C'est ce qu'il faut pour entrer en Médecine à l'université.

— Tu sais ce que tu veux, et tu es brillante : si quelqu'un peut y arriver, c'est toi. Tu feras un médecin formidable.

Lucy sourit timidement.

— On n'y est pas encore…

Izzy attrape une chaise et s'assied tout près d'elle, face au piano. Lucy restera à jamais le premier enfant de tout leur groupe d'amis : elle se rappelle encore l'avoir tenue dans ses bras alors qu'elle sortait tout juste de la maternité, son petit crâne déjà coiffé de cheveux clairs. Elle l'a vue grandir de loin en loin, chaque fois qu'elle rentrait de l'étranger. Chaque fois un peu plus intelligente encore, et désormais avec une taille de mannequin. Maintenant qu'elle est rentrée, Izzy ressent soudain le besoin impérieux de se reconnecter avec cette fille qu'elle a connue toute sa vie. D'établir une vraie relation.

Elle aimerait tant être plus proche d'elle et de Daniel. Être une amie, presque.

— Et là, maintenant, tout va *vraiment* bien, Lucy ? Tu me promets ?

— Hmm…

— Tu sais que tu peux tout me dire, hein ? Je suis neutre, dit Izzy avec un sourire encourageant. Je suis comme la Suisse : du côté de personne en particulier. S'il y a quelque chose dont tu ne peux pas parler à ta mère, ou à ton père, tu peux me le dire à moi. Je serai là, une oreille bienveillante si tu as besoin de parler, rien de plus. OK ?

Lucy replace une mèche de cheveux derrière son oreille.

— C'est juste que… Non, c'est rien.

— Si ça te rend triste, ce n'est pas rien. Encore moins si ça te gâche les vacances, tu ne crois pas ?

— Sans doute, oui.

— Je n'aime pas te voir malheureuse, Lucy, tu sais…

Elle laisse sa phrase en suspens. Elle sait que la jeune fille finira par remplir le silence. Un moment plus tard, elle se lance.

— Papa et maman sont… Je sais pas. Il y a un truc bizarre entre eux.

Izzy se redresse sur son siège.

— Bizarre *comment* ?

Elle repense aux confidences de Kate, la veille, aux gorges d'Héric. Ses soupçons à propos de Sean. *J'ai lu les messages.*

— Je ne sais pas comment dire, poursuit Lucy. Quelque chose dans la façon dont ils sont ensemble. Je ne les ai jamais vus comme ça avant. Papa croit que je ne fais jamais attention à rien, mais je vois plein de choses. Tu n'as rien remarqué, toi ?

Izzy passe mentalement en revue les différentes réponses possibles, à la recherche de celle qui serait la moins douloureuse. Parler à Lucy des messages de son père ? Des doutes de sa mère ? Lui dire la vérité, ou mentir ?

Mais est-ce vraiment à moi de lui dire tout ça ?

— Honnêtement je n'en sais rien, Lucy, dit-elle en posant sa main sur le bras de la jeune fille. Mais s'il y a quoi que ce soit, je suis sûre d'une chose : tes parents trouveront le moyen d'arranger ça. D'une façon ou d'une autre.

39

Sean et moi n'avons pas parlé de toute la matinée. Nous nous tournons autour comme deux bêtes blessées, les plaies de la veille toujours à vif.

Et Lucy n'a pas manqué de le remarquer.

Je suis devant le miroir de la salle de bains, essayant tant bien que mal de cacher mes cernes, quand j'entends sa voix dans la chambre à travers la porte entrouverte.

— Papa ?

Je repose l'anticernes et tends l'oreille.

— Hey, Lucy.

— Dis-moi… Qu'est-ce qui se passe ?

— Aujourd'hui, tu veux dire ? Pas grand-chose. Après-midi tranquille au bord de la piscine, je pense.

— Non, dit-elle en baissant la voix. Je veux dire : qu'est-ce qui se passe entre vous deux ?

— Pardon ?

— Je sais que tu crois que je ne m'intéresse à rien d'autre qu'à mon nombril.

— Je n'ai jamais dit ça, chérie.

— Je t'ai entendu le dire.

— Quand ça ?

— Tu as dit que tous les adolescents étaient centrés sur eux-mêmes et leurs petites affaires…

— Je ne parlais pas de toi ! Je me rappelais de comment j'étais à ton âge.

— Mouais. En tout cas, donc, je remarque des choses, parfois.

— Comme quoi, par exemple ?

— Genre, quand maman et toi vous ne vous parlez plus.

Une pause.

— Et tu as cette impression depuis quand ?

— Depuis qu'on est arrivés. Il y a un problème ?

— Non, non. Aucun problème.

— Tu es fâché contre maman ?

— Non, chérie.

— C'est elle qui t'en veut pour quelque chose, alors ?

— Non.

Un nouveau silence.

— Tu sais quoi, papa ?

— Non, ma chérie, quoi ?

— Tu mens vraiment trop mal, dit-elle en tournant les talons.

J'entends ses pas s'éloigner dans le couloir. Je sors de ma cachette et interroge Sean du regard ; il préfère m'éviter. Chaque seconde qui passe semble nous éloigner un peu plus. C'est Izzy qui finit par rompre le silence, en criant dans l'escalier que le déjeuner est prêt.

La grande table de la terrasse est recouverte d'une nappe sur laquelle trône fièrement un immense plateau de fromages, entouré de diverses assiettes de tomates, olives, pommes ou raisins, sans oublier les incontournables baguettes et les viennoiseries, et deux mottes de beurre – nous ne sommes pas venus en France pour rien ! Quelqu'un a rapporté du miel et de la confiture d'Autignac, ainsi que du jambon et des cuisses de poulet rôties. Le tout complété par des carafes de jus de pomme, quelques bières et deux bouteilles de vin blanc : il y aurait de quoi nourrir une armée entière.

— Douze à table, lance Alistair sur un ton théâtral. Nous avons le pain. Nous avons le vin. Il ne nous manque que trente pièces d'argent.

— Et un Judas, ajoute Russ en débouchant une bouteille de saint-chinian.

— Comment ça ? demande Jennifer.

— Tu sais bien, dit Alistair en écartant les bras comme le Christ du tableau de Vinci : la Cène, les douze apôtres.

Daniel prend un morceau de baguette sur la planche à pain.

— C'est quoi, la Cène, papa ?

Sean frappe dans ses mains avec une ardeur un peu exagérée.

— Ah ah ! Enfin, mon fils, tu t'intéresses au Grand Livre ! Grand-mère Colleen serait fière de toi. La Cène, c'est le dernier repas que Jésus partage avec ses disciples, juste avant d'être trahi par Judas et que les Romains ne l'arrêtent pour…

— Nous n'avons peut-être pas besoin d'entrer dans les détails sordides devant les enfants, Sean, dit Jennifer en tournant le menton vers Odette.

— C'est quoi, les détails sordides ? demande Daniel.

— Ils ont cloué le petit Jésus sur un arbre ! dit Odette avec le plus grand sérieux avant de mordre dans un pain au chocolat.

— C'était une croix, corrige Russ. Et ce n'était pas le petit Jésus, mais un Jésus bien adulte.

— Cool ! dit Ethan en levant le nez de son téléphone. Et on met combien de temps à mourir, comme ça ?

— Des heures, dit Russ. Des jours, peut-être. Il y a des morts plus sympathiques.

— Et c'était public ? Genre, il y avait des spectateurs, et tout ?

Jennifer se racle la gorge.

— Je ne suis pas sûre que ce soit un sujet de conversation très approprié pour le déjeuner.

— C'est toujours mieux que vos discussions chiantes entre adultes, marmonne Jake.

— Surveille ton langage, s'il te plaît.

La crucifixion évacuée, chacun s'affaire pour remplir son assiette – hormis Odette, qui fronce son nez et pointe du doigt tout ce qu'elle n'aime pas.

— Pourquoi il n'y a pas de pain de mie comme à la maison ? demande-t-elle.

Rowan sert à sa fille un peu de baguette et du jambon, et lui coupe une pomme en petits morceaux.

De l'autre côté de la table, Sean et Jennifer s'avancent en même temps pour se saisir d'une bouteille de vin. Sean laisse sa main (ai-je rêvé ou il le fait exprès ?), mais Jennifer réagit comme si elle venait de s'électrocuter – elle retire son bras prestement, manquant de renverser la bouteille. Puis ils rient tous les deux, à la fois gênés et complices.

— À toi, dit Sean.

— Non, non, dit Jen. Toi d'abord.

Sean sourit et remplit le verre de Jennifer en premier. Puis celui de Russ, puis le sien.

Jennifer me jette un regard furtif et revient vite à son assiette quand elle comprend que je l'ai vue.

Tu voulais vérifier si j'ai vu cette petite scène ?

Oui, je l'ai vue. Qu'est-ce que c'était, au juste ?

Qu'est-ce que c'était vraiment *?*

Je reste tournée vers elle en espérant pouvoir lire l'expression de son visage (*C'est de toucher la main de mon mari devant tout le monde qui te fait cet effet ? C'est ça ?)*, mais elle boit très lentement une gorgée de son vin. Je cesse de la regarder, quand du coin de l'œil je surprends Alistair en train de servir Lucy de saint-chinian.

— Alistair, si tu veux bien, je préférerais que Lucy ne boive pas de vin au déjeuner.

Lucy me regarde comme si je venais de lui donner une gifle. Alistair sourit et remplit à moitié le verre de Jake.

— Ah ? Excuse-moi. Je pensais que c'était ok.

— Avec la piscine, la chaleur et la déshydratation, je crois qu'il vaut mieux que les enfants restent au jus de pomme. Tu es d'accord, Sean ?

— Oui, oui, dit-il sans conviction.

Lucy croise les bras. Ses joues s'empourprent.

— Daisy Marshall peut boire du vin à table depuis qu'elle a treize ans, et ses parents n'en font pas tout un plat.

— S'ils veulent faire comme ça, c'est leur choix, dis-je. Mais pour l'instant, c'est nous qui décidons ce qui est le meilleur pour toi.

— Et ce que je veux *moi*, ça compte, ou pas ?

Je réprime la réplique qui me vient en tête et prends une longue inspiration pour me donner le temps de répondre posément.

— Attends un peu d'avoir dix-huit ans. Tu feras ce que tu voudras quand tu seras adulte.

Lucy me fusille du regard.

— Franchement, il y a des fois où je vous comprends pas. Il est même pas fort, ce vin blanc.

— *Une gorgée de vin pour les enfants*, lance Alistair en français. C'est la culture ici en France, vous savez ?

— Comme manger des couilles de veau, s'amuse Russ.

Alistair ne semble pas l'avoir entendu.

— Tu vois, Kate, ce qu'on fait *nous*, c'est qu'on encourage nos enfants à tester leurs limites. C'est un très bon moyen de réduire les conflits, fluidifier la communication et introduire de la confiance dans…

Lucy le coupe abruptement.

— Quand est-ce que tu as pu boire pour la première fois, maman ?

— Quand j'étais ado, dis-je. Mais c'était différent.

— Et pourquoi ?

— Ce n'était pas avec mes parents.

— Bravo l'hypocrisie ! dit-elle en pointant un doigt sur moi. Alors si je comprends bien, c'est OK si je bois du vin, tant que vous ne me voyez pas, c'est ça ?

— Ce n'est pas ce que je veux dire.

— C'est les vacances, maman. On est au milieu d'une vigne. Et vous, vous buvez tous les jours !

— Ne crie pas, Lucy, s'il te plaît.

Elle se lève et prend son verre.

— Arrête de me traiter comme une enfant !

Elle repousse sa chaise et quitte la table. Ses sandales claquent rageusement sur la pierre tandis qu'elle descend l'escalier qui mène à la piscine.

Je me lève à mon tour pour la rejoindre.

— Laisse-la, dit tranquillement Sean. Qu'elle se calme un peu.

— Il faut bien qu'elle mange.

— Donne-lui donc une minute.

Il a raison, bien sûr. Lucy et moi nous ressemblons un peu trop, parfois. Je n'ai jamais su comment me sortir d'une dispute une fois qu'elle a commencé. Trop critique, trop tranchée, trop analytique – mon *cerveau professionnel*, plaisante parfois Sean. Et je manque clairement de souplesse dans certaines situations où la méthode douce serait plus efficace.

Je me rassieds et prends conscience que tous les regards sont sur moi. Tous, sauf celui de Jennifer, occupée à beurrer un morceau de pain avec une grande concentration.

Alistair finit par briser le silence tout en se servant une généreuse tranche de jambon.

— C'est moi, dit-il, ou il fait encore plus chaud qu'hier ?

40

Le déjeuner terminé, je rejoins Lucy au bord de la piscine. Je lui ai préparé une assiette de fromages et de fruits – après ce qui s'est passé, c'est le moins que je puisse faire pour entamer une discussion. Et il faut qu'on parle, elle et moi.

Comment lui faire comprendre ce qui se passe sans tout lui dire de but en blanc ? Je ne sais par où commencer au juste, mais je dois au moins essayer. À seize ans, elle est à l'âge où l'on croit tout savoir sur le monde, quand en réalité on ne sait pratiquement rien encore. Un décalage qui peut être adorable en certaines circonstances, mais qui peut aussi se révéler terrifiant.

Elle est assise sur une chaise longue à l'autre bout de la piscine. J'avance vers elle avec un sourire d'excuse. Mais un mètre plus loin, mon sourire se fige.

Alistair est juste derrière elle, dans son Speedo noir, et il lui passe de la crème solaire dans le dos. Tout le monde est en haut, à finir de débarrasser la table du déjeuner. Ils sont seuls, tous les deux.

Je presse le pas. Lucy soulève sa queue-de-cheval pour découvrir son cou et baisse la tête pour offrir sa nuque à Alistair. Le mari de Jennifer presse le tube de crème dans sa main gauche.

— Hey, dis-je en arrivant à hauteur ma fille. Je t'ai apporté de quoi déjeuner.

Elle accepte l'assiette avec un sourire penaud.

— Merci.

Alistair continue d'étaler la crème, du bas du dos jusqu'aux omoplates. La peau de Lucy brille comme jamais au soleil.

Je ramasse le tube de crème posé sur le transat.

— Tu veux que prenne le relais, Lucy ?

Alistair retire ses mains et essuie le reste de crème sur ses cuisses.

— Terminé ! SOS-Crème, à votre service.

— Merci Ali, dit Lucy en trempant ses lèvres dans un verre de vin.

Je m'abstiens de toute remarque et désigne l'assiette.

— Mange un peu, aussi…

— Merci.

Alistair a regagné son transat, juste à côté, et soudain je ne supporte plus de le voir.

— J'aimerais avoir une conversation avec toi, Lucy, dis-je.

— À propos de quoi ?

— On remonte ? Tu peux prendre ton assiette avec toi.

— Pourquoi ?

— Il y a quelque chose que j'aimerais te montrer, là-haut.

— Quoi donc ?

— Disons que… C'est un peu privé.

— Oh oh, dit Alistair en levant les mains en l'air. Des affaires de femmes, je me retire de la conversation !

Il se rallonge sur son transat et sort son téléphone.

Lucy pousse un long soupir et finit par me suivre jusqu'à la terrasse, puis dans la salle à manger, dont je ferme la porte derrière nous. Elle se laisse tomber sur une des grandes chaises en bois.

— Alors ? Tu voulais me montrer quoi ?

— Rien.

— Tu vas me refaire la morale pour un verre de vin, c'est ça ?

— Non.

Lucy détache un raisin dans son assiette de déjeuner.

— Alors, quoi ?

— C'est à propos d'Alistair. J'aimerais que tu fasses attention.

— Qu'est-ce que tu veux dire ?

— … que tu fasses attention au moins quand tu es seule avec lui.

Les mots ne sonnent pas juste dans ma bouche. Cette conversation est bien mal engagée.

— Ce que je veux dire, c'est que j'aimerais autant que tu ne te retrouves pas seule avec lui.

— Et pourquoi ça ?

— Garde ça en tête, c'est tout.

— Mais de quoi tu parles, maman ? Il est gentil. Il m'écoute. C'est un professionnel, tu sais, comme un psy. J'étais en train de lui parler, là, je lui racontais des trucs et il écoute vraiment, il fait attention…

— Moi aussi, chérie.

— Pas comme lui.

— Peut-être pas. Mais je suis ta mère. Et j'ai surtout vu qu'il t'étalait de la crème solaire sur le cou.

Elle hausse les épaules.

— Il a dit que mes épaules étaient rouges et que je ferais mieux de mettre de la crème indice trente, voilà.

— Je vois.

— Et tu vois quoi, au juste ?

— Je voulais juste savoir, c'est tout.

Elle mord dans un bout de baguette et le mâche lentement.

— Pourquoi tu ne l'aimes pas ? C'est le père de Jake et d'Ethan, et on le connaît depuis toujours, non ?

— Oui, mais…

— Qu'est-ce qu'il a fait ?

Lui dire, ou ne pas lui dire ? Après ce qu'elle m'a confié hier soir, puis-je prendre le risque de l'effrayer ? Ou simplement espérer qu'elle m'obéira ?

— Tu veux bien faire ce que je te demande, s'il te plaît ? Juste garder un peu de distance.

Nouveau haussement d'épaules.

— OK…

Je souris de soulagement et pose une main sur son genou.

— Merci, ma chérie.

— … Mais seulement si tu me dis ce qu'il a fait de mal.

J'ouvre la bouche, et je la referme aussitôt.

— Ce sont des détails, pas importants.

— Tu peux faire mieux, maman. Est-ce que tu essaies de me dire qu'Alistair est un pédophile, ou un truc comme ça ?

— Non, non.

— Bon. Alors quoi ?

— C'est vraiment trop te demander que de faire ce que je dis ?

Elle croque énergiquement dans une pomme.

— Pas si tu me traites comme une enfant.

— Mais tu *es* une enfant.

Elle lève les yeux au ciel.

— Et c'est reparti…

— Écoute, Lucy. La plupart du temps, j'essaie de t'expliquer les choses. Mais parfois, je te demande seulement de me faire confiance. Parce que ce qui compte le plus pour moi, c'est ton bien, d'accord ? Crois-moi, j'ai de l'expérience. Je sais ce que je dis.

Lucy laisse tomber la pomme dans son assiette et se lève.

— C'est bon, tu as fini ?

— Est-ce qu'on peut discuter encore un peu ?

Mais elle quitte la pièce sans un mot de plus.

— Lucy ?

Pas de réponse. Je me lève pour la suivre, puis je me laisse retomber sur la chaise, défaite, et regarde à travers la grande fenêtre tandis qu'elle s'en retourne au jardin.

Bien joué, Kate. Bravo.

41

Lucy

Ses joues la brûlent mais le soleil n'y est pour rien. C'est la colère. Elle marche d'un pas rageur jusqu'au banc de pierre, à l'extrémité du jardin. Elle aime bien ce banc : il est à l'ombre, à distance de la maison, mais on y capte encore le Wi-Fi. Elle débloque son téléphone et se connecte sur son compte Instagram en soupirant.

C'est tellement *injuste.* Tout ce qu'elle voulait, c'était boire un peu de vin et mettre ses angoisses sur pause, mais non, avec sa mère, il faut toujours que le moindre détail tourne au drame. Toutes ces conneries à propos de l'âge légal pour boire de l'alcool ! *C'est la loi, c'est comme ça* – toujours la même musique. Elle prétend être de son côté quand quelque chose ne va pas, mais un demi-verre de vin pour se relaxer un peu, c'est non. Et puis, cette histoire *tellement* bizarre avec Alistair. Garder ses distances, pourquoi ? Elle n'a même pas voulu lui dire. Lucy en a vraiment assez d'être traitée comme une gamine.

Elle rumine encore quand Jake s'installe sur le banc à côté d'elle, deux esquimaux à la main.

— Orange ou fraise ?

Elle choisit la fraise et soupire.

— Merci, Jake.

— Pas de problème.

— Ethan n'est pas là ? Tu as perdu ton ombre ?

— Ouais, j'ai réussi à le semer.

Lucy arrache l'emballage de son esquimau et le porte à sa bouche. Le froid est un délice sur sa langue.

— J'y crois pas, elle est tellement *hypocrite*…

— Qui ça ?

— Ma mère.

— Qu'est-ce qui se passe ?

Elle jette un coup d'œil circulaire au jardin, si calme avec ses grands arbres et ses fleurs aux couleurs vives.

— C'est rien.

— Ça n'a pas l'air.

— Non, mais je préfère qu'on parle d'autre chose.

Jake mord dans son esquimau et ose un regard vers Lucy.

— T'as du nouveau, de là-bas ? demande-t-il.

— À propos de quoi ?

— Tu sais bien.

— Je sais seulement ce qui a été posté, dit-elle en brandissant son téléphone.

— Et rien d'autre ? T'as pas eu d'infos de la famille, ou de quelqu'un d'autre ?

— Pourquoi ? Je devrais ?

— Je demande ça parce que tu étais…

— J'étais quoi ?

Jake sent le rouge lui monter aux joues. Il regarde l'herbe droit devant lui.

— Je sais pas, dit-il doucement. Je voulais te demander, l'autre jour, mais Ethan était là et il adore mettre son nez dans les affaires des autres, alors j'ai rien dit. Je voulais être sûr que tu vas bien, c'est tout.

— Si je vais bien ? Pas vraiment, non.

La réplique est sortie un peu plus brutalement qu'elle n'aurait voulu. Elle lève une main conciliante.

— Excuse-moi, Jake. Je n'ai rien contre toi, mais je n'en sais pas plus que n'importe qui, tu vois ?

— OK. Je me sens un peu mal parce que c'est moi qui vous ai présentés.

— C'est pas ta faute. Tu n'y es pour rien.

Jake s'éclaircit la voix. Il se tourne vers elle un instant, puis il regarde au loin.

— T'as déjà été amoureuse ?

Elle change de position pour mieux le voir. C'est bien la dernière question à laquelle elle s'attendait venant de lui.

— Amoureuse ?

— Ouais.

— Je sais pas. Peut-être.

— T'es pas sûre ?

— J'ai cru que je l'étais, une fois, mais… Et toi ?

— Ben…

Il allait répondre mais il s'arrête net en voyant sa mère qui marche vers eux, un tote bag sur l'épaule.

— Ah, te voilà, Jakey, dit-elle. Je t'ai cherché partout !

— Et ?

— De quoi parlez-vous, tous les deux ?

— De rien.

Elle sourit, sans grande chaleur.

— De loin, ça ressemblait plutôt à une grande conversation.

— Pourquoi, tu nous espionnes ?

— Nous sommes en route pour le bois, ton père, ton frère et moi. Viens.

— Je vous rejoins plus tard.

— Tu viens avec nous, Jake. On va se balader tous ensemble, ça va être bien.

— Sans moi. Je parle avec Lucy.

— Allez, les autres attendent, insiste Jennifer avec une voix nerveuse. On n'a presque rien fait ensemble depuis qu'on est ici, et j'ai envie d'une belle photo de famille, tous les quatre.

Un duel de regards s'engage entre la mère et le fils. Lucy préfère se lever pour arranger la situation.

— C'est bon, Jake, vas-y. Je voulais aller nager un peu, de toute façon. On se retrouve plus tard, OK?

Jake soupire et balance le bâtonnet de son esquimau dans un buisson. Il se lève à contrecœur.

— À plus tard, alors.

Il jette un dernier regard à Lucy, et finalement emboîte le pas de sa mère à travers le jardin.

42

Depuis ma chaise longue au bord de la piscine, j'ai pu voir toute la scène.

Jennifer semble décidée à ne pas laisser Jake seul avec Lucy – même le temps d'un esquimau semble être trop pour elle. Qu'y a-t-il là-dessous ? Peut-être n'est-ce qu'une histoire banale entre une mère et son fils, après tout. Peut-être ne supporte-t-elle pas l'idée de ne plus être la seule femme dans sa vie – pire : d'être remplacée par une autre… Me comporterai-je de la même façon avec Daniel d'ici quelques années ? Je ne pense pas, non. Ou alors, juste un peu.

Un livre ouvert sur les genoux (je n'en ai pas lu une page), assommée par la chaleur de l'après-midi, je garde un œil sur ma fille et l'autre sur mon fils. Daniel joue avec Odette du côté le moins profond de la piscine, ils s'éclaboussent entre toutes sortes de jouets gonflables. Rowan et Russ sont à l'autre bout, occupés sur leur téléphone. Les autres sont partis explorer la gorge.

Sean et moi ne nous parlons pas plus que ce matin, mais il s'est installé à côté de moi – une paix des braves dans l'intérêt des enfants. Ses mots de la veille résonnent encore et toujours dans ma tête.

Je ne te trompe pas avec Rowan.

C'est la vérité.

Maintenant je comprends mieux comment il a pu nier avec autant d'aplomb. Parce que c'était bel et bien la vérité. Ce n'est pas Rowan. C'est Jennifer.

Une fois de plus, je m'en veux de ne pas l'avoir mis devant le fait accompli dès samedi. Si j'avais eu le courage de le faire, la vérité aurait éclaté. Je ne me retrouverais pas dans le marasme de soupçons et de doutes dans lequel je me noie aujourd'hui. Si je lui avais montré les messages, jamais il n'aurait pu nier comme il l'a fait hier.

Les messages sont la preuve. La clé de l'affaire.

Plusieurs fois depuis samedi, j'ai songé à accéder à son téléphone, mais Sean ne s'en éloigne jamais plus d'une poignée de secondes. Et il est là, maintenant, son Samsung gris, à quelques centimètres de lui, sur la chaise longue. Sean est allongé sur le dos, ses lunettes aviateur sur le nez, la peau luisante de crème solaire.

Je suis un Lion, dit-il parfois. *Nous autres lions, nous sommes faits pour nous prélasser au soleil.*

Je le guette du coin de l'œil pour ne pas attirer son attention. Sa poitrine se soulève et retombe à un rythme que je reconnaîtrais entre des milliers – comme autant de nuits que nous avons passées dans le même lit.

Il dort.

Et son téléphone est là, à portée de main. Russ et Rowan sont absorbés par leur propre portable. Personne ne me voit.

Je bascule lentement mon poids sur la gauche, le plus silencieusement possible. Je me redresse, pose mon livre à terre et pivote en balançant mes jambes à l'extérieur du transat. Me voilà à quelques centimètres du portable de Sean, l'écran face au soleil.

Je me penche un peu plus encore et appuie sur le bouton d'alimentation. L'écran de verrouillage apparaît et me demande le code.

Sean n'a pas bougé d'un poil.

Je retiens ma respiration. Avec l'index, je dessine son schéma de déverrouillage, en forme de J – *J pour Jennifer, peut-être ?* Mais contrairement à samedi, aucune photo des enfants n'apparaît.

NO MATCH, me dit le téléphone.

Je retente. NO MATCH.

Et merde.

Il a dû changer de schéma après notre embrouille d'hier. Je n'aurais pas dû lui parler des messages – je n'ai fait que lui mettre la puce à l'oreille, et maintenant je peux toujours courir pour craquer son code. Aucune chance : il existe des milliers de combinaisons possibles.

À moins que… À moins qu'il ne soit passé à autre chose. Un déverrouillage à la fois plus rapide et plus sûr qu'un dessin ou un code chiffré… Quelque chose de plus personnel, pour que jamais je ne puisse accéder à ses conversations privées. Et si c'était le cas, cela voudrait dire que… Et pourquoi pas ? Ça vaut le coup d'essayer, en tout cas – l'occasion ne se représentera pas. Je saisis le Samsung, le cœur battant dans ma poitrine. Sa main droite pend légèrement à l'extérieur du transat. Doucement, tout doucement, j'approche le bouton d'alimentation de son pouce.

Le téléphone reconnaît immédiatement son empreinte digitale, et l'écran s'allume.

43

Je ne perds pas de temps pour ouvrir Messenger. L'écran du menu apparaît, avec la liste des dernières conversations : Fille-de-Corail, Kate, Paul, Brendan, Ma, Cross Keys Pub...

Elle est là, tout en haut. La dernière conversation en date. Un coup d'œil à Sean qui dort toujours, et j'ouvre le fil de la conversation. Les messages sont les mêmes que ceux que j'ai vus il y a trois jours.

— *Je n'arrête pas de penser à ce que tu as dit. x.*

— *J'en pensais chaque mot.*

Les messages suivants ont été supprimés.

Je sens la bile monter dans ma gorge comme si j'étais malade.

Tu n'avais pas rêvé. Il y a bien une histoire en cours. Fille-de-Corail – tout ce temps, c'était Jennifer. Reste à en établir la preuve...

La tête de Sean se tourne très légèrement vers moi mais sa respiration continue au même rythme, lent et profond. Il dort toujours.

Et maintenant, que faire ? Effectuer une capture d'écran et l'envoyer vers mon téléphone ? Le réveiller et tout lui dire ? Brandir les messages sous son nez et le sommer de s'expliquer ?

Comment tu justifies ça, hein, Sean ? Qui est-elle ? Qu'est-ce qu'elle te fait que je ne fais pas, moi ?

Mais je ne me sens pas prête à franchir cette ligne. Bientôt, peut-être, mais pas encore.

J'ai une meilleure idée.

Je place mon doigt dans le cartouche de texte, et je tape un nouveau message.

— *Dois te parler – URGENT – Retrouve-moi à la clairière avant la gorge ds 15'*

Du coin de l'œil, je perçois un mouvement du côté de la piscine. Daniel s'élance pour plonger en boule. Une seconde plus tard, une gerbe d'eau éclabousse les abords de la piscine, jusqu'au pied de Sean.

Il se réveille en sursaut, sa tête tournée vers moi. J'éteins le téléphone en catastrophe, le repose près de sa main droite et dans le même mouvement me saisis du tube de crème solaire.

Sean remonte ses lunettes de soleil sur son front et cligne des yeux.

— Qu'est-ce que tu faisais, chérie ?

Prise sur le fait. Je sens le rouge me monter aux joues.

— J'allais te donner la crème, dis-je. Tu ferais mieux de te mettre à l'ombre, tu vas choper un coup de soleil si tu ne fais pas attention.

— Hum.

— Tu peux surveiller les enfants, s'il te plaît ? Je remonte me rafraîchir un peu et mettre mon maillot de bain. Finalement je crois que me baigner me fera du bien.

Il presse le tube de crème dans sa main et tartine ses épaules.

— OK. Je crois que je vais nager un peu aussi.

Je récupère mes sandales et mon paréo et longe la piscine en marchant lentement, aussi naturellement que je peux, tout en regardant l'heure sur ma montre. C'est seulement en arrivant en haut de l'escalier que je m'autorise à regarder en arrière – et que je découvre Russ, seul avec un livre.

Rowan n'est plus là.

Je rentre par la porte-fenêtre du salon, l'air conditionné fait l'effet d'un baume apaisant sur ma peau. J'enfile mon paréo et me dirige de l'autre côté de la maison, vers l'entrée principale. Je descends l'escalier de marbre, l'oreille aux aguets.

Pas le moindre bruit.

Dans le silence, j'appelle : « Rowan ? »

Pas de réponse. La villa et la propriété sont immenses, mais il n'y a qu'un nombre d'endroits limité où elle a pu se rendre en quelques minutes. Je retourne à l'intérieur, monte l'escalier et franchis le couloir jusqu'à la *chambre des maîtres.* La porte est légèrement entrouverte. Je toque, une fois.

– Rowan ?

Je pousse la porte et avance d'un pas. La pièce est vide, parfaitement rangée. Des effluves du parfum de Rowan flottent encore dans l'air. Mais elle n'est pas là. Peut-être n'est-ce pas Jennifer que je vais retrouver, tout compte fait.

Où es-tu, Rowan ? En chemin pour retrouver mon mari ? Et si je te faisais une petite surprise ?

Je file dans notre chambre, fais valser mes sandales et m'assieds au bord du lit pour en lacer une paire plus appropriée à une escapade dans le bois. Je surprends mon reflet dans le miroir en me levant : rouge, nerveuse, le front creusé de rides inquiètes. Et cette peur que je lis dans mes propres yeux. Plus que ça, même : de la terreur. Comme si j'y voyais déjà toutes les conséquences que les minutes à venir pourraient avoir sur moi, sur ma famille. Sur ma vie.

Sur nos vies à tous.

Regarde les choses en face, Kate. Tu aurais pu ne rien faire, mais tu as préféré tendre ce piège. Maintenant il est temps d'aller ramasser le collet et voir qui est prise dedans.

Je referme la porte de la chambre derrière moi et consulte ma montre. J'ai douze minutes pour me rendre à la clairière. C'est plus qu'assez, si aucun obstacle ne se met en travers de mon chemin.

— … Maman ?

Je bondis en entendant la voix de mon fils derrière moi dans le couloir. Voilà un obstacle.

— Daniel ! Je ne t'ai pas entendu arriver.

— Eh eh, je t'ai fait peur ! Tu faisais quoi ?

— Rien, qu'est-ce qui t'arrive ?

— Tu peux m'aider à trouver les lunettes de piscine de papa ?

— Maintenant ?

— Les miennes sont cassées, dit-il d'un ton désolé en me montrant l'élastique rompu de ses lunettes. Et l'eau de la piscine me fait les yeux tout rouges.

— Est-ce qu'on peut faire ça un peu plus tard ?

— Papa a dit d'aller les chercher.

— Mais je suis un peu occupée, là.

Il me regarde, debout dans le couloir, avec rien d'autre que mon téléphone dans les mains.

— Occupée à quoi ?

— Des choses.

— *S'il te plaît*, maman. Je trouve jamais rien tout seul.

Il met sa petite main dans la mienne et lève les yeux vers moi avec cette lueur enfantine irrésistible.

— C'est parce que tu es comme ton père, dis-je. Tu ne sais pas chercher.

Je regarde ma montre. Onze minutes.

— Je vais revenir t'aider, si tu veux, je dois juste faire un petit quelque chose avant.

Je tente de le dépasser pour atteindre l'escalier, mais il agrippe ma jambe avec ses deux bras et se colle à moi comme une sangsue.

— S'il te plaîîît. T'es la meilleure pour trouver des trucs.

— Daniel, laisse ma jambe.

Il resserre l'étreinte.

— T'es la meilleure maman du monde.

— Tu exagères un peu, dis-je faiblement.

— La meilleure de tous les temps !

Je soupire. Il n'abandonnera pas.

— Bon, d'accord, on cherche. Mais vite.

— Oui !

Il libère ma jambe et me suit dans la chambre. Il s'installe dans le grand fauteuil tandis que j'ouvre rapidement placards et tiroirs. Sans succès.

— Ton père t'a dit où il a rangé ses lunettes ?

— Non. Dans ses affaires ?

Rangée au fond du dressing, la valise de Sean semble vide. Je la pose sur le sol et l'ouvre en vitesse. Vide, en effet. Mais au moment de la refermer, je me rappelle l'existence de poches zippées dans la doublure intérieure. Je tâte l'une – rien –, puis l'autre… Là, je sens quelque chose.

— Ah ah !

— Tu les as trouvées ? s'excite Daniel dans mon dos.

Je plonge ma main dans la poche. Mes doigts rencontrent des bouts de plastique mou au contenu glissant…

44

Six préservatifs, d'une marque inconnue, sans boîte d'emballage. Six carrés de plastique dans ma main tremblante.

Je les regarde fixement en tentant de trouver une raison à leur présence ici – une raison légitime, qui aurait du sens, et non un coup de canif de plus dans mon mariage. Mais rien ne me vient. Je ne vois nulle autre explication que celle d'une liaison adultère.

Daniel s'est levé du fauteuil et je glisse en catastrophe un préservatif dans ma poche avant de remettre les autres dans la valise.

— Fausse alerte, désolée ! dis-je en rangeant la valise dans le dressing.

Je finis par trouver les lunettes dans un sac, entre deux chargeurs. Daniel les enfile aussitôt. Il resserre l'élastique et avec sa tête de grenouille me regarde avec un grand sourire, les deux pouces en l'air.

— Je *savais* que t'allais les trouver, maman.

Je l'accompagne jusqu'à la terrasse pour m'assurer qu'il va bien retrouver Sean. Arrivé à l'escalier, il se retourne vers moi.

— Le dernier dans la piscine a perdu !

Je ne bouge pas.

— Je vous rejoins dans un moment, dis-je.

— Tu vas où ?

— Moi ? Nulle part.

— Alors tu as perdu !

Il se rue dans l'escalier et se jette à l'eau dans un grand plouf, manquant de blesser sa sœur occupée à faire des longueurs. Je reste encore un instant à l'observer, nageant comme un petit chien pour regagner le bord. Sean est là, Russ aussi. Il est en sécurité.

Allez !

Je me dépêche de rentrer dans la villa et de gagner la porte principale. Je la referme discrètement derrière moi et me mets en route pour le bois. L'escalier, le parking, l'allée, le portillon orné de fleurs violettes qui conduit au vignoble : me voilà hors de vue de la piscine. Il me reste à peine plus de cinq minutes. Cinq minutes, et je verrai Fille-de-Corail.

Je me mets presque à courir entre les vignes en tentant d'éviter les ornières sur le sol inégal. Le soleil tape encore plus ici que du côté de la piscine, sans le moindre coin d'ombre pour se protéger. Les vignes ne sont hautes que d'un peu plus d'un mètre, ce qui signifie aussi que je suis à découvert – mais je n'ai pas le temps de m'attarder là-dessus non plus, ni de ramper, j'avance sans me retourner. C'est une folie.

Peut-être est-elle en train de me regarder, là, maintenant. Elle me voit arriver.

Je m'arrête en bas de la vigne, là où commencent les arbres, trempée de sueur mais enfin à l'ombre. Les mains sur les hanches, pantelante, je tente de maîtriser ma respiration. Puis je me lance sur le chemin de terre entre les chênes et les érables. Une petite descente, un creux, puis la piste qui remonte, je contourne le gros rocher et l'arbre arraché, et je retrouve le vieux panneau « Attention » en lettres rouges défraîchies.

Me voici à l'orée de la clairière.

Je fais un pas de côté et m'enfonce entre les arbres à la recherche d'un endroit où je pourrais voir sans être vue. Je dépasse quelques buissons, les feuilles mortes bruissent sous mes pas, une branche m'écorche le bras. Je m'agenouille finalement derrière le tronc d'un arbre tombé à terre, mon paréo ramené sur mes cuisses. De là, je distingue la clairière jusqu'à la trouée qui mène à la falaise. Et je pourrai repérer quiconque arriverait ici avant qu'il ne me voie. Avant qu'*elle* ne me voie, si Fille-de-Corail est à l'heure au rendez-vous.

J'ai toujours mon portable en main. J'essuie la sueur sur mon paréo et active l'appareil photo en mode rafale, au cas où je n'aurais que quelques secondes pour agir. Je suis prête.

Regardant autour de moi, je prends soudain conscience de la beauté de la forêt. De son calme. Un oiseau solitaire chante au-dessus de moi dans la canopée, les feuilles de arbres frissonnent à peine dans la brise légère qui monte depuis la gorge. J'ai trouvé ma position d'attente. Ma main se porte inconsciemment vers la poche de mon short et joue avec l'emballage du préservatif.

Qui va répondre ? Qui va venir ? Comment vais-je réagir ?

Vaut-il vraiment mieux savoir, ou ai-je encore le temps de faire machine arrière ?

Non. Il fallait tenter le coup. Il vaut mieux…

Un mouvement sur ma droite, plus loin dans le bois. Une brindille qui craque. Est-ce un humain ou un animal, je ne saurais dire.

J'ajuste ma position pour mieux voir.

Un nouveau bruissement sur la droite, un peu plus près. Un mouvement furtif au coin de mon œil. Je lève les yeux vers les arbres. Un oiseau, peut-être ? Un chat ?

Le silence à nouveau. La sueur perle sur ma nuque.

Je regarde ma montre : le quart d'heure est dépassé.

… Ou alors elle ne viendra pas. Sean a trouvé le message, et il l'a prévenue.

Un son, à nouveau. Cette fois, ce sont des pas. Ils se rapprochent en remontant de la gorge.

Quelques secondes plus tard, un visage apparaît. Une petite tête sous un grand chapeau de paille, des cheveux bruns noués en queue-de-cheval, un téléphone à la main.

C'est Izzy.

45

Izzy s'arrête dans la clairière et regarde autour d'elle comme si elle cherchait quelqu'un. Les épaules encore secouées à chaque respiration, elle semble hors d'haleine.

Encore sous le choc, je ne sais comment réagir.

Fille-de-Corail, Izzy ! Ce devait être Jennifer, ou Rowan, mais pas elle.

Maintenant que j'y pense, le pseudo aurait pu me mettre la puce à l'oreille. Fille-de-Corail : il n'y a pas si longtemps, Izzy a passé un an en Thaïlande ; elle nous parlait parfois de ses escapades sur une île appelée *Coral Island.*

Je lève mon téléphone, zoome et prends une photo. *Clic*, fait l'obturateur. *Merde.* Je me tasse derrière mon tronc d'arbre, mais il semblerait qu'elle n'ait rien entendu.

Je l'épie encore un moment. La colère remonte dans mon estomac, ma poitrine, ma gorge.

Izzy ! Cela n'a aucun sens ! À moins que… Mais bien sûr. Tu te demandais pourquoi elle revenait en Europe, maintenant tu le sais. C'était pour ça. *Elle connaît Sean depuis plus longtemps que toi – depuis plus longtemps que vous toutes. Ils ont grandi ensemble. Ils sont allés à l'école ensemble. Ils ont toujours eu cette complicité particulière, ces blagues auxquelles ils sont les seuls à rire. Ils ont des amis communs en Irlande, aussi, que tu ne connais pas. Et puis ce stupide pacte adolescent* – si nous sommes célibataires à quarante ans, nous nous marierons.

Eh mais Izzy, tu sais quoi ? Il n'est pas *célibataire !*

Je sors de ma cachette et me plante devant elle. Izzy recule dans un sursaut.

— Merde alors ! dit-elle en portant la main à sa poitrine. Kate, tu m'as fait peur.

— Désolée.

Elle rit nerveusement.

— Tu fais souvent ça, bondir sur les gens en forêt ?

— Seulement quand je tombe sur quelqu'un pendant ma promenade.

Je la regarde dans les yeux sans rien dire. Je lui laisse une chance de me dire d'elle-même ce qu'elle fait ici, précisément maintenant. Si elle admet sa défaite, tout sera plus facile pour nous deux. Je n'ai aucune envie de lui extorquer des aveux, mais s'il faut le faire, je le ferai.

Je me place juste à l'entrée du chemin, bloquant le passage.

— J'ai l'impression que tu attendais quelqu'un…

— Moi ? Non, j'étais en bas, dans la gorge, je reprenais mon souffle après la montée.

— Je sais ce que tu faisais, dis-je froidement. Tu attendais Sean.

Elle me regarde perplexe, sourcil froncé.

— Sean… Il n'est pas là-haut, à la villa ?

— Il l'était… Je veux dire, oui, il y est.

— Donc je ne pourrais pas le trouver ici, non ?

— Sans doute pas, en effet.

Son expression ne trahit rien. Pas un mouvement de cil, pas le plus petit signe de mensonge.

— Tout va bien, Kate ?

— Oui. Je t'ai vue dans la clairière, j'ai eu l'impression que tu cherchais quelqu'un.

— Ma jeunesse perdue, peut-être !

Elle s'évente avec son chapeau.

— Il y a vingt ans, j'aurais grimpé cet escalier sans une goutte de sueur. Maintenant j'ai l'impression qu'il me faudrait une assistance respiratoire. C'est un enfer! Mais avec l'eau, en bas, c'est tellement beau… Tu n'y es pas allée, encore?

— Pas encore, non. Tu n'étais pas avec Jen, Alistair et les garçons?

— Si, mais je me suis proposée pour remonter en éclaireur et préparer un thé pour tout le monde.

Elle consulte sa montre et relève les yeux vers moi.

— … Tu peux m'aider, si tu veux.

Je soutiens son regard.

Tu ne vas rien avouer, n'est-ce pas? Je vais devoir faire parler Sean, alors.

— Bien sûr.

Elle vient vers moi et semble regarder par-dessus mon épaule.

— Tu es toute seule?

— J'ai laissé Sean avec les enfants. Et j'imagine que tu n'as pas croisé Rowan sur ton chemin?

— Euh… Non. Je croyais qu'elle était à la villa avec vous.

— Elle s'est envolée.

Nous retraversons la vigne et son sol plein de pièges. Izzy parle de tout et de rien, sans discontinuer, mais je n'arrive pas à me concentrer sur la moindre conversation.

Il y a cinq minutes, j'étais sûre que c'était elle. Maintenant je ne suis plus sûre de rien.

Elle était là. Elle est venue au rendez-vous. Elle a répondu au message de Sean. Ou alors… Se peut-il que ce ne soit qu'une coïncidence? Qu'elle soit réellement remontée de la gorge pour aller préparer un thé? C'est tout à fait son genre, après tout. Et où a bien pu passer Rowan?

Nous sommes à mi-chemin de la villa quand Izzy pose une main amicale sur mon bras.

— … non, Kate, tu ne trouves pas ?

Elle me jette un regard inquisiteur.

— Trouver quoi ? Pardonne-moi, Izzy, j'avais l'esprit ailleurs.

— Que l'aîné de Jen est un peu… perché. Comme s'il était sur une autre planète.

— Bienvenue chez les ados, Izzy !

— Tu crois qu'il est conscient qu'il n'a aucune chance avec Lucy ?

Je m'arrête, prise de court. Je n'arrive pas à voir si elle est sérieuse, ou si ce n'est qu'une diversion.

— Lucy ? dis-je.

— Oui.

— Je n'ai jamais pensé… Je veux dire, je les vois plutôt comme frère et sœur.

— Kate… Tu n'as pas vu la façon dont il la regarde ?

— Non, comment ?

Elle rit.

— En gros, avec la langue pendante.

— Vraiment ?

— Ce que je comprends très bien ! Ta fille est tellement belle. Je ferais pareil si j'étais un garçon de son âge. Et ce serait presque mignon s'il n'était pas… si extravagant, disons.

Je ne sais qu'en penser. Il ne m'a pas échappé que Lucy est devenue une très belle et grande jeune fille. Mais pour Sean et moi, le changement a été progressif – jour après jour, semaine après semaine. Nous ne pouvons pas mesurer l'effet qu'elle peut faire sur d'autres qui la voient moins souvent. Particulièrement les garçons.

— Tu es certaine ? Quand ils sont tous les trois, avec Jake et Ethan, je les revois encore courir tout nus dans le jardin autour de la piscine gonflable…

— Crois-moi, il en pince sévèrement pour elle.

Elle cueille une grappe de raisin au passage et en avale un grain.

— Depuis qu'on est arrivés, il tente de l'impressionner. Son cinéma, hier, aux gorges d'Héric. Ou cette histoire au bord de la falaise, le premier jour. Tout ça, c'est pour tenter de l'épater. Sinon, pourquoi ferait-il ça ?

— Parce qu'il est toujours un peu bizarre, j'imagine.

— Et quand il invite Daniel dans son petit cercle, avec son frère ?

— J'ai trouvé que c'était vraiment gentil de leur part, de le prendre avec eux.

— Mais tu as bien compris qu'ils ne le faisaient que pour se faire bien voir de Lucy ?

— J'avoue que je n'avais pas vu ça sous cet angle.

Je suis prise d'un pincement au cœur pour mon petit garçon, lui qui joue si souvent tout seul.

— Je crains fort d'avoir raison, ma grande, dit Izzy en prenant un nouveau grain de raisin. C'est les hormones, tout ça.

46

Je médite un instant les paroles d'Izzy.

— Elle ne comprend pas encore tout à fait, tu sais. L'effet qu'elle produit sur les garçons.

Izzy me regarde, un raisin dans la bouche et les sourcils levés.

— Tu es sûre de ça?

— Oui, dis-je avec plus de conviction que je ne l'aurais cru. Elle n'était qu'une petite fille il y a encore deux ou trois ans, les gens la regardent telle qu'elle est maintenant, et ils oublient ça.

Nos chemins se séparent quand nous arrivons au portillon qui marque la distinction entre le vignoble et le jardin. Izzy monte directement à la cuisine. Je lui promets de la rejoindre bientôt et emprunte sur la gauche le chemin en gravier qui mène à la piscine, pour voir où en sont mari et enfants. Je suis partie près d'une demi-heure, Sean doit se demander où je suis passée.

Il est dans l'eau avec Daniel, Lucy et Odette, tentant d'attraper le ballon que les enfants s'envoient en riant et en criant. Je contourne la piscine en passant devant Russ, allongé sur sa chaise avec un roman de John Grisham et la petite bouteille verte d'une bière française.

— C'est beau de voir les enfants jouer comme ça, dis-je.

Il se contente d'un borborygme et boit une gorgée de bière.

— Oh, et où est Rowan ? Je voulais lui demander quelque chose.

— Elle passe des coups de fil, je crois, dit Russ en désignant la maison d'un geste vague. Des trucs de boulot.

Je regagne ma chaise de l'autre côté du bassin. Sean émerge à ma hauteur, collé au rebord avec ses cheveux dans les yeux.

— Tu en as mis du temps !

— Je me suis allongée un moment dans la chambre. Besoin de me rafraîchir.

— Ah ? Tu as l'air d'avoir encore bien chaud, mon amour.

Je porte une main à ma joue. Impossible de nier : je suis encore brûlante de cette marche en plein soleil. Mais peu importe. Je suis venue avec une idée en tête, et il n'y a que ça qui compte. Je suis venue faire ce que j'aurais dû faire le premier jour, quand j'ai découvert les messages : lui demander de me les montrer. Et de tout me raconter.

Aussi calmement que je peux, je demande :

— Où est ton téléphone, Sean ?

Daniel arrive et s'accroche d'une main à l'épaule de Sean pour mieux éclabousser les autres.

— Quoi donc ? dit Sean.

— Ton téléphone.

— Pourquoi ?

— J'ai cru l'entendre sonner.

Il me regarde avec dans l'œil un éclair que je ne parviens pas à interpréter.

— Je ne sais pas. Il doit être quelque part par là. Sous le transat ?

Je regarde. Il n'y est pas.

— Peut-être sous mon livre, alors, là sur la table.

Je soulève livre, chapeau et t-shirt. Toujours rien.

— Il n'est pas là, Sean.

— Oh oh, fait-il sur le ton de celui qui vient de commettre une gaffe. Quel c…onifère.

— Qui est un con ? demande Daniel, indigné.

— Moi, poussin. Tu ne devineras jamais ce que j'ai fait.

Toujours debout dans l'eau, il plonge la main sous la surface, dans la poche de son maillot de bain. Quand il la ressort, il tient son téléphone trempé entre deux doigts.

***

— Ils disent qu'il faut le mettre dans un bol de riz pendant huit heures, explique Daniel, le nez dans son iPad. Le riz absorbe l'eau, et après ça remarche.

Le portable sans vie de Sean est posé sur la table de la cuisine à côté de lui. Depuis son séjour prolongé dans la piscine, il refuse obstinément de s'allumer. Daniel tente une nouvelle fois d'appuyer sur le bouton d'alimentation. Aucune réaction.

— Je crois que c'est un peu plus grave que ça, Daniel, dit Sean.

— Est-ce qu'on a du riz, au moins ? Il faut du riz nature, pas cuit. Ou alors, ils disent qu'on peut utiliser… des coucous ? Qu'est-ce que c'est, des coucous ?

— Du couscous, corrige Sean en regardant par-dessus l'épaule de Daniel. Mais je crains que M. Samsung ne soit arrivé au bout de la route, tu sais.

— … Il faut aussi un aspirateur pour enlever toute l'eau dans la prise du chargeur, les écouteurs et tous les autres trous. Et un sèche-cheveux. On pourrait prendre le sèche-cheveux de maman ?

Sean secoue la tête.

— T'inquiète, Danny. Je m'en sortirai très bien sans portable.

— Mais t'as besoin d'un téléphone, papa. Tu ne *peux pas* ne pas avoir de téléphone.

— Je n'avais pas de téléphone quand j'avais ton âge, tu sais. J'ai survécu.

— Oui, mais c'était le monde d'avant.

— Les années quatre-vingt.

— C'était avant ou après les Vikings, déjà ?

— C'était l'ère des nouveaux romantiques, jeune freluquet.

— Oscar, dans ma classe, il a fait tomber son téléphone dans les toilettes, un jour, il l'a mis dans le riz et ça a marché.

— Mais j'imagine qu'il n'a pas nagé avec pendant dix minutes dans les toilettes. Le sien n'a dû rester dans l'eau que quelques secondes.

— J'arrive pas à croire que tu as plongé avec. Puis il se tourne vers moi avec un grand sourire : Tu le crois, toi, maman ?

Oh oui, je le crois. Je sais très bien pourquoi il a fait ça. Et lui aussi. Mais je ne dirai rien. La comédie pour les enfants, avant tout.

— Oh tu sais, c'est tout à fait le genre de chose dont ton père est capable, dis-je avec autant d'entrain que possible.

Nous savons tous les deux ce qu'il en est. Maintenant, je ne peux plus l'obliger à me montrer les messages, point à la ligne. À moins que je n'arrive à accéder à son compte Messenger en ligne, mais pour cela il me faudrait connaître son login et son mot de passe, ce qui n'est pas près d'arriver. Je crois savoir ce qui s'est passé : après mon départ, tout à l'heure, il a ouvert l'appli et trouvé le message que j'ai envoyé. Je note quand même qu'il n'a pas eu le temps de prévenir Izzy.

Mais je ne veux surtout pas que Daniel souffre de la crise qui mine notre couple. Pas encore. Nous devons le protéger aussi longtemps que nous le pourrons.

47

Sean

— On a combien de temps ? demande Sean en jetant un regard derrière lui.

— Pas longtemps. Parle moins fort.

— Je voulais…

— Pas ici, dit-elle doucement. Où est Kate ?

— Avec les enfants.

— On peut aller en bas, dans la cave. Viens.

Elle l'entraîne derrière la cuisine dans une réserve aux étagères remplis de bocaux et de boîtes de conserve. Au bout, une petite porte. Elle l'ouvre, allume un plafonnier et lui fait signe de la suivre.

Une volée de marches bétonnées les mène dans les entrailles de la villa. L'air est déjà plus frais – une bénédiction. Ils marchent côte à côte le long d'un grand couloir creusé dans la roche, leurs mains se touchent presque. Sur leur droite, du sol jusqu'au plafond, des casiers contiennent des bouteilles de vin pleines de poussière.

Elle s'arrête dans un recoin et l'attire à elle.

— Bon, comment ça va ?

Il pose une main sur son bras. La peau est douce et chaude sous ses doigts.

— Kate sait, dit-il.

Elle secoue la tête.

— Non, ce n'est pas vrai.

— Comment peux-tu affirmer ça ?

— Je sais, c'est tout.

— Elle est convaincue qu'il se passe quelque chose.

Elle se rapproche encore et baisse la voix.

— Ce n'est pas la même chose que *savoir*. Loin de là. Qu'est-ce qu'elle t'a dit ?

— C'est de plus en plus dur pour moi, tu sais. À chaque instant, j'ai l'impression que je vais craquer, et que je vais tout faire foirer.

— Ça n'arrivera pas.

— Je ne sais pas combien de temps je peux tenir encore. Je me sens tellement coupable.

— Eh, tu crois qu'elle ne t'a jamais caché de secret ?

— Non. Pas de ce genre, en tout cas.

— Vraiment ?

Elle prend ses mains entre les siennes.

— Ce n'est pas ta faute, Sean.

— Un peu quand même…

— Nous sommes humains, toi et moi. Comme les autres. Les humains commettent des erreurs. Et nous, il faut seulement qu'on voie ensemble comment gérer celle-là au mieux.

— Tu crois que c'est une erreur ? Ce qu'on fait, là ?

Elle le regarde dans les yeux et sourit.

— Ça ? Non.

— Je crois qu'on devrait tout dire. Trouver un moyen de tout arranger en faisant le moins de mal possible.

— On a déjà parlé de ça. La meilleure solution, c'est ce qu'on fait, là.

— La laisser comme ça dans le noir, c'est… Pas bien. Pas juste.

— Juste ? Qui a dit que la vie était juste ?

— On ne peut quand même pas garder ce secret éternellement.

— Et pourquoi pas ?

— Parce qu'un jour où l'autre, elle finira bien par tout savoir. Ou *quelqu'un* va deviner. Ce n'est qu'une question de temps.

— Elle ne *peut* pas savoir. Pas si on fait attention.

— Je t'ai dit, je ne suis pas doué pour mentir. Et encore moins à elle.

— Ce n'est qu'une question d'entraînement, crois-moi. Plus tu mens, mieux tu mens.

— J'en doute un peu.

— Et pourquoi est-ce qu'on lui dirait ? Ça ne ferait que compliquer les choses. On continue comme ça, tu vas voir, ça va bien se passer.

— Continuer combien de temps ? Jusqu'à ce qu'elle finisse par découvrir la vérité toute seule ?

— Je ne vois pas comment elle pourrait.

— C'est juste que… Je ne sais pas combien de temps je peux tenir à faire semblant que tout est normal. Je n'ai jamais fait ça avant, tu sais.

— Ne va pas croire que j'ai l'habitude non plus.

— Heureux de l'entendre.

Elle se rapproche encore un peu et pose une main sur son torse. Il sent ses doigts parcourir ses muscles.

— Faisons exactement comme nous avons fait jusqu'à maintenant, d'accord ? dit-elle. Nous avons beaucoup trop à perdre si nous révélons quoi que ce soit. Tu comprends ça, non ?

— Oh oui, dit-il. Parfaitement.

Quatre mois plus tôt

C'est stupide. Elle le sait que c'est stupide.

Mais elle ne peut pas s'empêcher d'y penser une centaine de fois par jour.

Elle y pense quand elle est avec lui. Elle s'y voit déjà quand il passe son bras autour de sa taille et l'attire à lui. Quand il la tient tout contre son torse. Quand il l'embrasse et qu'une décharge électrique lui parcourt le corps.

Si sa mère le voyait, elle comprendrait. Mais mieux vaut qu'elle ne sache rien pour l'instant, après tous ses sermons sur l'importance de rester concentrée *et la seconde où* ça devient important, *avec l'examen qui se rapproche de jour en jour. Garder un secret ne la dérange pas. Au contraire, même. C'est plutôt cool d'avoir un secret à soi – un peu comme une pièce secrète dans la maison, pleine d'affaires qui ne seraient qu'à elle et dont personne ne saurait rien. Et puis, ce n'est pas comme si on lui avait* interdit *d'avoir un petit ami. C'est surtout que papa et maman ont des idées assez arrêtées sur les garçons.*

… Et il n'est pas comme les autres garçons, oh non. Il est tellement plus mûr. Elle peut lui parler de n'importe quoi : le lycée, les exams, la famille, les amis. Ils parlent de son ambition à elle de devenir médecin, de comment il a été repéré par les Saracens à l'âge de onze ans et de son rêve de devenir professionnel après ses dix-huit ans, de jouer un jour pour l'Angleterre. De gagner des trophées.

Il n'y a qu'une seule chose dont elle ne parle pas avec lui.

Cette chose stupide.

Parce que c'est idiot, oui – en un sens, elle le sait.

Mais cela ne l'empêche pas d'y penser jour et nuit : elle va se marier avec lui.

MERCREDI

48

Daniel

Maman avait raison, pense Daniel. C'est vraiment bien, de jouer avec les grands.

Jake est presque aussi grand que papa, qui mesure plus d'un mètre quatre-vingts. Et Ethan est à peine plus petit. Il les voit comme deux mini-adultes, des garçons-presque-hommes, aussi grands que les parents ou les profs. Les seuls autres enfants des vacances sont sa sœur Lucy, qui préférerait mourir plutôt que d'être vue en train de jouer avec lui, et la petite Odette, qui lui a déjà fait savoir qu'elle n'aime pas les garçons. Elle a l'air un peu folle.

Jake et Ethan, *eux*, ne le rejettent pas. Et ils sont cool. Comme les cool de l'école – ceux avec qui tout le monde a envie de traîner mais qui font un peu peur aussi, ceux qui sont bons au foot, et drôles, et qui parlent avec les filles.

Daniel n'aime pas le foot. Il préfère Minecraft, les Lego Star Wars et les vidéos marrantes sur YouTube. Et malgré tout ça, Jake et Ethan veulent bien qu'il soit avec eux quand ils s'en vont explorer tous les recoins de la maison et du jardin. Ils sont allés presque partout déjà : la salle de jeux, celle avec les machines de gym, le garage, le sauna, le bois, le belvédère. Ils sont assez doués, comme explorateurs : ils ont déjà trouvé une pièce secrète, sous la piscine, avec plein de tuyaux et de tonneaux, ils ont mangé des raisins directement sur les pieds de vigne (même si

Daniel n'était pas trop pour), et Ethan a failli attraper un lézard, sauf que la queue s'est détachée et que le lézard s'est enfui. Ethan est resté avec la queue dans sa main – c'était dégoûtant, mais rigolo : il courait vers Jake et Daniel en l'agitant, comme si c'était un truc encore vivant. Daniel a ri avec eux, mais il n'avait vraiment pas envie de se faire toucher.

Frousse et admiration : une bien dangereuse combinaison.

Ils sont allongés tous les trois à l'ombre d'un grand chêne, en bas du vignoble. La chaleur est impitoyable. Le t-shirt de Daniel lui reste collé au dos, et ses lunettes glissent régulièrement sur le bout de son nez.

Jake se penche vers lui, avec ses cheveux longs qui lui tombent devant les yeux.

— Tu veux voir un truc cool ?

— Ouais ! répond Daniel sans réfléchir.

— Pas ici, viens.

Il se lève et les emmène plus loin dans le bois, Ethan à sa suite, puis Daniel.

Dès qu'ils sont hors de vue de la villa, entièrement cachés par les arbres, Jake sort de sa poche un objet en plastique noir bordé d'une ligne de métal.

— Tu sais ce que c'est ?

Daniel n'en est pas sûr, mais il ne veut pas paraître idiot devant les deux grands.

— Euh… Un canif ?

— Mais non. Les canifs, c'est pour les enfants. C'est un cran d'arrêt. Regarde.

Il presse un bouton et une lame de métal sort sur le côté. Avec un bruit sec, elle se cale dans l'axe du manche. Elle n'est pas beaucoup plus longue que l'index de Daniel, mais elle est large, affûtée et brillante, courbée à son extrémité comme les crocs d'un animal sauvage.

— Ça sert à quoi ?

Jake fronce un sourcil.

— C'est un couteau tactique, ignare ! Pour chasser, dépecer des animaux, tailler des objets, et plein d'autres trucs. Tu veux essayer ?

Daniel fixe la pointe et le tranchant de la lame. Il pense : *Non, vraiment pas.*

— Bien sûr, dit-il en tendant sa main.

Jake lève soudain son bras avec une grimace menaçante, et d'un geste sec plonge le couteau droit sur la main ouverte de Daniel. La lame s'arrête à quelques centimètres de sa paume. Le garçon recule dans un cri. Les deux grands explosent de rire.

— Eh, mec, c'est juste une blague ! dit Jake en faisant tourner le couteau dans sa main. La tête que t'as faite ! Trop drôle. T'as vraiment cru que j'allais te poignarder ?

Daniel sent monter dans ses yeux des larmes de peur qu'il s'empresse de ravaler.

— Bien sûr que non.

Ne pas pleurer. Pas maintenant. Pas devant eux.

Sa main tremble mais il ne la retire pas et prend le couteau des mains de Jake. Le manche incurvé épouse la forme de sa main, avec un léger creux où poser son index. Le couteau est incroyablement léger. Daniel se sent bien avec. Puissant. Comme si rien ne pouvait lui arriver.

— Acier et titane, dit Jake en désignant la lame. Tranchant comme un rasoir. Tu peux couper n'importe quoi avec.

— Cool, dit Daniel.

— Tout, vraiment tout. Vas-y, essaie.

— Où ça ?

— Sur l'arbre, là.

Daniel passe avec précaution la pointe du couteau le long de l'écorce d'un olivier et laisse un fin sillon sur le tronc noueux.

— Pas comme ça, dit Jake en reprenant le couteau. Regarde.

D'un geste sec, il plante le couteau dans l'écorce sur un bon centimètre, à hauteur d'épaule. Il retire sa main et la lame reste enfoncée dans l'arbre.

— Ça s'enfonce plus facilement dans la peau, note-t-il.

— Dans la peau ?

Jake ne répond pas. Il arrache le couteau de l'arbre, fixe la lame pendant quelques secondes puis se tourne vers Daniel, l'air grave.

— Bon, écoute. Tu sais garder un secret ?

— Oui.

Jake le scrute un instant comme s'il l'évaluait.

— Avec Ethan, on forme une bande.

Daniel regarde l'un, puis l'autre.

— Une bande de deux ?

— Ça fera trois avec toi. Si tu deviens un vrai membre, je veux dire.

— Et comment je peux devenir membre ?

— Faut passer l'Initiation.

— Quoi ?

— L'Initiation, reprend Ethan. C'est comme un test.

Il pose sa main sur l'épaule de Daniel.

— Jake et moi, on l'a passée tous les deux.

— Qu'est-ce que je dois faire ?

Ethan se retourne et, d'un trou creusé dans le sol, sort une bouteille en plastique dont le haut a été coupé.

— J'ai fabriqué un piège, regarde.

Daniel s'avance timidement. La bouteille est à moitié remplie d'un liquide trouble qui sent très mauvais. Au fond macèrent de vieux fruits, quelques feuilles et…

— Eh, mais c'est quoi, ce truc ? dit-il avec un mouvement de recul.

On dirait un cafard géant. Ethan sourit de toutes ses dents.

— C'est un lucane cerf-volant. Et un gros. Approche-toi.

Daniel s'avance à nouveau. Il imagine qu'Ethan va lui fourrer la bouteille sous le nez, mais le garçon se contente de la tenir fermement pour qu'il puisse regarder de plus près, en tapotant régulièrement le plastique pour empêcher l'insecte de remonter trop haut. Il a un long corps noir, de la forme d'une balle de revolver, six pattes et une grosse tête d'où partent deux mandibules gigantesques. Répugnant, et effrayant. Daniel tremble rien qu'à le regarder.

— On a construit une arène, dit Jake. Viens voir.

Derrière un rondin, il lui montre un cercle de terre nue, entouré de pierres. Comme le foyer d'un feu de camp, sans le bois.

— C'est là qu'a lieu l'Initiation.

Le regard de Daniel passe d'un garçon à l'autre. Il sent l'angoisse monter en lui. Il pense à ces épreuves qu'il a vues dans « Je suis une célébrité, sortez-moi de là ! », à cette vidéo où un chanteur se retrouve couvert d'insectes qui grimpent sur lui jusque dans ses oreilles et se glissent sous ses vêtements. Trop flippant. Et le lucane est *énorme*. Il n'a aucune envie de l'approcher.

— Qu'est-ce que je dois faire ?

Ethan incline la bouteille vers le bas, au centre du stade. Le lucane bascule sur le sol et se met à courir en tous sens.

— Facile, dit Ethan en contenant l'insecte avec le bout d'un bâton. Tu dois le tuer.

— Le lucane ?
— Ben oui, andouille. Le lucane.
— Oh.
Daniel serre les poings et les enfonce dans les poches de son bermuda.
Jake lui tend le couteau en le tenant par la lame.
— Alors, t'es prêt ?
— Euh… Je sais pas.
— T'es un trouillard ?
— Non.
Il a tellement envie d'être intégré dans la bande. Faire partie d'un *gang*. Être du côté des cool, pour une fois. Et surtout, il ne veut pas se retrouver à l'extérieur. Parce qu'il l'a déjà bien compris : s'il ne devient pas l'ami de Jake et Ethan, il sera leur souffre-douleur.
Mais il n'aime pas faire du mal aux animaux. Même à un lucane, qui n'a pas l'air gentil du tout.
Ethan prend le couteau des mains de son frère et presse Daniel de le prendre en main.
— Fais-le. C'est juste un scarabée. Il te ferait pareil s'il pouvait, tu sais. Genre, s'il faisait ta taille.
— T'es sûr ?
— Évidemment. Tuer ou être tué, c'est ça la nature. Vas-y.
Ethan lui semble soudain plus grand, et plus massif encore. Il y a une flamme inquiétante dans ses yeux.
Daniel reste pétrifié. Ce qu'il voudrait plus que tout, à cet instant précis, c'est être avec son père à jouer dans la piscine. Ou avec sa mère qui lui demanderait de se laver les mains avant le dîner. Ou même avec sa sœur qui l'ignore et joue les méchantes. N'importe où mais pas ici, avec ce couteau dans la main.
— J'aime pas le sang, dit-il d'une toute petite voix.

Ethan hausse les épaules.

— On est tous faits de sang. Il y en a des litres et des litres dans ton corps. Des os, des muscles et du sang : voilà ce qu'on est, et rien d'autre.

— Je peux le faire la prochaine fois ? Demain ?

— Quoi ? Mais c'est vrai que t'es un trouillard, alors.

— Non.

— Alors fais-le.

— J'ai pas envie de lui faire du mal.

En prononçant ces mots, il sait qu'il s'expose au rire caustique des deux ados, à pire encore, peut-être. Il tourne la tête du côté de la villa avec le fol espoir qu'un adulte se fraie soudain un chemin à travers les arbres et les rappelle pour le goûter, ou quelque chose comme ça. Que quelqu'un vienne le sauver. Mais Jake et Ethan ne ricanent pas. Ils ne se moquent même pas. Ils se regardent l'un l'autre, puis ils se tournent vers Daniel.

Ethan reprend le couteau en secouant la tête. D'un coup sûr, il empale le lucane sur la lame. La carapace fait un *crac* douloureux quand il la perce, puis il lève le couteau pour mieux étudier l'insecte qui agonise en agitant désespérément les pattes.

Daniel recule de deux pas.

— Si tu ne veux pas faire ça, dit Ethan en retournant la lame d'un côté puis de l'autre, il y a un autre moyen de passer l'Initiation.

Daniel cligne des yeux. Il se demande si c'est un piège.

— Quel autre moyen ?

D'un coup de poignet, Ethan jette le lucane mourant dans un buisson et essuie la lame sur son short.

— Viens. On va te montrer.

49

Daniel

La falaise est irrégulière : à certains endroits, la roche s'avance au-dessus du vide ; à d'autres, elle est comme émiettée. Dans l'axe de la clairière, entre deux vilains arbres broussailleux, on dirait qu'un trou s'est formé, une demi-lune en retrait du bord. Comme si un morceau de roche entier était tombé au fond de la gorge il y a un million d'années, songe Daniel.

Le trou mesure environ un mètre cinquante. Un peu plus que sa taille.

— C'est là, dit Ethan en se situant juste au bord. Tu vas voir, c'est comme le saut en longueur en cours d'EPS.

L'EPS est la matière que Daniel aime le moins à l'école. C'est toujours lui qu'on choisit en dernier pour jouer au football, et quand il doit jouer au rugby-foulard (oh, comme il déteste le rugby-foulard !), il s'arrange toujours pour courir dans la direction opposée au ballon. Il n'est pas mauvais à la course, cela dit. Ou au saut. Mais courir et sauter, ce n'est pas vraiment du sport, non ? Tout le monde peut le faire.

— Du saut en longueur ? demande-t-il en tâchant de maîtriser sa voix pour ne pas monter trop haut dans les aigus.

Jamais de la vie il ne sauterait de son propre chef au-dessus d'un tel trou. Mais il n'est pas seul. Il est avec ses amis, ceux de la *bande*, même s'ils sont bien plus grands et sautent forcément plus loin que lui.

Jake indique deux points sur le sol, de chaque côté du trou.

— Il faut sauter de là... jusque-là. On a fait ce genre d'exercice aux Cadets de l'Armée – sauf que c'était encore plus large.

— Cool, dit Daniel pour gagner du temps. Faut avoir quel âge pour faire les Cadets ?

— Je sais pas. J'y suis plus, de toute façon.

— Pourquoi ?

Jake balaie la question :

— J'aime pas qu'on me crie dessus et qu'on me donne des ordres.

— Ils l'ont viré ! dit Ethan avec un sourire goguenard.

— Tu dis n'importe quoi ! s'énerve Jake en tapant sur le bras de son frère. C'était trop chiant, fallait tout le temps marcher, et je sais pas quoi. On tirait presque jamais avec le fusil.

Comme chaque fois qu'il entend un gros mot, Daniel se retourne pour vérifier qu'aucun adulte n'est dans les parages. Il ne peut pas s'en empêcher.

— Bon, reprend Jake. Je vais te montrer, tu vas voir, c'est facile.

Il prend un bref élan et saute par-dessus le trou. Ses baskets soulèvent un nuage de poussière quand il atterrit de l'autre côté. Ethan s'élance à son tour, mais son saut est plus court. Il retombe à quelques centimètres du bord, s'écroule sur les genoux et s'empresse de se rétablir pour venir se placer à côté de son frère. Tous deux regardent maintenant vers Daniel.

— À ton tour, dit Jake.

Daniel avance d'un pas et se penche au-dessus du vide. En contrebas, au fond de la gorge, s'écoule un torrent d'eau bleue sur lequel la lumière du soleil forme comme des diamants.

— C'est vraiment très loin, en bas, non ?
— C'est sûr qu'une chute comme ça, ça te tue, dit Ethan.
— À toi de voir si t'es un trouillard, dit Jake.
— Non.
— Mais si, dit Ethan. Danny-la-poule-mouillée !

Avec un sourire mauvais, il se met à imiter le cri de la poule en battant ses bras contre ses flancs. Jake ne tarde pas à le rejoindre.

Cot cot cot ! font les deux frères en sautant sur place et en bougeant les bras. Danny-la-poule-mouillée ! Danny-la-moule-mouillée !

Le rouge monte aux joues de Daniel. Comme si toutes les angoisses de l'école venaient le hanter en même temps : les cours d'EPS, les moqueries, les brimades et les humiliations sur le terrain de foot. Et cette urgente envie de faire pipi qui le prend toujours au plus mauvais moment.

Mais cette fois, il ne craquera pas.

Il a peut-être peur, mais ce n'est pas un trouillard, et il va leur montrer.

— Je suis pas une poule mouillée.

Le sourire d'Ethan se fige.

— Moi je crois que si, petit bonhomme.
— Non !
— Prouve-le, alors.

Daniel recule de six pas. Il respire profondément, une fois, deux fois.

Pas une poule mouillée.

Puis il s'élance, les poings serrés, les yeux fixés sur l'autre bord.

Et il saute.

50

La place du village est presque vide en ce milieu d'après-midi. Le drapeau français pend, inerte, au fronton de la mairie comme si lui aussi était écrasé par cette chaleur sans un souffle de vent. Les seuls clients du café sont quelques vieux messieurs moustachus, leur canne posée contre un banc. Et nous trois, assises à l'ombre.

Nous venons d'être servies, c'est le moment que j'attendais pour prendre la parole.

— Les filles, dis-je, j'ai un aveu à vous faire.

Rowan et Jennifer allaient boire leur première gorgée de café. Elles suspendent leur geste.

— Sacrée entrée en matière ! note Rowan.

— Tout va bien, Kate ? dit Jennifer.

Je baisse les yeux.

— On ne peut pas dire ça, non. La vérité, c'est que ça ne va pas bien du tout.

— Qu'est-ce qui se passe ? demande Jen d'une voix inquiète. Qu'est-ce qui s'est passé ?

Je détourne le regard en cherchant mes mots. De l'autre côté de la place, une très vieille femme en robe noire sort de l'église, sa canne à la main. Très lentement, elle se met à marcher vers le café.

— C'est un aveu, avec des excuses dedans, dis-je.

Sans entrer dans les détails, je leur expose mes doutes concernant Sean – doutes qui, depuis samedi, ont laissé place à la froide certitude que mon mari me trompe. Je leur raconte comment j'en suis venue à soupçonner d'abord Rowan, puis Jennifer. Et comment hier m'est venue la confirmation que ni l'une ni l'autre n'était *l'autre femme*.

— J'ai trouvé la bague dans la salle de sport, dit Rowan. Je ne savais pas qu'elle était à Sean ! J'ai cru qu'elle avait été oubliée là par un client précédent, alors je l'ai rangée dans un tiroir et après je n'y ai plus pensé. Si j'avais su, je…

— Je sais, dis-je. Et je vous présente mes excuses pour avoir pensé que ça pouvait être une de vous deux. J'aurais dû comprendre dès le début, mais j'étais tellement déboussolée que je me suis perdue dans des détails sans importance… Et le pire, c'est que j'en ai parlé à Izzy l'autre jour, aux gorges d'Héric ! Elle m'a assurée que Sean n'était pas du genre à mentir ou à agir dans mon dos comme ça. Évidemment, elle n'allait pas dire autre chose ! J'ai été tellement bête…

— Quelle histoire, dit Rowan après un moment de silence. Je n'arrive pas à y croire. J'ai bien vu que tu étais un peu à côté de tes pompes, ces derniers jours, je n'arrivais pas à comprendre ce qui… Oh, ma pauvre.

— Moi aussi, je te trouvais bizarre, dit Jen. J'allais t'en parler. Ça a dû être terrible, de découvrir ça comme ça…

Rowan touille son café :

— Et tu es sûre de toi ?

— Certaine. Il a tout nié en bloc mais je sais qu'il se passe quelque chose. Et maintenant, je ne sais plus quoi faire.

— Tu veux qu'on parle à Izzy, Rowan et moi ? propose Jennifer en remontant ses lunettes dans ses cheveux.

Et pour lui dire quoi, au juste ? D'oublier Sean et de se trouver un mec à elle ? Je ne vois pas en quoi ça pourrait m'aider.

— Je ne sais pas… Peut-être… Pas tout de suite. L'autre jour, elle m'a dit qu'elle avait quelqu'un, mais qu'elle ne pouvait pas encore nous en parler parce qu'il est marié. Apparemment, il est en instance de divorce, mais elle avait peur qu'on n'approuve pas son choix.

— Il s'appelle comment ?

— Elle n'a rien voulu dire de plus.

— … Ou alors, dit Rowan, on pourrait parler à Sean.

— Non, dis-je. Pas ça. J'ai déjà essayé, de toute façon.

— Peut-être qu'il va se reprendre, tu sais. Donne-lui juste un peu de temps.

Je secoue la tête.

— C'est trop tard pour ça. Si je ne fais rien, je vais devenir folle. Mais je ne voudrais surtout pas me tromper… Pas une deuxième fois.

J'ai prononcé cette dernière phrase en me tournant ostensiblement vers Rowan. Elle plisse légèrement les lèvres. Elle sait très bien à quoi je fais référence.

— Ce n'était pas pareil, avec Henry, dit-elle avec douceur.

— Vraiment ?

Henry a été le premier mari de Rowan. Et voilà que je replonge dix ans en arrière – le jour où, en une phrase, j'ai contribué à son premier divorce. Qu'aurais-je fait, moi, si j'avais été à sa place ? La question m'a hantée longtemps, mais aujourd'hui tout est différent. Aujourd'hui, je *suis* à sa place. Mon tour est venu.

Il y a dix ans, presque jour pour jour, Rowan et moi prenions un café sur la petite terrasse de notre maison, au nord de Londres. Nous avions fini la vaisselle après le barbecue du dimanche, Henry et Sean étaient au parc avec Lucy, toute fière sur le vélo qu'elle avait reçu pour son sixième anniversaire, avec ses rubans roses accrochés aux poignées. Nous parlions de carte scolaire et de garde d'enfant quand Rowan m'a annoncé qu'elle avait arrêté la pilule et qu'elle prenait de l'acide folique en prévision d'une grossesse. Alors j'ai hésité, j'ai changé d'avis deux fois en cinq minutes, et pour finir, en reposant mon café, j'ai prononcé ces six mots qui – sans que nous le sachions alors – allaient changer le cours de sa vie :

Je crois qu'Henry te trompe.

Je tenais de source sûre qu'il avait une aventure extraconjugale. Depuis des semaines, je me demandais que faire de cette information. Qu'est-ce qui était le plus juste ? Ne rien dire, au risque de mentir par omission ? Laisser les gens jaser dans le dos de Rowan jusqu'à ce qu'elle découvre elle-même le pot-aux-roses ? Ou lui en parler, avec la certitude de faire du mal à l'une de mes meilleures amies ? Sean me conseillait la prudence, mais en entendant Rowan parler d'avenir et de bébé, j'ai pensé que je lui devais la vérité. Alors, en toute bonne foi, je lui ai répété ce qu'on m'avait dit, et les histoires qui circulaient à propos de son mari. Des histoires d'adultère dont on apprendrait plus tard qu'elles étaient totalement fausses – de simples ragots malveillants lancés par une ancienne compagne d'Henry, une fille que je connaissais à peine.

Les conséquences de ces six petits mots avaient été catastrophiques. Rowan avait accusé Henry, éruptive comme elle peut l'être. Le mari fidèle, injustement mis en cause, avait réagi vigoureusement, le couple s'était déchiré, et Henry avait fini par succomber aux charmes d'une maîtresse – comme s'il tenait à commettre le péché dont on l'avait accusé à tort. En à peine trois mois, leur mariage avait volé en éclats.

— Je suis vraiment désolée, Rowan. Toute cette histoire avec Henry, la manière dont ça s'est passé… Je n'aurais jamais dû faire ce que j'ai fait.

— Ne dis pas ça. Tu as fait ce que tu croyais juste à l'époque.

— Mais j'aurais dû m'assurer que tout était vrai avant de t'en parler.

Rowan pose une main amicale sur mon bras.

— Ce que j'ai fait ensuite, c'est *ma* responsabilité. Et celle d'Henry. Tu n'y es pour rien, tu n'as été que la messagère. Et d'ailleurs, c'était plutôt un mal pour un bien.

— Comment ça ?

— La vérité, c'est qu'Henry ne voulait pas vraiment d'enfant. Si j'étais encore avec lui aujourd'hui, Odette ne serait sans doute pas là.

— On peut voir les choses comme ça, oui.

— Tu as peur que l'histoire ne se répète, c'est ça ? demande Rowan.

— Oui, je suis terrifiée.

J'ai eu tort une fois. Je ne peux pas me permettre de me tromper une deuxième fois.

51

Quand nous rentrons du village, la maison est plongée dans un silence presque sinistre.

Sean, Russ et Izzy sont partis avec Lucy et Odette pour voir un marché d'art dans le village voisin de Murviel-lès-Béziers. Alistair s'est proposé pour rester à la villa et garder un œil sur les garçons. Mais nul n'est en vue. Je vais faire un tour dans le jardin, à la piscine, au belvédère : personne. Personne non plus dans la salle de jeux.

Je finis par trouver Daniel, tout seul dans sa chambre, sur son lit, tourné contre le mur.

— Danny ? dis-je.

— Salut, dit-il sans se retourner.

— Qu'est-ce que vous avez fait, alors ? Tout se passe bien ?

— Mmoui.

Je m'assieds sur le lit à côté de lui.

— Eh bien, dis-je, je vois que tu as presque fini ton livre, il va falloir qu'on…

Je m'arrête en pleine phrase, une main sur la bouche et les yeux écarquillés. Je viens de voir les écorchures sur son bras. Et ce n'est pas tout. La poussière et le sang séché sur ses genoux et ses tibias, la terre sous ses ongles et sur son short, le bleu au menton et ses yeux rouges d'avoir pleuré. Son t-shirt Harry Potter – son préféré – est déchiré sur toute la longueur du côté droit. On dirait qu'il s'est battu.

— Qu'est-ce qui t'est arrivé, Danny? Ça va?

— Ça va.

— On dirait que tu es passé à travers une haie. Comment tu t'es fait ça?

— J'suis tombé.

— Où ça?

— Dehors.

— Oh, poussin, tu es vraiment dans un drôle d'état. Mets-toi debout une minute que je t'examine un peu.

Rien ne semble foulé ni cassé.

— Viens avec moi, dis-je, on va nettoyer tout ça.

Dans la salle de bains des enfants, je le lave avec un gant de toilette, je nettoie les coupures et les égratignures et, du bout des doigts, applique une crème antiseptique. Le t-shirt, lui, est fichu.

Daniel est resté silencieux, le teint livide.

— Tu veux bien me dire où tu t'es coupé comme ça?

Il regarde ses pieds.

— Je t'ai dit. Suis tombé.

— Tu étais avec Jake et Ethan?

Une hésitation. Puis un murmure:

— Ils m'ont fait promettre de ne rien dire.

— Qui ça?

— Les garçons, dit-il d'une voix presque inaudible.

— Et ils sont où, maintenant?

— Je sais pas.

— Vous êtes toujours amis?

— Ils ont dit que je ne pouvais plus jouer avec eux, et ils sont partis.

— Ils t'ont laissé tout seul?

Il hoche la tête misérablement. L'odeur du désinfectant lui fait plisser le nez. Je l'assieds sur le rebord de la baignoire.

— Raconte-moi ce qui s'est passé, dis-je.

Daniel se met enfin à parler, encore sous le choc.

— Quand je suis tombé, j'étais pas content, alors Ethan s'est mis en colère et il a dit que Jake et lui, ils allaient jouer ailleurs. Moi j'ai cru qu'ils voulaient juste aller dehors, comme si on jouait à cache-cache. J'ai cherché pendant super longtemps dans le jardin et dans la maison mais je les voyais pas, j'ai regardé partout, j'ai même regardé dans les voitures.

Sa voix retombe quand il termine son histoire :

— Mais j'ai trouvé personne.

— Et Alistair ? je demande. Il n'a rien dit, Alistair ?

— Je savais pas où il était, renifle Daniel.

Mon inquiétude laisse peu à peu place à la colère.

— Et tu ne l'as pas trouvé non plus, quand tu cherchais les garçons ?

— Non. Je suis allé partout et c'était comme si tout le monde était parti en m'oubliant, alors j'ai eu peur, je suis monté dans ma chambre, j'ai regardé à la fenêtre en attendant que quelqu'un revienne, et finalement j'ai lu mon livre. J'étais un peu triste.

— Alistair était censé être là pour vous surveiller.

Un léger mouvement d'épaules. Daniel n'ose toujours pas me regarder.

— J'ai cru...

Sa voix faiblit à nouveau.

— Qu'est-ce que tu as cru, poussin ?

— J'ai cru que vous étiez tous partis sans moi. Que tout le monde était rentré en Angleterre, et qu'il n'y avait plus que moi dans la maison, et je savais pas ce que je devais faire. Comme dans *Maman j'ai raté l'avion*, mais dans l'autre sens.

Je souris malgré moi. *Maman j'ai raté l'avion* est l'un de ses films favoris.

— Petit fou, va ! On ne te laisserait jamais tout seul. *Je* ne te laisserai jamais.

— Tu es fâchée, maman ?

— Un petit peu, dis-je en le prenant dans mes bras. Mais pas contre toi.

— Jake et Ethan vont avoir des ennuis, tu crois ?

— Ce n'est pas bien du tout de leur part d'être sortis jouer sans toi. Je vais leur parler. Je vais leur demander pourquoi ils t'ont laissé tout seul. Et je veux savoir où était Alistair.

Daniel se raidit soudain.

— S'il te plaît, maman, non ! Jake saura que je t'ai parlé, et j'ai promis de ne rien dire.

— Je parlerai à Jennifer, alors.

— *S'il te plaît*, maman…

Sa voix s'étrangle et je comprends qu'il est au bord des larmes.

— Je veux retourner à la maison. Je n'aime plus la maison, ici. C'est trop grand. C'était génial au début mais maintenant ça me fait peur.

— On s'en ira samedi, Daniel. Plus que quelques jours. En attendant, peut-être que tu ferais mieux de rester loin des garçons et de ne pas trop t'éloigner de la villa.

Et en détournant le regard, j'ajoute :

— Joue avec ton père, d'accord ?

— Et qu'est-ce qu'on va faire s'il arrive quelque chose de mal ?

— Il ne va rien arriver de mal, Danny. Je te le promets.

Les yeux rivés sur ses genoux, il se tord les doigts.

— Je voudrais juste rentrer, dit-il d'une petite voix. Dans notre maison, avec nos affaires. Que tout soit comme d'habitude.

Je serre mes bras un peu plus fort encore et dépose un baiser sur son front.

— Bientôt, poussin.

— Tu promets que tu ne vas rien dire à Jake et Ethan ?

— Je te le promets.

Je lui tends un t-shirt propre. Daniel se remet presque à pleurer quand je lui explique qu'Harry Potter va devoir aller à la poubelle.

— Je t'en achèterai un autre, dis-je, mais Daniel lève vers moi de grands yeux suppliants : il a besoin de *son* t-shirt préféré.

— S'il te plaît, maman… répète-t-il.

Je finis par céder en me souvenant que Jennifer a toujours un kit de couture avec elle.

— Je vais voir ce que je peux faire, dis-je.

Je rouvre la poubelle dans laquelle j'avais jeté le t-shirt pour le récupérer, et je suis sur le point de refermer le couvercle quand mon œil surprend un objet tout au fond. Le genre d'objet que l'on reconnaît instantanément, même quand on n'en a pas tenu dans ses mains depuis plus de dix ans.

Je le sors de la poubelle et reste un instant pétrifiée, le tournant et le retournant dans ma main. Ma vision se trouble un instant. C'est… Mais non, je n'ai pas le temps d'y penser maintenant. Il se passe déjà bien trop de choses et mon cerveau est saturé d'angoisses. Je glisse l'objet dans la poche arrière de mon jean.

Rien qu'un petit bout de plastique blanc à usage unique.

Mais que peut-il bien fabriquer là ?

Il va falloir que je parle à Lucy dès qu'elle sera rentrée.

52

Jennifer est sur la terrasse. Accoudée au muret de pierre, elle contemple le vignoble.

— Je peux te parler, Jen ?

Elle se retourne avec un sourire apitoyé.

— Bien sûr.

— Est-ce qu'on pourrait aller dans un endroit plus privé ?

— Oh ! Si tu veux, oui.

Empruntant l'escalier qui mène au jardin, je l'entraîne jusqu'au petit banc de pierre blanche.

— Je ne voudrais pas en faire toute une histoire, Jen, mais il semblerait que les garçons se soient embrouillés, cet après-midi. C'est vraiment dommage. Daniel dit qu'ils l'ont laissé tout seul dans la maison. Et il pense aussi…

J'hésite un peu. Le terrain est glissant.

— Il m'a dit autre chose, aussi.

— Quoi donc ?

— Il pense que Jake et Ethan ont pris votre voiture tout à l'heure. Pour aller faire un tour.

Jennifer fronce les sourcils.

— Comment ça, un tour ?

— Il ne trouvait plus les deux grands, alors il est monté dans sa chambre. Là, il a entendu une voiture se garer sur le parking, et l'instant d'après, Jake et Ethan sont entrés dans la villa.

— Il a entendu une voiture, tu dis ?
— C'est ce qu'il m'a raconté.
— Et il n'a rien vu ?
— Non. Sa chambre donne sur le jardin, pas sur le parking.
— Hum… Je n'y crois pas trop. Jake est beaucoup trop jeune pour conduire, de toute façon. Et ce n'est pas leur genre.

Oh que si, c'est leur genre. Je me demande toujours comment fait Jennifer pour se voiler la face dès qu'il s'agit de ses fils.

— Tu pourras en toucher un mot à Jake ?
— Ce n'est pas une très bonne idée, non.
— Pourquoi ? Tu ne peux pas le laisser tout seul sur les routes françaises. Qui sait ce qui aurait pu se passer ?
— Le truc, c'est que Jake peut se mettre vraiment en colère quand il se sent en insécurité. Et si on l'accuse d'une faute qu'il n'a pas commise, alors là… Tu n'imagines même pas, Kate.
— Je comprends.
— Et il n'a pas pu faire ce que dit Daniel. Pas possible.

Le ton est ferme et laisse peu de place à la discussion.

— Daniel a pourtant été assez clair.
— Il se trompe. Je comprends que Daniel ait été contrarié s'ils l'ont laissé tout seul, et je suis sincèrement désolée, mais je suis absolument certaine que mes fils n'ont pas quitté la propriété. L'endroit est immense, il y a des centaines d'endroits où ils auraient pu être. Ça ressemble plutôt à un jeu de cache-cache qui a dérapé.
— Peut-être. Mais tu pourrais lui demander quand même ? Juste pour voir ce qu'il en dit ? Daniel était vraiment malheureux qu'on l'ait abandonné. Et il n'a pas trouvé Alistair, non plus.

— Comme je te l'ai dit, insiste Jennifer avec une dureté nouvelle dans la voix, Jake prend *très* mal les choses quand on l'accuse à tort.

— Et comme *je* te le disais, Daniel a été très clair.

Jennifer allait répondre mais elle semble hésiter. Elle regarde autour de nous pour être sûre que personne ne nous écoute, puis elle se penche vers moi.

— Il faut que je te dise quelque chose. Pour que tu comprennes.

— OK.

— Mais tu dois me promettre que ça restera entre nous deux. Personne d'autre, même pas Sean. Et surtout pas Lucy et Daniel.

— Bien sûr.

— Je te dis ça parce que tu es une de mes meilleures amies, et que je ne veux pas qu'il y ait d'incompréhension entre nous…

Je repense à Alistair au bord de la piscine, connecté sur le compte Instagram de Lucy. Peut-être a-t-elle appris quelque chose. Peut-être est-elle au courant depuis longtemps ?

Mais ce n'est pas de son mari dont Jen veut me parler.

— Tu te souviens de l'année dernière, quand Jake a eu son encéphalite ?

— Bien sûr. Il va mieux maintenant, non ?

Un sourire triste passe sur ses lèvres, et Jen fixe ses yeux sur le sol.

— La plupart du temps, oui.

— Et il a tellement grandi, en un an, dis-je. Il a déjà dépassé…

— Ce n'était pas une encéphalite, Kate.

Je ne réponds pas tout de suite, craignant d'avoir mal entendu.

— Tu veux dire qu'il a été mal diagnostiqué ?

— Non.

— Je ne comprends pas, Jen.

— L'encéphalite, c'est ce qu'on a dit à tout le monde. On ne voulait pas qu'il soit rejeté par les autres.

Son regard se perd dans le vague, ses yeux embués de larmes. J'attends qu'elle continue son explication, mais les mots lui échappent.

— C'est OK, dis-je en posant ma main sur son bras. Prends ton temps.

Elle me regarde, reconnaissante, puis de nouveau se retourne vers la villa pour s'assurer que nous sommes bien seules.

— La vraie raison, c'est qu'il devait s'éloigner un moment de la maison. Pour recevoir un traitement, dit-elle. Une larme coule encore sur sa joue. Il allait se faire du mal, Kate. C'est le genre de chose qu'on ne peut pas comprendre tant que ça ne nous est pas arrivé… Un jour nous nous sommes disputés – rien d'extraordinaire au départ, c'était à propos de sa chambre qu'il ne voulait pas ranger. Mais soudain, il a réagi comme si je l'accusais d'un crime horrible. Il est devenu comme fou, et un instant plus tard, je l'ai retrouvé au bord de sa fenêtre, au deuxième étage – tu vois où est sa chambre, non ?

— Je vois, oui. La chambre du grenier.

— Il m'a fallu deux heures pour le persuader de ne pas sauter. Tu imagines ? Et pendant tout ce temps, j'avais la gorge nouée. Après ça, je n'ai pas dormi pendant trois nuits. La semaine d'après, il a recommencé, et la suivante on l'a retrouvé qui traînait sur les rails du chemin de fer, derrière la maison. C'était horrible, Kate, atroce. Chaque jour, j'imaginais le pire. Je sursautais à chaque coup de fil en m'attendant à entendre la police, ou les pompiers… Avec Alistair, on lui a interdit de sortir mais il s'est enfui, on a même tenté de l'enfermer, mais il trouvait toujours un moyen – et puis, tu ne peux pas enfermer ton enfant chez toi, ce n'est pas possible, surtout un grand garçon comme ça… À la fin, on a eu si peur que…

Sa voix déjà faible se brise à nouveau. Je lui laisse un moment pour se reprendre.

— Qu'est-ce qui s'est passé, Jen ?

Elle essuie une larme.

— On a fini par le faire interner. Dans un établissement spécialisé.

— Mon Dieu, Jen ! Je n'avais aucune idée de tout ça.

Je passe une main sur son épaule pour la réconforter.

— Je suis tellement désolée pour toi, dis-je.

— On ne l'a dit à personne, poursuit-elle. Les médecins ont passé beaucoup de temps avec lui, et ils ont fini par diagnostiquer un « trouble de la personnalité limite » : impulsivité, comportements à risque, colères intenses, et tout un tas d'autres symptômes – entre nous, je trouve qu'ils en rajoutent quand même pas mal. On a appris qu'il avait eu des problèmes à l'école, aussi : des cours séchés, des bagarres, des vols… C'est pour ça qu'on les a fait passer dans l'école de Lucy, avec Ethan.

Je me souviens, maintenant. Elle disait que ses deux garçons étaient harcelés dans leur établissement.

— Donc, ce n'était pas du harcèlement…

— On a pensé que ce serait comme un nouveau départ. Que si on l'éloignait des mauvaises influences dans son ancienne école, ce serait plus facile pour lui. C'est ce que disait Alistair, en tout cas. C'est lui qui est censé s'y connaître dans ce domaine.

— Ma pauvre. Si j'avais pu imaginer tout ça…

— Tu comprends pourquoi je dois faire si attention… C'est comme si Jake vivait en permanence sur le fil du rasoir. Certains jours il déborde d'énergie, il veut tout faire, tout essayer. D'autres jours, il peut être si déprimé… Il a des idées noires, et un rien peut le vexer jusqu'à le rendre incontrôlable – surtout si on l'accuse de quelque chose qu'il n'a pas fait. Et puis, c'est mon bébé, mon tout premier. Je dois le protéger.

— Je sais, Jen. Je comprends.

— Tu ferais pareil si c'était Lucy.

— Tu as raison, oui. Absolument.

Je marque une pause. Je cherche mes mots pour la suite.

— Et on lui a donné… un traitement, ou quelque chose ? Pour l'aider à aller mieux ?

— Il a des médicaments, mais il n'aime pas les prendre, dit Jennifer en jouant nerveusement avec son alliance. Il dit qu'ils le transforment en zombie. Un jour, j'ai retrouvé des boîtes entières cachées sous son lit. Et j'ai eu si peur de sa réaction que je n'ai rien osé dire. Je les ai laissées là, et je fais semblant de le croire quand il me dit que oui, il prend son traitement. C'est pathétique, hein ?

— Non, Jen. Pas du tout.

— Tu me promets que tu ne diras rien à personne ?

— Bien sûr. Promis.

— Même à Sean ?

— Même à Sean.

Elle se lève du banc et sèche ses dernières larmes. Puis, gonflant sa poitrine, elle prend une grande inspiration et souffle un grand coup. Jen la battante est de retour.

— Je vais parler à Ethan, dit-elle. À propos de ce qui s'est passé cet après-midi avec Daniel. Je vais lui demander d'être plus gentil.

— Merci, Jen. Ça va aller ?

— Ça va aller, dit-elle avec un sourire fragile. Ça va toujours.

Je la laisse remonter seule vers la villa. En la regardant marcher, je repense à ce qu'elle vient de me confier. C'est une chose si terrible que d'avoir peur pour ses enfants. Peur que quelqu'un ne leur fasse du mal. Mais il peut être plus terrible encore d'imaginer qu'ils puissent se faire du mal à eux-mêmes. Angoisse, isolement, perte de confiance, dépression… Il y a tant de cas possibles. Et puis les drogues pour masquer les peines, et les lames de rasoir pour se mutiler là où personne ne pourra voir les cicatrices. Que nos enfants souffrent en secret : voilà peut-être la pire angoisse pour les parents. Je le sens dans ma chair. Au fond de moi, je ne cesse jamais d'avoir peur pour eux. Pour Daniel. Et pour Lucy.

53

Lucy est enfoncée dans le fauteuil de sa chambre avec son téléphone quand je toque à la porte. Je referme doucement derrière moi et m'assieds sur le bord du lit.

— Comment était ce marché, alors ?

— Pas mal, dit-elle sans quitter son smartphone des yeux. Chaud, surtout.

— Vous avez fait des affaires ?

— Un peu. J'ai trouvé un chapeau. Et des sandales.

— Super. Faudra que tu me les montres.

— OK.

— Lucy ?

— Oui ?

— Pose ton téléphone une minute, s'il te plaît, je voudrais te demander quelque chose.

Elle soupire et repose le téléphone sur ses genoux.

— Quoi ?

— Est-ce que les garçons, je veux dire, est-ce que Jake et Ethan t'ont déjà parlé de prendre une des voitures pour aller faire un tour, sans que les adultes le sachent ?

Elle hausse exagérément les épaules.

— Je sais pas. Je crois pas.

— Tu es sûre ?

— Ils sont tous les deux trop jeunes pour conduire, non ? Jake n'a même pas seize ans.

Ce n'est qu'une esquive, pas une réponse. Lucy le sait aussi bien que moi.

— Donc, ils ne t'ont jamais parlé de ça ?

Lucy regarde un point sur le mur, au-dessus de moi.

— Ils parlent de plein de trucs, tu sais, toujours à se vanter et à se défier l'un l'autre. Pourquoi tu me demandes ça ?

— Je me posais la question, c'est tout.

Lucy reprend son téléphone, un pouce sur l'écran.

— Bien sûr.

— Il y a autre chose, aussi, dis-je.

Elle soupire.

— Si c'est encore à propos de boire du vin, sache que…

— J'ai trouvé quelque chose dans la poubelle de votre salle de bains, à ton frère et toi.

Elle lève à nouveau les yeux de son téléphone, l'air froissée.

— Parce que tu fouilles dans nos poubelles, maintenant ? Tout est normal.

— Je ne fouillais pas dans vos poubelles, j'en retirais un t-shirt de Daniel que j'avais jeté et que…

— OK. Et qu'est-ce que tu as trouvé ?

Je sors le tube de plastique blanc de ma poche arrière.

— Tu sais ce que c'est ?

Lucy regarde ma main. Elle fronce les yeux, cligne une fois.

— Hum… Oui, dit-elle finalement. On a vu ça en cours de bio.

— Et ?

— C'est un de ces tests, là. Un test de grossesse.

— Bonne réponse. Tu sais comment ça marche ?

— Pas vraiment. Elle rajuste sa position sur le fauteuil, peu à l'aise. Il faut faire pipi dessus, ou un truc comme ça, non ?

— Deuxième bonne réponse. Le test détecte la présence d'une hormone appelée HCG, qui est sécrétée quand un ovule fécondé atteint l'utérus.

Je tourne le test pour lui montrer les deux lignes parallèles qui s'affichent dans la fenêtre transparente.

— Deux lignes, c'est que le test est positif.

— Ça, je sais aussi.

Je respire un instant avant de formuler la question suivante.

— Et tu sais aussi comment ce test est arrivé dans cette poubelle, peut-être ?

— Aucune idée, non. C'est forcément quelqu'un qui l'a mis là.

Je me penche en avant en lui souriant. Aussi douce que je le peux.

— Il y a quelque chose que tu veux me dire, Lucy ? C'est OK si… Je veux dire, on peut parler de…

— Mais non, ça va pas ? dit-elle en agitant les bras.

— Non quoi ?

— Je suis pas enceinte, maman. Il n'est pas à moi, ce test. S'il était à moi, je n'aurais pas été assez bête pour le jeter dans notre salle de bains où n'importe qui aurait pu le trouver – surtout *Daniel*.

Je sens un poids immense quitter mes épaules.

— Tu es sûre, hein ?

— Crois-moi maman, dit Lucy. Si ça m'arrive, je serai bien plus maligne que ça. Tu ne le sauras jamais.

54

Jennifer

Enfermée dans la salle de bains du rez-de-chaussée, Jennifer se mouche un grand coup et répare les dégâts que les larmes ont causé à son eyeliner. Elle fixe le miroir devant elle, les mains sur le rebord de la vasque, et respire profondément, dix fois, comme elle l'a appris.

Du calme, Jen. L'esprit clair. Fais ce que tu dois faire.

Dans la cuisine, elle prend un torchon sous l'évier et une bouteille d'eau dans le réfrigérateur. Elle vérifie à travers la fenêtre de l'entrée que le parking est désert, elle attrape une clé sur le tableau près de la porte et descend le grand escalier jusqu'à la voiture.

La Ford Fiesta semble chétive à côté de la Land Rover de Rowan. C'est le plus petit modèle qu'ils aient trouvé qui pouvait contenir à la fois leurs bagages et deux grands ados à l'arrière. Jennifer fait le tour de la voiture et inspecte soigneusement la carrosserie, les roues et les pare-chocs. La peinture est légèrement rayée du côté du rétroviseur extérieur : deux traits horizontaux qui, à l'évidence, n'étaient pas là quand ils ont retiré la voiture, à l'aéroport. Elle s'agenouille et examine les égratignures de plus près. Deux lignes parallèles, probablement causées par un muret ou un rocher sur le bas-côté. Elle passe un doigt sur le métal : les rayures sont peu profondes, elles ne seront pas trop difficiles à camoufler.

Jennifer verse de l'eau dans un parterre de fleurs et trempe le morceau de tissu dans la terre mouillée. De retour à la voiture, elle macule la portière de boue sur les éraflures. Opération délicate : il s'agit de maquiller le forfait sans trop en rajouter, comme si la voiture sortait naturellement d'une semaine d'excursion dans la campagne française – juste assez pour passer l'inspection lorsqu'ils rendront la voiture, dans trois jours. Personne n'a envie de se voir facturer une somme astronomique pour deux misérables rayures, et les loueurs ne se gênent jamais.

Jennifer passe une dernière couche et se lève pour contempler son œuvre. Satisfaite, elle ajoute une touche de boue ici et là : voilà qui devrait faire l'affaire. Elle repose le torchon près de la bouteille, sort la clé de sa poche et actionne le déverrouillage. Elle ouvre la portière côté conducteur, s'installe au volant et rapproche le siège, comme si c'était elle qui conduisait. Puis elle verrouille de nouveau la Fiesta et regagne la villa.

55

C'est mon tour de vaisselle, ce soir, et j'ai attendu ce moment tout le dîner. Enfin un moment de répit, sans avoir à soutenir une conversation, sans devoir faire comme si tout était parfaitement normal.

Et sans Sean.

Je remplis l'évier et commence à laver poêles et assiettes. L'eau brûlante me fait oublier pour quelques secondes la douleur et la confusion qui me rongent à l'intérieur. Malgré tous mes efforts, je n'arrive pas à chasser de mon esprit l'image d'Izzy débarquant dans la clairière après avoir reçu le message de Sean. Plus j'y pense, et plus il me semble clair que c'est elle. C'était elle, depuis le début. La seule célibataire de notre groupe. Depuis quand la vieille complicité qu'elle partage avec Sean s'est-elle muée en une relation plus intime, secrète et destructrice ? Je repense à notre conversation, le jour de son arrivée, quand elle me disait qu'elle était revenue pour un homme.

— *Il est marié, c'est ça ?*

— *Je ne saurais commenter cette information.*

— *Est-ce que sa femme est au courant ?*

— *Il est possible qu'elle ait… disons, des soupçons.*

Comment ai-je pu être aussi aveugle ?

Mais j'ai mené l'enquête, et maintenant, je sais. J'en sais bien plus que je n'aurais voulu savoir. Au fond, il ne reste plus qu'une seule question.

Que faire, maintenant ?
Et je crois que j'ai trouvé la réponse.

Je n'ai pas entendu Sean entrer dans la cuisine et le voici qui s'approche de l'évier, un torchon à la main. Il promène autour de lui une âcre odeur de bière. Quelque chose d'autre, aussi, plus fort. De la tequila ? Je me raidis soudain.

— Tu veux un peu d'aide ? demande-t-il.

— Si tu veux, dis-je sans le regarder.

Il s'empare d'une poêle sur l'égouttoir et l'essuie avec des gestes exagérément lents, comme s'il se concentrait sur une tâche complexe.

— Daniel est au lit, avec son livre. Je lui ai donné dix minutes.

— Bien.

Dans un silence pesant, je gratte rageusement les restes de pâtes collés au fond d'une casserole. J'ai envie de lui balancer toute ma colère à la figure.

Pourquoi elle ? Qu'est-ce qu'il t'est passé par la tête ? Comment as-tu pu me faire ça, à moi ? Aux enfants ? Et avec une de mes meilleures amies !

Il range la poêle et en choisit une autre sur l'égouttoir.

— Est-ce que ça va, Kate ?

— Ah, parce que ça t'intéresse ?

Une courte pause.

— Oui, dit-il d'une petite voix. Bien sûr, que ça m'intéresse.

— Ça va.

Il détourne le regard.

— Je suis désolé, dit-il.

Je laisse un répit à ma casserole.

— Désolé de quoi ?

— Qu'on se soit disputés.

Je me concentre sur l'eau savonneuse qui remue dans l'évier.

Dis-lui. Dis-lui que tu sais. Dis-lui tout, maintenant.

— D'autre chose aussi, peut-être ?

— Ça dépend, dit-il avec un entrain un peu forcé. On a combien de temps ?

Je me retourne brusquement vers lui, et le demi-sourire sur ses lèvres s'efface aussitôt.

— Sérieusement ? Tu veux faire des blagues, là ?

Son sourire a complètement disparu.

— Désolé, Kate. Pardon, répète-t-il.

Je plonge la dernière casserole dans l'évier en éclaboussant le plan de travail et en racle le fond à m'en faire mal au poignet.

— Où est ton téléphone, au fait ?

Il se décale un peu sur la droite avant de répondre. Il a senti le piège.

— Complètement foutu. Pas un signe de vie.

— C'est vraiment bête, quand même. Comment tu t'en sors, sans lui ?

Son regard croise furtivement le mien dans le sombre reflet de la vitre, puis il détourne à nouveau les yeux.

— Bien.

— Ça ne te manque pas trop, de ne pas pouvoir consulter tes messages ? Tu pourrais rater des trucs importants, dis-je sans cacher mon sarcasme.

— Ce n'est pas un problème, dit-il calmement. Je me mettrai à jour en rentrant à Londres.

La casserole est propre, je vide l'évier et me lave les mains. Sean avance d'un pas vers moi comme s'il voulait me prendre dans ses bras, mais je l'arrête.

— N'y pense même pas.

— Kate, je...

— Quoi ?

Il hésite, cherche ses mots.

— Tu sais que j'ai toujours été un très mauvais menteur.

— J'ai plutôt l'impression que tu as fait de gros progrès, ces derniers temps.

— Pas vraiment, non.

Je croise les bras sous ma poitrine.

— Alors dis-moi. Pourquoi tu ne me racontes pas tout ?

Il ouvre la bouche pour parler puis se ravise, les yeux au sol.

— Parce qu'il n'y a rien à raconter.

— Menteur !

J'ai crié un peu plus fort que je n'aurais voulu, mais c'est plus fort que moi.

— Pourquoi tu ne te contentes pas de me le dire, hein ? Je déteste cette situation. Je n'en peux plus.

Je m'enfuis de la cuisine avant qu'il ne puisse voir mes larmes, sans lui laisser une chance de me répondre. Rester près de lui est devenu douloureux. Lui parler, encore plus. Je grimpe l'escalier jusqu'à notre chambre et me pose sur le lit jusqu'à ce que mon pouls retrouve un rythme à peu près normal.

C'est une torture bien pernicieuse que Sean m'inflige. Pourquoi ne rien me dire ? Pourquoi me laisser dans cet état ? Au point où j'en suis, je suis prête à tout entendre. À moins que... Serais-je en train de devenir folle ? Aurais-je tout inventé ? Non. J'ai des preuves. J'ai vu des choses que Sean ne pourra jamais nier, et qui ne se satisferont pas d'une explication fumeuse.

Un tambour cogne dans ma tête et j'ouvre le tiroir de ma table de nuit à la recherche de paracétamol. Je déplace livres, chargeurs et passeports pour accéder au fond du tiroir – je range toujours les médicaments dans un endroit difficilement accessible, au cas où les enfants…

Là, je l'ai. La boîte de Doliprane. Mais en bougeant ma main, je sens que quelque chose ne va pas. Quelque chose qui devrait être là, et qui ne l'est plus.

La cassette du caméscope. Sean et Jennifer, sur le film de Daniel.

56

Je remue tout le tiroir, en vain. Pas de cassette. Quelqu'un l'a prise, mais qui ? *Sean ?* Je ferme la porte de la chambre et, de l'autre côté du lit, inspecte la table de nuit de Sean. Rien. Je regarde dans les placards, dans les valises, sous ses t-shirts, mais rien. La cassette a disparu. Le cauchemar continue.

L'écho d'un rire du côté de la piscine me ramène à d'autres préoccupations. Je ne peux tout de même pas me cacher dans la chambre toute la soirée. Je jette un œil au miroir, prends une grande inspiration et sors dans le couloir, où la porte de Daniel est encore entrouverte. Je la pousse doucement. Couché sur un côté, Daniel est plongé dans son *Harry Potter*.

— J'allais éteindre, dit-il en me voyant.

Il repose le livre et retire ses lunettes.

— Tu peux lire encore un peu, si tu veux.

— Je m'endormais, de toute façon.

Je m'assieds près de lui et lui caresse le front.

— Tu vas mieux ? Tes bobos ne te font pas trop mal ?

Sans attendre la réponse, je le prends dans mes bras. Un gros câlin, voilà ce dont il a besoin. Et moi aussi. Je sens la chaleur de son corps, son odeur innocente de petit garçon, et ses bras maigres autour de mon cou. Combien d'années encore avant que ces effusions maternelles ne l'embarrassent ? Combien de temps avant qu'il ne soit affecté par ce qui se passe entre Sean et moi ? À cette seule pensée, les larmes me reviennent.

Ne pleure pas. Protège-le.

— Ça va, maman ?

— Bien sûr, poussin, dis-je en faisant tout pour que ma voix ne me trahisse pas. Pourquoi ça n'irait pas ?

— Et papa, il va bien ?

— Papa aussi, oui.

— Ah.

Son menton repose sur mon épaule, ses yeux tournés vers le mur.

— Qu'est-ce qui te fait dire ça, Danny ?

— Je sais pas. Il est un peu bizarre, cette semaine.

— Bizarre comment ?

— Juste un peu, des fois.

Je mets fin au câlin et observe Daniel à la lumière de sa lampe de chevet.

— Il est bizarre avec Izzy, par exemple ?

— Peut-être, dit-il avec une moue dubitative. Je crois qu'il n'aime pas Jake.

— Ah. Et pourquoi ?

— Il demande toujours ce qu'on fait avec les grands quand on va jouer dehors, et il dit que je suis pas obligé de rester avec eux.

— Il veut seulement être sûr que tout se passe bien, poussin. Jake est un peu casse-cou parfois, non ?

Daniel acquiesce mollement et bâille.

— Qu'est-ce qu'on fait, demain ? demande-t-il en se préparant à dormir.

— Quelque chose de calme, dis-je en l'embrassant sur le front. Bonne nuit Danny. Je t'aime.

Lucy n'est pas dans sa chambre. Son téléphone est là, lui, branché sur son chargeur, secoué par un flux presque incessant de notifications qui le font scintiller dans le noir. L'éternelle conversation des copines ne connaît pas de vacances. La batterie est tombée en rade pendant le dîner : j'étais secrètement contente de la voir délivrée pour un temps de la tyrannie des messages, et de pouvoir tenir une conversation avec elle sans avoir l'impression de constamment rivaliser avec son iPhone pour conserver son attention. Un combat presque toujours perdu d'avance.

De retour au rez-de-chaussée, je me sers un verre de vin dans la cuisine et sors sur la terrasse en direction de la piscine. La nuit tombe lentement mais l'air est encore chaud, et l'humidité à peine supportable. Russ est allongé sur son transat préféré, une cigarette à la main. Sean est assis à côté de lui avec une bière. La table basse est saturée de verres, de snacks divers et de bières vides. Et une bouteille de tequila est déjà à moitié descendue. Sean s'est tourné vers moi. Je *sais* qu'il tente d'attraper mon regard, mais je ne lui ferai pas ce plaisir. Je bois une gorgée de vin.

Dans la piscine, Lucy et Rowan jouent au ballon avec Alistair, Jake et Ethan, entre deux petits buts installés à chaque extrémité. Sous la surface, les spots intégrés aux parois latérales donnent à l'eau une lumière céleste, presque irréelle. Au fond du bassin, les deux dauphins en mosaïque semblent prendre vie.

Alistair me fait signe. Des gouttes d'eau perlent de sa barbe taillée.

— Tu viens avec nous, Kate ? On a besoin d'un sixième pour un water-polo.

— Pas ce soir, dis-je aussi gaiement que je peux. Une autre fois, peut-être.

— Tu as tort ! dit-il avec un sourire surfait. Sean, tu es des nôtres ?

Sean secoue la tête.

— Je crois que j'ai bu un peu trop de bières, je risque de couler.

— Sottises ! s'écrie Alistair d'une voix alcoolisée. Une petite trempette revigorante, c'est ce que ton médecin te prescrirait !

— Je crois que je vais me contenter d'être spectateur.

— Le médecin te dirait aussi qu'il n'y a rien de mieux contre la canicule méditerranéenne.

— Je te crois sur parole, dit Sean en s'étalant sur son transat.

Mais Lucy l'éclabousse en frappant l'eau du plat de la main.

— Allez, papa, viens, dit-elle, j'ai besoin de toi dans mon équipe.

— Bah…

— S'il te plaît ? Tu es déjà en maillot, en plus.

Sean pousse un soupir, s'offre une longue gorgée et pose sa bière au bord de la piscine. Il retire son t-shirt, balance ses tongs sur le côté et se jette à l'eau dans un grand *splash*.

— Parfait ! dit Alistair en tenant le ballon au-dessus de sa tête. Que le match commence !

57

Le ballon va et vient d'un bout à l'autre de la piscine. Les joueurs sautent, lancent, crient et s'éclaboussent comme si le reste du monde n'existait plus. Tous, sauf Sean. Debout dans l'eau, il tente encore d'accrocher mon regard pour m'offrir son fameux sourire – celui qui m'avait donné des papillons dans le ventre la première fois que je l'ai croisé. Ce sourire charmeur et pétillant qui n'appartient qu'à lui et qui me donne toujours l'impression d'un signe de connivence destiné à moi seule. Comme un club secret dont lui et moi serions les deux seuls membres.

Mais le charme est rompu. Désormais son sourire me plonge dans un chagrin si noir que je n'en vois pas le fond. Je *sais* qu'il était sur le point de tout me dire, tout à l'heure dans la cuisine. Il a ravalé sa langue au tout dernier moment. Pourquoi ? Pourquoi pas ici, et maintenant ? Tout ce temps perdu, pour rien… J'en suis réduite à me raccrocher à des espoirs insensés. Peut-être ne voulait-il pas tout m'expliquer *ici*, avec tous nos amis autour ? Peut-être préfère-t-il attendre que nous soyons de retour à la maison, en terrain familier.

Ses mots résonnent encore dans ma tête.

Je suis désolé.

Et cette maigre consolation : tant qu'il est ici, dans la piscine, je sais qu'il n'est pas avec *elle*. Izzy. Ils ont forcément parlé de moi – ils doivent avoir un plan. Dois-je attendre qu'il se décide enfin à tout m'avouer ? Faut-il que je guette d'autres messages, que je finisse par les prendre sur le fait ? Suis-je censée rester tranquille à ne rien faire jusqu'à ce qu'on vienne m'annoncer la fin de mon mariage ?

Non. Cela n'arrivera pas. Si Sean n'a pas le courage de me parler, alors je ferai parler Izzy, dès ce soir. Dès qu'elle sera rentrée de je ne sais où. Car elle a disparu depuis le dîner.

Pendant ce temps, le water-polo continue. Sean, Lucy et Rowan contre Alistair et les garçons. Les deux hommes gardent les buts à chaque extrémité du bassin tandis que Rowan et les trois ados se battent au milieu – tirs, feintes, blocs, gerbes d'eau et éclats de rire. Évitant soigneusement le regard de Sean, je me concentre sur Lucy. Ses cheveux blonds flottent derrière elle comme une traîne dorée. Ma petite fille, cette sirène. Jake et Ethan ont laissé leurs téléphones sur une table basse, qui bipent et vibrent au gré des notifications sur les réseaux sociaux, à un rythme qui semble dépasser même les standards des adolescents. Ça fait du bien, de les voir tous les trois enfin absorbés par une activité qui n'implique ni partage de photos ni mise à jour de statut, libérés de la comparaison permanente avec leurs amis, réels ou virtuels, et de l'addiction pernicieuse à la connexion perpétuelle – cette angoisse jamais exprimée de *manquer quelque chose…*

***

Ce n'était presque rien, au départ. J'ai failli ne pas le remarquer. Mais à mesure que le jeu avance, l'espace entre les joueurs se rétrécit. À chaque duel, Jake et Ethan semblent se rapprocher de plus en plus près de Lucy. Un mauvais pressentiment commence à m'étreindre.

Et la voilà qui s'apprête à tirer au but, le bras tendu au-dessus de sa tête. Ethan nage vers elle pour la contrer. Il se redresse et se jette en avant, sa tête à quelques centimètres de celle de Lucy, sa poitrine contre la sienne, leurs bras qui se touchent, il tente de lui subtiliser la balle, il est plus jeune mais plus costaud qu'elle, il joue des épaules et parvient à lui arracher le ballon des mains, il le tient maintenant au-dessus de sa propre tête avec un air de défi – et je *sais* à cet instant qu'il ne souhaite qu'une chose : qu'elle essaie de le lui reprendre.

Mais Lucy ne bouge pas et c'est Jake qui se précipite sur son frère : d'un coup sec il dégage le ballon, et sans ménagement pousse Ethan sur le côté, à distance de Lucy.

— On n'est pas au rugby, ici ! crie-t-il. On joue sans contact, OK ?

— Calme-toi, Jake, répond Ethan en lui lançant de l'eau à la figure. C'est juste un jeu, non ?

Alistair s'avance pour séparer ses deux fils, mais il préfère finalement ne pas intervenir et nage sur sa droite pour récupérer la balle.

Je me suis redressée sur mon siège, une colère brûlante dans la poitrine, un cri dans la gorge. Que faire ? L'instinct maternel me dit de protéger ma fille, mais une raison parentale me commande de ne pas embarrasser une ado devant les autres. Lucy résout mon dilemme elle-même : elle plonge dans l'eau et reparaît à la surface quelques mètres plus loin, dos à moi, les mains levées en l'air pour demander le ballon. Et le jeu reprend.

Ai-je exagéré la scène ? Le cri reste bloqué dans ma gorge.

Laisse-la tranquille. Ne va pas faire une scène. Tu en as déjà assez fait cette semaine, non ?

Sean tend le bras vers la bière qu'il a posée sur le rebord, comme s'il n'avait rien remarqué.

Mais une minute plus tard, l'histoire se répète. Lucy vient d'intercepter une passe. Elle arme son bras pour tirer au but mais en un mouvement Ethan est sur elle. Le corps en avant, il se préoccupe à peine du ballon et entame le duel avec plus de force encore que la fois précédente. Lucy ne se laisse pas faire, elle se tourne à moitié pour l'esquiver mais Ethan poursuit en riant, ses deux mains sur les épaules de ma fille, manœuvrant grossièrement pour tenter de la retourner face à lui. Ils se débattent, de l'eau gicle en tous sens, et voici Jake qui se lance dans la mêlée. Il tire Ethan en arrière et brandit son poing en l'air, prêt à en découdre. Cette fois-ci, Alistair n'hésite pas. Il se lance en avant, le bras tendu pour séparer les deux ados, mais Ethan s'échappe au même moment, et la main d'Alistair atterrit directement sur la poitrine de Lucy.

Cri de surprise de ma fille.

Cri de colère de Sean.

Lucy plonge et nage énergiquement sous l'eau pour refaire surface à côté de son père, la bouche ouverte pour chercher de l'air. Une bretelle de son bikini a glissé sur son épaule, et son bras encore rouge porte la trace des doigts d'Ethan. En état de choc, elle agrippe le rebord de la piscine.

Sean lui glisse calmement un mot à l'oreille, elle lui répond la tête baissée en remettant la bretelle de son maillot de bain en place. Elle sort de l'eau en s'appuyant sur ses bras, agrippe une serviette sur une chaise et la passe par-dessus ses épaules, les deux mains serrées sur sa poitrine.

Je me hâte de la rejoindre, mes deux mains sur ses épaules. Elle tremble encore et refuse de me regarder. Je tremble moi aussi.

— Lucy, ma chérie, ça va ?

— Ça va aller.

— Va dans ta chambre, si tu veux. Je te rejoins dans une minute.

Elle approuve d'un bref signe de tête et s'éloigne lentement vers l'escalier, tête basse.

Pendant ce temps, Sean s'est précipité au milieu de la piscine. Il n'a manifestement pas vu la même scène que moi et déverse sa colère sur Alistair.

— Tu te crois où, là, mec ?

Alistair s'empare tranquillement du ballon et le lance par-dessus Sean dans le but vide.

— Pardon ? demande-t-il d'un air de pure innocence.

— Peloter ma fille, ça ne te pose pas de problème ?

— Personne n'a peloté personne, dit Alistair d'une voix égale. Le water-polo implique forcément quelques duels un peu physiques.

— *Un peu physiques ?* répète Sean. Sa voix se charge d'une colère que je n'ai entendue que quelques fois dans ma vie, quand lui revient l'accent rugueux de Limerick. Tu te fous de ma gueule ?

— Tu es bourré, Sean.

— Et toi, t'es un putain de pervers.

Alistair regagne l'escalier de la piscine sur sa gauche.

— Je n'entrerai pas dans cette discussion, dit-il.

Puis il se tourne vers Jake et Ethan :

— Allez, les garçons, fin du match. Tout le monde sort.

— Hey ! crie Sean en se lançant à sa poursuite. Je te parle, mec !

Alistair l'ignore, gravit les marches du petit escalier et se drape dans sa serviette. Sean le rejoint et le prend par l'épaule pour l'obliger à se tourner vers lui.

— J'ai dit : je te parle, mec. Tu sais qu'elle n'a que seize ans, non ? Ça ne te dérange pas ?

Sean est littéralement hors de lui, les veines de son cou saillantes et les poings serrés. Il est plus grand qu'Alistair, et bien plus costaud. Je me presse de leur côté de la piscine, terrifiée par ce qui pourrait arriver.

— Sean, dis-je, je ne crois pas que c'est ce qu'Ali…

— J'ai vu ce qu'il a fait, coupe Sean. Il l'a touchée.

Alistair se sèche avec sa serviette, puis il sourit faiblement à Sean d'un air préoccupé, la tête légèrement penchée sur le côté.

— Ce n'est pas du tout comme ça que ça s'est passé, Sean.

— Va te faire foutre ! Je t'ai vu.

Ethan puis Jake sortent de la piscine. Ils restent dans les parages, un œil sur leur père, prêts à intervenir au cas où Sean en viendrait aux mains.

Je comprends qu'Alistair est dans une situation impossible. Que pourrait-il bien dire ? *Ce n'est pas moi qui ai tripoté la poitrine de ta fille, Sean. C'est Ethan. Et je tentais seulement d'éviter que son frère ne lui balance son poing à la figure, OK?*

— Sean ? dis-je en posant une main sur lui.

Il ne m'écoute pas et pointe son index sur la poitrine d'Alistair. Un petit coup sec, puis un deuxième.

— T'es qu'une merde.

Alistair baisse les yeux vers le doigt sur son torse. Sa voix tremble légèrement :

— Tu es courant que, techniquement, c'est une agression, ça, Sean.

— C'est ça. Tu poses encore une main sur ma fille et je vais te montrer ce que c'est vraiment qu'une agression. Je vais *techniquement* t'arracher la gueule, ça te va comme ça ?

Russ a fini par se lever. Il passe les bras entre les deux hommes pour les séparer sans agressivité.

— Messieurs, messieurs, dit-il d'une voix alourdie par l'alcool. Baissons tous d'un ton et reculons-nous un peu, d'accord ?

Sean ne bouge pas d'un pouce. Quatre-vingts kilos de colère pure, le doigt toujours pointé sur Alistair.

— Je te préviens, dit-il. Tu ne t'approches pas d'elle.

Russ pose une main sur son épaule, l'autre sur celle d'Alistair.

— Nous sommes en vacances, les gars. Nous sommes censés prendre du bon temps, pas nous provoquer en duel. Même si ce serait assez amusant à voir, ajoute-il, comme pour lui-même.

Alistair se détourne et remet ses lunettes.

— Venez les garçons. On remonte.

Mais Jake et Ethan ne l'entendent pas. Ils ont retrouvé leur smartphone.

58

Russ

Russ tient le livre dans ses mains, mais il pourrait s'en passer. Il a déjà lu tant de fois *Le Tigre qui s'invita pour le thé* qu'il en connaît le texte par cœur. Odette aussi, probablement, mais il ne le lui demandera pas : c'est sa troisième histoire de la soirée et elle est enfin sur le point de s'abandonner au sommeil. Elle tente de suivre le livre avec lui, mais ses paupières sont de plus en plus lourdes.

— … *Il mangea le dîner qui mijotait dans les casseroles, dévora la nourriture du frigo et toutes les provisions du garde-manger…*

Les yeux d'Odette sont presque fermés.

Russ marque une pause, et aussitôt elle les rouvre à moitié, comme pour dire : *Finis le livre, papa.*

Il sourit et poursuit sa lecture, lentement et à voix basse.

Une fois l'histoire terminée, il reste quelques minutes près d'elle, à la regarder respirer. Les effets de l'alcool commencent à se dissiper et, comme il lui arrive parfois, une pointe de culpabilité le prend. Il aime tant ce moment où sa fille s'endort – mais ne devrait-il pas préférer quand elle est réveillée ? Pourquoi ne parvient-il pas à être un bon père dans la journée, plus présent, plus patient ? Pourquoi n'arrive-t-il pas à profiter du temps passé avec sa propre fille ? En se relevant, il se promet qu'il fera mieux demain. Comme toujours.

Il embrasse doucement le front de sa fille et baisse la lumière. Puis, à pas de loup, il sort de la chambre.

Au rez-de-chaussée, il se sert une Leffe dans le réfrigérateur, verse un grand sachet de chips dans un bol et les emporte sur la terrasse. Mais une voix l'intercepte depuis le fond du salon.

— Russ ?

Il se tourne et plisse les yeux. C'est Alistair, assis dans l'un des grands fauteuils, lumière éteinte.

— Alistair.

— Tu as une minute ?

Russ se rapproche.

— Bien sûr, dit-il. Qu'est-ce qui se passe ?

— C'est à propos… de tout à l'heure. Je voulais te remercier de t'être interposé.

— Oh, ça ? Ce n'était rien.

Alistair passe le doigt sur le rebord de son verre de vin presque vide.

— Quoi qu'il en soit, j'apprécie ce que tu as fait.

Et un ton plus bas, il ajoute :

— Je ne suis pas sûr que j'aurais bien fini si tu n'étais pas intervenu.

Russ note un léger frisson dans la voix du psychiatre.

— *Beaucoup de bruit pour rien*, comme on dit, hein ?

Il avise la bouteille de vin sur la table, et sans rien demander, il remplit le verre d'Alistair.

— Merci, Russ. Tu sais, ce n'était pas ce que croit Sean, tout à l'heure dans la piscine… Je veux dire, je n'ai pas…

— Je sais, oui. J'ai vu. Ethan aurait besoin de… Comment dire : de grandir un peu, de mûrir, quoi. Tu dois pouvoir lui en toucher un mot, il est encore jeune, non ?

Alistair boit une grande gorgée de son vin.

— Il a une telle violence en lui…

— Ethan ?
— Sean.
— Tu crois ?
— On l'a bien vu tout à l'heure, non ? Beaucoup de tension, une anxiété non résolue qui s'exprime par la violence.
— Ça ressemblait surtout à un type qui a un peu trop bu par cette chaleur.
— Disons que c'est un facteur aggravant…
— Je veux dire : on a tous de la violence en nous, non ?
— … Mais elle ne devrait pas ressortir si facilement, dit Alistair. J'ai observé Sean depuis le début de la semaine : il est constamment à fleur de peau. Je le sens dans un état limite.

Russ vide la moitié de sa bière d'un seul trait et s'essuie la bouche du revers de la main.
— Dis-moi un truc, Alistair : tu analyses comme ça tous les gens que tu croises ?
— Déformation professionnelle. Désolé.
— Et sur moi, tu dirais quoi ?
— Eh bien, si vraiment tu…
— Oh, et puis non, oublie, dit Russ en levant une main en l'air. Je crois que je n'ai pas très envie de savoir. Buvons un coup et profitons de la soirée, hein ?
— Voilà qui me semble un plan idéal.
— Tu viens sur la terrasse ? Je crois qu'on ferait mieux de rejoindre ces dames.
— J'arrive, dit Alistair d'une voix lasse. Tu as sans doute raison.

59

Dieu merci, Sean s'abstient de toute réflexion quand les deux autres pères sortent sur la terrasse. Je sens qu'il les observe tandis qu'ils s'installent à l'autre bout avec leur verre et les chips. Son corps se tend mais il ne bouge pas. La bagarre de tout à l'heure ne reprendra pas.

Sean finit par distribuer les cartes avec des gestes mécaniques et il reprend le jeu, avec Rowan et moi. Je suis sur le point d'être éliminée lorsque Jennifer apparaît en haut de l'escalier de la piscine.

— Ali, dit-elle, tu as vu les garçons ?

Alistair plonge la main dans le bol de chips.

— Pas depuis un moment, non. Tu as regardé dans leur chambre ?

— Évidemment.

Sa voix trahit une tension croissante.

— Ils ne doivent pas être loin, j'en suis sûr. Il n'est pas encore dix heures, non ?

— Il est plus de dix heures et demie, Ali ! Quand est-ce que tu les as vus pour la dernière fois ?

— Hum… Il y a une heure, peut-être ? Ils étaient à la piscine avec leur téléphone, ensuite ils ont bougé ensemble.

— Je n'y crois pas, dit Jennifer, les mains sur les hanches. Tu pourrais au moins faire semblant de t'inquiéter pour tes fils…

— Il y a une raison de s'inquiéter ?

— Mon Dieu, ce que tu peux être pénible, parfois !

— Tu veux que je t'aide à les chercher, Jen ? je demande en me levant de table.

— Non, répond Jen – un peu vite à mon goût. C'est gentil, merci, Izzy m'aide déjà.

— Tout va bien ?

— Je ne sais pas, Kate. Je les ai trouvés un peu à cran après votre water-polo. Si vous les voyez, vous leur dites de rester dans les parages jusqu'à ce que je revienne, OK ?

C'est alors qu'une voix exténuée nous parvient depuis l'entrée du vignoble.

— Hey ! Quelqu'un peut venir nous aider ?

Tous les regards se tournent dans la même direction. Au coin du jardin, encore dans l'ombre, je distingue deux silhouettes collées l'une à l'autre – une grande et une petite – qui remontent péniblement la pente.

Jennifer est la première à bouger.

— Jake ? dit-elle en avançant prudemment. Jake, c'est toi ?

Les deux silhouettes s'arrêtent à l'orée du jardin, éclairées par un rai de lumière. Izzy soutient Jake, un bras inconfortablement passé autour de la taille de l'adolescent. L'ombre d'Ethan se traîne derrière eux, avant de s'effondrer à plat ventre dans l'herbe.

Jennifer se met à courir, et moi avec elle.

— Jake ! crie-t-elle. Oh mon Dieu, Jake, ça va ?

Il répond par un grognement, la tête dodelinant de droite à gauche. Arrivées à sa hauteur, nous lui prenons un bras chacune tandis qu'Izzy se libère.

— Ils étaient en bas, près de la gorge, dit-elle.

— Jakey ! insiste sa mère. Parle-moi. Tu es tout pâle, tu es malade ?

Jake grogne à nouveau, puis il se penche, mains sur les genoux, et vomit à ses pieds dans un grand soubresaut.

Il est dans un sale état. Son t-shirt est maculé d'une grande tache sombre et dégage une odeur écœurante, mélange de vomi frais et de vin recraché. Jen et moi le portons jusqu'à une chaise où il s'assied lourdement et vomit à nouveau. Des fils de salive lui pendent des lèvres.

Alistair le regarde avec un sourire désolé.

— Eh bien, dit-il. On s'est un peu laissé aller, Jake ? Voilà une bonne leçon à retenir, pour toi et ton frère. Je vais vous chercher de l'eau à la cuisine.

Il retourne vers la villa et Jennifer s'accroupit auprès de Jake, une main sur son genou.

— Parle-moi, mon chéri, qu'est-ce qui s'est passé ? Tu n'as pas mal, ça va ? Tu es tombé, tu t'es cogné quelque part ?

Rowan et moi échangeons un regard interloqué. Comment Jennifer peut-elle ne pas admettre l'évidence ? Jake est pris d'un nouveau haut-le-cœur, mais seul un filet de bave sort de sa bouche. Jennifer n'a pas bougé.

— Pauvre chou, qu'est-ce qu'on peut faire pour toi ? Tu crois que c'est quelque chose que tu as mangé ? Peut-être le poulet qui était mal cuit ?

Izzy soupire.

— Ce n'est pas le poulet, Jen, c'est le saint-chinian. Il y avait deux bouteilles avec eux, et il semblerait que Jake se soit taillé la part du lion.

Jennifer la fusille du regard.

— Ça, nous n'en savons rien, dit-elle. Puis, plus doucement :

— Tu as pris ton traitement, Jakey ?

Un nouveau grognement semble vouloir dire non.

— Oh, mon pauvre, dit Jen en lui caressant le dos. Mon pauvre bébé.

Sean allonge Jake en position latérale de sécurité et je m'éloigne pour prendre des nouvelles d'Ethan, à quelques mètres de là. Il est allongé de tout son long, le dos dans l'herbe grasse et les yeux grands ouverts contemplant le ciel. Je m'agenouille auprès de lui.

— Ça va aller, Ethan ? Ton père est parti chercher de l'eau. Tu ne veux pas vomir, tu es sûr ?

Il tourne la tête vers moi, le regard doux.

— Ça vaaa… dit-il.

— Tu es sûr ?

— Je vais dormir un petit peu.

— Tu as bu beaucoup de vin ?

— Pas beaucoup. Peut-être une demi-bouteille.

— Vraiment ?

Il ferme les yeux un instant, les paupières lourdes.

— Jake en a eu beaucoup plus que moi. Du vin, je veux dire.

— Il semblerait qu'il en ait déjà rendu une bonne partie…

— Hum… fait Ethan, les yeux perdus dans les étoiles. Il était en mission.

— J'ai comme l'impression que vous étiez deux…

Des souvenirs d'adolescence me reviennent : une bouteille d'alcool chipée dans la réserve de mes parents et que j'étais allée boire avec des copines dans un parc – une soirée à éclater de rire pour un rien, à rire jusqu'aux larmes, à s'en faire mal aux côtes. Mais Jake et Ethan n'ont pas l'air de rire du tout.

— Quelle était donc cette mission ?

Ethan ferme encore les yeux, un peu plus longtemps cette fois. Il marmonne une phrase que je ne parviens pas à comprendre. Je me rapproche.

— Qu'est-ce que tu dis, Ethan ?

— On voulait… Oublier. Ouais. L'oubli.

Et sa tête bascule légèrement sur le côté.

Je regarde son frère un peu plus loin, quasiment inconscient, et je pense : *Mission accomplie*. Je ne sais pas ce que Jennifer leur a dit à propos de l'incident de tout à l'heure avec Daniel, mais il faut croire que, comme elle le craignait, Jake a eu une réaction extrême. À moins que tout cela ne soit lié à la bagarre du water-polo.

— Reste ici, dis-je, ton père sera là dans une minute.

— Tran… quille, dit Ethan.

Jennifer, Izzy, Russ et Sean forment un demi-cercle autour de Jake, comme un conseil d'adultes réuni en urgence.

— Je ne crois pas qu'Ethan soit dans le même état que lui, dis-je. Une aspirine et une bonne nuit, et tout devrait aller mieux.

Personne ne me répond. Je prends soudain conscience d'une atmosphère chargée, et d'une vraie tension entre Izzy et Jennifer.

Jen me remercie d'un simple signe de tête et revient rapidement à Izzy.

— … Je dis juste que vous avez mis un temps fou pour remonter, c'est tout.

Il y a de l'accusation dans l'air.

— Un simple « merci » m'aurait suffi, tu sais, dit Izzy.

— Eh bien, merci, dit Jennifer. Mais qu'est-ce que vous avez fait, tout ce temps ?

— À ton avis ? On a remonté le chemin depuis le bois, tous les trois. J'ai essayé de t'appeler mais ça ne passait pas.

— Il ne faut quand même pas une demi-heure pour…

— Mais tu as vu dans quel état il est, Jen ? Il est complètement torché. On s'est arrêtés tous les vingt mètres pour qu'il puisse arroser le sol de vomi. Et chaque fois, en plus, il voulait me parler.

Jennifer lui lance un regard dur.

— Te parler ? À toi ?

— Oui, à moi.

— Et de quoi ?

— De plein de trucs. Tu sais ce que c'est quand on est saoul, tout sort d'un coup.

— Des bêtises, j'imagine.

— En partie.

— N'en parlons même pas, alors.

Izzy reste sans voix. Je capte son regard et y lis fugacement un mélange de pitié, d'inquiétude et de déception. Puis elle baisse les yeux et conclut : « OK » avant que Sean ne pose sur son bras une main conciliante.

— L'essentiel, dit-il, c'est qu'Izzy les ait trouvés tous les deux, et qu'ils soient de retour avec nous, non ? Le reste, c'est secondaire.

Toute cette agitation m'avait fait un temps oublier la trahison de Sean. Mais à le voir ainsi toucher le bras d'Izzy, si naturellement, ma jalousie se rallume, plus vive que jamais. Et plus encore que la jalousie : ma colère.

Comme tu es prompt à la défendre, hein ? À prendre son parti, à toucher sa peau. Même devant moi, maintenant. Comment oses-tu te montrer comme ça, éhontément ? Et tu croyais que je ne découvrirais pas la vérité, tôt ou tard ?

Alistair arrive enfin, avec deux grandes chopes remplies d'eau.

— Et voilà, dit-il en tendant les verres à Jennifer. Qui m'aide à transporter les patients à l'intérieur ?

Russ s'allume une cigarette et déclare forfait.

— Sans moi, les amis. Je sors à peine de la période des couches sales, je ne donne pas encore dans le vomi d'ado.

Alistair se tourne vers Sean, comme si rien ne s'était passé entre eux un peu plus tôt. Sean le toise un instant, des traces de colère encore au coin des yeux.

— Allez, grogne-t-il. On y va.

Les deux hommes soulèvent Jake chacun par un bras et se mettent lentement en chemin vers la villa.

60

Daniel

Daniel n'arrive pas à dormir. Il a tenté tout ce que son père lui a suggéré (compter à l'envers depuis mille, faire sa liste au père Noël ou imaginer le trajet sur l'autoroute vers la maison de ses grands-parents, à Reading), mais rien n'a fonctionné. Il y avait trop de bruit, dehors. Au début, ça ressemblait à des rires, ou à une de ces grandes conversations que les adultes aiment bien avoir quand ils boivent du vin, en parlant un peu trop fort. Ensuite, il y a eu les cris. Et d'autres conversations encore.

Il sort de son lit, prend un sachet dans le tiroir de sa table de nuit et se dirige vers la porte, ses pieds nus sur le carrelage frais.

Le couloir est plongé dans l'obscurité, mais la petite veilleuse de l'escalier est allumée. Il avance lentement, passe deux portes et traverse le couloir. Il espère que sa porte à elle sera un peu ouverte. Elle est fermée. Il colle son oreille au bois de la porte. Pas un bruit.

S'il te plaît, sois là. S'il te plaît, que la porte ne soit pas fermée à clé.

Il faisait ça, parfois, quand il était petit. Si papa et maman n'étaient pas encore au lit quand un cauchemar le réveillait, il traversait le palier et grimpait dans le lit de sa sœur. Alors Lucy lui racontait des histoires rigolotes qui lui faisaient oublier son mauvais rêve, et il se rendormait. Le lendemain matin, il se réveillait toujours dans son propre lit, c'était un peu comme de la magie.

Elle n'a plus pratiqué sa magie depuis longtemps, cela dit. Depuis qu'elle a grandi, et qu'elle s'est mise à fermer sa porte à clé. À la maison, il ne peut plus mettre un seul pied dans sa chambre sans qu'elle pique une colère noire. Mais ils ne sont pas à la maison, là, alors peut-être voudra-t-elle bien…

Il appuie doucement sur la poignée de la porte, qui s'ouvre avec un petit bruit.

Il reste dans le couloir un instant, une main sur la poignée, l'autre dans son dos. Tout est plus calme de ce côté de la villa, à l'opposé de la piscine. La chambre est dans le noir, mais sur le lit brille la lueur pâle et bleutée d'un écran de téléphone.

— Lucy ? murmure-t-il.

Pas de réponse. Ses yeux commencent à s'habituer à l'obscurité, et il distingue maintenant le dos de Lucy, tourné vers le mur au milieu du grand lit double. Le nez plongé dans son téléphone, comme toujours.

— Lucy ? répète-t-il.

Elle se tourne légèrement, maintenant il peut voir un côté de son visage dans la lumière de l'écran.

— Quoi ? dit-elle durement.

— Tu dors ?

— Ben non.

— J'arrive pas à dormir avec tout le bruit des adultes en bas.

— Qu'est-ce que tu veux, Daniel ?

— C'est une surprise.

— Est-ce que j'ai dit que tu pouvais entrer dans ma chambre ?

Il s'arrête.

— J'ai quelque chose pour toi. Je voulais te le donner avant, mais tu étais… un peu occupée.

Lucy soupire.

— Qu'est-ce que c'est ?

Elle allume sa lampe de chevet et règle le variateur au minimum. Daniel s'avance jusqu'au bord du lit.

— Je voulais te demander pardon pour le film, avec la caméra de papa. Je voulais pas te fâcher comme ça. Alors du coup…

Avec un geste théâtral, il découvre la main qui était derrière son dos et tend à sa sœur un paquet de bonbons à la fraise.

— Je t'ai acheté ça. Pour m'excuser.

— Oh !

Il reste de longues secondes dans cette position figée avant que Lucy ne prenne enfin le sachet. Il sourit et rentre les mains dans les poches de son pyjama. Il est heureux d'avoir fait cet effort. Même si ça lui a coûté la moitié de son argent de poche. Heureux que Lucy ait tendu la main.

Et soudain, une chose inattendue se produit.

Très doucement, presque paisiblement, Lucy se met à pleurer.

Daniel reste interdit. Il n'avait absolument pas prévu cela. Lucy était censée être contente.

— Tu ne les aimes pas ? demande-t-il. Je croyais que c'était tes préférés.

Lucy examine le sachet comme si elle n'avait jamais vu de bonbons auparavant.

— Si, si, dit-elle, une larme sur sa joue. Je les adore.

Daniel se hisse sur le bord du lit, à côté de sa sœur.

— Pourquoi tu pleures ? demande-t-il, inquiet. Qu'est-ce qui s'est passé ?

Lucy sèche rageusement ses yeux avec le drap.

— Ça n'est pas important.

— J'aime pas quand tu pleures.

— Moi non plus. Elle renifle. Mais merci pour les bonbons.

— Tes cheveux sont tout mouillés.

— C'est la piscine.

Daniel note de petites taches de sang sur le drap blanc.

— Tu t'es fait mal ?

Lucy se raidit et ramène le drap contre elle, un bras sur sa poitrine.

— C'est rien, dit-elle. Juste quelques égratignures.

— Comment tu t'es fait ça ?

— Me suis râpée contre le rebord de la piscine. En sortant.

— Ça fait mal ?

Elle secoue rapidement la tête.

— Pas vraiment.

— Tu vas ouvrir les bonbons, alors ?

Elle sourit, très faiblement, mais elle sourit.

— T'en veux un, frérot ?

Il sourit en retour. Il aime bien quand elle l'appelle comme ça.

— Je me suis déjà brossé les dents.

— Sérieusement ?

— Mais tu devrais en prendre, toi, pour ne plus être triste.

Lucy plonge la main dans le paquet et fourre un bonbon dans sa bouche.

— Quand tu seras plus grand, crois-moi, tu regretteras le temps où tu t'inquiétais seulement de manger des bonbons après t'être lavé les dents.

Daniel se contente de hocher la tête, il veut bien la croire sur parole.

— Et toi, alors, c'est quoi qui t'inquiète ?

— Des trucs moches. Des choses qui se passent mal et qu'on ne peut plus réparer. Tu peux pas comprendre.

Daniel pioche un bonbon et le mange à son tour.

— Maman dit que rien de mal ne va arriver.

— C'est déjà trop tard. Je parle de quelque chose qui s'est déjà passé.

— Quand ça ?

— Ça n'a pas d'importance.

— Tu peux me dire, tu sais. J'irai pas le répéter à maman.

— Bien sûr que si. Tu es tellement le petit garçon parfait.

— C'est pas vrai.

— Si.

Lucy semble sur le point de parler, Daniel est prêt à écouter, mais à la place, elle lui tend un autre bonbon.

— Raconte-moi, s'il te plaît, dit-il.

Elle secoue la tête en silence.

— C'est à propos des examens ?

— Non. Quelque chose de grave est arrivé, et j'ai l'impression que c'est un peu ma faute. Comme si j'avais *envie* que ça arrive.

Ils mâchent leurs bonbons en silence.

— Et tu avais vraiment envie que ça arrive ? demande Daniel.

— Non. Pas du tout.

Daniel rajuste un pan de son haut de pyjama.

— Je croyais que ce serait super de rester dans la maison des vacances, mais on dirait que tout part en sucette, non ? J'aimerais bien qu'on puisse rentrer demain, être à la maison. Pas toi ?

Lucy fixe le sol.

— Non. Je préfère encore être ici.

— Tu crois que maman et papa vont divorcer ?

Lucy cesse soudain de mâcher.

— Mais non. Qu'est-ce qui te fait dire ça ?

— Ils sont fâchés, je l'ai vu. Ils ne vont pas divorcer, hein ? Isaac, dans ma classe, ses parents ont divorcé. Il dit que c'est pas grave, mais je vois bien qu'en vrai, il est triste.

Lucy reste silencieuse un moment, le visage éclairé en contre-plongée par l'écran du téléphone quand arrive une notification.

— Tu devrais pas te tracasser comme ça, frérot. Je suis sûre que tout va s'arranger.

— Pour de vrai ?

— Pour de vrai.

Daniel se lève. Il fait quelques pas vers la porte, puis il se retourne.

— S'il te plaît, tu dis pas à maman et papa que j'ai parlé du divorce ?

— OK. Si tu leur dis pas que j'ai pleuré.

— Promis.

Lucy range les bonbons sur la table de nuit, éteint la lumière et repose la tête sur son oreiller.

— Et merci pour le cadeau.

— Ça me fait plaisir que tu les aimes, dit-il en souriant dans le noir. Bonne nuit, alors.

— Bonne nuit, Danny.

Daniel referme la porte et regagne sa chambre. Dans son lit, il remonte la couverture jusqu'à son cou et se roule dans les draps comme il le fait toujours, pour que nulle araignée ne puisse s'y glisser dans son sommeil.

Les adultes se sont tus au-dehors. Seul le chant des cigales lui parvient à travers la fenêtre ouverte, comme une rumeur continue et rassurante.

De l'autre côté du couloir, Lucy est toujours éveillée dans sa chambre. Son téléphone dans une main, la lame dans l'autre.

Un mois plus tôt

Sa mère qui martèle la porte de sa chambre.

— On va être en retard, Lucy.

— Je m'en fous ! crie-t-elle entre deux sanglots. Je viens pas.

— Ne sois pas ridicule, Lucy. Tout le monde sera là.

— Laisse-moi tranquille !

Elle ne veut pas aller à cette garden party débile. Elle veut rester là, à ne rien faire. Ne pas quitter la maison, ni sa chambre. Elle ne veut plus sortir de son lit – ni maintenant, ni jamais. Pas après ce qu'elle a fait.

Elle ferme les yeux et cale ses genoux sous son menton. La douleur qu'elle ressent est comme un trou noir qui dévore chaque pensée. Les questions tourbillonnent dans sa tête, toujours les mêmes.

Comment a-t-elle pu être aussi bête ? Comment a-t-elle pu se tromper à ce point sur lui ? Et comment a-t-il pu, lui, se comporter de façon aussi ignoble ? Pourquoi a-t-il fait ça ? Qu'a-t-elle donc fait pour mériter ça ?

Jamais encore elle n'avait ressenti quelque chose d'aussi fort pour quelqu'un. Elle a tout fait pour lui, elle imaginait déjà son avenir avec lui. Et il l'a jetée comme si elle ne comptait pour rien. Il l'a larguée, de la pire façon imaginable.

Elle enfouit sa tête dans les draps.

Sur la porte, sa mère frappe encore.

JEUDI

61

Je me réveille avec la boule au ventre en pensant à ce qu'ai prévu de faire. Voilà plus de vingt-quatre heures que je médite mon plan, les péripéties d'hier soir ont détourné mon attention, mais maintenant il est temps de passer à l'action. Tandis que Sean dort encore, je prends une douche en repassant mentalement mes découvertes des derniers jours. Mes premiers soupçons sur Rowan, renforcés par ceux de Russ. Jennifer et Sean sur le film de Daniel, et cette virée au village pour un marché à l'existence douteuse. Autant d'éléments circonstanciels, sans réelle preuve. Et enfin Izzy, qui tombe dans le piège tendu à Fille-de-Corail…

Je me sèche en vérifiant que je n'ai pas réveillé Sean. Rowan, Jennifer, Izzy. Quand j'y pense, je leur ai fait du mal à toutes les trois. J'ai volé le petit ami de Jennifer, à l'université. Le fiancé d'Izzy a été tué en venant me chercher à la sortie de cette soirée où j'avais été droguée. Et c'est moi qui ai relayé la fausse accusation qui a détruit le premier mariage de Rowan.

Quel genre d'amie suis-je donc? Peut-être que je mérite tout ce qui m'arrive aujourd'hui.

Je m'habille en vitesse et sors de la chambre. Je veux en finir maintenant, dès ce matin, avant de trop y réfléchir ou de perdre une nouvelle fois mon sang-froid.

Je pense à Lucy, aussi. J'aimerais reparler avec elle de ce qui s'est passé hier soir dans la piscine, mais elle dort encore, sa chambre toujours plongée dans le noir. Aucun signe de réveil non plus chez Daniel. Aurait-il enfin trouvé le secret pour dormir longtemps ? Il ne reste plus que deux jours ici, mais mieux vaut tard que jamais. La villa tout entière semble plongée dans le sommeil. Pas une voix, pas un grincement, pas un bruit de vaisselle : en descendant l'escalier qui mène vers la cuisine, j'ai l'étrange impression d'être la seule personne vivante dans une maison vide.

Et pourtant, je ne suis pas la première à m'être réveillée. Dans la cuisine, près de la bouilloire, je trouve une note :

Partis voir Béziers, de retour cet après-midi. J+I.

L'horloge du four indique un peu plus de neuf heures. Jen et les garçons ont dû se lever tôt et opter pour un changement de décor, et Izzy aura profité de l'aubaine pour voir du pays. Je vais devoir attendre qu'elle rentre pour mettre mon plan à exécution – un report qui me soulage autant qu'il me déçoit : au moins aurai-je le temps de préparer ce que je vais lui dire.

Cette fugue matinale ne m'étonne guère. Entre la cuite de ses ados et l'altercation entre Alistair et Sean, Jennifer préférait certainement s'épargner les regards du lendemain matin. Esquiver, ignorer, regarder ailleurs et mettre les problèmes sous le tapis jusqu'à ce qu'ils disparaissent dans l'oubli : ça a toujours été sa tactique préférée. Izzy, au contraire, a toujours eu cette franchise que certains prennent pour de l'indélicatesse. Et moi ? Disons que je me situe entre les deux.

Je prends un croissant et l'emporte avec mon café sur la terrasse. Le soleil est déjà fort, et l'air alourdi d'une humidité qui augure un orage. Le ciel, pourtant, est toujours d'un bleu azur, sans nuages et sans vent. Le seul son qui accompagne mon petit déjeuner sera celui de deux hirondelles qui s'appellent et se cherchent dans une gracieuse parade nuptiale.

Cette séparation devrait nous faire du bien à tous, me dis-je. Au moins pour quelques heures.

Des bribes de la veille me reviennent en mémoire. Daniel qui veut rentrer à la maison ; les semi-excuses de Sean dans la cuisine ; le regard horrifié de Lucy en quittant la piscine ; Sean qui menace Alistair. Et ce mot d'Ethan, ivre mort dans l'herbe du jardin : *oublier.*

Ces vacances ont été une telle série de déboires que je ne les compte plus.

Je termine mon café quand arrive Odette, dans son maillot de bain rose, une brioche à la bouche. Rowan sort dans la foulée, un expresso dans une main et des clés de voiture dans l'autre.

— On va retenter la plage pour quelques heures, ça te dit ?

— Les miens dorment encore, dis-je.

Rowan se rapproche :

— Et comment va Lucy ? Après l'histoire de la piscine, je veux dire.

— Elle était plutôt bouleversée.

— J'ai bien cru que Sean allait en coller une à Alistair.

— Attends un peu la suite. Ça peut encore se produire.

— Embrasse-la pour moi, tu veux ?

Russ sort de la cuisine, un grand sac de plage à la main, et les voilà partis dans la Land Rover.

Nous ne sommes plus que quatre dans la grande villa.

Moi, mon mari infidèle et mes enfants traumatisés.

Et soudain, une évidence me frappe : ne serait-ce pas le moment idéal pour aller faire un tour dans la chambre d'Izzy ? Qui sait si je n'y trouverai pas de quoi confirmer mes soupçons et effacer les derniers doutes… Quoi au juste, je ne sais pas. Je verrai bien.

Je monte l'escalier et suis sur le point d'entrer dans sa chambre quand la porte de Daniel s'ouvre sur mon fils, déjà habillé, son livre à la main.

— Salut, m'man. Qu'est-ce que tu fais ?

— Oh, dis-je, je voulais voir si Izzy n'a pas laissé un livre qui m'intéresse. Mais peu importe. Tu as bien dormi ?

Un coup pour rien. Ma perquisition attendra.

Lucy et Sean semblent avoir opté pour la grasse matinée, aussi décidons-nous, Daniel et moi, de nous offrir une balade au village. Sa petite main dans la mienne, nous nous aventurons au-delà de la place, dans des ruelles aux vieilles maisons de pierre, trop étroites pour qu'y passe une voiture. Nous faisons halte dans un petit parc derrière l'église. Sur un banc, à l'ombre d'un platane, je regarde Daniel jouer au toboggan et à la balançoire. Je souris en le voyant heureux sur le petit cheval d'un manège, et je me demande comment je pourrai un jour lui expliquer ce que son père a fait pour détruire notre famille. Comment pourrait-il comprendre, à son âge ? Peut-il seulement imaginer une telle trahison ? J'imagine le pire, et j'espère qu'il pardonnera un jour à son père. À moins qu'il ne finisse par m'en vouloir, à moi ?

Quand je comprends qu'il est las du parc, nous regagnons la place centrale pour manger un gros croque-monsieur en regardant de vieux messieurs à casquette jouer à la pétanque.

Daniel tenait à faire des courses après notre déjeuner. Nous marchons un peu le long des remparts jusqu'à la supérette, dont la plupart des clients semblent être des touristes.

J'en profite pour acheter de l'anti-moustiques pour tout le monde. Les sprays anglais semblent inefficaces contre les moustiques du Languedoc – je compte déjà plus de dix piqûres sur mes jambes.

Je retrouve Daniel au rayon des bonbons, un gros sachet dans chaque main.

— Ne me dis pas que tu as encore faim après ce déjeuner ?

— C'est pour Lucy, dit-il. Pour qu'elle soit moins fâchée. Tu crois que je dois lui prendre lesquels ? Les Tagada, ou les Dragibus ?

— Quel parfait petit frère tu fais ! dis-je en ébouriffant sa tignasse brune. Je suis sûre qu'elle sera très contente.

— J'espère. Elle est triste à cause de plein de trucs.

— Ah oui ? dis-je en masquant ma curiosité sur le chemin de la caisse.

— Elle m'en voulait à cause du film, dit-il.

Il hésite un peu et continue :

— Et puis, il y a l'examen, et ses copines à l'école qui sont méchantes, et Machin Bayley…

— Machin qui ? dis-je en attrapant au passage des bougies anti-moustiques.

— Tu sais, ce garçon, Alex, celui qui était à l'hôpital. Il y a une page Facebook spéciale pour lui rendre hommage.

— Tu n'es pas trop jeune pour aller sur Facebook ? Je croyais qu'il fallait avoir au moins treize ou quatorze ans ?

— Ils vérifient pas vraiment, dit-il en posant ses sucreries sur le comptoir. Il suffit de cocher la case qui dit que tu as l'âge. Tout le monde fait ça.

— Ah.

Je propose de payer ses bonbons, mais Daniel insiste pour utiliser ce qui lui reste d'argent de poche. Je nous achète finalement deux glaces à l'italienne près du tabac, et nous remontons tranquillement vers la maison. Daniel est fier de porter *son* paquet. Heureux aussi, me dit-il, qu'Ethan ait accepté hier de faire la paix avec lui.

Midi est largement passé quand nous arrivons à la villa, et toujours pas de signe de Lucy. Je monte et frappe discrètement à sa porte.

— Lucy ?

Sa chambre est encore dans le noir, les volets fermés et la climatisation poussée au maximum.

— Lucy ? Tout va bien ?

Pas de réponse. Elle est allongée sur son lit, face au mur. Immobile.

— Il est presque une heure, ma chérie. Tu vas te lever bientôt ?

Elle ne réagit toujours pas. Je m'apprête à la secouer gentiment quand la voix de Daniel me parvient depuis le bas de l'escalier.

— Maman ! crie-t-il. Je vais à la piscine, tu viens ?

Je sors de la chambre de Lucy et referme doucement la porte derrière moi.

62

Allongée à l'ombre d'un parasol au bord de la piscine, la tête sur un coussin, j'ai les yeux fermés mais je ne dors pas vraiment. J'entends les voix sur la terrasse, des bruits de couverts, des pas sur la pierre, dans l'escalier. Puis je sens une présence au-dessus de moi. Une odeur, masculine.

J'ouvre les yeux : c'est Ethan qui m'appelle pour le dîner.

Je m'étire et me lève en faisant tomber le téléphone que j'avais laissé sur mes genoux. Je le ramasse et le rallume, par réflexe. Il est toujours ouvert sur la page Facebook dont Daniel me parlait tout à l'heure. Celle de l'hommage à Alex Bayley. Des dizaines de messages ont été ajoutés au cours de la dernière heure. Je referme l'appli, soupire sous la chaleur et suis Ethan sur la terrasse. L'air s'est encore alourdi, mais un petit vent s'est levé. Et pour la première fois, l'horizon s'est garni de nuages – un épais mur gris qui vient de la mer. Depuis quelques jours, la météo annonçait des orages. Nous allons peut-être enfin y avoir droit.

Je cherche Sean et le trouve sur le petit banc au fond du jardin, à l'ombre de l'olivier. Izzy est assise à côté de lui, si près que leurs mains pourraient se toucher. Tous deux ont la tête baissée. Je suis trop loin pour entendre quoi que ce soit, mais la discussion semble animée. Sean secoue la tête à plusieurs reprises, Izzy agite ses mains et les joint devant elle en un geste de prière.

La belle association de malfaiteurs ! De quoi parlez-vous, au juste ? De la façon dont vous allez m'annoncer la nouvelle ?

Une boule se forme dans ma gorge, douloureuse. À moins que ? Il semblerait qu'ils ne soient pas d'accord. Hypothèse plausible : Sean voudrait attendre que nous soyons rentrés en Angleterre pour me parler, et Izzy ne veut plus attendre. Mais après tout, qu'en sais-je ?

Je reste là à les regarder, incapable de bouger, quand soudain Sean redresse la tête. Ses yeux rencontrent les miens, une seconde, et il se lève aussi brusquement qu'un gamin qu'on viendrait de prendre en faute. Sans attendre Izzy, il remonte vers la terrasse où la table est déjà prête.

Je me retourne avant qu'il n'arrive à ma hauteur et vais m'installer à côté de Daniel. Lucy nous rejoint dans un t-shirt à manches longues, le teint blafard et les cheveux détachés. Elle s'assied sans un mot à ma droite, se sert un grand verre de limonade et le boit lentement. Elle n'a manifestement aucune intention de manger quoi que ce soit.

La grande table est pourtant bien garnie : viandes froides, pain et fromages, fruits et pâtisseries… Un vrai repas de vacances, avec trois pizzas géantes qui sortent du four et dont le fromage frémit encore. Nous remplissons nos assiettes en faisant mine d'écouter les histoires d'Odette à la plage.

Jennifer et Izzy arrivent les dernières, le visage fermé. Jennifer prend sa place au bout de la table, entre Alistair et ses garçons. Izzy fait le tour pour venir s'installer à l'autre bout. En passant, elle se penche légèrement vers moi, une main sur mon épaule.

— Kate ? dit-elle d'une voix presque désolée. Il faut qu'on parle.

Sa phrase me fait l'effet d'un électrochoc.

— OK, dis-je en tâchant de me contenir. De quoi ?

— Je te dirai. Après le repas.

Elle s'installe sur la dernière chaise vide et je reviens à mon assiette, l'estomac retourné.

— On ferait bien de se dépêcher de manger, dit Alistair en pointant les nuages noirs un peu plus au sud. On dirait bien qu'il y a de la tempête dans l'air.

63

Izzy m'a coupé l'appétit. Je me sers de pain, histoire de donner le change et de m'occuper les mains, et je coupe une fine tranche d'un roquefort auquel je sais déjà que je ne toucherai pas.

Ainsi donc, nous y voilà. L'heure de vérité, celle où Izzy va tout m'avouer, et où ma vie va probablement basculer. C'est étrange : je n'ai découvert les messages sur le téléphone de Sean qu'il y a quelques jours, pourtant j'ai l'impression qu'il y a des mois, peut-être des années que j'attends cet instant. Et alors que je voulais prendre les devants, c'est finalement Izzy qui vient me trouver la première.

Il faut qu'on parle.

J'ai mal. J'ai peur. Je suis en colère, et je suis tétanisée.

Autour de la table, aucune conversation n'a pris. Ethan et Jake se font des messes basses. Daniel s'enquiert des ingrédients de la pizza. Et Odette, comme à son habitude, passe en revue tout ce qu'elle ne mangera pas – soit à peu près tout ce qui ne se trouve pas déjà dans l'assiette de sa mère. Rowan l'oblige à manger une demi-tomate cerise : Odette mâche un instant puis la recrache sur la nappe.

Sean garde les yeux fixés sur Alistair, le regard sévère, comme s'il guettait le moindre prétexte pour reprendre les hostilités après la trêve de la veille. Alistair l'a sans doute remarqué mais il n'en laisse rien paraître. Il débouche une bouteille de faugères et remplit les verres près de lui.

Il faut qu'on parle.

Ma vie suspendue à cinq mots.

Je goûte le vin et n'en relève que l'amertume.

Les assiettes ne tardent pas à se vider, comme si chacun souhaitait abréger le plus possible ce repas mal engagé. Après une dizaine de minutes, Jennifer frappe son verre de sa fourchette et s'éclaircit la gorge. Son sourire ne trompe personne : elle a toujours détesté attirer l'attention.

— Les amis, puisque nous sommes tous là, j'ai une nouvelle à vous annoncer…

Onze paires d'yeux se tournent vers elle.

— Après réflexion, et pour plusieurs raisons… (elle s'est ostensiblement tournée vers Sean en prononçant ce dernier mot), nous avons décidé qu'il serait mieux d'anticiper un peu notre départ.

Silence sonné autour de la table.

— Vous partez quand ? finis-je par demander, oubliant un instant Izzy et notre conversation à venir.

— C'est vraiment dommage, dit Rowan. On est bien, tous ensemble, non ?

— Nous avons trouvé un avion ce soir, dit Jennifer. Le temps de terminer le repas et de faire les bagages, et nous pourrons partir.

Je repose ma fourchette et repousse mon assiette.

— Vous devez vraiment partir si tôt, Jen ? Il ne nous reste que deux nuits ici…

Jake se redresse sur sa chaise. Apparemment, il n'avait pas été mis au courant.

— Attends, quoi ?

— Nous avons changé nos billets, Jakey. Il y a un vol qui part de Béziers ce soir à onze heures.

— Mais pourquoi ?

— Ton père et moi pensons que c'est mieux.

— Mieux pour qui ?

Les yeux bleus de Jennifer se posent une nouvelle fois sur Sean.

— Pour tout le monde.

Les joues de Jake tournent au rouge vif et je me rends compte que je ne l'ai jamais vu rougir auparavant.

— J'ai pas envie de rentrer, moi. Je veux qu'on reste ici, tous ensemble.

— On en parlera après le repas, OK Jakey ?

Il se lève en bousculant sa chaise.

— C'est débile.

— Parle poliment, Jake.

Il s'éloigne rageusement en levant une main dédaigneuse.

— C'est ça.

Ethan se lève aussi et s'adresse à Daniel :

— Tu viens ?

— Euh… Je peux y aller, maman ?

— Nous sommes au milieu du repas, poussin.

— Mais j'ai fini.

— Il reste un gros morceau de pizza dans ton assiette.

Il se met à rougir à son tour. Je suis en train de lui faire honte devant un plus grand. Son *ami*, comme il dit.

— S'il te plaît ? insiste-t-il. C'est notre dernière chance de jouer ensemble pendant ces vacances.

— Et la pizza, alors ?

Daniel engouffre la moitié de sa part, prend l'autre dans la main et, la bouche pleine, déclare fièrement :

— Ch'ai fini, maintenant.

Je soupire et le laisse aller. Il détale dans le jardin à la suite d'Ethan, en direction du vignoble.

— Je veux y aller aussi, maman, réclame maintenant Odette.

Rowan dit non, tente de négocier d'attendre la fin du repas, mais Odette a déjà les pieds par terre.

— C'est pas juste ! Tous les enfants sont partis !

— Ce n'est pas vrai, regarde : Lucy est encore là.

— Mais Lucy, c'est pas un enfant.

Et sur ses petites jambes, la fillette se précipite vers le jardin en criant à pleins poumons : « Attendez-moi ! »

Jennifer elle aussi s'est levée.

— Il faut que j'aille parler aux garçons, dit-elle. Leur expliquer.

— Jen, dit Alistair d'une voix calme. Laisse-les vivre un peu. Il faut bien que…

Mais Jen n'est déjà plus là.

Nous ne sommes plus que sept à table – six adultes et Lucy – et personne n'ose prendre la parole. Comme si une bombe venait d'exploser et que nous émergions lentement des décombres, chacun tâchant pour soi-même d'évaluer les dégâts.

— Encore un beau repas tous ensemble, lâche Russ.

Rowan lui assène un coup de coude dans les côtes.

— C'est tellement dommage que vous partiez si tôt, répète-t-elle à l'attention d'Alistair.

Alistair se ressert tranquillement de vin.

— Bah, je crois que nous avons fait ce que nous voulions ensemble, non ? Après hier soir, il n'était pas forcément utile d'aller beaucoup plus loin…

— Les enfants commencent à bien s'amuser, ils ont appris à se connaître.

Alistair jette un regard en coin à Sean.

— Peut-être, dit-il. Mais tu sais ce qu'on dit en bourse : il faut savoir liquider son portefeuille pour limiter ses pertes.

Le repas s'achève au son des cris d'enfants courant dans le vignoble. Après quelques minutes, Lucy recule sa chaise et sans un mot se dirige à son tour vers le jardin.

Les hommes ne tardent pas à se lever aussi pour partir à la recherche de leur progéniture, et Izzy et moi restons seules avec Rowan pour débarrasser la table. Quelques allers-retours en silence vers la cuisine, puis le regard d'Izzy finit par croiser le mien.

Le moment est venu.

64

Daniel

Daniel a suivi les deux frères en courant dans le vignoble, et ses pieds lui font mal dans ses sandales. Il est fatigué, et il s'ennuie. Il se demande ce qu'ils font là : ils ont lancé des pierres dans la gorge, grimpé aux arbres et taillé des bouts de bois en pointes acérées, mais maintenant il les suit surtout parce qu'il ne sait pas trop quoi faire d'autre depuis qu'ils ont échappé à Jennifer.

Aujourd'hui a été une journée un peu nulle. La glace de ce midi était bonne, mais c'est à peu près tout. Tout le monde était parti faire des trucs sympa, sauf sa famille. Lui a dû se contenter d'aller au village avec sa mère : ils ont déjeuné, puis ils sont rentrés. Ensuite maman a dormi, et Lucy était mal lunée, et papa n'a pas voulu jouer avec lui. Ensuite, la maman de Jake et Ethan a annoncé qu'ils allaient rentrer plus tôt, genre *ce soir*, et ce n'est vraiment pas juste parce que ça veut dire qu'il ne restera que lui et Odette comme enfants dans la maison – Odette qui vient de lui répéter pour la sixième fois qu'elle n'aime pas les garçons.

Apparemment, il s'est passé quelque chose de grave hier soir, mais aucun des deux grands n'a voulu lui dire ce que c'était. D'après ce qu'il a compris de la conversation des adultes, Jake a été malade et son père et Alistair ont dû le porter pour le ramener à la villa. Et aujourd'hui, Jake est en colère – encore plus depuis que sa mère a dit qu'ils allaient rentrer en Angleterre. Depuis tout à l'heure, il n'arrête pas de dire des gros mots. Il a toujours été un peu fou, mais ce soir il a l'air vraiment dingue, comme s'il n'en avait plus rien à faire de rien. Ça le rend encore plus imprévisible que d'habitude. Et en même temps, sans que Daniel puisse expliquer pourquoi, ça rend encore plus excitant le fait d'appartenir à sa bande – d'être un acteur, pour une fois, et plus un spectateur sur la touche.

Soudain, Jake s'accroupit, et Ethan avec lui. Il y a un homme devant eux dans les arbres, qui leur tourne le dos. C'est le père des deux grands.

— Jake ? crie Alistair. Ethan ? Vous venez ? Il est temps de rentrer et de faire les valises.

— Couchez-vous ! siffle Jake entre ses dents.

Les trois garçons s'aplatissent sur le sol derrière des fourrés. Alistair regarde de tous côtés et caresse sa barbe entre deux doigts. Il appelle à nouveau :

— Jake ? Ethan ? C'est l'heure, allez !

Il se retourne une dernière fois avec une moue contrariée, puis il s'enfonce dans le bois en s'éloignant d'eux.

Jake attend une minute puis se redresse, un genou au sol. Les deux autres l'imitent.

— Vous avez toujours vos briquets ? demande-t-il.

— Ouais, dit Ethan en sortant de sa poche le Bic en plastique bleu.

— Oui, dit Daniel en espérant que les deux autres ne remarqueront pas qu'il rougit.

La vérité, c'est qu'il a perdu le petit briquet jaune qui marquait son intronisation dans le gang. Il l'avait laissé dans sa chambre, mais quand il l'a cherché, hier, il ne l'a pas trouvé. Il n'ose pas en parler à Jake et Ethan parce qu'ils se moqueraient de lui. Ou alors, ils se fâcheraient. Il est peut-être tombé de sa poche à un moment quand ils jouaient dehors. Comme c'est un secret, il n'a pas non plus demandé à papa ou maman s'ils ont vu le briquet. Il aurait de sérieux ennuis s'ils savaient qu'il possède un objet aussi dangereux. Quoique : ils sont un peu bizarres, ces derniers jours. Maman a l'air tout le temps triste, et papa est distrait. Quand Daniel lui parle, il le regarde comme s'il l'écoutait, mais il n'écoute pas *vraiment.* Un peu comme s'il regardait *à travers* lui. Et quand il répond, c'est pour dire quelque chose qui n'a rien à voir.

Mais Daniel ne va pas parler de ça non plus à Jake et Ethan.

Le plus jeune appuie avec son pouce sur la pierre de son briquet, et une grande flamme jaillit.

— J'ai encore plein de gaz, dit-il. On pourrait s'amuser un peu avant de rentrer à la maison.

Daniel pense à Odette, qu'ils ont laissée toute seule avec sa robe d'été rose et son diadème dans les cheveux. Il voudrait aller la chercher mais Jake lui tape sur l'épaule. Il arbore un grand sourire roublard. Il range le briquet dans sa poche, regarde Daniel et Ethan et déclare :

— J'ai une idée. Suivez-moi.

65

Izzy m'accompagne dans la salle à manger et nous nous asseyons au bout de la grande table. À travers la fenêtre, je contemple les collines au loin comme si je les voyais pour la première fois. Quel décor somptueux pour une fin si triste. Car quelque chose va prendre fin, là, dans quelques minutes. Les plus belles années de ma vie.

Les nuages se rapprochent dangereusement, plus noirs encore que tout à l'heure. Le calme règne encore dans la villa : Rowan prépare des cocktails *pour nous remonter le moral* ; tous les autres sont dehors.

— Désolée pour le ton un peu dramatique, tout à l'heure, dit Izzy. Mais je ne voulais pas en parler devant tout le monde.

— Évidemment.

Elle souffle un grand coup, balaie sa frange sur son front et se penche légèrement vers moi.

— Ce n'est pas facile, Kate, mais j'y ai beaucoup réfléchi, et je crois qu'il faut que je te le dise. Vu les circonstances, je préfère que ce soit maintenant. Nous sommes amies depuis longtemps et…

— Bien sûr.

Non, Izzy, plus maintenant.

Je n'arrive pas à la regarder en face quand elle me parle. J'ai appris à maîtriser mes émotions, mais aujourd'hui je crains qu'elles ne débordent. Cinq jours que je réprime ma colère, que je la tiens cachée au plus profond de moi, qui sait ce qui pourrait arriver si je la laissais sortir ?

Et cette salope d'Izzy qui prend son air désolé, avec ce sourire hypocrite, comme si tout ça était aussi dur pour elle que pour moi. Je sens monter l'envie de la gifler, là maintenant : je pourrais me lever et laisser partir mon bras, droit dans sa jolie petite tête.

Comment as-tu pu me faire ça, Izzy ?

Mais je ne frapperai pas. Je garde mes deux mains serrées entre mes genoux, les doigts noués à m'en faire mal. Je sais ce qui va suivre, je sais ce qu'elle va me dire. Cela rend-il les choses plus faciles pour autant ? Non. J'ai plutôt l'impression d'avoir été en chute libre ces derniers jours et qu'arrive enfin le moment de s'écraser au sol. À la fois terrifiée et résignée, j'ai hâte qu'on en finisse.

— Kate, je ne sais pas comment te le dire… J'ai tellement hésité avant de…

Je la coupe. Elle ne mérite pas ce moment, me dis-je soudain. Elle n'aura pas la satisfaction de me le dire avant moi.

— Je sais ce que tu vas me dire, Izzy.

Un infime mouvement de recul. Elle semble surprise.

— Vraiment ?

— Il m'a fallu du temps pour comprendre, mais maintenant, oui, j'ai compris.

— Oh, je vois.

Il y a de la confusion dans sa voix.

— J'avais l'impression que tu ne savais pas.

— C'est Sean qui t'a dit ça ?

Elle opine, lentement.

— Oui.

— Il voulait que ça reste un secret, n'est-ce pas ? Je vous ai vus vous disputer avant de dîner.

— Il… Il pensait qu'il serait mieux d'attendre un peu.

— Bien sûr, oui.

Elle temporise un peu, semble chercher ses mots.

— Depuis quand es-tu au courant, exactement ?

— Disons que je sais l'essentiel depuis une petite semaine. Et que j'ai tout compris depuis quelques jours seulement. Tu te souviens du message que Sean t'a envoyé mardi, pour que vous vous retrouviez ? Ce n'est pas lui qui l'a écrit. C'était moi.

— Mardi ?

— J'ai déverrouillé son téléphone et j'ai trouvé votre conversation secrète sur Messenger…

Je repense à notre discussion aux gorges d'Héric, et la colère remonte soudain. La rage d'avoir été trahie.

— … Et au fait, tu aurais pu me le dire dès lundi. Je méritais peut-être un peu d'honnêteté, non ? Pourquoi avoir attendu aujourd'hui ?

Izzy fronce les sourcils.

— Bon, d'abord je dois dire que mardi, je n'ai pas réalisé que…

Elle ne terminera pas sa phrase. La porte vient de s'ouvrir avec fracas et Rowan entre dans la pièce, le regard affolé.

— Ah vous êtes là, vous deux. Venez, vite !

Le temps que nous comprenions ce qu'elle vient de dire, elle est déjà repartie en courant vers l'arrière de la villa.

Izzy et moi nous précipitons à sa suite. Dehors, le soleil a disparu et le vent s'est levé, balayant l'air plus lourd que jamais. L'orage menace, mais ce n'est pas cela qui alarme Rowan.

— Vous avez vu, là-bas ? crie-t-elle.

Je suis son doigt jusqu'en bas du vignoble, là où commence le bois, et je vois.

De la fumée.

66

Odette

Odette se tapit dans son nid de feuilles, les bras serrés bien fort contre ses genoux. Elle doit rester tranquille, le plus tranquille possible. C'est important : c'est la toute première fois que les garçons la laissent jouer avec eux. Ou plutôt non : c'est elle qui a proposé de jouer. Elle a cru qu'ils allaient lui rire au nez et lui dire d'aller jouer plus loin, mais ils ont dit *d'accord*. Ils n'ont même pas protesté quand elle a dit que c'était elle qui allait se cacher et que ce serait à eux de la trouver, et non l'inverse. Mais attention, ce n'est pas une partie de cache-cache. Le cache-cache, c'est pour les *bébés*. C'est une partie de sardines. Une seule personne se cache (c'est la sardine) pendant que les autres comptent jusqu'à cinquante sans regarder. Ensuite ils doivent la chercher, chacun de son côté. Le premier à la trouver se cache avec elle, et ainsi de suite – le dernier à trouver la cachette a perdu. Mais si la sardine reste cachée jusqu'à ce que les autres abandonnent, alors c'est elle qui gagne.

Les garçons lui ont dit de bien se cacher parce qu'ils étaient sûrs de la trouver très vite. Mais sa cachette est tellement bonne qu'elle pense qu'ils peuvent bien la chercher pendant une heure, ils ne la trouveront pas. Même jusqu'à l'heure de se coucher, peut-être.

Elle a repéré une sorte de fosse, à l'écart du chemin, là où un gros arbre mort est tombé. Comme elle est petite et souple, elle a réussi à se glisser dans un trou au milieu de l'arbre. À cet endroit, le tronc est creux, juste assez grand pour qu'elle y tienne assise. Elle s'y est construit un petit nid presque douillet au milieu des feuilles sèches et des aiguilles de pin. Comme un hamster ! Le seul problème, c'est qu'elle a du mal à voir ce qui se passe dehors, avec ce buisson juste devant. Mais si elle bouge un peu, elle peut apercevoir un bout du chemin, et la clairière où maman a dit qu'elle n'avait pas le droit d'aller.

Elle est douée pour se cacher. Elle pourrait se cacher toute la journée. Et elle va leur montrer qu'elle est assez grande pour jouer à leurs jeux. Et même qu'elle peut gagner.

Le tronc a une odeur bizarre. Une odeur de moisi, un peu comme le bois que papa garde pour la cheminée, à la maison. Il fait sombre à l'intérieur, et des insectes grouillent par endroits sur l'écorce. Mais Odette n'a pas peur. S'ils s'approchent d'un peu trop près, elle fera comme fait papa avec les araignées ou les mouches ou n'importe quelle petite bête : elle enlèvera sa chaussure et l'écrasera avec le talon – *paf !* plus de petite bête. Maman essaie toujours de les épargner, avec un verre et une carte postale en dessous pour les remettre dehors, mais papa, lui, il ne s'embête pas. Il les tue, et voilà.

Personne ne vient encore par ici. Odette est assise, menton sur les genoux, et se demande ce que peut bien être une sardine. Daniel dit que c'est une espèce de poisson, mais ce n'est pas possible parce que les poissons vivent dans la mer. Peut-être une sorte de souris ? Ou de hamster ? C'est rigolo comme nom, *sardine.* Et elle aurait bien aimé que Lucy joue avec eux. On dirait une princesse – elle est même plus belle qu'une princesse. Parfois, pendant ces vacances, Odette a rêvé que Lucy serait sa grande sœur : elles auraient pu jouer toute la journée, et se coiffer, et faire toutes ces choses que les sœurs font ensemble. Mais Lucy n'était pas là quand ils ont commencé le jeu.

Et soudain, un bruit. Odette se fige. Des rires, des voix graves. Les adultes ? Non, ce sont les garçons.

Elle s'efforce de rester sans bouger, comme une statue, et retient sa respiration jusqu'à ce qu'ils s'éloignent. Ils parlent bas, elle ne peut pas entendre. Puis les voix s'éloignent et avec précaution elle sort la tête de son tronc d'arbre : ils sont repartis, chacun avec un bâton dans la main, et ils tapent sur tous les arbres qu'ils croisent en chemin. Elle est soulagée, mais aussi indignée. Ils n'étaient pas censés la chercher ensemble. On avait dit, chacun pour soi ! Chercher ensemble, ce n'est pas juste. C'est de la triche. Mais de toute façon, les garçons trichent tout le temps. C'est pour ça qu'elle n'aime pas jouer avec eux.

Elle a presque envie de sortir et de leur rappeler les règles. Mais si elle sort, alors elle révélera sa cachette, et ce sera difficile d'en trouver une aussi bonne.

Quand les garçons sont suffisamment loin, elle réorganise un peu son nid et rajuste sa position pour caler son dos : maintenant, l'endroit est vraiment confortable, elle pourrait presque y apporter ses poupées et prendre le thé avec…

Attention, les garçons sont de retour. Cette fois, ils font plus de bruit – elle les entend qui se disent *Chut!* puis qui ricanent. Leurs voix se rapprochent, ils sont tout près ! Si près qu'ils doivent être juste à côté du tronc où elle est cachée, sans même voir qu'elle est là ! Odette plaque une main sur sa bouche pour réprimer un gloussement. Les garçons sont tellement *nuls*.

La voix de Jake résonne dans le silence de la forêt.

— Elle est pas là, les gars, dit-il, et les autres ricanent encore plus bêtement.

— C'est quand même dingue qu'on n'arrive pas à la débusquer ! Peut-être qu'elle est descendue dans la gorge, ajoute Ethan.

Le trio s'éloigne à nouveau en faisant bruisser les feuilles mortes. Odette se force à rester en place, au cas où les garçons regarderaient derrière eux. Elle jubile. Ils étaient là, juste là, et ils ne l'ont pas trouvée ! Elle va gagner. Ce sera trop drôle quand elle leur dira où elle était et qu'ils comprendront qu'ils y étaient presque.

Il fait bon dans sa cachette. On est à l'aise. Et elle dort si mal dans son lit, là-haut dans la maison. Il n'est pas comme son lit à la maison. Il est plus dur, et puis parfois trop mou, et ses jouets lui manquent. Mais ici, au creux du tronc, c'est parfait.

Elle est à l'abri, les garçons sont loin. Ses paupières sont lourdes.

Elle se laisse aller et ferme les yeux.

***

Elle se réveille sans vraiment comprendre qu'elle a dormi. Son épaule est douloureuse d'être restée longtemps contre l'écorce. La lumière de la forêt a changé, plus sombre. Mais personne ne l'a trouvée. Cette fois c'est sûr, elle va gagner.

À l'extérieur, tout est moins calme. Elle entend des voix – des voix qui appellent tous les enfants. Qui crient son nom, *à elle.*

— Odette ! Où es-tu ?

Elle sait ce qu'ils sont en train de faire : ils lui tendent un piège pour qu'elle révèle sa cachette, et qu'ils puissent se moquer d'elle parce qu'elle a dormi dans un tronc d'arbre et qu'elle a des feuilles partout sur sa robe.

Odette sourit. Elle va leur montrer qu'elle est plus maligne qu'eux. En même temps, il y a cette odeur désagréable, comme quand maman laisse brûler les toasts jusqu'à déclencher l'alarme de la maison. Mais elle ne tombera pas dans le piège. Elle sait ce dont les garçons sont capables.

Elle ne va pas abandonner si facilement, alors que c'était son tour de se cacher.

Elle ne sortira pas pour faire plaisir à ces idiots de garçons.

Elle ne sortira pour personne.

67

D'abord, c'est la sidération.

Le vignoble tout entier baigne dans les volutes d'une épaisse fumée grise. Le feu a attaqué les premières vignes, tout en bas, et nous le regardons toutes les trois, fascinées, se propager de pied en pied.

Et ces flammes qui semblent danser au-dessus des arbres un peu plus loin, et le ciel au-dessus qui se trouble, comme si l'air lui-même se gondolait avec la chaleur. Après des semaines de canicule et de sécheresse, la moindre brindille est prête à prendre feu, à des kilomètres à la ronde.

Rowan est la première à réagir.

— Mon Dieu, les enfants ! crie-t-elle. Ils sont là-dedans, tous !

Sa voix n'est plus qu'un cri de panique et elle se met à courir vers le vignoble. Izzy et moi lui emboîtons le pas. Les enfants, oui. *Nos enfants.*

En passant le portail, nous manquons de percuter Alistair qui court dans l'autre sens. Hors d'haleine, le visage cramoisi, il se tient le bras droit comme s'il était blessé.

— Je vais chercher mon téléphone, dit-il dans un souffle. J'appelle les pompiers.

— Est-ce que ça va, toi ? demande Izzy.

Il s'est déjà remis en route vers la villa et, sans se retourner, lève une main en l'air comme si la question était dérisoire.

Nous passons le portail et nous voici dans le vignoble, courant vers les flammes. Izzy en tête, moi juste derrière elle, puis Rowan, qui crie déjà :

— Odette ! Odette, j'arrive !

Mais personne n'est en vue – ni enfant, ni adulte. Devant nous, tout n'est plus que feu. La fumée, grise et dense, qui remonte depuis le bas du vignoble, et les flammes orangées qui lèchent le haut des vignes et des arbres au fond, dans le bois. Quelque chose dans le décor accroche ma conscience un bref instant, mais je l'évacue aussitôt. Dans mon cerveau, il n'y a plus de place que pour Daniel et Lucy.

Nous courons dans la fumée. Elle monte vers nous et menace déjà de nous étouffer. Je m'entends respirer, ma tête pourrait bien exploser, plus rien ne compte que mes enfants – j'ai perdu mes tongs en courant et ne me suis pas arrêtée, le sol pierreux m'entaille les pieds mais je ne sens rien.

Comme nous approchons du bois, Izzy nous crie qu'elle va chercher Jennifer, et elle prend légèrement sur la gauche pour s'enfoncer à travers les premiers arbres. Je prends vers la droite en coupant à travers quelques rangées de vignes encore épargnées par le feu, et je cherche le chemin qui mène vers la gorge. Je me mets à crier, une main devant moi pour balayer la fumée.

— Daniel ! Lucy ! Vous êtes là ?

Pas de réponse.

La panique me gagne à mon tour quand je comprends ce qui menace. La fumée est un danger, mais le pire est là-bas devant, de l'autre côté de la clairière : une falaise de trente mètres qui n'attend que le faux pas d'un enfant apeuré, fuyant les flammes et aveuglé par la fumée. Dans ma bouche, ma salive a le goût de bile.

— Daniel ! Lucy ! Vous m'entendez ?

J'ai l'impression d'avancer dans un four, au milieu des branches qui craquent en s'enflammant les unes les autres. J'avale une pleine bouffée de fumée âcre et me mets aussitôt à tousser. Je tente une dernière fois de crier avant que ma gorge ne soit entièrement prise, mais je m'étouffe. La fumée navigue entre les arbres et me pique les yeux. Elle est plus dense, encore, et je sais que je ne vais pas pouvoir aller beaucoup plus loin quand…

Là.

Là devant moi, sur la droite, un enfant. Qui crie. Terrifié.

Une angoisse vieille de neuf ans me remonte à la gorge. Le souvenir de Daniel à la maternité, gluant et inerte dans les bras de la sage-femme, le cordon ombilical enroulé autour de son cou… Je suis là dans le lit, épuisée, et je ne demande plus qu'une seule chose au monde : que mon bébé se mette à crier, que je l'entende respirer. Une peur viscérale m'étreint et soudain je ne suis plus que cette peur, je n'arrive plus à respirer moi-même, comme si je *voyais* le moment où ma vie va basculer dans le noir. Le silence est atroce. Médecins et sages-femmes s'affairent, des gestes rapides et précis pour tenter de ramener mon bébé à la vie. Mais le silence, toujours. *Par pitié, laissez-le crier. Laissez-le vivre. Je donnerais n'importe quoi pour un simple cri. N'importe quoi.* Et finalement il arrive, ce braillement aigu qui me perce les oreilles comme un grand cri d'amour pur tandis que je m'effondre sur mon lit, des larmes plein les joues. L'instant d'après il est dans mes bras, ce petit être tout rouge qui pleure si fort, et ce pleur n'est que le son de la vie.

Neuf ans plus tard, il pleure à nouveau.

— Maman ! Maman !

Je quitte le chemin et plonge dans le bois sur ma droite, aveuglée par la fumée qui transforme mes yeux en rivières de larmes.

— Daniel ! J'arrive !

— Maman ! crie-t-il encore, la voix tordue d'effroi.

Je sens un mouvement sur ma gauche, du côté de la clairière, mais ce sont des silhouettes d'adultes. Cela ne compte pas. Pas maintenant.

Daniel est là, juste devant moi. Mon fils. Mon bébé, qui trébuche entre deux arbres, le visage sale et strié de larmes. J'agrippe sa main et nous courons tous les deux sur le chemin, écartant la fumée de nos mains libres, toussant et hoquetant en remontant vers la vigne.

Viens ! dis-je quand nous sortons enfin du bois. Il faut aller plus haut, encore !

Nous nous arrêtons à mi-chemin sur la colline pour retrouver notre respiration, à l'abri de la fumée et des flammes.

— Où est ta sœur ? je demande, encore essoufflée, la gorge à vif. Où est Lucy ?

— Je sais pas. Je l'ai pas vue.

— Tu es blessé ?

Je m'agenouille auprès de lui, je dégage les cheveux de son front et passe une main sur sa tête, ses bras, ses jambes pour vérifier que rien n'est cassé.

— Tu as mal quelque part ?

— À la gorge, un peu.

— Rien d'autre ?

— Non. Mais maman…

— Oui ?

— On a laissé Odette. Dans le tronc d'arbre.

— Quoi ?

— On jouait aux sardines, mais Jake il a dit qu'on allait lui faire une blague, qu'elle allait se cacher mais qu'on n'allait pas la chercher.

Il raconte trop vite, bute sur les mots.

— On savait où elle était mais on a fait comme si on avait rien vu, et elle était dans un tronc d'arbre creux, près de la gorge. Est-ce qu'elle est là ? Parce que je l'ai pas…

Sean surgit du nuage de fumée devant nous, torse nu, le t-shirt noué autour de sa tête pour couvrir sa bouche et son nez. Lucy est dans ses bras, la tête contre l'épaule de son père.

— Sean ! je crie. Par ici !

Il fonce vers nous et allonge doucement Lucy sur le sol. Elle a une sandale en moins, et une rangée de coupures sur le bras. Elle est consciente, mais elle serre les dents de douleur.

— Lucy, ma chérie, ça va ?

— Foulé la cheville, parvient-elle à dire.

Sean retire le t-shirt de sa bouche.

— Quelqu'un a appelé les pompiers ?

— Alistair.

— Il en reste combien, là-bas ?

— Je ne sais pas, dis-je. Mais Daniel dit qu'Odette se cachait dans un arbre creux, tu ne l'as pas vue ?

Comme une réponse, un cri en contrebas déchire le rideau de fumée.

— Odette ! hurle Rowan. Odette, tu es là ?

Une panique à l'état pur.

Sean se relève.

— J'y retourne, me dit-il. Prends soin des petits.

Il rajuste le t-shirt sur son nez et se précipite vers le bas de la colline. Droit sur le feu.

68

Quelques secondes et Sean disparaît dans la fumée qui s'épaissit encore à chaque minute qui passe.

J'aurais dû lui crier d'être prudent. De ne pas mettre sa propre vie en danger en cherchant l'enfant de quelqu'un d'autre. Mais je n'ai pas crié. Je n'ai rien dit, et je ne sais pas pourquoi. Je l'ai simplement regardé foncer vers le danger, intrépide, au mépris de tous les risques. Au cœur de l'incendie, là où mes yeux ne peuvent rien voir.

Et maintenant je me demande : et si c'était la dernière fois que je le voyais vivant ?

Prends soin de toi, Sean. Quoi que tu aies fait, quoi qu'il se soit passé entre nous, même si tu l'as choisie elle *plutôt que moi, je ne veux pas que ça finisse comme ça.*

Soudain, quelque part sur la route du village, on entend enfin hurler la sirène d'un camion de pompiers.

Dépêchez-vous.

Les flammes ont gagné en hauteur, le ciel tout entier s'est noirci. Le vent tourne un instant, poussant vers nous la fumée des vignes en feu. Un nuage nous brûle la gorge et fait jaillir les larmes, le cognement reprend dans mon crâne.

Une minute s'est écoulée, pas plus, et de nouveau je discerne du mouvement à l'orée de l'incendie, comme si la fumée se muait soudain en chair et en os. Une figure humaine. Un adulte.

Russ émerge bientôt en tenant Odette dans ses bras. Rowan court derrière eux, t-shirt autour du nez, et tous les trois viennent s'écrouler à côté de nous, pantelants, toussant et pleurant. Rowan tente de prendre Odette dans ses bras pour vérifier que tout va bien mais la fillette se cramponne à son père comme si sa vie en dépendait.

Jen revient avec les deux grands, visiblement hors d'elle, et ils remontent directement vers la villa.

Sean est le dernier à sortir, un bras devant lui pour balayer la fumée. Il s'effondre à côté de moi.

— Tout le monde est sorti ? demande-t-il en enlevant le t-shirt de sa bouche, encore à bout de souffle.

— Je crois, oui.

— Bien, dit-il. Vous êtes tous OK?

— Oui, dis-je. Il faudrait juste de l'eau pour les enfants, et il faudra faire examiner la cheville de Lucy.

Le visage et le torse de Sean brillent de sueur par-dessus la poussière, ses yeux sont injectés de sang, ses genoux en sang à travers son pantalon déchiré. Des éraflures zèbrent sa poitrine et sa joue droite. Il tousse un grand coup et crache sur le sol.

Je lui parle doucement :

— Sean ?

Les yeux grands ouverts, le regard droit sur les flammes, il ne m'a pas entendue.

— Sean ?

Il sursaute comme si je venais de le réveiller et se tourne vers moi.

— Tu es sûr que ça va ? Tu saignes.

Il répond d'un geste et je remarque qu'il tremble encore sous l'effet de l'adrénaline.

— C'est rien, dit-il. Me suis vautré dans un buisson. On voit rien là-dedans.

Nous restons un moment silencieux, fascinés par les flammes.

— Putain d'enfer, jure-t-il entre ses dents. Est-ce qu'on sait au moins comment c'est arrivé ?

— Bonne question.

Ma gorge pique et mon crâne cogne si fort que je n'arrive plus à réfléchir. Mais soudain me revient ce qui m'a frappé juste avant de voir les flammes. Sur le moment je n'avais pas compris. Maintenant, je sais.

***

Jennifer rapporte un pack d'eau depuis la villa et nous restons un moment immobiles, à rincer nos gorges tout en regardant se déployer les soldats du feu.

C'est une brigade de pompiers volontaires qui vient du village voisin de Magalas. Ils ont garé leur véhicule dans l'allée et sont entrés dans le vignoble par le côté, guidés par Alistair. Le feu a été vite étouffé sur les trois premières rangées de vignes et les voilà maintenant qui progressent vers le bois, casque rouge sur la tête et lance à la main.

Daniel les observe, subjugué.

— Il va y avoir une ambulance ? demande-t-il.

— Les pompiers peuvent s'en charger aussi, Daniel.

— Dément.

Le plus âgé des pompiers s'avance vers nous muni d'une trousse de premiers secours. Grand, le visage grave, il se présente comme le caporal Bernard Lépine et commence par inspecter les enfants. Rowan, la plus francophone de nous tous, sert d'interprète tandis qu'il bande la cheville de Lucy, puis il applique un pansement sur la brûlure d'Alistair. Sean décline son aide ; il assure que ses égratignures sont superficielles et qu'il s'en occupera lui-même.

Lépine referme sa trousse et se dirige vers le bois, où ses hommes ont maintenant vaincu l'incendie. Ils inspectent chaque mètre carré du sol détrempé pour s'assurer qu'aucune braise ne menace encore. L'orage n'a pas encore éclaté et la chaleur est toujours étouffante – une véritable fournaise humide qui pèse comme une chape.

Le caporal revient quelques minutes plus tard, il s'entretient avec Rowan. À en juger par son débit de parole, son visage sombre et ses grands gestes, j'imagine qu'il délivre des consignes de sécurité.

Rowan se tourne en effet vers nous avec un sourire triste :

— Pas de barbecue et pas de mégots de cigarette jetés dehors. Interdit de faire du feu ou de laisser traîner des bouteilles de verre à l'extérieur. Et il recommande aussi de tenir les enfants à l'écart de tout briquet, allumettes ou cigarettes.

— Bien sûr, dis-je en hochant la tête à destination de Lépine.

— Oh, ajoute Rowan, et il demande si nous sommes bien tous là.

Dans la panique de la dernière demi-heure, ça m'était sorti de l'esprit. J'étais trop occupée à m'assurer que les enfants étaient sains et saufs, puis le ballet des pompiers nous a tous hypnotisés, et nous n'avons même pas songé à vérifier que personne ne manquait. Il a bien fait de demander.

Je compte rapidement les troupes pour m'assurer que nous sommes bien tous les douze au complet.

Non, ce n'est pas possible.

Je recompte.

Nous ne sommes que onze.

69

Je secoue la tête à plusieurs reprises pour m'éclaircir les idées.

Onze personnes, et pas douze. Quelque part dans la villa, peut-être ?

La radio portative du caporal Lépine crachote dans la poche avant de son uniforme. Une voix jeune, essoufflée et marquée par l'urgence. Lépine répond et un torrent de phrases lui parvient en retour dans un français auquel je ne comprends rien. Le caporal pose deux questions brèves. Les réponses tiennent en un mot.

Rowan porte la main à sa bouche.

Lépine lui demande de venir avec lui. Je me lève aussitôt, le cœur comme rongé par des crocs glacés à mesure que je prends conscience de ce qui se passe.

Daniel prend ma main, il voudrait venir aussi.

Lépine lève un doigt.

— *Non, madame, pas le garçon*, dit-il.

J'ai l'impression que le sol s'écroule sous mes pieds.

— Qu'est-ce qu'il a dit ? demande Daniel.

— Reste ici, dis-je, la voix tremblante. Reste avec papa.

Je lâche sa main et me dirige vers la forêt noircie par l'incendie et noyée sous l'eau des lances. Les arbustes à l'entrée, tordus et calcinés, ne sont plus que du bois mort.

Le caporal Lépine ouvre la voie, suivi de Rowan, Alistair et moi en file indienne.

Mes jambes faiblissent et menacent de s'écrouler à chaque pas. Nous avançons dans un silence tendu, concentrés sur le bruit de nos pieds sur le sol trempé. Plus de sirène, plus d'hommes qui s'agitent, plus d'hélicoptère au-dessus de nous : tous les sons de l'urgence ont disparu. Le feu est éteint, et il n'y a plus de vie à sauver. Il n'y a plus que nous trois derrière le plus âgé des pompiers, qui avance à bon pas, une bâche en plastique repliée sous son bras. Et voici le chemin de terre entre le chêne et l'érable, le creux, le grand rocher, l'arbre mort dans le tronc duquel se cachait Odette, et le vieux panneau « attention ». Voici la clairière, et la falaise un peu plus loin. Rowan indique au caporal le petit escalier taillé dans la roche et nous prenons sa suite. Mes jambes sont en coton et me portent à peine, et je me rends compte que c'est la première fois depuis que nous sommes arrivés que je descends au fond de la gorge.

Je n'ai pas compris ce que Lépine a dit à Rowan, et pourtant je *sais*. Ma volonté s'y refuse, chaque fibre de mon corps s'y oppose, mais je sais déjà ce que nous allons trouver en bas. Devant moi, Rowan pleure en silence. Je vois ses épaules qui se soulèvent régulièrement, et je craque à mon tour. Les larmes me gagnent à mi-chemin dans l'escalier. Quand nous arrivons en bas, je sanglote moi aussi.

Le plus jeune des pompiers est là, portant son casque à deux mains devant lui, le visage blême. Il ne doit pas avoir bien plus de dix-huit ans. Lui aussi est au bord des larmes. Il baisse les yeux quand nous approchons.

— Mesdames, dit-il d'une voix étranglée.

Elle est là, à ses pieds, étendue sur le sol rocheux au pied de la falaise. Immobile.

Izzy.

70

Elle est allongée sur le dos, et sa tête baigne dans une flaque de sang autour de laquelle s'agglutinent déjà des mouches.

Ses yeux ouverts regardent dans le vide. Elle a atterri sur l'un des rochers plats qui bordent le fond de la gorge, une jambe repliée sous l'autre et les bras écartés de chaque côté. Le sang s'écoule lentement depuis l'arrière de son crâne, jusqu'à l'extrémité du rocher, puis dans le torrent qui bouillonne à nos pieds. Goutte après goutte, il colore fugacement l'eau de rouge avant de disparaître dans le flot vers l'aval.

Rowan parle avec Lépine. Elle lui pose des questions en rafale auxquelles il ne peut répondre qu'en secouant la tête doucement. Il n'y a plus rien à faire. Izzy est morte.

Alistair est en retrait, les traits figés par le choc. Rowan et moi nous approchons très lentement du corps, main dans la main, sans oser regarder Izzy. La regarder rendrait la chose trop réelle. Définitive.

Notre amie.

— Mon Dieu, non, dis-je, et ma voix semble étrangement désincarnée, comme si ce n'était pas la mienne.

Rowan tremble à côté de moi, une main sur la bouche. Ses sanglots dévastés résonnent en écho contre les parois de la gorge. Je la prends dans mes bras et nous restons ainsi quelques minutes, à pleurer ensemble. À nous soutenir l'une l'autre, comme s'il pouvait exister un quelconque réconfort.

— Comment… Comment a-t-elle pu tomber ? demande Rowan, et ses pleurs reprennent de plus belle.

— Je ne sais pas, dis-je. Je n'arrive pas croire que…

Je ne parviendrai pas à terminer ma phrase. J'ai l'impression de flotter au-dessus de la scène.

J'ai déjà vu nombre de cadavres dans ma vie, cela fait partie de mon job, mais jamais encore quelqu'un que je connaissais. Et Izzy était tellement plus qu'une connaissance. Elle a tant compté pour moi. Elle a partagé tant d'épisodes importants de ma vie.

Lépine s'éclaircit la gorge et s'adresse à Rowan. Elle hoche la tête et répond d'une voix si faible que je l'entends à peine. De ce que j'ai cru comprendre, il lui a demandé d'identifier le corps. Elle ajoute une phrase en français, et sa voix se brise à nouveau. Lépine pose sur son bras une main pleine de sincère compassion.

— *Je suis vraiment désolé, madame.*

Il déplie sa bâche et la dépose avec précaution par-dessus le corps sans vie. Je n'arrive pas à regarder Izzy, mais je déteste tout autant l'idée qu'elle soit ainsi recouverte. Comme si ce geste impersonnel sonnait officiellement la fin, comme si une fois sous cette bâche Izzy ne serait plus là parmi nous, plus jamais. Sans réfléchir, je m'accroupis auprès d'elle, je chasse une mouche et caresse sa main étendue sur le rocher. La peau est déjà cireuse mais le contact est encore tiède.

Mon amie.

Dire qu'il y a à peine plus d'une heure, j'étais face à elle, dans la salle à manger, refrénant ma rage et l'envie de la frapper. Et maintenant, ça.

Une part de moi ne peut s'empêcher de penser que ce drame est en partie ma faute. Que d'une façon ou d'une autre, ma colère et mes soupçons l'ont précipitée du haut de cette falaise.

Je suis désolé, Izzy. Sincèrement, terriblement désolée.

— Il va falloir qu'on contacte sa famille, dit Rowan en essayant de maîtriser le tremblement dans sa voix. Son frère. Appeler le consulat d'Irlande…

— Je crois que la police va se charger de ça, dis-je.

— *Madame, s'il vous plaît?* intervient doucement Lépine pour me demander de m'éloigner du corps.

— Bien sûr, dis-je en me levant prestement. Pardon.

— Qu'est-ce qui se passe? demande Rowan.

— Je crois que nous ne sommes pas censées toucher le… quoi que ce soit ici.

— Oh. Je comprends, oui.

Le pompier s'adresse de nouveau à elle et elle me traduit. Il va contacter la police locale et lui fera son rapport. Un de ses gars restera ici jusqu'à l'arrivée des gendarmes. Ici, avec Izzy.

Alistair intervient pour la première fois, la voix blanche.

— On ne devrait pas plutôt la transporter là-haut dans la villa? On doit pouvoir trouver de quoi faire un brancard, peut-être avec…

— Non, dis-je en le coupant.

C'est mon instinct professionnel qui reprend le dessus.

— Mais on ne peut pas la laisser ici!

— Il faut protéger tous les indices matériels, dis-je. La police voudra trouver la scène exactement comme elle était.

— Des indices? Alistair semble perdu. Qu'est-ce que tu veux dire?

J'hésite un instant. Je n'ai pas envie de le dire, je m'en veux de le faire, et pourtant il le faut bien.

— Je veux dire… que ceci est une potentielle scène de crime.

71

Personne n'ose parler. Nous sommes tous réunis dans le salon, en état de choc. Chacun tente comme il peut de digérer l'horrible nouvelle que nous venons de rapporter. Certains pleurent. Des mains se posent sur leurs épaules. D'autres fixent le tapis, l'air absent. Lucy et Daniel sont assis près de moi. Tous les deux en larmes, ils se tiennent la main. Ce n'était plus arrivé depuis des années.

La gendarmerie de Béziers a été prévenue et devrait être sur place d'ici une heure, nous a dit Lépine. Il avait promis de laisser un homme en bas mais il a dû embarquer toute son équipe après avoir reçu un appel de détresse : un accident de voiture a eu lieu sur la départementale un peu plus bas. Le corps d'Izzy a été bâché, des scellés posés avec de la rubalise. Alistair s'est porté volontaire pour rester en bas en attendant les gendarmes. Nous avons reçu l'interdiction formelle de toucher à quoi que ce soit.

C'est Russ qui pose la question en premier.

— Une scène de crime ? Vraiment ?

— Une scène de crime *potentielle*, dis-je.

— Il me semblait tellement évident que ce n'était qu'un accident.

Sean acquiesce tristement, les joues pleines de larmes. Il semble brisé, inconsolable.

— À moi aussi, dit-il.

J'essuie mes yeux avec un mouchoir déjà bien humide, et je précise :

— Dans un cas comme celui-là, la police doit envisager toutes les éventualités. Ensuite, elle écarte toutes les hypothèses une à une avant de conclure qu'il s'agit bien d'un accident. C'est comme ça que ça se passerait en Angleterre, en tout cas.

Assise sur un sofa entre Jake et Ethan, Jennifer tient fermement la main de ses garçons, le regard perdu dans le vide. Elle semble bouleversée, défaite, ravagée. Comme nous tous, j'imagine.

— Je ne peux pas croire qu'elle n'est plus là, murmure-t-elle.

— Et si c'était autre chose qu'un accident ? poursuit Russ.

— Quoi, par exemple ? dit Sean.

Un long silence. Personne ne veut prononcer le mot.

— Elle pourrait avoir été poussée, dis-je finalement, aussi neutre que possible.

— Mais c'est de la folie ! bondit Rowan.

— Oui, répond Sean sèchement.

— Bien sûr, dit Russ.

— Folie, insiste Jennifer.

Mon regard passe des uns aux autres. Dix personnes, là où hier encore nous étions douze. Des amis. La famille. Rowan et Russ, Jennifer, Jake et Ethan, Lucy, Daniel, la petite Odette. Et Sean, assis à côté de moi, qui entoure mes épaules d'un bras solide.

C'est alors seulement que m'apparaît l'énormité de ce qui est en train de se jouer.

Izzy avait une aventure avec mon mari. Elle était sur le point de tout m'avouer, elle s'apprêtait à faire exploser la bombe qui menaçait notre mariage, à révéler tous les mensonges de Sean. Et maintenant elle est morte.

Et ces égratignures sur le visage de Sean. Trois lignes verticales, rouge vif, tout en haut de la joue, au niveau de l'oreille. Il a trébuché dans un buisson, assure-t-il, mais plus je les regarde, et plus j'ai du mal à y croire. Des ronces peuvent-elles laisser des traces si régulières ? Si nettes ?

Si on me demandait, je dirais qu'il s'agit plus probablement de griffures d'ongles.

Et tout à coup, une sombre pensée vient me hanter l'esprit. Sean porte ses marques sur la joue droite. Seul un gaucher grifferait un assaillant sur la joue droite. Et Izzy est… Izzy était gauchère.

Sean a été le dernier à sortir du bois, pendant l'incendie. Il y est retourné seul après avoir ramené Lucy. Et il est revenu seul. Personne n'a pu voir ce qu'il faisait. Et s'il n'avait pas été seul tout ce temps ?

Mon esprit logique a repris les commandes, et un scénario morbide commence à se former dans mon cerveau. Une scène plausible, implacable, qui se déroule en direct sans que je parvienne à l'arrêter. Je tente désespérément de me concentrer sur autre chose, mais les images reviennent, et chaque fois elles semblent plus convaincantes encore. Plus réelles.

C'est l'histoire de Jake et Ethan qui viennent d'apprendre que leurs vacances seraient écourtées. En colère, ils jouent avec des allumettes dans le bois et déclenchent accidentellement deux incendies.

Car c'est bien l'anomalie qui m'avait frappée tout à l'heure, quand nous avons vu les flammes, avec Rowan et Izzy. J'étais trop paniquée pour y penser alors, mais mon cerveau l'avait bien archivé : il n'y avait pas un feu, mais deux – deux incendies distincts, à quelques mètres l'un de l'autre. Une compétition entre frères, peut-être ?

Les deux adolescents se sont lancé un défi : celui qui le premier fera jaillir une flamme aura gagné. Mais le sol est trop sec et les flammes prennent trop vite sans qu'ils parviennent à les éteindre, et les enfants s'enfuient en laissant le feu se propager. Un peu plus tard, au milieu du chaos, Sean trouve Izzy non loin de la falaise – peut-être a-t-elle fui les flammes au-delà de la clairière. Ou alors, est-ce elle qui le trouve, lui ? En tout cas c'est une rencontre fortuite entre les deux amants, et l'extrême tension du moment rallume leur querelle de l'après-midi. Il veut garder le secret, elle veut tout révéler. Ils sont passionnés, le ton monte. Izzy a toujours été fougueuse mais Sean est bien plus fort. Elle lui lance un ultimatum, il s'emporte, elle le griffe. À moins que ce ne soit elle qui l'agresse, et lui qui ne fait que se défendre ? Dans les deux cas, ils ne se rendent pas compte qu'ils sont si près du bord, et là…

Le scénario se rejoue en boucle dans ma tête, toujours plus précis, toujours plus crédible. Si crédible que les poils de mes bras se hérissent. J'ai la chair de poule. J'ai peur.

Sean, mon Dieu, qu'as-tu donc fait ?

72

Sean a toujours dégagé une chaleur rayonnante. Les nuits d'hiver, c'est lui qui réchauffait notre lit. En cas de chagrin, ses mains ont le génie de m'apaiser. Il a longtemps plaisanté sur le sujet – il disait que son sang chaud d'Irlandais avait fini par faire fondre ma froideur anglaise. Le sang chaud, jusqu'à *tuer* ?

Soudain, la chaleur de son bras sur mes épaules m'est devenue insupportable.

Je m'écarte de lui sur le canapé.

— Folie ou pas, dis-je en poursuivant mon exposé, la police n'aura pas à chercher bien loin pour établir la liste des suspects.

— Qui donc ? demande Rowan.

— Eh bien, tous les gens présents ici.

Elle secoue la tête, incrédule.

— L'un de nous ?

— Oui.

Un nouveau silence inconfortable s'installe, le temps que chacun prenne conscience de la situation.

— Dans ce cas, dit Rowan en retrouvant son aplomb de femme d'affaires, nous ferions mieux de mettre au point nos éléments de langage.

— Qu'est-ce que tu veux dire par là ?

— Eh bien… Notre récit, si tu préfères. Notre version des faits.

S'il y a un récit que je veux entendre, pour ma part, c'est celui de Sean. Je suis si fatiguée de devoir chercher, deviner, intriguer. Cinq jours d'enfer viennent de s'achever en tragédie, et maintenant j'exige de savoir. Pour moi, et pour Izzy. Et en même temps, je suis terrorisée par ce que je pourrais entendre.

— Et si on se contentait de raconter la vérité ?

— C'est ce que je voulais dire, assure Rowan.

— OK, dis-je. La vérité, alors.

Je me tourne vers Sean, le regard encore et toujours attiré par ces trois cicatrices sur sa joue.

— Si on commençait par toi, Sean ?

— Moi ?

— Est-ce que tu as vu Izzy, dans le bois ?

— Je ne pense pas, dit-il avec un geste d'incompréhension. J'ai trouvé Lucy, à l'écart du chemin, et quand j'y suis retourné, Russ était en train de remonter avec Odette.

Menteur.

— C'est vrai, dit Rowan. On t'a croisé en remontant vers les vignes.

— Et après ? dis-je.

— Après, j'ai cherché un peu partout pour voir si je trouvais encore quelqu'un, mais la fumée était tellement épaisse, je n'y voyais presque plus rien. Je me suis vautré dans ce buisson, comme un imbécile, et je me suis dit qu'il était temps de sortir de cet enfer.

— Et donc, tu n'as pas aperçu Izzy.

— Non, dit-il, et sa voix se brise. J'aurais préféré…

— Personne d'autre ne l'a vue ?

Tous font « non » de la tête.

— Donc, personne ne l'a vue tomber ?

Silence.

Par mon métier, il se trouve que je sais une chose que personne d'autre ici, a priori, ne peut savoir. C'est qu'une chute depuis un point élevé – une falaise, ou le toit d'un immeuble – ne laisse quasiment aucune trace, à moins qu'il n'y ait eu une lutte préalable. Pas d'arme du crime (rien que la gravité), pas de sang sur les vêtements de l'assassin, pas de blessures défensives : il n'y a aucun lien entre le meurtrier et sa victime. En l'absence de témoin, de caméra de surveillance ou d'aveu, il est extrêmement difficile de prouver que celle-ci n'est pas simplement tombée. D'un point de vue scientifique, disons-le : c'est presque le crime parfait.

Et maintenant, je me demande : ai-je pu dire cela un jour à mes amis, comme on raconte une bonne histoire en fin de repas ? Quand j'ai commencé ma formation de technicienne de scène de crime, ils m'enviaient tous, et le moindre détail les fascinait. Ils me posaient constamment des questions sur les procédures, les crimes dont j'avais connaissance ou les séries policières les plus réalistes.

Ai-je un jour évoqué ce cas particulier de crime presque parfait ? Peut-être. Je ne me souviens pas. Mais si je l'ai dit à quelqu'un… C'est à Sean.

Je balaie cette idée de mon esprit. Je me tourne vers Jake et Ethan pour leur demander s'ils savent quelque chose sur la façon dont le feu a pris, mais Jennifer bondit dans la conversation avant qu'ils ne puissent répondre.

— Attends un peu, dit-elle avec de l'indignation dans la voix. Pourquoi est-ce que tu leur demandes ça, à eux ?

— Parce qu'ils étaient là-bas.

— Tous les enfants étaient en bas.

— Jake ? Ethan ? Vous avez vu quelque chose ?

Les deux adolescents nient en silence. Aucun d'entre eux n'ose me regarder dans les yeux.

— Est-ce que *quelqu'un* a vu quelque chose ?

Personne.

— Ça pourrait aussi bien être des gamins du village, venus depuis la gorge, tente Jennifer.

— Très bien, dis-je. Est-ce que quelqu'un a vu d'autres enfants par là-bas cet après-midi ?

— Je ne peux pas dire ça, non, reconnaît Jennifer.

— Est-ce que quelqu'un a vu d'autres enfants à un moment de la semaine ?

Un concert de murmures me répond. Personne n'a vu d'enfants. Évidemment.

— On pourrait peut-être attendre l'arrivée de la police pour se poser toutes ces questions, non ? propose Russ.

Mais il est trop tard, et ma frustration déborde.

— Il faut mettre en commun tout ce que nous savons, dis-je sèchement. Essayer de comprendre comment ça a pu se produire.

Sean retire son bras de mes épaules.

— L'un des pompiers a trouvé les lunettes d'Izzy dans la clairière, dit-il. Pas très loin du bord de la falaise. Il les a mises dans un de ces sacs en plastique pour les indices.

Rowan acquiesce :

— J'ai vu ça. Un des verres était cassé.

— Elle a dû les perdre dans tout ce bordel, conclut Sean. Avec cette fumée, on ne savait même plus où on était. Peut-être qu'elle courait ?

Je décèle dans sa voix un accent nerveux, presque mécanique, que je ne reconnais pas.

Menteur.

— Il y avait tellement de fumée, c'est vrai, appuie Rowan. C'est possible qu'elle n'ait pas vu le bord.

C'est la troisième fois en trois minutes qu'elle le soutient.

Quoi que Sean dise, tu abondes dans son sens. Pourquoi ? Qu'est-ce que cela signifie ?

Aussitôt la question posée, une réponse me vient à l'esprit. Une pensée suprêmement cynique, qu'en d'autres circonstances je trouverais cruelle et injuste pour mon amie. Mais voilà donc ce que ces cinq jours ont fait de moi. Voilà comment mon cerveau fonctionne à présent.

Tu ne veux surtout pas de scandale, n'est-ce pas Rowan ? Pas d'homicide, pas de fait divers sordide. Un tragique accident, et rien d'autre. Rien qui pourrait venir menacer ton précieux deal, et les millions de dollars qui vont avec.

73

Jennifer semble revenue à la raison. Elle se redresse et se tourne vers moi.

— Bon, dit-elle. Qu'est-ce que les enquêteurs voudront savoir d'autre ?

— Je n'y connais pas grand-chose aux procédures françaises, dis-je, mais j'imagine qu'ils voudront prendre nos dépositions à tous. Tenter d'établir des faits, analyser la scène, et recouper tout ça pour prendre une décision.

— Et quoi d'autre ?

— Comment ça ?

Jennifer regarde Jake, puis Ethan, tous deux avachis sur le sofa.

— Dites donc, les enfants, si vous descendiez tous dans la salle de jeux pendant que les adultes discutent ? Ça vous dit, les garçons ? Prenez de quoi manger dans la cuisine et mettez un DVD, par exemple. Tu ferais ça, Jakey ?

Jake se lève sans discuter, suivi d'Ethan. Lucy et Daniel font de même : Lucy prend la main de Daniel et le précède dans l'escalier. Des cinq enfants, seule Odette est restée dans la pièce. La tête calée contre la poitrine de sa mère, elle suce son pouce en silence depuis tout à l'heure, elle qui d'ordinaire n'est qu'un moulin à paroles. Rowan caresse les longs cheveux roux de sa fille dans un geste tendre qui dit : *elle reste avec moi.*

Jennifer sourit rapidement à Rowan et revient vers moi.

— Écoute, Kate, je sais que c'est un accident, nous savons tous que c'est un accident. Je crois simplement qu'il y a certaines choses que nous ferions mieux de ne pas dire à la police.

— Par exemple ?

— Tu tiens vraiment à ce que je le dise ?

Nous ne sommes que six dans la pièce (cinq adultes et Odette) et tous les regards sont sur moi. Le rouge me monte aux joues – et après tout, pourquoi pas ? Pourquoi ne pas tout mettre sur la table, là maintenant ? Plus rien n'a réellement d'importance, de toute façon. Face à la tragédie, les incidents de la semaine semblent désormais bien insignifiants.

— Si tu y tiens, dis-je froidement.

— Eh bien, par exemple, ce que tu as confié l'autre jour au café…

Un dernier temps d'hésitation, puis elle met les pieds dans le plat :

— … Que tu pensais qu'Izzy et Sean avaient une liaison ensemble.

Russ lève soudain le nez.

— Quoi ?

À côté de moi, Sean s'est pris la tête entre les mains.

— J'y crois pas, dit-il. Mais non. Non, non, non.

— Qu'est-ce que c'est que cette histoire de liaison ? demande Russ.

Je réalise qu'il est désormais le seul ici, Odette exceptée, qui n'ait pas entendu parler de ces messages. Pour lui comme pour les autres, je raconte toute l'histoire :

— Le jour de notre arrivée ici, j'ai trouvé des messages sur le téléphone de Sean. Une conversation sur Messenger avec une dénommée Fille-de-Corail. Comme quoi *il n'arrêtait pas de penser à elle*, et qu'il *ne pouvait plus continuer comme ça…* Et elle qui demandait : *est-ce que Kate se doute de quelque chose ?*

Je m'arrête un instant. Le silence est absolu.

Sean bouge la tête entre ses mains, mais il ne dit rien.

— Je m'en veux de ne pas t'en avoir parlé dès que j'ai trouvé les messages, dis-je en m'adressant directement à lui. Je pleure à nouveau en lâchant enfin ce que j'ai sur le cœur.

— J'aurais dû venir te voir avec le téléphone et te demander de t'expliquer, mais je n'ai pas eu le courage de le faire. Et si j'avais… Mon Dieu, peut-être que si j'avais fait ça, Izzy serait encore en vie.

Rowan se lève, Odette toujours accrochée à elle, et vient s'asseoir à mes côtés.

— Ce n'est pas ta faute, Kate, dit-elle.

— Tout ce que je savais, dis-je entre mes larmes, c'est que c'était l'une de vous trois. La vérité, c'est qu'au début j'ai cru que c'était toi, Rowan.

— Je sais. Mais tu avais tort.

Et avec un regard dur à l'endroit de son mari, elle ajoute :

— Et toi aussi, Russ.

— Je le sais, maintenant, dis-je. Ensuite j'ai pensé que c'était peut-être Jen à cause d'un film de Daniel sur lequel je les voyais tous les deux. Mais je voulais une preuve tangible, alors j'ai pris le téléphone de Sean pendant qu'il dormait, j'ai envoyé un message à cette Fille-de-Corail en lui donnant rendez-vous dans la clairière. Mais ce n'est pas Jen qui s'est pointée. C'est Izzy.

— Waouh, fait Russ. C'était quand, ça ?

— Il y a deux jours. Mardi. En voyant Izzy, j'ai eu peur de m'être trompée encore une fois. Je ne savais pas quoi faire, alors je suis remontée à la villa pour mettre les choses au clair avec Sean. Je voulais l'obliger à me montrer les messages sur son téléphone, mais il a dû me voir venir et il a fait exprès de sauter dans la piscine avec…

— C'est *vrai*, Sean ? demande Rowan.

De nouveau il hoche la tête, les yeux toujours rivés au sol.

Par pitié, avoue-moi tout, maintenant. Plus de bluff. Plus de mensonges.

— Dis-moi, Sean, s'il te plaît. Dis-moi ce que je dois savoir.

Sa voix est à peine plus audible qu'un murmure :

— Non, répète-t-il sur un ton plaintif.

— Je n'y crois pas. Et tu n'arrives même pas à me regarder ?

Il relève la tête, lentement, ses yeux rouges débordent encore de larmes.

— J'ai dit non. Ce n'est pas vrai.

Et encore maintenant, il nie l'évidence ! À se demander où est passé l'homme que j'ai épousé. Depuis quand tout a-t-il commencé à mal tourner entre nous ?

Regarde-nous un peu, Sean. La femme trompée et l'amant inconsolable, tous deux suspects de facto *dans la mort de leur amie commune.*

— Tu peux nier tout ce que tu veux, dis-je. Izzy était sur le point de me le dire elle-même. Elle a demandé à me parler tout à l'heure, en privé. *Quelque chose de personnel*, disait-elle. Elle a commencé à me raconter – et juste à ce moment-là le feu s'est déclaré, et Rowan est venue nous chercher, et…

— Et nous voilà ici, termine calmement Rowan.

— Je n'ai rien fait à Izzy, dit soudain Sean. Je vous jure que je lui ai rien fait. J'aurais *jamais* pu lui faire du mal.

— Je sais, Sean, dit Jennifer. On sait tous ça.

Ah oui ?

— Je suis désolée d'avoir mis cette histoire sur le tapis, Kate. Je voulais simplement dire qu'on ferait mieux, toutes, de ne pas en parler à la police. Après tout, ça te donnerait… un mobile, non ? Mieux vaut qu'ils n'en sachent rien.

— *Je* ne lui ai jamais fait de mal, Jen !

— Je sais bien. C'est ce que je dis : si on en parle aux policiers, ils pourraient se mettre à fouiller de ce côté, et aucun d'entre nous n'a envie de ça. Je détesterais que la famille d'Izzy retrouve son nom en page dix-huit d'un tabloïd pour une histoire de ce genre.

— D'accord, dit Rowan.

Je sèche mes larmes du dos de la main.

— Je n'étais même pas avec elle dans le bois quand tout ça s'est passé.

La main de Jennifer se pose sur mon genou.

— Personne n'a dit ça, Kate. Ce n'est pas ta faute. Ni celle de personne.

Odette, toujours sur les genoux de sa mère, murmure à son oreille. Rowan fronce les sourcils.

— Redis-moi ça, mon ange.

Odette secoue vigoureusement la tête.

— Allez, chérie. Tout va bien, c'est promis.

Odette approche sa bouche de l'oreille de sa mère et chuchote à nouveau, un peu plus fort cette fois mais sans que nous puissions entendre ce qu'elle raconte.

— Tu es sûre, ma chérie, hein ? Super *super* sûre ?

Odette lui adresse un infime signe du menton, sans perdre sa mère des yeux.

— Que se passe-t-il ? je demande. Elle veut aller jouer en bas avec les grands ?

— Non, dit Rowan, le visage sombre. Elle dit… qu'elle a vu quelque chose. Quand elle était cachée, dans son tronc d'arbre, elle dit qu'elle a vu Izzy, vers la gorge. Avec quelqu'un.

Un coup de tonnerre retentit dans le lointain. Je sursaute dans mon canapé.

— Qui donc ? Elle était avec qui ?

Odette nous regarde tous les cinq avec ses petits yeux noisette, comme si elle nous voyait pour la première fois. Elle interroge une dernière fois sa mère du regard. Puis, le geste encore hésitant, elle commence à pointer son doigt.

74

C'est fou, tout ce qui peut nous passer par la tête le temps d'un seul geste.

Je commence par sentir la tension de Sean à côté de moi, mâchoire et poings serrés, et je pense :

Quelqu'un a vu ce que tu as fait, Sean. Un vrai témoin.

Mais qui croirait la parole d'une fillette de cinq ans contre celle d'un homme adulte ?

Odette n'a encore désigné personne et en un flash je me demande comment je réagirai quand il sera accusé. Irai-je lui rendre visite dans une prison française ? Ou alors, sera-t-il extradé vers l'Angleterre ? Les enfants auront-ils encore envie de le voir ? Et quelle peine pourrait-il encourir ?

Odette, elle, n'hésite plus. Elle ne pleure plus, elle ne parle pas, mais une fois son bras tendu, elle le pointe sans trembler...

... Mais pas sur Sean.

Elle s'est tournée vers le sofa qui nous fait face, celui sur lequel seule une personne est assise.

Jennifer.

La surprise est totale. Pour Jennifer comme pour nous, semble-t-il. Elle s'est figée sur son canapé dans un demi-sourire incrédule.

Et finalement, Odette retrouve la parole.

— Elles criaient toutes les deux, raconte-t-elle, et elles se disaient des choses méchantes. Après, il y a eu de la fumée et j'ai fermé les yeux, et quand la fumée est repartie, il n'y avait plus que la maman de Jake et Ethan. L'autre dame était partie.

— C'est faux, dit Jennifer. À aucun moment je n'ai été près de la gorge.

Rowan caresse la joue de sa fille.

— Tu ne crois pas que c'est peut-être une autre dame que tu as vue, Odette ? Une autre maman ?

Odette secoue la tête en silence.

— Peut-être la maman de Lucy ?

— Non. Seulement la grande dame blonde.

— Lucy aussi est blonde, tente Jennifer.

Mais Odette a retrouvé l'air têtu qu'on lui connaît, indignée qu'on remette sa parole en doute.

— C'était la maman de Jake et Ethan !

— Hum, fait Rowan. Elle a l'air plutôt sûre, Jen.

Jennifer gesticule et s'emporte :

— Elle a cinq ans, bon Dieu ! On peut trouver plus fiable, comme témoin, non ?

— Elle ne ment pas.

— Arrête, Rowan. Tout ce qu'elle veut, c'est attirer l'attention. Elle n'a fait que ça de toute la semaine. Si personne n'a rien dit, c'est parce que nous sommes trop polis pour faire la remarque. Mais là, ça va trop loin.

— Pardon ? Tu te permets de…

— … Et elle continue, encore maintenant ! Du cinéma, pour faire son intéressante.

— C'est vrai qu'elle n'est pas une enfant modèle comme tes deux charmants garçons, lâche Rowan dans une colère froide.

— Comment oses-tu ? rugit Jen en pointant sur elle un doigt accusateur. Tu n'as aucune idée de ce dont tu parles !

— Et toi, tu oses critiquer ma fille quand hier soir ton fils aîné traînait dans son vomi ?

— Tu ne parles pas de mes garçons comme ça !

— Et toi, tu la fermes sur ma fille.

— Ce n'est qu'une enfant gâtée !

Russ se lève soudain et se mêle à la dispute, les veines saillantes. Toutes les digues ont lâché. Les accusations volent dans la pièce et rebondissent sur les murs, plus personne ne peut finir la moindre phrase.

— Et voilà l'homme qui aurait pu laisser sa fille se noyer parce qu'il…

— N'importe quoi.

— … Et qui préfère accuser mes fils de…

— Tes fils qui sont peut-être bien à l'origine de cet incendie, dit Rowan.

— Mais bien sûr ! Et qui me dit que vous n'avez pas monté la tête d'Odette pour qu'elle raconte qu'elle m'a vue tout à l'heure ?

— Ça ne va pas, non ? Tu…

Mais Rowan s'interrompt brusquement. Odette s'est couvert les oreilles de ses petites mains et pleure à chaudes larmes, en silence, terrifiée.

— Chh… dit Rowan en caressant les cheveux de sa fille d'une main encore tremblante. Pardon ma chérie, tout va bien. On ne crie plus, c'est promis.

Le calme revient, mais la tension imprègne encore le salon comme une mauvaise odeur.

Après un temps de silence, Jennifer lève les deux mains en l'air en signe de trêve.

— J'essayais seulement d'aider Kate et de protéger Izzy, c'est tout…

— On sait, Jen. On est tous en état de choc.

— … Mais je ne sais toujours pas comment Odette a pu me voir avec Izzy près de la falaise. J'étais bien trop occupée à sortir Jake et Ethan de là.

Jennifer a raison sur un point : Odette fait un témoin bien peu crédible. Si nous étions honnêtes (mais qui est jamais entièrement honnête quand on parle des enfants des autres ?), nous pourrions tous le reconnaître : Odette fait son cinéma depuis le premier jour. Ses crises de colère, son attitude à table, la comédie chaque soir pour se coucher… Cette gamine cherche désespérément à attirer l'attention de ses parents pour les arracher à leur téléphone portable…

Et pourtant, elle semblait si sûre d'elle quand elle a dit avoir vu Jen avec Izzy. Depuis l'arbre mort, elle était assez près pour les voir. Assez près aussi pour les entendre, si effectivement elles criaient.

Elles se disaient des choses méchantes. Après, il y a eu de la fumée, et quand la fumée est repartie, il n'y avait plus que la maman de Jake et Ethan. L'autre dame était partie.

À première vue, ça n'a pas de sens. Rien de tout cela ne colle avec ce que je sais déjà. Mais si Odette dit vrai, que faut-il comprendre de cette histoire ?

Il y a quelques minutes encore, je pensais avoir découvert la vérité la plus sale, la plus insoutenable. Mon mari, le père de mes enfants, l'homme que j'aime de tout mon cœur m'avait trahie, et cette trahison, d'une façon ou d'une autre, avait conduit à un meurtre. Je m'étais déjà résignée à ne pas mentir, à ne pas dissimuler d'information qui pourrait être utile à l'enquête. Résolue à ne pas aller à l'encontre de mes convictions les plus profondes, quel qu'en soit le coût.

Mais le récit d'Odette change tout. Ce récit, et autre chose aussi – une vérité cachée que je sens là, tout près.

Une vérité que je *devrais* voir mais qui se dérobe chaque fois que je tente de l'approcher.

Et si j'avais tout faux, depuis le début ? Soudain je ne suis plus sûre de rien. J'ai accusé Rowan, puis Jennifer, puis Izzy. Je me suis trompée tout au long de la semaine, l'une de mes meilleures amies gît désormais sous une bâche au fond d'un ravin, et il se pourrait bien qu'à nouveau je fasse fausse route. Et je crois savoir pourquoi : depuis samedi dernier, je me suis laissée déborder par mes émotions. J'ai cru raisonner, mais j'en étais incapable, aveuglée par la jalousie et la colère. Il est grand temps de remettre en route mon *cerveau professionnel*, et de tout reprendre de zéro.

Je me rappelle ma toute première scène de crime, après mon diplôme. C'était un cambriolage, dans une maison. Rien de particulier, sinon peut-être la quantité de bijoux, de hi-fi et d'argent liquide dérobée sans que le moindre indice ait été laissé. Pas d'empreinte, pas de trace de pieds, pas d'ADN. En apparence, c'était un vrai boulot de pro ; en vérité, tout était bidon : une vulgaire arnaque à l'assurance, par un propriétaire fan de la série *Les Experts*. Il s'était fait pincer quelques mois plus tard en s'affichant en photo avec une Rolex qu'il avait déclarée volée.

Débutante à l'époque, j'avais été bernée par cet escroc. Et ce soir, avec toute l'expérience que j'ai acquise, je me demande si à nouveau je n'ai pas été mystifiée. Et si tout ce que j'ai cru voir cette semaine était tout autre chose ?

Je repense à ma dernière conversation avec Izzy, dans la salle à manger, et je tente de me souvenir… Qu'a-t-elle dit *exactement*, déjà ?

Ce n'est pas facile, Kate, mais j'y ai beaucoup réfléchi, et je crois que c'est la meilleure chose à faire, vu les circonstances.

Je ne sais pas comment te le dire… J'ai tellement hésité…

Mardi, je n'ai pas réalisé que…

Pas réalisé quoi, au juste ? Tout à l'heure, il m'a semblé évident qu'elle parlait de Sean et de moi. Qu'elle n'avait pas réalisé que j'étais déjà au courant de leur liaison. Mais peut-être s'agissait-il d'autre chose, après tout.

Au-dehors, le tonnerre se rapproche de la villa. Et soudain, deux idées se croisent dans ma tête, et finalement, *finalement*, il me semble que je commence à comprendre…

75

Rowan réconforte Odette en la faisant doucement sauter sur ses genoux. Russ joue nerveusement avec un paquet de Marlboro comme s'il avait envie de reprendre l'explication avec Jennifer. Laquelle, le regard fixe et les pommettes rougies, semble de nouveau au bord des larmes.

— Jen, je demande soudain. Pourquoi as-tu envoyé les enfants jouer ailleurs ?

— Pardon ?

— Il y a dix minutes, tu as envoyé tes enfants et les miens dans la salle de jeux.

Elle me regarde, l'air de dire : *et alors ?*

— Il me semblait qu'il y avait des choses qu'ils n'avaient pas à entendre, dit-elle.

Puis en regardant Rowan avec morgue, elle ajoute :

— Et je crois que j'ai sacrément bien fait.

— C'est tout ?

— C'est difficile, le deuil, pour des ados. Inutile de leur infliger plus que ça, non ? Ils sont bouleversés, ils gèrent comme ils peuvent, et puis… Et puis je ne voulais pas t'embarrasser, toi, devant eux.

— J'ai compris, et je t'en remercie. Mais…

C'est mon tour d'hésiter. Le moment est venu de voir si mon intuition est juste.

— … Mais quelle était *l'autre raison*, Jen ?

— L'autre raison de quoi ?

— D'éloigner les enfants de cette conversation.

— Je ne te suis pas bien, là.

— Ce que je veux dire, c'est : qu'est-ce que les enfants ont à voir avec tout cela ?

Jennifer hausse les épaules.

— Justement, rien. Hormis qu'ils ont passé la semaine avec nous.

Des engrenages se sont enclenchés dans ma tête. Pas le temps de les analyser, je les laisse tourner en direct, et tout commence à prendre sens. Les larmes de ma fille. Une conversation sur la plage. Une page Facebook. Ethan étendu dans l'herbe, regardant le ciel. Jake si saoul qu'il ne tient plus debout, et Izzy qui le ramène depuis le bois.

Chaque fois qu'il s'arrêtait pour vomir, il voulait me parler en plus.

Et de quoi ?

De plein de trucs.

Plein de trucs…

Je reprends, à tâtons :

— Je me demandais ce que Jake a pu dire à Izzy, hier soir, quand il était saoul.

— Je n'en sais rien.

— Vraiment ? Pas la moindre petite idée ?

Là, je l'ai vu. Infime, presque imperceptible, mais je ne l'ai pas inventé : ce tic, juste sous l'œil. Ce tressaillement.

— Tu as bien vu comment il était, Kate. Il était malade, il délirait. Rien de ce qu'il disait n'était cohérent.

— D'après Ethan, il « cherchait l'oubli ». Pourquoi, à ton avis ?

— Qu'est-ce que j'en sais ? Ce sont des ados, ils testent leurs limites…

Défense classique. Je change de tactique.

— Est-ce que les garçons connaissent un certain Alex Bayley ?

Il me semble voir passer une ombre furtive sur son visage, mais l'instant d'après elle a déjà disparu. Je préfère ne pas m'y arrêter : j'ai épuisé mon crédit de jugements hâtifs pour la semaine.

— Non, dit-elle. Je veux dire, je ne crois pas. Il était dans leur école ?

Quelque chose dans son ton me semble peu sincère, mais je laisse passer pour l'instant.

— Et le feu, alors. Pourquoi aujourd'hui ? Et comment s'est-il déclenché ?

Jennifer ouvre ses deux mains brusquement, en signe d'exaspération.

— On a déjà parlé de tout ça. Nous ne sommes pas dans un Cluedo.

— … Parce que tu vois, un seul feu, ça aurait pu être un accident. Mais j'ai vraiment l'impression qu'il y avait deux feux, démarrés en deux endroits différents, et je me disais que peut-être Ethan et Ja…

Jennifer se lève soudain, les yeux brillants.

— Arrête, Kate ! On est amies depuis combien de temps ? Vingt ans. Et tout ce que vous avez en tête, Rowan et toi, c'est d'attaquer mes enfants. *Encore.* C'est ignoble, et ça me fait mal, vraiment. Je n'arrive même pas à croire ce que j'entends, là. On est tous dévastés par ce qui est arrivé à Izzy, moi autant que vous.

Je calme le jeu, une main en l'air.

— Laisse-moi finir, Jen. C'est vrai, à un moment *j'ai pensé :* deux garçons, deux feux. Mais tu as raison, il peut y avoir d'autres explications.

— Comme quoi ? demande Russ.

— Comme : deux feux, pour être sûr qu'un incendie va prendre ; qu'il y aura beaucoup de fumée, et qu'on ne pourra pas l'éteindre tout de suite.

— Et qui ferait ça ? Pourquoi ?

— Pour créer une diversion, dis-je. Pour nous distraire d'autre chose.

— Un *vrai* écran de fumée, tu veux dire ?

— Exactement.

Puis je me tourne vers sa femme :

— Rowan, tu te souviens quand nous avons vu l'incendie, tout au début, dans le vignoble ? Toi, Izzy et moi ?

— Je me souviens que j'étais terrifiée, oui.

— Mais tu te rappelles les derniers mots d'Izzy, quand nous avons foncé vers le bois ?

Je vois dans son œil qu'elle se souvient. Elle regarde Jennifer, puis revient vers moi :

— Elle a dit qu'elle allait essayer de trouver Jen, l'aider à récupérer les garçons.

— Oui. C'est ça.

Un long silence s'étire entre nous.

— Et alors ? demande Jennifer. Qu'est-ce que ça change ?

— Ça change qu'Izzy est entrée dans ce bois pour te trouver toi, Jen. Pour t'aider. Et il semblerait qu'elle t'ait en effet trouvée, puisque Odette vous a vues toutes les deux, quelques minutes plus tard.

Jennifer fait un premier pas vers la porte.

— Vous savez quoi ? Je vais arrêter de vous écouter toutes les deux, dit-elle, la voix tremblante de colère. Ça devient ridicule. Notre amie est morte dans un accident, un horrible accident, et qu'est-ce que vous faites ? Vous cherchez un coupable à tout prix. Mais si ça vous obsède, pourquoi tu ne regardes pas de ton côté à toi, Kate ? C'est *toi* qui as espionné ton mari toute la semaine. C'est *toi* qui as compris qu'il couchait avec une de tes meilleures amies, et c'est *toi* qui l'as accusée. Pourquoi tu ne dis pas ça à la police, hein ? On verra ce qu'ils en pensent.

— Tu as raison, dis-je, et pour la première fois de la semaine je me sens étrangement calme. C'est exactement ce qu'on devrait faire, à mon avis. Tout dire à la police.

Elle me décoche un regard incrédule, dans lequel je lis aussi un peu de pitié.

— Eh bien, bonne chance, chérie, dit-elle sèchement en tournant les talons.

Dans le couloir, elle appelle Jake et Ethan pour qu'ils montent préparer leurs bagages. Je m'apprête à l'entendre monter à son tour, mais à ma grande surprise, Sean s'est levé pour la rejoindre.

Quelques secondes plus tard nous parvient l'écho d'un échange à voix basse. Le souffle à peine contenu de deux personnes qui ne sont pas d'accord.

Rowan confie Odette à Russ et vient s'asseoir auprès de moi.

— Kate, ça va ?

— Non. Et toi ?

— Pas vraiment, non. Elle prend ma main dans la sienne, et pour la première fois depuis des années, elle semble peiner à trouver ses mots.

— Tu crois vraiment qu'elle a pu faire ça ?

— Franchement ? Je n'en sais rien. Mais c'est à la police d'en décider, pas à nous.

— Mais qu'est-ce qu'on fait maintenant, nous ? demande-t-elle en baissant la voix. Si elle est vraiment capable de… Qui sait ce qu'elle pourrait faire après ?

Je n'ai pas de réponse à cette question. Nous venons de basculer dans un territoire inconnu, sans carte ni boussole. Il n'y a plus qu'une chose à faire : laisser aller. Et avancer tout droit.

— Nous devons attendre la police, Rowan. Et moi, je vais parler à Sean. Il me doit quelques explications.

Je le trouve dans un coin de la cuisine, avec Jennifer. Leur dispute semble tout juste terminée quand j'arrive.

— J'ai besoin d'air, Sean, dis-je. Tu viens sur le balcon avec moi ?

Ce n'était pas vraiment une question. Sean fait un signe à Jennifer et me rejoint, tête basse comme un condamné qui s'avance vers la potence.

— Aïe, dit-il, résigné.

L'heure de vérité a sonné.

76

L'orage progresse rapidement au sud. Les nuages noirs projettent leur ombre menaçante sur le paysage. Ils ne tarderont pas à arriver sur nous. Pour quelques instants encore, la terrasse baigne dans une chaleur moite. Sean et moi avons trouvé deux chaises et regardons vers le nord. Sous nos yeux, les collines verdoyantes. Et notre avenir, peut-être.

— Avant que je dise quoi que soit, Sean, je veux qu'une chose soit bien claire entre nous.

— OK, dit-il, incertain.

— Jamais dans ma vie je n'ai eu confiance en quelqu'un comme j'ai confiance en toi, dis-je. Je te crois plus que mes parents, plus que ma sœur. Tout ce que je te dis, tout ce qu'on partage… Je te fais confiance, entièrement.

Il hoche la tête mais ne dit rien.

— Mais cette semaine, ma confiance a atteint sa limite. J'ai pensé que rien ne pourrait plus jamais être comme avant, entre nous. Et pourtant, je veux croire qu'on peut encore revenir en arrière. Tu penses que c'est possible ?

Il avale péniblement sa salive.

— J'espère, oui.

— OK. Je ne vois qu'un seul moyen pour que ça se passe bien. C'est que toi, tu me fasses confiance. Que tu me dises tout ce qui se passe, ici, maintenant. J'ai besoin de savoir la vérité.

— Je sais.

— Et je te jure… Je jure sur ma vie, Sean, que si tu ne me dis pas toute la vérité maintenant, je dis bien *toute*, la première chose que je ferai en rentrant sera de demander le divorce. Je n'en ai aucune envie, je serai malheureuse à en crever, mais je le ferai.

— Ne fais pas ça, Kate. Non.

— Alors, plus de secrets.

— Promis.

Sean se redresse sur sa chaise, commence une phrase sans la terminer, puis ses épaules s'écroulent soudain, comme si tout le poids d'un secret trop longtemps contenu venait de lui tomber dessus. Quand il reprend la parole, sa voix est à peine audible.

— Je n'ai pas vu Izzy. Je ne l'ai pas poussée.

Je prends sa main droite dans la mienne.

— Je sais, Sean. Je sais que ce n'est pas toi.

Il lève les yeux vers moi, entre surprise et soulagement.

— Vraiment ?

— Oui.

— Mais je croyais que…

— Plus maintenant, Sean. J'ai fini par comprendre certaines choses.

Je suis encore loin d'avoir découvert la vérité, mais j'ai besoin qu'il *croie* que je sais, pour le pousser à tout me dire.

— J'ai seulement besoin que tu m'aides à assembler les dernières pièces du puzzle.

Il s'enfonce plus loin encore sur sa chaise et lève les yeux vers les nuages noirs qui arrivent sur nous.

— Quel bordel, Kate. Quel putain de bordel…

Il me regarde à nouveau :

— C'est quand tu as parlé d'Alex Bayley que j'ai su que ça ne servait plus à rien de continuer comme ça. Que c'était fini.

— Raconte-moi, dis-je doucement. Dis-moi tout.

Il passe ses mains sur ses joues, souffle un grand coup et se lance.

— Ça a commencé il y a quelques semaines…

Une hésitation. Il regarde le ciel, puis ses mains. Je l'encourage. Et enfin, il raconte.

— J'étais sorti courir, tu te souviens ? Je m'entraînais pour ce semi-marathon. Il était tard, je courais sur les petites routes, derrière le golf, et là, au carrefour, je vois une voiture arrêtée, moteur tournant, feux allumés. Il n'y avait personne autour. J'ai pensé que le conducteur s'était perdu, alors je me suis approché. En arrivant à hauteur de la voiture, j'ai vu que le conducteur était au téléphone – et qu'il y avait un vélo sur la route devant lui, dans un sale état. Et là, j'ai vu qui était au volant.

Je repense à l'après-midi d'hier. Daniel tout seul à la villa, et Jennifer qui insiste pour dire que *jamais* ses garçons n'auraient emprunté la voiture…

— C'était Jake, n'est-ce pas ?

— Oui. Dans la voiture de Jennifer. J'allais toquer à la vitre, mais d'un coup il a enclenché une vitesse et il a démarré en trombe. Je me suis retrouvé tout seul, avec ce vélo tordu sur la route… Et puis j'ai vu le cycliste, sur le bord. Un jeune gars. Il avait été projeté à plusieurs mètres de là, dans la haie. J'étais sous le choc. Je suis allé vers lui. Il était salement amoché : il ne portait pas de casque, sa tête était couverte de sang. Mais il respirait encore. J'ai sorti mon téléphone pour appeler une ambulance, mais au moment de composer le numéro, j'ai reçu un appel. C'était Jen. Elle était en larmes et elle me suppliait de ne rien dire, de ne pas donner le numéro de sa voiture à la police et de laisser Jake en dehors de ça. Je savais pas quoi faire, Kate, elle avait l'air tellement désespérée.

Je me force à respirer.

— … Et donc, tu as dit oui.

— Qu'est-ce que je pouvais faire ? Je voulais bien faire, et en même temps Jen était là, folle d'inquiétude, je voulais l'aider aussi. Alors j'ai appelé le 999 et j'ai dit que je venais de trouver ce garçon, qu'il avait eu un accident de vélo, et c'est tout.

— Tu n'as rien dit ni de la voiture, ni du conducteur.

— Jen était dans un tel état, j'ai pensé que c'était la meilleure chose à faire.

— Tu as menti à la police.

— Et maintenant je regrette, si tu savais…

Juste un petit mensonge, un petit arrangement avec la vérité pour aider une amie. Un petit mensonge qui nous a conduits ici, tous en deuil, à attendre une nouvelle fois l'arrivée de la police.

— … Et c'est pour ça que tu as arrêté de courir, dis-je en commençant tout juste à faire défiler dans ma tête le film de ces dernières semaines. Et moi qui pensais que tu gardais ton énergie pour une escapade extraconjugale. Quelle imbécile.

— On a créé de faux profils sur Messenger pour rester en contact, poursuit Sean. Au cas où Alistair ou toi tomberiez sur nos téléphones. On se tenait au courant, j'essayais de glaner des infos sur l'enquête en cours, d'anticiper ce qu'il faudrait faire si les choses tournaient mal. Le cycliste était en soins intensifs et tout le monde espérait qu'il allait s'en sortir.

Je revois les messages sur le téléphone de Sean. Je les connais par cœur.

Il faut qu'on parle, vite.

Est-ce que K soupçonne quelque chose ?

Elle ne se doute de rien. Mais on ne peut pas continuer comme ça.

OK, on verra quand on sera en France. On trouvera une solution.

Je n'arrive pas à penser à autre chose.

— C'était *elle*, Fille-de-Corail. Tous ces messages sur ton téléphone.

— Si j'ai bien compris, son école primaire à L.A. s'appelait Coral Bay, juste avant que sa famille ne s'installe en Angleterre. Quelque chose comme ça.

— Et qu'est-ce qui s'est passé mardi, quand j'ai envoyé une fausse invitation sur ton Messenger ? C'est Izzy qui est venue, pas Jen.

Sean regarde ses chaussures.

— Dès que tu es partie, j'ai regardé mon téléphone et j'ai compris ce que tu avais fait. J'ai envoyé un autre message à Jen pour annuler. J'ai paniqué, j'ai cru que tu avais tout compris, alors j'ai suggéré qu'elle envoie Izzy là-haut, pour commencer à préparer le thé.

— Et Izzy l'a fait.

Son visage se tord de chagrin. Il semble sur le point de craquer à nouveau.

— Elle voulait seulement aider…

Je laisse un silence.

— Sean, dis-moi. Le cycliste, c'était Alex Bayley, c'est ça ?

Il acquiesce, la tête basse.

Maintenant je me souviens pourquoi son nom me disait quelque chose. Je l'avais vu passer sur des documents, au bureau.

— Et il est mort quand ?

— Hier soir. Ses amis ont créé une page à sa mémoire sur Facebook.

— … Et c'est pour ça que Jake a voulu se saouler, dis-je en revoyant Izzy, tentant de soutenir l'adolescent pour rentrer à la villa. C'est pour ça qu'il *cherchait l'oubli.*

— Il a gardé le contrôle ou à peu près tant qu'Alex était en vie à l'hôpital, quand on espérait encore qu'il s'en sortirait. C'est juste après le water-polo qu'on a appris que le garçon était mort.

Je revois les téléphones des deux ados clignotant au bord de la piscine, croulant sous les notifications.

— La nouvelle est vite passée sur les réseaux sociaux, j'imagine.

— C'était partout sur Internet. Jake est sorti de la piscine, il l'a appris tout de suite, et il a pété les plombs.

Un autre souvenir d'hier me revient en mémoire, et maintenant je comprends tout.

— … Et quand Izzy l'a trouvé, il lui a tout raconté, c'est ça ? Il était complètement ivre et il lui a dit qu'il avait tué quelqu'un ?

— Izzy en a parlé à Jen cet après-midi. Jen l'a suppliée de garder le secret mais tu connais Izzy. Et avec ce qui est arrivé à son fiancé…

Bien sûr. Je me souviens encore d'Izzy au premier rang de cette église bondée, ivre de chagrin tandis qu'on rendait un dernier hommage à Mark, l'homme qu'elle devait épouser. L'homme qu'un chauffard venait de tuer, sans s'arrêter. On ne l'avait jamais retrouvé.

— Il était hors de question qu'elle laisse passer ça, n'est-ce pas ?

— Jamais.

Le seul crime sur lequel elle ne serait jamais disposée à transiger. Parce que ça lui était arrivé, à elle.

— Elle allait m'en parler tout à l'heure, dis-je. Mais j'étais trop entêtée pour l'écouter. Et puis le feu s'est déclaré.

— Oui.

Le soleil a entièrement disparu derrière les nuages. La température a déjà chuté de plusieurs degrés. Le vent souffle.

— Plusieurs feux, à quelques mètres de distance, dis-je en me rappelant la scène. Pour être sûr que l'incendie va prendre et qu'on ne pourra pas l'éteindre facilement. J'ai déjà vu ça, sur des affaires de pyromanes. C'était une intention délibérée, pas deux ados qui jouent aux allumettes. Je *savais*. Je l'ai su dès que je l'ai vu, mais j'étais terrorisée, avec les enfants là-dedans…

— Jamais je n'aurais imaginé que Jen pourrait aller aussi loin, dit Sean.

— Elle était prête à tout pour que je ne l'apprenne pas…

— Il faut croire.

Le tableau est presque complet, désormais. Il reste pourtant un point crucial que je ne parviens pas à m'expliquer.

— Jen et Alistair étaient nos amis, et nous souhaitons le meilleur à leurs enfants. Je comprends que tu aies voulu l'aider. Mais je n'arrive pas à comprendre pourquoi tu ne m'en as pas parlé.

Sean me regarde comme si la réponse était évidente.

— Mais à cause de qui tu es, ma chérie. À cause de ton travail, et de tes fichues valeurs, ton monde en noir et blanc. *La vérité, rien que la vérité, toute la vérité!* C'est l'une de tes collègues qui est venue faire les constatations sur le lieu de l'accident. Si je t'en avais parlé, je t'aurais mise dans une situation impossible, et nous savons tous les deux comment tu es: en moins d'une minute, tu m'aurais traîné au commissariat pour que je change ma déposition.

J'envisage la situation un instant, et je reconnais qu'il n'a probablement pas tort.

— Tu sais que j'ai raison, dit-il doucement.

— Jake ne peut pas se soustraire comme ça à la loi. Personne ne peut.

— Sans doute. Mais il y a une autre raison pour laquelle je ne t'ai rien dit. Une raison beaucoup plus grave.

— Franchement, Sean, je ne vois pas de raison valable pour dissimuler une information dans une enquête de police sur un accident mortel.

Sean pose une main sur ma cuisse.

— Parce que ce n'était pas un accident, Kate, dit-il lentement. Jake a fait exprès de le renverser. Il l'a fait parce que quelqu'un le lui a demandé. Et ce quelqu'un, c'est Lucy.

77

Daniel

Il ne se rappelle même plus la dernière fois que c'est arrivé – peut-être bien jamais. Un texto de sa sœur ! À la maison, à Londres, elle se rend à peine compte qu'il existe. Elle ne lui adresse jamais la parole – alors un texto, il n'y pense même pas. Mais ici, dans la maison des vacances, c'est différent. Hier, il lui a donné les bonbons et ils ont parlé de plein de choses. Une vraie conversation. Daniel adore les *vraies conversations* avec Lucy. C'est vrai qu'il l'embête parfois, mais il l'admire aussi. Et quand elle est gentille, elle est *tellement* gentille – à la fois prévenante, et douce, et tendre – qu'il se demande ce qu'il peut bien lui passer par la tête le reste du temps.

Il lui a acheté d'autres bonbons, tout à l'heure, en espérant qu'ils pourraient discuter encore. Et il a vraiment besoin de lui parler, après ce qui s'est passé. Une drôle de boule dans la gorge lui vient quand il repense à Izzy, et ses yeux se mouillent immédiatement, comme si chaque fois il allait se remettre à pleurer. Elle est tombée de la falaise. Elle s'est cogné la tête. Et elle…

Mais il ne veut plus y penser. En tout cas, plus tout seul.

Il voudrait en parler à sa sœur. Il aurait voulu le faire en bas, mais les grands étaient là et il s'est retrouvé tout seul. Et quand Jennifer a appelé Jake et Ethan pour aller faire leurs valises, Lucy est montée directement dans sa chambre. Il n'ose même plus aller toquer. Il a pensé à lui envoyer un texto, et à peine avait-il allumé son téléphone – le vieux portable à l'écran fendu dont il a hérité la dernière fois que son père a changé de mobile – qu'une notification est apparue.

— *Ça va, frérot ? J'ai qqch pour te consoler. x.*

Assis en indien sur son lit, Daniel sourit et envoie trois smiley en réponse, assortis de trois baisers en emoji. Il se précipite dans le couloir et frappe à la porte de Lucy, mais elle n'est pas là. La chambre est vide. Il envoie un autre SMS :

— *Où es-tu ?*

La réponse est immédiate, mais ce n'est pas ce qu'il attendait. Il tape aussi vite qu'il le peut.

— *On a le droit ?*

— *Bien sûr, frérot.*

Il sourit encore. Il ne peut même pas se souvenir d'un seul cadeau de sa sœur. Peut-être quand il était tout petit, mais ça ne compte pas. L'idée qu'elle est sortie de la villa pour lui acheter quelque chose le réchauffe plus encore qu'il ne l'aurait cru. Il se sent un peu plus heureux rien que d'y penser.

Quelque chose pour te consoler.

Exactement ce dont il a besoin. Il se demande ce que ça peut être. Des bonbons, espère-t-il. Ou un jouet gonflable pour la piscine. Ou un frisbee ? Il est bon, au frisbee.

Il file jusqu'à sa chambre, attrape le paquet de Haribo qu'il a acheté ce midi et descend au rez-de-chaussée. Papa et maman sont toujours sur la terrasse, en grande conversation, tout près l'un de l'autre, comme s'ils partageaient un grand secret. Son petit doigt lui dit qu'il ferait mieux de ne pas les déranger. Il descend jusqu'à la salle de jeux et ouvre la petite porte qui donne directement sur la piscine. Personne aux alentours. Le vent fait naître de petites vagues à la surface de l'eau. De gros nuages gris ont couvert le soleil – tout à coup, on se croirait en Angleterre et plus en vacances. Il fait si sombre qu'on pourrait penser que l'heure de se coucher est déjà arrivée.

Daniel descend à travers le jardin en évitant les flaques de vomi que Jake a laissées hier soir et que les adultes n'ont même pas nettoyées. Il arrive au portillon, et le voilà dans le vignoble.

Il est à mi-pente lorsqu'un gros éclair zèbre le ciel, bientôt suivi d'un immense coup de tonnerre. Et la pluie se met à tomber.

Au début, ce ne sont que quelques gouttes éparses, qu'il entend tomber sur les feuilles et qui lui font presque chaud sur les avant-bras dans l'air soudain rafraîchi. Puis chaque goutte est immédiatement suivie de deux autres, et une minute plus tard, c'est le déluge. Un instant, Daniel envisage de remonter à la villa pour se mettre à l'abri. Mais Lucy est en bas, dans le bois, il ne voudrait pas la laisser tomber. *Et* elle a un cadeau.

Il se met à courir.

Un nouvel éclair tombe sur la vallée et le tonnerre éclate en faisant vibrer le ciel tout entier, si fort que Daniel rentre la tête dans ses épaules en continuant à courir. On dirait que l'orage est juste au-dessus de lui, qu'il le suit jusqu'à la forêt.

Arrivé à la lisière du bois, il s'arrête un instant pour reprendre son souffle sur un coin d'herbe grillée par l'incendie. Il n'entend plus que la pluie qui tombe sur les arbres, et la buée sur ses lunettes l'empêche d'y voir clair. Il tente d'essuyer ses verres avec son t-shirt, mais celui-ci est déjà entièrement trempé. Il balaie l'eau avec ses doigts et il avance dans le bois à demi aveugle, comme une voiture dont l'essuie-glace ne fonctionnerait qu'au ralenti, effrayé par l'orage, se demandant s'il finira par trouver Lucy.

Là! Enfin il aperçoit les mèches blondes de sa sœur à travers les arbres.

Il se précipite.

78

J'ai d'abord cru que j'avais mal entendu.

J'ai fait répéter à Sean.

— Tu savais que Lucy et Alex Bayley sortaient ensemble ? m'a-t-il demandé.

Non, je ne savais pas. Ai-je donc été aveugle à ce point, ces derniers mois ?

— Elle était vraiment à fond sur lui. C'était un beau gosse, rugbyman. Il jouait au centre de formation des Saracens, une des plus grandes équipes du pays.

— Elle ne m'en a jamais rien dit !

— Elle pensait qu'on n'approuverait pas, qu'il la distrairait trop des révisions du brevet. De toute façon, ils avaient rompu il y a un mois. Et il avait fait… une vidéo d'elle, qu'il a fait circuler auprès de ses amis.

Un frisson me parcourt l'échine.

— Quel genre de vidéo ?

— Le pire.

Notre conversation de lundi me revient en mémoire.

Une vidéo sur laquelle tu es ? Le genre de chose que tu n'aimerais pas que je voie ?

Elle me l'avait dit. Elle avait *essayé* de me le dire. Je n'avais pas posé les bonnes questions, préoccupée que j'étais par mes propres histoires.

— Et merde, dis-je. Continue.

— Tu te souviens du barbecue chez Rowan et Russ, pour préparer ces vacances ?

— Je me souviens que Lucy était énervée, qu'elle ne voulait pas y aller et qu'on est arrivés une heure en retard.

— Tu te souviens que Jake est resté avec elle tout l'après-midi comme un petit chien ? Ensuite ils ont disparu une heure dans l'espèce de bureau de Russ, au fond du jardin.

— Daniel s'était moqué d'elle, oui.

— Voilà.

Sean lève la tête. Les nuages noirs sont suspendus au-dessus de nous, le vent fait tournoyer une feuille.

— On ferait mieux de rentrer, dit-il. Ça s'annonce sévère.

Nous nous installons dans la salle à manger, là où quelques heures plus tôt seulement j'étais assise avec Izzy. Rien que d'y penser, les larmes reviennent. Je les chasse comme je peux.

— Tu as ton téléphone avec toi ? demande Sean.

Je le sors de ma poche, le déverrouille et le lui tends. Il s'assied à côté de moi, ouvre une appli nommée VideoVault et s'y connecte avec son propre nom d'utilisateur.

— Jake prend souvent en photos les filles qu'il connaît, juste comme ça, pour lui. Il en a pris quelques-unes de Lucy. Quelques petites vidéos aussi, sans qu'elle le sache.

Il finit par trouver ce qu'il cherchait sur le site et tourne l'écran pour que nous puissions regarder tous les deux.

— Qu'est-ce que je suis en train de regarder, là ?

— Tu vas voir.

La vidéo se charge. Pas de titre, pas d'intro, le cadrage hasardeux, comme si Jake tenait le téléphone sur ses genoux. Lucy est clairement identifiable sur la gauche de l'écran, un panneau de bois derrière elle où je reconnais le bureau de Russ. Une bouteille de cognac est ouverte sur la table basse.

Notre fille est avachie sur le canapé, une bretelle de son top lui tombe sur l'épaule. Ses joues sont rouges de colère et mouillées de larmes.

— Ce connard d'Alex Bayley est un sac à merde, dit-elle. Et il va s'en sortir sans que personne ne dise rien parce qu'il est le beau garçon qui joue au rugby et que toutes les filles sont censées être dingues de lui. J'aimerais que quelqu'un… Je sais pas, moi, mais j'aimerais qu'il se sente un jour comme je me sens moi, là maintenant. Qu'il se sente sale, trahi, comme une merde, juste pour un jour, tu vois, pour une heure. Qu'il ait juste envie de mourir. J'aimerais que…

Sa main reste en l'air, sa voix tremble de rage.

— … J'aimerais qu'il se fasse renverser par un bus, voilà. Ou qu'il tombe d'une falaise. Ou qu'il…

Elle prend le verre devant elle, le vide cul sec et le repose avec fracas contre la table.

— J'aimerais qu'il meure, putain, voilà !

Elle plonge sa tête entre ses mains et la vidéo reste silencieuse pendant quelques secondes. Un bruit parasite, puis la voix de Jake reprend, tout près du micro de la caméra.

— Je le ferai pour toi.

Elle renifle et rit à moitié, nerveusement, puis relève la tête en direction de Jake.

— Quoi ?

— Je me charge de lui, si tu veux. Je le ferai. De toute façon, il ne mérite que ça.

C'est dit sur un ton calme, typique d'une bravade adolescente. Lucy fronce les sourcils, on voit qu'elle ne sait pas si Jake plaisante ou pas.

— Sérieux ? dit-elle.

— Ethan l'a vu s'entraîner à vélo, je sais où il va. Ça te dirait qu'il ait un accident ?

Lucy se penche en avant. Elle hésite, cligne des yeux, sa langue passe sur sa lèvre supérieure. Elle se sert un nouveau doigt de cognac et s'enfonce à nouveau dans le canapé. Une main dans ses cheveux, elle croise les jambes.

— *Ouais. Ouais, je veux bien.*

Sa voix a une froideur déterminée que je ne lui ai jamais connue auparavant.

L'écran devient noir aussitôt après. La vidéo est terminée.

Je reste sans rien dire le temps de prendre pleinement conscience de ce que je viens de voir. *Association de malfaiteurs en vue de commettre un meurtre*, c'est le terme. Voilà ce que notre fille vient de mettre en branle, là, dans cet extrait. *Notre* Lucy, si belle, si intelligente, si douée. Si jamais cette vidéo venait à être rendue publique, elle pourrait être impliquée dans un assassinat. Mise en examen. Envolés, les beaux rêves d'avenir. Broyés. Anéantis.

Je tente de garder mon sang-froid et me tourne vers Sean.

— Cette vidéo est déjà sur Internet ? Combien de personnes l'ont vue ?

— Elle est sur un site mineur de partage de vidéos, dit-il. En accès privé seulement.

— Ce qui veut dire ?

— Qu'il te faut un mot de passe pour y accéder. Pour l'instant, seuls Jen et moi avons ce mot de passe. Elle m'a envoyé le lien, le lendemain de l'accident, en précisant que si un jour Jake venait à être inquiété, il ne lui faudrait que trente secondes pour mettre la vidéo sur YouTube. Pour que tout le monde voie pourquoi il a fait ce qu'il a fait.

— Elle te fait chanter comme ça depuis tout ce temps ?

— Voilà.

Ces deux phrases me reviennent.

Je n'arrête pas de penser à ce que tu as dit.

J'en pensais chaque mot.

Comment aurais-je pu imaginer ?

— Lucy ne savait pas qu'il la filmait, j'imagine ?

— Non.

— Et elle sait que c'est Jake qui a renversé Alex ?

Sean fait « non » de la tête.

— Elle n'est même pas au courant de l'existence de cette vidéo. Il n'y a que Jen, Jake et moi qui savons.

— ... Et moi.

— Et toi. Et maintenant que tu sais, qu'est-ce qu'on fait ? La police ne devrait pas tarder à arriver...

— Tu sais ce que tu dois faire, Sean. Tu le sais depuis le début.

Il pousse un long soupir.

— Je sais, oui.

Il s'apprête à se lever, les épaules lourdes, mais un dernier détail me chiffonne encore.

— Dis-moi, Sean... Pourquoi ces préservatifs, dans ta valise ?

— Pardon ? Il semble sincèrement confus. Ce n'est pas moi, je te le jure.

— Qui a utilisé cette valise, à part toi ?

Mais avant même d'avoir terminé ma question, la réponse me vient. C'est Lucy.

— Eh oui, confirme Sean en se levant. Son voyage en Allemagne, l'été dernier...

Il passe la tête hors de la pièce et demande :

— Où sont les enfants, d'ailleurs ?

— Je ne sais pas. Dans la salle de jeux, non ?

— Je vais voir, dit-il.

Il descend au sous-sol d'un pas décidé. Mais il n'est pas inutile de doubler les recherches. Je sors mon téléphone et ouvre l'appli Find iPhone. Les deux smartphones des enfants apparaissent sur l'écran. Je sélectionne celui de Lucy et attends que la technologie me délivre sa magie…

La réponse arrive quelques secondes plus tard. Mais ce n'est pas ce que j'attendais. L'appli la situe à l'ouest de la propriété, non loin de la gorge. Il n'y a absolument aucune raison pour qu'elle soit là-bas au milieu d'un orage ! Une vision d'horreur s'impose dans mon cerveau de mère : Lucy, ma Lucy, mortifiée par le chagrin et le remords, se tenant debout au bord de la falaise, hésitant à sauter pour que la douleur cesse – la douleur d'avoir été humiliée, et la culpabilité devenue insupportable avec la mort d'Izzy.

Lucy, ma chérie, ne bouge pas !

Je lui envoie un texto rapide et m'apprête à foncer sous la pluie quand Sean revient dans la pièce, le front anxieux.

— Ils ne sont pas en bas. Et pas dans leur chambre, ni l'un ni l'autre.

Je lui montre l'icône de l'iPhone de Lucy sur l'appli.

— Je ne sais pas pourquoi elle est descendue là-bas. Avec cette pluie, c'est de la folie.

Mais soudain Lucy apparaît sur le seuil de la salle à manger, les traits tirés et les joues rouges d'avoir trop pleuré.

— Vous n'auriez pas vu mon téléphone, par hasard ? demande-t-elle. Je l'avais mis à charger dans le salon, et je ne le trouve plus.

Un sombre pressentiment m'envahit soudain. Je sélectionne l'icône de Daniel sur l'appli, et mon cœur cesse de battre le temps que le signal soit localisé.

Quand l'épingle s'affiche enfin, ma gorge se noue, et je ne suis plus qu'un cri silencieux.

79

Daniel

Daniel court sous la pluie. Elle tombe du ciel, elle tombe des arbres, le sol devient boueux, et il est trempé jusqu'aux os. Il aurait aussi bien pu plonger dans la piscine, pense-t-il. Il espère encore que Lucy aura un parapluie, ils pourront s'abriter tous les deux en attendant que l'orage cesse.

Il chasse les gouttes sur les verres de ses lunettes : elle est là, un peu plus loin devant, juste à côté de l'endroit où… Mais il ne veut pas y penser, ce qui est arrivé à Izzy est trop horrible. Pourquoi sa sœur a-t-elle voulu revenir précisément là, il ne comprend pas. Mais elle a un cadeau pour lui, et elle lui envoyé un texto, elle doit avoir ses raisons. Il se dépêche de coller sa main droite dans le dos, celle qui tient le paquet de bonbons. Pour que ce soit une surprise.

Il ralentit le pas en arrivant à la clairière, près du grand arbre mort. Elle est juste au bord, face au vide. Ses longs cheveux blonds lui tombent dans le dos, ruisselants. Il ralentit encore, il veut retrouver son souffle. L'a-t-elle entendu ? L'a-t-elle senti ? Lentement, elle se retourne.

Il oublie la pluie et sourit. Sa sœur est là, pour lui.

Oh, mais non, ce n'est pas elle.

Ce n'est pas Lucy.

Il lui faut un moment pour comprendre ce qu'il vient de voir à travers ses lunettes inondées. Non, ce n'est pas

Lucy. C'est la maman de Jake et Ethan, Jennifer, avec son maquillage qui coule et deux longues lignes noires au coin des yeux.

C'est un peu bizarre qu'elle soit là aussi. Et le téléphone qu'elle a dans la main ressemble étrangement à celui de Lucy. Exactement le même.

— Où est ma sœur ?

Jennifer lui sourit.

— Elle arrive.

En souriant toujours, elle désigne la main qu'il tient dans son dos :

— Qu'est-ce que tu as là, Daniel ?

Il lui montre les bonbons.

— C'est un cadeau, pour Lucy.

— Tu es vraiment mignon… Tiens, tu sais quoi ? J'ai un cadeau pour toi, moi aussi.

— Ah ?

Elle plonge la main gauche dans la poche de son jean.

— C'est une surprise, chaton.

Daniel avance d'un pas. Sous la pluie, le maquillage de Jennifer lui fait penser au clown qui était venu une fois chez eux pour son anniversaire, quand il était petit. Le clown n'arrêtait pas de sourire mais ça sonnait faux, il était censé être gentil mais en vrai il faisait un peu peur. Depuis ce jour-là, Daniel n'aime plus les clowns.

— Comment tu sais que Lucy va arriver ? demande-t-il.

— Elle me l'a dit.

Elle l'attire vers lui.

— Tu ne veux pas voir la surprise que j'ai pour toi ?

— Heu… OK.

Elle ouvre son poing, et dans sa main il découvre un briquet en plastique jaune.

— Il est à toi, je crois. Il ne reste pas beaucoup de gaz, désolée. Mais il fait de belles flammes, tu ne trouves pas ?

Daniel cligne des yeux pour chasser les gouttes qui s'engouffrent sous ses lunettes, et les mots sortent de sa bouche avant qu'il n'ait le temps de les arrêter.

— C'est toi qui a mis le feu, tout à l'heure ?

Elle lui tend le briquet plus près encore, son sourire encore plus large.

— J'espère que tu ne m'en veux pas de l'avoir emprunté.

— Non non, c'est pas grave. Merci, dit-il mécaniquement.

Il va prendre le briquet, mais sans qu'il ait le temps de réagir, la main droite de Jennifer lui agrippe le poignet et elle le serre fort, à lui faire mal dans tout le bras.

Elle laisse tomber le briquet à terre et l'entraîne jusqu'au bord de la falaise.

80

Je l'entends avant même de le voir. Un cri de panique qui défie l'orage.

— Aïe, tu me fais mal ! Papa ! Maman ! À l'aide !

Puis plus rien.

Il tombe des cordes et des rigoles se forment au coin du chemin, ruisselant vers la gorge. J'avance comme je peux, il m'a semblé voir deux silhouettes de l'autre côté de la clairière mais au même moment mon pied dérape et je m'étale par terre. Je me relève, bras et jambes couverts de boue, je me remets à courir – et soudain je les vois.

Mon cœur cesse de battre.

Jennifer tient fermement Daniel à l'extrême bord de la falaise. Il n'a plus que les talons sur la roche, le bout de ses sandales suspendu au-dessus du vide, les deux bras tremblants à l'horizontale pour garder l'équilibre. Il n'est retenu que par la main droite de Jennifer, qui a empoigné le dos de son t-shirt noir.

Une infime poussée, et il bascule.

Daniel tente de tourner la tête pour regarder derrière lui – ses yeux écarquillés de terreur, la joue encore marquée par un coup. À côté de Jennifer, grande et athlétique, il semble si petit, si chétif, si vulnérable.

— Maman ! crie-t-il en me voyant.

Je voudrais parler mais les mots restent bloqués, ma mâchoire figée. L'épouvante me gagne, je la sens remonter ma poitrine, ma gorge, la bile dans ma bouche. L'envie de vomir. Un instinct animal m'a fait lever les deux mains en l'air en signe de soumission. J'avance encore d'un pas vers eux.

— Ne bouge pas ! aboie Jennifer. Ses yeux brillent de fureur, avec une intensité que je n'ai jamais vue et qui me glace encore plus. Elle semble folle. Littéralement folle. Comme si une force en elle s'était tendue, et tendue encore jusqu'à casser net.

Je me fige.

— Jennifer, s'il te plaît. Par pitié, ne lui fais pas de mal. Je t'en supplie.

Ma propre voix me semble irréelle, elle vient de loin, de très loin, la voix de toutes les mères avant moi, peut-être.

— Ça va aller, Daniel. Reste calme, ça va aller.

Jennifer me décoche un regard furieux.

— Il t'a tout dit, hein ? Sean t'a tout raconté ?

— Oui.

— Alors tu vois, je dois te montrer ce que ça fait. Pour que tu comprennes.

— S'il te plaît, Jen, recule un peu du bord. Juste un peu.

Elle refuse.

— Tu te souviens, Kate, la première fois qu'on est descendues ici ? Quand Jake était là, juste là, au bord ?

— Je me souviens, oui.

— Tu te rappelles ce que je lui ai dit ?

Je cherche dans ma mémoire, mais tout s'embrouille. Cela semblait il y a mille ans.

— Je ne sais pas… On voulait juste qu'il recule, non ? Qu'il ne fasse pas de bêtise, et que tous les enfants soient en sécurité.

— Je lui ai dit une chose fondamentale : quoi que tu fasses, ne regarde pas en bas. Parce que si tu regardes en bas, tu tombes.

— Oui, dis-je dans un souffle. Je m'en souviens, maintenant.

— Eh bien on y est, Kate. En ce moment, mon fils est en train de regarder vers un abîme. Comme le tien, là maintenant. Et tu es la seule à pouvoir le sauver, Kate. Tu vois un peu ce que ça fait ? Tu comprends ce que c'est, que de pouvoir décider de la vie ou de la mort du fils de quelqu'un d'autre ?

— On peut toutes les deux le sauver, Jen. Je sais que Jake est tout pour toi. Comme Daniel pour moi.

— Ton enfant. Mon enfant. C'est pareil, non ? Pareil pour nous, en tout cas. Il fallait bien que je trouve un moyen de te faire comprendre… Un moyen de te persuader de garder le secret. Je sais que tu ferais exactement la même chose pour tes enfants. C'est facile, non ? Il suffit de ne rien dire.

— Crois-moi, Jen, je comprends ce que tu…

— Je veux que tu comprennes *vraiment.* Que tu voies ce que tu vas faire à mon Jake si tu racontes tout à la police. À tes *collègues.* Regarde bien.

À ces mots, elle relâche très légèrement le poing qui maintient le t-shirt de Daniel et il chancelle, ses deux bras battant désespérément l'air pour trouver l'équilibre. Ses lunettes lui échappent et tombent dans le vide.

— Voilà ce que c'est. Tu le vois, maintenant ? Tu vas ruiner sa vie. Jamais il ne pourra se remettre de ça. Si tu dis un mot, tu vas le tuer, comme si tu l'avais fait de tes propres mains.

J'ai tant de bile dans la gorge que je manque de m'étouffer. La pluie incessante noie les larmes sur mes joues.

— *S'il te plaît, Jen !*

D'un arbre sur ma droite surgit Rowan, accompagnée d'un homme que je ne connais pas. Il est jeune, la vingtaine, peut-être, mince et rasé de près, il avance lentement vers Jennifer en brandissant une carte de police. Il dit un mot en français mais Jennifer le regarde à peine avant de se tourner à nouveau vers moi.

— Promets-moi, Kate.

— Je promets, dis-je, tremblante. Je ferai n'importe quoi, *s'il te plaît.*

— Jure-le-moi sur la vie de ton fils.

— Je jure sur sa vie. Je ne dirai pas un mot, à personne.

Daniel vacille soudain, l'espace d'un instant j'ai l'impression qu'il va tomber et entraîner Jennifer dans sa chute, mais elle se rétablit vite et le ramène en arrière au dernier moment.

— Par pitié, Jen, arrête ça, laisse-le s'en aller !

Je suis prête à lui jurer n'importe quoi pour qu'elle recule d'un pas et me rende mon enfant. N'importe quoi. Elle l'a senti, je crois.

Le jeune policier lui parle à nouveau dans un français trop rapide pour nous.

— Il te demande de t'éloigner du bord, Jen.

Mais Jennifer ne regarde que moi.

— Izzy allait tout te balancer. Je ne pouvais pas la laisser faire ça, mais elle n'a rien voulu entendre. Elle est tellement bornée – elle était incapable de voir l'histoire comme je la vois moi, elle refusait de prendre le parti de Jake. Je lui demandais juste de se mettre à sa place, mais…

Elle s'arrête en pleine phrase comme si elle réalisait seulement que nous ne sommes pas seules. Quand elle reprend, sa voix est d'une fermeté nouvelle.

— Je ne voulais pas… Il ne s'est pas passé ce que tu crois. Elle a glissé, c'est tout.

— Je te crois, Jen.

— Ah oui, vraiment ?

— Absolument. Bien sûr.

Elle me sourit, une seconde pas plus, une seconde où il me semble retrouver l'amie de mes vingt ans, avant que la haine et la folie n'altèrent à nouveau ses traits.

— Tu sais quoi, Kate ? Tu as toujours été trop honnête. Trop rigide. Et tu as toujours été une menteuse lamentable.

— Je ne mens pas !

Un nouveau coup de tonnerre retentit juste au-dessus de nous. Au même moment, une autre silhouette jaillit depuis les arbres – sur la gauche, cette fois. Un homme grand et barbu. J'ai à peine le temps de noter qu'il porte un jeans et une veste qu'il se précipite déjà sur Jennifer et Daniel, les bras en avant, pistolet et menottes à la ceinture.

La suite se passe en un éclair. Le policier en civil crie un ordre en français, mais avant d'arriver sur Jennifer, son pied glisse sur le sol détrempé et il culbute en avant, les deux bras toujours tendus dans une tentative désespérée pour récupérer Daniel, mais il est trop lent, trop loin, il ne peut rien. J'avance à mon tour, les pieds lourds comme du plomb. Jennifer tourne la tête sur la gauche. Elle marque un mouvement de recul en voyant l'homme barbu, et l'autre policier voit l'ouverture : il se jette en avant et l'attrape par le bras. Surprise, Jennifer relâche son emprise sur le t-shirt de Daniel. Plusieurs mains se tendent vers lui mais aucune ne l'atteint. Daniel est déjà en train de perdre l'équilibre, il tente de s'agripper à quelque chose mais il n'y a que l'air et la pluie, il bascule trop vite et nous sommes trop lents.

Je ne vois que la tête de mon fils.

Et je n'entends qu'un mot.

— *Maman !*

Il tente une dernière fois de se retourner, les yeux exorbités, les mains impuissantes. Et il tombe.

Il était là, et soudain il n'y est plus.

Mon fils.

Dans le vide.

UN MOIS PLUS TARD

81

Le ciel est gris et nos pas sont lourds sur le parvis de l'église.

Une centaine de personnes sont venues, habillées de noir et le visage blanc de deuil. Amis et familles réunis, enfants et adolescents, parents et grands-parents, jeunes et vieux mélangés. Une assistance bien trop jeune pour une telle cérémonie. Tout le monde avance en silence. En ce jour, les paroles sont inutiles.

Comme si une flèche me perçait le cœur, je me rappelle la dernière fois que je suis entrée dans cette église.

C'était pour le baptême de Daniel.

Lucy marche à côté de moi, et les larmes reviennent quand je sens son bras se glisser sous le mien. Nous passons le porche et avançons le long de l'allée centrale, au son de l'orgue et des conversations chuchotées. Nous prenons place au premier rang. Il me paraît si inconcevable que nous soyons ici, à supporter l'insupportable. Comment peut-on porter le deuil de quelqu'un de si jeune ? C'est injuste. Comme si tout l'ordre du monde avait été renversé.

Et pourtant nous sommes là. Debout. Prêts à dire au revoir pour la dernière fois. À faire nos adieux.

J'ai pleuré chaque jour depuis sa mort. Chaque nuit, je me suis réveillée les joues humides, encore sous le choc d'un horrible cauchemar. Le chagrin m'a vidée, entièrement. Depuis un mois, je n'ai pas pu travailler, pas pu manger, à peine dormir. Tout ce en quoi j'avais cru m'a soudain semblé faux. Et je sais que plus rien, plus jamais, ne sera comme avant.

Rowan vient d'arriver et nous nous prenons dans les bras. Sa grossesse commence tout juste à se deviner – c'était cela, le secret qu'elle voulait cacher à son mari et à ses investisseurs potentiels. C'est elle qui avait jeté ce test positif dans la salle de bains de Lucy et Daniel, là où elle savait que Russ ne le trouverait jamais. Elle me tend un mouchoir et serre doucement ma main avant de s'asseoir non loin, avec Russ et Odette.

J'entends les rumeurs sur les rangs derrière nous. Les gens se demandent où est Jennifer.

Pourquoi n'est-elle pas là ?

Tu n'es pas au courant ?

Mais c'est atroce !

C'est vrai ??

Je n'y crois pas.

Puis le silence quand les gens réalisent que nous sommes là, juste devant eux.

Jennifer n'est pas là, non. Bien sûr. Elle est incarcérée dans la prison de Béziers et ne devrait pas en sortir tant que les enquêteurs n'auront pas statué sur les chefs d'inculpation à retenir. Nous nous sommes mis d'accord sur une version officielle qui laisse Lucy et Jake en dehors de l'histoire.

Penser à elle m'emplit encore d'une colère froide, mais elle sort bientôt de mon esprit. On vient de déposer au pied de l'autel un cercueil de petite taille, couvert de lis blancs. Sean recule avec les autres porteurs, et comme un seul homme ils s'inclinent devant la croix. Comment a-t-il trouvé la force de le faire, je ne saurai jamais.

Il revient s'asseoir près de nous, le visage blême.

À côté de lui, Lucy pleure en silence. Elle a fini par me parler de son histoire avec Alex Bayley, et de ce qu'il lui a fait. Elle m'a montré les vieilles cicatrices sous ses côtes, et les nouvelles sur ses avant-bras, juste après l'annonce de sa mort. Pour la cérémonie, elle a accepté de jouer au piano un morceau de Debussy. Y parviendra-t-elle ? Je ne sais pas. Pour ma part, je savais que je ne pourrais rien lire en public, que je n'aurais pas la force de dire quoi que ce soit d'intime. Sean parlera pour nous deux.

Nous avons préparé son discours ensemble. Pesé ces mots qu'il va prononcer, une fois devant le pupitre. Il y aurait tant à dire – un monde entier d'émotions partagées, d'expériences, de leçons retenues de ces années ensemble. Mais que les mots semblent dérisoires face à la mort ! Tous trop froids, creux ou maladroits. Aucun ne saurait réellement exprimer notre amour, notre peine, notre manque. Et pourtant, les mots sont tout ce qui nous reste.

La cérémonie ne va pas tarder à démarrer et mon esprit divague encore une fois vers la France. Je pense à un petit garçon. Mon garçon, mon brave petit Daniel, la veille de *ce jour-là*. Je l'avais trouvé choqué, couvert d'égratignures, de la terre et du sang sur ses genoux, des larmes sur les joues. Je revois son t-shirt déchiré, et lui tremblant encore d'adrénaline mais refusant obstinément de me dire ce qui lui est arrivé. Je n'ai appris que plus tard ce qui s'était passé cet après-midi-là. Le défi, l'initiation pour faire partie de la bande des plus grands, et ce saut au bord du vide.

Un saut juste un peu trop court.

Un moment de pure panique, son pied butant sur le rebord de la falaise, ses mains cherchant désespérément à quoi se raccrocher.

Il m'a raconté cette racine recourbée qui sortait de la roche, juste assez solide pour supporter le poids d'un garçon de neuf ans.

C'est cette racine qui l'a sauvé, le lendemain sous l'orage, quand il a disparu sous mes yeux, exactement au même endroit. Je le revois encore qui se tourne vers moi au moment où Jennifer le lâche au-dessus du vide. Ce n'était pas mon regard qu'il voulait accrocher alors ; c'était cette racine qu'il savait là, juste en dessous, cette racine qui pouvait lui sauver la vie. Mais c'est bien mon regard qu'il cherchait, quelques instants plus tard, quand les deux policiers français l'ont hissé en lieu sûr.

Pas mal pour un premier de la classe, hein, maman ? a-t-il dit en souriant faiblement au milieu des larmes.

Oh oui, ai-je dit en séchant les miennes. *Pas mal du tout.*

Daniel est là aujourd'hui, assis à côté de moi, étudiant la feuille de messe, sa petite main dans la mienne. Il n'a plus de pansements, maintenant, plus de séquelles physiques. Je presse sa main, et il presse la mienne, une fois, deux fois. C'est notre code secret.

À sa droite se tient Chris, le nouvel amour dont Izzy aurait tant voulu nous parler – Christine, pour employer son prénom complet. Bien sûr, quand nous en discutions en France, j'avais imaginé par défaut que cet amour nouveau était un homme, mais maintenant que j'y pense, elle n'avait rien dit de tel. Je comprends maintenant pourquoi elle s'était montrée si évasive sur le sujet, si avare de détails. Elle voulait nous habituer à l'idée, à son rythme. À sa façon. Et cela n'aurait pas tardé : elle était si impatiente d'ouvrir ce nouveau chapitre dans sa vie – d'embrasser pleinement cette deuxième chance et d'en faire quelque chose de beau. Mais cette histoire-là ne sera jamais racontée.

Le prêtre se lève.

« Frères et sœurs bien-aimés, nous sommes réunis en ce jour pour rendre un dernier hommage à Isobel Margaret O'Rourke – ou, comme la plupart d'entre vous l'appelez : Izzy. Fille aimante, sœur dévouée, tante généreuse, amie sincère et loyale… »

Ma gorge se serre, et sans baisser la tête, j'attends que les larmes viennent.

Mais cette fois, mes yeux resteront secs.

Une amie sincère et loyale.

82

C'est le lendemain de la cérémonie que je trouve ce mail, venu d'un expéditeur inconnu.

« Petit rappel », dit l'objet.

Pas de texte, rien d'autre qu'un lien vers un fichier vidéo. Assez pour comprendre tout de suite qui est l'expéditeur, et ce que je vais trouver.

Je clique néanmoins. Et une fois de plus, je regarde cette vidéo dont je connais chaque ligne par cœur. Chaque seconde, gravée dans ma mémoire à jamais.

Ça te dirait qu'il ait un accident ?

Et la voix de Lucy : *Ouais, je veux bien.*

Cette histoire est jusqu'ici restée secrète, la vidéo protégée par un mot de passe. Seules quatre personnes en connaissent l'existence : Sean, moi, Jennifer – et Jake, bien sûr.

Petit rappel.

Un rappel de la promesse que j'ai faite à Jennifer de ne jamais rien dire. Je lui ai donné ma parole, et elle sait qu'elle peut me faire confiance, parce qu'elle me connaît. Droite dans mes bottes. Ce qui est dit est dit.

Nous avons bien vu pourtant, cet été, ce que les secrets font aux gens. Même aux meilleurs amis, des amis de vingt ans. Le secret qui nous lie Jen et moi nous a aussi éloignées pour toujours. J'y pense souvent, depuis notre retour en Angleterre. À ce qu'on cache, à nos mensonges, à nos responsabilités. Au mal que l'on peut faire, et aux fantômes qui nous poursuivent.

À la justice.

J'y pense encore ce matin, à Ealing, au volant de ma voiture dans cette petite rue de banlieue.

En un sens, je lui suis reconnaissante de m'avoir envoyé ce *rappel*. Cela m'a aidée à voir la situation dans sa plus pure clarté. Protéger Lucy, c'est dénier toute justice à Izzy, et à Alex Bayley. C'est aussi laisser peser sur elle une épée de Damoclès.

Ouais, je veux bien.

Toute sa vie, sans le savoir, elle sera sous la menace qu'un jour cette phrase ne soit rendue publique. Quatre petits mots dont elle ne pensait rien, et qui pourraient ruiner son avenir – quand bien même ce n'était pas elle, au volant de la voiture.

Protéger Lucy, c'est se condamner à mentir, pour le reste de notre vie.

À moins que je ne prenne l'initiative.

Jennifer a fait son choix : elle était prête à tout sacrifier – jusqu'à la vie de mon fils ! – pour protéger ses enfants. En un sens, elle m'a montré la voie.

Maintenant, c'est à mon tour de faire un choix.

Une amie sincère et loyale.

Deux personnes sont mortes. Et si, par notre faute, ces morts restent impunies, alors nous nous perdons nous-mêmes. Leurs proches méritent de savoir. Ils méritent la vérité, toute la vérité, rien que la vérité.

Presque toute la vérité.

La famille d'Izzy mérite la justice. Celle d'Alex Bayley aussi.

Et comme je le sais désormais, la justice a parfois besoin d'un petit coup de pouce.

***

Je vérifie une dernière fois que la rue est déserte et je sors de ma voiture sous un crachin matinal. Je me suis habillée avec un pantalon de tailleur, un chemisier et une veste stricte. Un grand sac à l'épaule, un porte-bloc attaché avec un cordon autour du cou et de fausses lunettes, un parapluie par-dessus le tout, et le déguisement est parfait. Un éventuel passant me prendrait pour une commerciale en porte-à-porte, une témoin de Jéhovah ou une politicienne en campagne électorale. Autant de gens qu'on préfère soigneusement éviter. Mon cœur n'en bat pas moins vite au moment d'avancer vers la maison. Je connais le chemin : l'allée du garage, la petite barrière sur le côté qui mène au jardin, et me voici devant la porte de derrière, à l'abri des regards. La maison donne sur la voie ferrée, et nul voisin ne peut me voir depuis sa fenêtre. De la poche de ma veste, je sors une paire de gants en latex et des protections en plastique pour mes chaussures. Pas d'empreinte, pas de trace.

Dans l'autre poche, il y a cette clé que je conserve depuis des années. Je la tourne dans la serrure et me voilà dans la cuisine où Pickle et Maisy, les deux chattes, viennent se frotter à mes mollets. Depuis le temps que je viens les nourrir quand Jennifer et Alistair sont en vacances, elles me connaissent bien.

— Pas ce matin, désolée mes jolies ! dis-je en refermant la porte derrière moi.

Je vérifie rapidement dans chaque pièce que la maison est bien vide – je les ai tous vus partir ce matin, mais je ne veux pas prendre le moindre risque. Les garçons sont à l'école, Alistair est au travail, aucun d'entre eux ne devrait rentrer avant quelques heures. Je ne suis pas fière de ce que je m'apprête à faire, je déteste fouiner dans la maison d'un couple d'amis, mais je n'ai pas le choix, si je veux protéger Lucy. Protéger ma famille.

Ce matin, je suis en mission. Une double mission, même.

Et pour commencer, la voiture.

Après « l'accident », quand ils ont commencé à correspondre sur Messenger, Sean avait conseillé à Jennifer de ne pas se précipiter chez un garagiste pour ne pas éveiller les soupçons. *Attends un peu que le garçon sorte de l'hôpital et que cette histoire se tasse un peu*, avait-il dit. Excellent conseil ! J'ouvre la porte de communication qui mène au garage et la Volvo bleue de Jennifer est là, avec ses dégâts mineurs à l'avant droit – quelques éraflures à l'endroit où Jake a percuté Alex Bayley. Quelqu'un a déjà tenté d'effacer les traces, mais je sais qu'il est pratiquement impossible de faire disparaître toutes les taches de sang. Je sors mes outils, prélève quelques mouchetures de peinture près de la zone d'impact et les scelle dans une pochette en plastique.

Première mission accomplie.

Pour la seconde, je commence par la chambre de Jake.

Sean m'a expliqué en détail. *Documents, vidéos ou mails : tout fichier informatique laisse une empreinte informatique unique. Si tu as les bons outils et que tu sais ce que tu cherches, tu peux retracer tout le parcours d'un fichier donné depuis sa création – un arbre généalogique complet, y compris le nombre de copies qui ont été faites et les endroits où elles ont été stockées, ou envoyées.* Les outils et les logiciels, il les a : c'est avec eux qu'il a réussi à pirater les comptes d'Alex Bayley et à éliminer toutes les copies de la vidéo de Lucy nue que celui-ci avait fait circuler.

Mais la vidéo sur laquelle elle semble inciter Jake au meurtre est d'une autre importance. Vitale.

Je sais que Jennifer aura tenu à limiter le nombre de copies au strict minimum. Elle ne pouvait pas se permettre de prendre le risque de la voir sortir – c'était bien trop dangereux pour Jake. Pour une fois, mon intuition s'est révélée juste : les investigations de Sean ont montré qu'il n'existe que deux copies en plus de celle qui a été mise en ligne sur VideoVault : le fichier PM4 originel sur le téléphone de Jake, et une copie locale sur l'ordinateur de Jennifer. Aucun envoi par mail – trop risqué. Hormis ce *rappel* que j'ai reçu, bien sûr.

Je suis bien placée pour savoir que les téléphones portables sont interdits au lycée, sous peine d'être confisqués pour une semaine. *Une semaine de mort sociale*, dit Lucy. La menace semble efficace : comme ma fille, Jake préfère laisser son téléphone chez lui pour ne pas prendre de risque. Je le trouve au pied de son lit, en train de charger. Je branche dessus le petit appareil que m'a confié Sean, un *outil magique* pas plus grand qu'une carte mémoire, et relié à un câble universel. L'écran se déverrouille et passe au noir, puis au blanc, avant qu'un court message n'apparaisse :

Voulez-vous vraiment rétablir la configuration d'usine sur cet appareil ?

Oui / Non

J'appuie sur Oui, et aussitôt l'écran redevient noir, le temps de tout supprimer. Fichiers, applications, photos, vidéos : en quelques secondes le téléphone de Jake redevient vierge comme au premier jour. Je rebranche le mobile sur son chargeur et je quitte la pièce.

Plus que deux copies.

Et maintenant, direction le bureau. J'allume le PC familial et insère l'appareil de Sean dans un port USB.

Lancer BlueScreen for PC ? Oui / Non

Oh oui.

Des lignes de code défilent sur un écran noir, jusqu'à ce que retentisse un bip. Puis un deuxième. Une seconde plus tard, l'écran est entièrement bleu. J'appuie sur toutes les touches, j'éteins l'ordinateur et le rallume : l'écran est toujours bleu. Pas de curseur, pas de souris, pas de fond d'écran, rien. *L'écran bleu de la mort*, dit Sean.

Plus qu'une seule copie. Et je sais comment l'éliminer.

Il y a quelques années, pour une histoire d'assurance dont le contrat allait expirer pendant qu'ils étaient en voyage, Jennifer m'avait demandé de me connecter sur son compte. Elle m'avait expliqué qu'elle gardait tous ses mots de passe sur une feuille A4 rangée dans un classeur noir. J'ouvre le deuxième tiroir du bureau, soulève quelques documents administratifs, et le voilà. Ce bon vieux classeur noir. Cette bonne vieille Jennifer. La feuille A4 est toujours là : le nom d'utilisateur et le mot de passe qu'elle a utilisés pour s'inscrire sur VideoVault ont été ajoutés au stylo tout en bas de la liste. Je sors de mon sac un téléphone prépayé et envoie les infos par texto vers un appareil identique – deux appareils qui feront bientôt le bonheur d'une entreprise de recyclage.

À une dizaine de kilomètres de là, au centre de Londres, mon informaticien de mari se met au travail sur son clavier. Deux minutes plus tard, je reçois un SMS sur mon téléphone jetable.

C'est fait. x.

Sur mon portable habituel, j'ouvre l'email « Petit rappel », et pour la deuxième fois ce matin, je clique sur le lien vers la vidéo.

Erreur. Fichier non trouvé.

Je retente pour être sûre.

Erreur. Fichier non trouvé.

Et voilà. La vidéo n'existe plus.

Je repasse dans la chambre de Jake et par le garage pour m'assurer que la maison est bien dans l'état où je l'ai trouvée, et je retourne à la cuisine. Les chattes m'attendent sur le plan de travail, espérant que je les nourrisse. Je verse quelques croquettes dans leur bol et les regarde se régaler en sortant une dernière fois mon téléphone jetable.

Pareil ici. Je t'aime.

Une fois à l'extérieur, je retire gants et sur-chaussures et les fourre dans la poche de ma veste. Parapluie sur la tête et porte-bloc sous le bras, je referme la petite porte du jardin et regagne ma voiture. Il pleut plus fort, maintenant. Une pluie lourde qui annonce la fin de l'été et le début d'un long et triste automne. Avec un poids en moins sur la poitrine.

Je tourne la clé de contact et me voilà partie. Je sais déjà ce que fera Jennifer quand elle découvrira que la vidéo a été supprimée. Elle prendra tout sur elle – pour la mort d'Izzy et pour celle d'Alex Bayley. Parce que les deux sont liées. Elle n'aura pas le choix si elle veut protéger Jake – et en protégeant son fils, elle protégera Lucy. Un vrai bouclier humain.

Justice sera rendue à Izzy, au moins.

J'espère que cela suffira.

83

Lieutenant Foster

— OK, on en est à combien, là ?

La lieutenant de police Hayley Foster vient de garer sa voiture. Le soleil commence déjà à faiblir en cet après-midi de septembre.

Son coéquipier, tout juste entré dans la police, passe son doigt sur la liste de noms et d'adresses qu'il garde sur ses genoux. La plupart des lignes sont barrées au feutre bleu, et bardées de notes illisibles.

— C'est la treizième. Plus que trois après celle-là.

— Très bien. Treize est mon numéro porte-bonheur.

— Vraiment ?

— Mais non, dit-elle dans un soupir en enlevant sa ceinture de sécurité. Viens, et finissons-en vite.

Ils traversent la rue et elle s'empare de la liste tandis qu'ils remontent la petite allée du garage. Deux jours déjà qu'ils écument le district d'Ealing, à sonner aux portes et à rayer des noms de leur liste. Elle commence à craindre que leur périmètre de recherche ne soit pas assez large, et qu'il ne faille bientôt l'étendre à tout le nord-ouest de Londres. Peut-être même au-delà, si nécessaire.

L'accident du jeune Bayley est devenu une priorité depuis l'annonce de son décès, avec la double pression des médias et des huiles de la police qui exigent des résultats. Le tout, sans le moindre début de piste. Heureusement, cette semaine, le réexamen du vélo de la victime par la police scientifique a donné du nouveau. De microscopiques fragments de peinture bleue ont été retrouvés sur le cadre, et l'analyse a montré qu'ils provenaient d'une Volvo V40.

Seize véhicules de ce modèle sont enregistrés à Ealing, Acton et Wembley, dans le voisinage immédiat de l'accident, et c'est à elle qu'on a confié les vérifications.

Elle sonne à la porte. C'est un homme barbu qui lui ouvre, la quarantaine, un peu négligé, les yeux rouges.

— Alistair Marsh ?

— Oui ?

Elle montre sa carte de police.

— Je suis le lieutenant Foster et voici l'agent McKevitt. Vous permettez qu'on entre quelques minutes ?

— Pourquoi, si je puis me permettre ?

— Nous enquêtons sur un délit de fuite. Un adolescent a été renversé et tué non loin d'ici. Vous en avez peut-être entendu parler dans les médias ?

— En effet, dit l'homme en se raidissant quelque peu. Mais quel rapport avec moi ?

— Vous êtes bien le propriétaire d'une Volvo V40 ?

Elle lit le numéro de la plaque sur sa liste. Alistair Marsh croise les bras.

— Non…

— Ah ? Elle est pourtant enregistrée à cette adresse.

— C'est la voiture de ma femme.

— Jennifer Marsh ?

— Exact.

— Et le véhicule est ici ?

— Dans le garage.

— Nous aimerions y jeter un coup d'œil.

L'homme paraît un instant sur le point de résister, mais après une seconde il se contente d'un hochement de tête.

— Je vois, dit-il.

— Votre femme est-elle là ? Nous aimerions lui parler aussi.

— Elle… Elle est absente, pour le moment.

— Pouvez-vous nous dire quand elle rentrera ?

Alistair Marsh fait signe que non.

— Jennifer est… en France actuellement. Elle pourrait ne pas rentrer avant un certain temps.

— Elle est en vacances ?

— Eh bien… Disons que ça a commencé par des vacances, et que le séjour s'est prolongé.

— Ah oui ? Et pourquoi donc, monsieur Marsh ?

L'homme les regarde, elle et McKevitt, puis ses épaules s'affaissent.

— Je crois que vous feriez mieux de venir à l'intérieur.

Il s'efface pour inviter les deux policiers à entrer, et il referme doucement la porte derrière lui.

Remerciements

Je me rappelle du jour où *Holiday* a véritablement commencé à prendre forme. C'était mon anniversaire et je déjeunais avec ma femme. Je lui racontais les idées qui me trottaient dans la tête depuis un moment – l'intrigue, les personnages, les lieux… et soudain tout s'est mis en place. Merci à toi, Sally, donc – comme toujours. Et salut à tes trois grandes amies Charlotte, Jenni et Rachel. Le fait que vous ayez partagé tant de longs week-ends ensemble n'est que pure coïncidence (je le jure !).

Merci à l'excellente Camilla Bolton, mon agente, dont les conseils et l'enthousiasme ont été déterminants tout au long de ce projet. Sans oublier ses collègues chez Darley Anderson : Sheila, Mary, Kristina, Rosanna, Roya, vous êtes les meilleures.

Sophie Orme et Margaret Stead, mes brillantes éditrices chez Bonnier Zaffre, ont contribué à rendre cette histoire encore meilleure dans tous les domaines. Et merci à Jennie Rothwell, Francesca Russell et Felice McKeown pour leur indispensable travail de l'ombre, sur ce livre comme sur les précédents.

Et un merci tout spécial à *vous*, qui avez choisi de lire ce roman – et à toutes celles et ceux qui ont pu vous le recommander et le mettre entre vos mains.

Je tiens aussi à saluer tous les blogueurs qui ont donné de leur temps pour parler de mes livres, ainsi que les libraires et les organisateurs de festivals – avec une pensée particulière pour Dan Donson de Waterstones, à Nottingham, qui m'a permis de rencontrer l'un de mes auteurs préférés – Michael Connelly.

Merci au Dr Gill Stare pour ses conseils avisés sur les questions médicales, ainsi qu'à Paul Boyer, formidable vigneron qui m'a dévoilé les secrets du Languedoc (je ne saurais trop recommander ses vins naturels). Merci à ma camarade autrice Diane Jeffrey, qui m'a aidé avec les textes en français – et pour m'avoir présenté Michael Moran qui m'a renseigné sur les procédures policières françaises.

Quiconque est déjà allé à Autignac ou dans ses environs aura noté que j'ai pris quelques libertés avec la géographie locale, pour le bien de l'intrigue… Mais le village existe bel et bien, magnifique dans une région somptueuse.

Merci à mes enfants Sophie et Tom, mes deux premiers lecteurs, qui ont pointé des détails que personne d'autre n'avait remarqués. À mes parents pour leur soutien inconditionnel, et à Jenny Bernard, John et Sue qui font tant pour mes livres, ici comme à l'étranger.

Enfin, je dédie ce livre à mes deux grands frères, Ralph et Ollie, en souvenir de toutes ces vacances que nous avons passées ensemble quand nous étions enfants. Merci de n'avoir jamais ressemblé à Jake et Ethan (même si vous m'avez un jour enterré dans le jardin) – et merci pour tous vos encouragements, vos idées et l'intérêt que vous portez à mon travail depuis des années. La prochaine tournée est pour moi.

COLLECTION HUGO THRILLER

FABRICE BARBEAU
Itinéraire d'une mort annoncée

DARCEY BELL
L'Ombre d'Emily (Disparue)

ROY BRAVERMAN
Hunter
Crow
Freeman

SANDRINE DESTOMBES
Les jumeaux de Piolenc
Le prieuré de Crest
Madame B

FRANCESCO DIMITRI
Le livre des choses cachées

LEE MATTHEW GOLDBERG
Mentor

ELLY GRIFFITHS
Le journal de Claire Cassidy

BEAR GRYLLS
Le tombeau d'acier
Les anges de feu

VINCENT HAUUY
Le tricycle rouge
Le brasier
Dans la toile
Survivre

JENNIFER HILLIER
Wonderland

MARTIN HOLMEN
Corps-à-corps
Compte à rebours

OLIVIA KIERNAN
Irrespirable
Les liens du sang

MICKAËL KOUDERO
La faim et la soif

CHRISTINA KOVAC
La journaliste

AMY LLOYD
Innocente

LAURENT LOISON
Cyanure

JOHN MARRS
Âmes sœurs
Les passagers

ROZ NAY
Notre petit secret

B.A. PARIS
Derrière les portes
Défaillances
Dix petites poupées
Le dilemme

JACQUES PONS
Organigramme

ADRIAN J WALKER
The End of the World Running Club

DENIS ZOTT
Maudite

COLLECTION HUGO POCHE SUSPENSE

ALEXIS AUBENQUE
La fille de la plage

SÉBASTIEN DIDIER
Je ne t'oublie pas
Les yeux bleus

OLIVIA KIERNAN
Irrespirable

LUDOVIC LANCIEN
Le singe d'Harlow

ROZ NAY
Notre petit secret

LEE MATTHEW GOLDBERG
Mentor

MARION CABROL
La Lionne Rouge

Imprimé en France par CPI
en mai 2020

N° d'édition : 01
N° d'impression : 2050499